W0337041

MIRA®

Alle Rechte, einschließlich das des vollständigen oder auszugsweisen Nachdrucks in jeglicher Form, sind vorbehalten.

Der Preis dieses Bandes versteht sich einschließlich der gesetzlichen Mehrwertsteuer.

Umwelthinweis:
Dieses Buch wurde auf chlor- und säurefreiem Papier gedruckt.

Eine fast perfekte Lüge

Bei einem Undercover-Einsatz tötet der CIA-Agent Jonah Slade in Notwehr den Sohn des Drogenbosses Calderone. Dass er damit furchtbare Rache heraufbeschwört, ahnt er nicht. Bis er überraschenden Besuch bekommt. Was Macie Blaine, die Schwester seiner ehemaligen Geliebten, ihm mitzuteilen hat, stellt Jonahs Leben komplett auf den Kopf: Er hat einen Sohn. Doch der fünfzehnjährige Evan ist vor kurzem entführt worden – Vergeltung für den Tod Alejandro Calderones. Mit der schönen Macie an seiner Seite nimmt Jonah erneut den Kampf gegen die Drogenmafia auf. Und diesmal hat er nur ein Ziel: seinen Sohn zu befreien …

Die Handlung und Figuren dieses Romans sind frei erfunden.
Ähnlichkeiten mit lebenden oder verstorbenen Personen
sind nicht beabsichtigt und wären rein zufällig.

Sharon Sala

Eine fast perfekte Lüge

Roman

Aus dem Amerikanischen von
Emma Luxx

MIRA®

MIRA® TASCHENBUCH
Band 25103
1. Auflage: Oktober 2004

MIRA® TASCHENBÜCHER
erscheinen in der Cora Verlag GmbH & Co. KG,
Axel-Springer-Platz 1, 20350 Hamburg
Deutsche Erstveröffentlichung

Titel der nordamerikanischen Originalausgabe:
The Perfect Lie
Copyright © 2003 by Sharon Sala
erschienen bei: Mira Books, Toronto
Published by arrangement with
Harlequin Enterprises II B.V., Amsterdam

Konzeption/Reihengestaltung: fredeboldpartner.network, Köln
Umschlaggestaltung: pecher und soiron, Köln
Titelabbildung: by Corbis, Düsseldorf
Autorenfoto: © by Harlequin Enterprise S.A., Schweiz
Satz: D.I.E. Grafikpartner, Köln
Druck und Bindearbeiten: Ebner & Spiegel, Ulm
Printed in Germany
ISBN 3-89941-139-0

www.mira-taschenbuch.de

PROLOG

Bel Air, Kalifornien

Obwohl Felicity Blaine die Worte, die sie gleich aussprechen musste, weiß Gott lange genug eingeübt hatte, hinterließen sie schon jetzt einen bitteren Nachgeschmack in ihrem Mund. Felicity hatte beschlossen, Jonah die Neuigkeiten in der luxuriösen Bibliothek ihres Vaters mitzuteilen, weil dieser Ort all das repräsentierte, was sie nicht verlieren wollte. Zugegeben, Jonah Slade war der beeindruckendste Mann, dem sie je begegnet war, und es gab keinen Menschen auf der ganzen Welt, den sie mehr geliebt hätte, bis auf sich selbst. Und dennoch, als ihr Vater Declyn Blaine sie vor die Wahl gestellt hatte, war sie doch ziemlich entsetzt darüber gewesen, wie beeinflussbar und wankelmütig sie war.

Sie zuckte mit den Schultern und bemühte sich, nicht an das zu denken, was sie verlieren, sondern nur an das, was sie gewinnen würde. Gleich darauf hörte sie ein Auto vorfahren. Als sie Jonah aussteigen und mit langen Schritten auf das Haus zukommen sah, bereute sie einen Moment lang ihre Entscheidung. Sein glattes schwarzes Haar glänzte in der Sonne wie das Gefieder eines Raben, und sie wusste nur allzu gut, wie atemberaubend dieser Körper unter dem lässigen Sportsakko und der Freizeithose war. Wenn sie ganz ehrlich zu sich selbst sein wollte, musste sie zugeben, dass er das Beste war, was ihr je passiert war. Aber egal. Sie holte tief und zitternd Atem. Es war vorbei, und es würde nicht leicht werden, das, was gesagt werden musste, zu sagen.

Wenig später hörte sie draußen auf dem Flur seine

Schritte näher kommen. Gewappnet für die Konfrontation, drehte sie sich zur Tür um und schaute dem Mann, den sie liebte, entgegen.

Um sich zu vergewissern, dass er den gestern gekauften Verlobungsring auch wirklich bei sich hatte, klopfte Jonah auf seine Sakkotasche, während er über den Flur auf die Bibliothek zuging. Egal, wie viel Zeit er schon mit Felicity verbracht hatte – und es waren weiß Gott schon unzählige Stunden gewesen –, stockte ihm bei ihrem Anblick doch immer noch der Atem. Und nachdem er jetzt wusste, dass sie ein Kind von ihm erwartete, konnte er sein Glück kaum fassen. Er hatte die ganze Nacht wach gelegen und versucht, sich sein zukünftiges Leben als Ehemann und Vater auszumalen. Es war eine große Verantwortung, die da auf ihn zukam, aber er war mit Freuden bereit, sie auf sich zu nehmen.

Wenig später betrat er die Bibliothek und lächelte, als er Felicity wartend am Fenster stehen sah. Er ging mit schnellen Schritten auf sie zu und nahm sie in die Arme. „Hallo, Baby, du siehst wirklich hinreißend aus“, sagte er mit leicht heiserer Stimme und legte eine Hand auf ihren Bauch. „Geht es dir gut?“

Felicity versteifte sich und machte sich von ihm los. Um ihm zu sagen, was gesagt werden musste, brauchte sie Abstand.

Jonah runzelte die Stirn. „Felicity ... Süße ... stimmt irgendetwas nicht?“

Sie hob das Kinn, schüttelte ihr Haar zurück und warf ihm ein kurz aufblitzendes kühles Lächeln zu. „Jetzt stimmt wieder alles“, sagte sie schroff. „Seit heute Morgen um neun gibt es kein Baby mehr.“

Jonah hätte nicht schockierter sein können, wenn sie eine Pistole gezogen und ihn auf der Stelle erschossen hätte. „Du hast das Baby verloren? Oh, mein Gott, Felicity ... warum hast du mich nicht angerufen? Wie geht es dir?“

Als Felicity den Schmerz sah, der sich auf seinem Gesicht widerspiegelte, wurde ihr regelrecht schlecht.

„Nein, ich habe es nicht verloren, und mir geht es gut. Ich bin einfach noch nicht bereit, Mutter zu werden, das ist alles. Sag jetzt nichts dazu, aber das mit uns klappt einfach nicht.“ Sie runzelte die Stirn, und als sie sah, dass Jonah sie entgeistert anstarrte, verzog sie schmollend den Mund. „Komm, stell dich doch nicht so an. Du weißt, dass ich es hasse, wenn du dich so anstellst.“

„Anstellen?“ Das Wort war kaum mehr als ein Flüstern. „Du findest, ich stelle mich an?“

Als sie seine Reaktion sah, wünschte sich Felicity plötzlich, ihren Vater dabeizuhaben, so wie er es vorgeschlagen hatte. Sie legte sich beide Hände an den Hals und wich unbewusst einen Schritt zurück. „Ich war mir nicht sicher, ob du ...“

„Du hast das Kind abgetrieben“, sagte er tonlos. „Ohne mir vorher auch nur ein einziges Wort zu sagen.“

Felicity fühlte sich alles andere als wohl in ihrer Haut. Sie befürchtete, jeden Moment in Tränen auszubrechen.

„Du verstehst mich nicht“, sagte sie mit verschleiertem Blick, wobei ihr sehr wohl bewusst war, dass nichts ihre schönen blauen Augen besser zum Leuchten bringen konnte als Tränen. „Ich bin noch viel zu jung, um mich zu binden ...“

„Jesus Christus“, sagte Jonah mehr zu sich selbst und wandte sich zutiefst angewidert von ihr ab. Er musste sofort hier weg. Auf der Stelle. Bevor er sich vergessen würde ...

Als Felicity merkte, dass er sich zum Gehen wandte, wusste sie, dass sie ihn nie wieder sehen würde. Und es gab einen Teil in ihr, der das mehr bereute als irgendetwas in ihrem ganzen Leben.

„Jonah, warte!“ rief sie spontan aus.

Er blieb stehen und drehte sich um. Als sie den blanken Hass sah, der sich in seinen Augen spiegelte, wünschte sie sich, ihn nicht zurückgerufen zu haben, da sie sich jetzt immer an diesen letzten Blick erinnern würde.

„Es war doch schön mit uns, oder nicht?“ fragte sie und schämte sich im gleichen Augenblick ihrer Worte.

Fassungslos schüttelte Jonah den Kopf, dann starrte er Felicity an, als sähe er sie zum ersten Mal. „Du warst nur ein schnelles Vergnügen, sonst nichts“, stieß er verächtlich hervor. Und dann war er, ehe sie es sich versah, auch schon fort.

Felicity schnappte nach Luft. Denn sie wusste, dass in seinen Worten eine tiefere Wahrheit lag. Eine Wahrheit, die sie buchstäblich in die Knie zwang. Während sie langsam in sich zusammensackte, hörte sie, wie eine Autotür zuknallte und eine Sekunde später ein Motor aufheulte. Gleich darauf fuhr ein Auto mit quietschenden Reifen davon. Als ihr heiße Tränen über die Wangen zu strömen begannen, schlug sie sich die Hände vors Gesicht.

„Sissy ... Sissy ... was ist denn los? Warum hast du dich mit Jonah gestritten?“

Felicity schaute auf. Neben ihr kniete ihre kleine Schwester Macie.

„Verschwinde“, schluchzte Felicity. „Lass mich in Frieden.“

Macie gehorchte. Und dann war Felicity mit ihren Träumen von dem, was hätte sein können, und dem Echo einer perfekten Lüge allein.

1. KAPITEL

Sechzehn Jahre später

„Agent Slade, bitte, nehmen Sie Platz."

Jonah Slade setzte sich. Wenn der CIA-Direktor befahl, waren seine Untergebenen daran gewöhnt zu gehorchen.

„Wir haben von der DEA Informationen erhalten, die dem Weißen Haus einige Kopfschmerzen bereiten", sagte der Direktor.

Jonah straffte sich ein wenig. Es kam immer wieder vor, dass die Regierung Informationen erhielt, die man dort nicht richtig einordnen konnte. Dass die Drug Enforcement Agency Informationen geliefert hatte, war nicht weiter überraschend. Es kam häufig vor, dass Verhaftete bereit waren auszupacken, in der Hoffnung auf eine Strafmilderung. Offensichtlich handelte sich hier um etwas Derartiges.

„Ja, Sir?"

„Sind Sie über Miguel Calderone auf dem Laufenden?"

„Zurzeit der mächtigste kolumbianische Drogenboss ... ja, Sir."

„Es gibt Gerüchte, dass er ein Attentat auf den Präsidenten plant. Falls das stimmt, müssen wir wenigstens das Wie, Wann und Wo herausfinden. Wenn Sie dann auch noch in Erfahrung bringen könnten, wer alles in diese Pläne eingeweiht ist und wie viele Leute an der Aktion teilnehmen sollen, umso besser, aber das brauche ich Ihnen ja nicht zu sagen. Sie wissen, wie das läuft."

Jonah nickte.

„Sie sprechen fließend Spanisch. Da wir Sie bisher nur im

Mittleren Osten eingesetzt haben, ist Ihr Gesicht in Südamerika nicht bekannt."

„Richtig."

Der Direktor schaute von dem Aktenordner, den er vor sich liegen hatte, auf. „Beginnen Sie damit, dass Sie an Ihrer Erscheinung arbeiten. Lassen Sie sich einen Bart stehen und die Haare wachsen. Beschäftigen Sie sich mit der Sprache, damit Ihnen keine Gesprächsnuance entgeht. In zwei Wochen werden Ihre Papiere fertig sein. Sie werden auf Calderones Hazienda als Söldner auftauchen, der Arbeit sucht."

„Und wer garantiert mir, dass sie mir nicht eine Kugel in den Kopf jagen, sobald sie mich sehen?"

„Niemand."

Jonah lächelte spöttisch. „Danke, Sir. Genau das wollte ich hören."

Der Direktor seufzte. „Es ist keine ideale Situation, aber es ist lebenswichtig, dass wir so viel wie möglich herausfinden. Stellen Sie sich darauf ein, notfalls für mehrere Monate unterzutauchen. Ihr Kontaktmann wird regelmäßig auf Sie zukommen, von daher brauchen Sie sich keine Gedanken darüber zu machen, wie Sie Ihre Informationen am besten weiterleiten."

„In Ordnung, Sir", sagte Jonah. „Ist das alles?"

„Noch nicht ganz. Ich würde es vorziehen, wenn Sie zusehen, dass Sie am Leben bleiben."

„Selbstverständlich, Sir."

„Gut. Das wär's dann für heute. Wir bleiben in Verbindung."

Sechs Monate später

„Juanito! Der *Padrone* möchte Sie sprechen."

Jonah legte das Gewehr zur Seite, das er eben gereinigt hatte, wischte sich die Hände an einem Lappen ab und stand auf, um der Frau namens Elena ins Haus zu folgen. Sie war Calderones derzeitige Geliebte; allerdings hatte sie diese Rolle schon weitaus länger inne als ihre Vorgängerinnen. Soweit Jonah gehört hatte, lebte sie seit fast zwei Jahren in Calderones Festung und hatte ihm sogar ein Kind geboren. Ein kleines Mädchen, in das Calderone regelrecht vernarrt war.

Nicht anders als jeder Mann hier, der den nächsten Sonnenaufgang erleben wollte, übersah auch Jonah geflissentlich Elenas aufreizenden Gang, während sie vor ihm her auf das Haus zuging.

Wenig später betrat Jonah die Hazienda und nahm seinen Hut ab, froh über die angenehme Kühle, die ihm in diesen riesigen hohen Räumen entgegenschlug. Seine Schritte hallten auf den roten Saltillokacheln wider.

Als er den Hauptraum erreichte, sah er Calderone mit einem kleinen Mädchen auf dem Schoß in einem Sessel sitzen. Der Gangsterboss schaute lächelnd zu Jonah hoch und stand sofort auf. Er gab der Kleinen einen Kuss auf die Wange, zerzauste ihr liebevoll die schwarzen Locken und reichte sie dann an ihre Mutter weiter.

„Es wird Zeit für ihre Siesta, *Chica*."

Elena nahm Calderone die Kleine ab und warf ihm einen lüsternen Blick zu, bevor sie mit dem Kind auf dem Arm den Raum verließ.

„Hast du auch Kinder, Juanito?“ erkundigte sich Calderone.

Jonah schüttelte den Kopf. „Nein, *Padrone.*“

Calderone quittierte es mit einem Schulterzucken. „Nun, ich habe vier. Meine Söhne Alejandro und Juan Carlos, eine ältere Tochter namens Juanita, die auf einer Klosterschule ist, und meine süße kleine *Chica* Raphaella, die mir die Liebste von allen ist.“

„Sie wird ganz bestimmt später mal eine Schönheit, *Padrone*, das sieht man schon jetzt.“

„Natürlich wird sie das, aber das ist nicht der Grund, weshalb ich dich habe holen lassen“, sagte Calderone.

„Womit kann ich Ihnen dienen?“ fragte Jonah.

Über Calderones Gesicht huschte ein zufriedenes Lächeln. Wenn er mehr Männer wie Juanito hätte, liefe seine Organisation perfekt. Leider hatte er jedoch viel zu viele faule Indios auf seiner Gehaltsliste, aber er brauchte sie, damit sie das Kokain verarbeiteten.

„Morgen kommen ein paar sehr wichtige Leute. Ich erwarte, dass du vor ihrem Eintreffen alle nötigen Sicherheitsvorkehrungen triffst.“

Jonah nickte. „Werden sie auf der Hazienda übernachten?“ fragte er.

Calderone stutzte, doch dann wurde ihm klar, dass Juanito diese Information benötigte, um die Sicherheit seiner Besucher gewährleisten zu können. „*Sí.* Alle vier.“

„*Bueno.* Das erleichtert mir meine Arbeit.“

Calderone nickte, während er sich alle Mühe gab, dieses Gefühl von Bedrohung, das er in letzter Zeit immer wieder verspürte, zu ignorieren. Es grenzte ja schon an Verfolgungswahn. Dabei konnte er mit Sicherheit davon ausgehen, dass ihm zumindest hier, im tiefsten südamerikanischen Urwald und unter seinem eigenen Dach, keine Gefahr drohte.

„Tu, was du für nötig hältst. Und wenn es so weit ist, werde ich dich bitten, meine Gäste zum Flugplatz zurückzubringen. Es sieht ganz danach aus, als ob unser Vorhaben in Kürze Gestalt annimmt."

Jonah nickte gleichmütig, aber sein Herz begann zu hämmern. Bereits vor Monaten hatte er erfahren, dass Calderone tatsächlich ein Attentat auf den amerikanischen Präsidenten plante, da dessen Antidrogenpolitik seinem Geschäft empfindlich schadete. Und Calderone ging davon aus, dass sich mit der Beseitigung dieses Mannes auch die Spielregeln veränderten. Jonah hätte ihm gern erklärt, dass eine Demokratie anders funktionierte, aber Calderone wäre sicher nicht bereit, ihm zuzuhören. Und jetzt erfuhr er ganz nebenbei, dass der Plan, den Präsidenten zu ermorden, in Kürze in die Tat umgesetzt werden sollte. Er musste also so schnell wie möglich einen Weg finden, sich mit seinem Kontaktmann in Verbindung zu setzen, ohne sich selbst zu gefährden.

„Sagen Sie, Padrone ... dürfte ich Sie etwas fragen?"

„Schieß los."

„Ich fürchte, unsere Munitionsvorräte werden langsam knapp. Hätten Sie etwas dagegen, wenn ich nach Bogotá fahre, um sie aufzustocken? Und vielleicht kann ich bei dieser Gelegenheit ja noch irgendetwas für Ihre Gäste mitbringen."

Calderone zögerte nur ganz kurz, dann nickte er. „Okay, aber nimm Alejandro mit."

Der Letzte, den Jonah bei dieser heiklen Mission dabeihaben wollte, war Caderones ältester Sohn, aber ihm blieb nichts anderes übrig, als zustimmend zu nicken. „Sollen wir sonst noch etwas mitbringen?"

„Frag die Köchin. Ich weiß nur, dass wir den besten Wodka und den teuersten Sake brauchen, der sich in ganz Bogotá auftreiben lässt."

Sake? Wodka?

Es gab viele Leute, die beides tranken, aber Jonah war bereit, seinen Kopf zu verwetten, dass Calderones Gäste Bosse der japanischen Yakuza und der russischen Mafia waren. Falls das stimmte, konnte man davon ausgehen, dass der Präsident massive Probleme bekommen würde.

Als achtzehn Stunden später die vier Männer eintrafen, sah Jonah, dass er mit seiner Vermutung richtig gelegen hatte. Jetzt blieb nur zu hoffen, dass es sein Kontaktmann in Bogotá schaffte, die Information rechtzeitig an die entsprechenden Stellen weiterzuleiten.

Es war Siesta, die heißeste Zeit des Tages, als alles explodierte. Eben noch hatten sich Calderones Männer träge in den Korbstühlen auf der Veranda und unter den großen, Schatten spendenden Bäumen gerekelt, als die Hölle losbrach.

Calderone stürzte nur eine Sekunde vor Auftauchen des ersten Hubschraubers aus dem Haus. Gleich darauf tobte eine blutige Schlacht, die schon fast beendet war, bevor sie überhaupt richtig begonnen hatte. Plötzlich wimmelte es überall von Polizisten, die Verhaftungen vornahmen und Beweismaterial beschlagnahmten.

Danny Cordell, ein Agent, mit dem Jonah schon oft zusammengearbeitet hatte, war eben dabei, ihm pro forma Handschellen anzulegen, als erneut ein Schuss aufpeitschte. Leblos sackte Danny in sich zusammen. Als Jonah herumwirbelte, sah er Alejandro Calderone mit einem Sturmgewehr im Anschlag auf dem Dach stehen. Er grinste Jonah stolz auf das, was er gerade getan hatte, an. Im nächsten Augenblick zielte er auf Jonah, und erneut peitschten Schüsse auf, die Jonah nur um Millimeter verfehlten.

Jonah riss das Gewehr aus Dannys Händen und drückte blindlings ab. Alejandro taumelte nach hinten. Und Miguel Calderone, den die Polizei bereits in Gewahrsam genommen hatte, hatte alles mit angesehen.

Doch Calderone wusste nicht, wer Jonah in Wirklichkeit war oder wie er mit kurzen Haaren und ohne Bart aussah; außerdem hatte Jonah keine Familie, an der sich Calderone hätte rächen können.

Eine Woche später: Bel Air, Kalifornien

Ein schwarzer Van mit getönten Fensterscheiben hielt unten an der Zufahrt zu Declyn Blaines Villa vor der eisernen Absperrung. Eine Sekunde später sprang ein maskierter Mann aus dem Wagen und besprühte das Objektiv der Überwachungskamera mit Farbe, während ein zweiter vom Auto aus den automatischen Schließmechanismus der Absperrung betätigte. Gleich darauf öffnete sich die Schranke. Sobald der Maskierte wieder in den Van gesprungen war, fuhr das Auto die Zufahrt hinauf.

Die Bäume, Hecken und Sträucher, die den Bewohnern

eigentlich die ersehnte Ruhe und Abgeschiedenheit garantieren sollten, wurden jetzt zu Komplizen, da sie den Van und seine Insassen den Blicken entzogen.

In dem Kleinbus saßen fünf Männer, die alle schwarze Masken trugen. Sie sprachen kein Wort, während sie darauf warteten, dass der Van vor dem Hauptportal der Villa anhielt. Jeder von ihnen kannte seine Rolle im Ablauf der dramatischen Ereignisse, die ihre Schatten vorauswarfen, ganz genau. Und jeder von ihnen wusste, dass ihnen kein Fehler unterlaufen durfte. Zumindest nicht, wenn sie den nächsten Tag erleben wollten.

Felicity Blaine sah wesentlich jünger aus als vierzig, auch wenn sie diesen Umstand vor allem einem der berühmtesten Schönheitschirurgen Hollywoods zu verdanken hatte. Als älteste Tochter des Multimilliardärs Declyn Blaine hatte sie in ihrem Leben noch keinen einzigen Tag gearbeitet oder sich gar Gedanken darüber machen müssen, woher sie ihre nächste Mahlzeit bekommen sollte. Sie war eine perfekte Gastgeberin, eine hervorragende Tennisspielerin und die ledige Mutter eines fünfzehnjährigen Jungen. Sie hatte ihn Evan genannt, und zwar einzig und allein aus dem Grund, weil der Name sie durch nichts an den Erzeuger ihres Sohnes erinnerte.

Evan war von einer stattlichen Anzahl Kinderfrauen großgezogen worden. Declyn hatte erst in letzter Zeit die Rolle eines Ersatzvaters übernommen, um den Jungen auf den Tag vorzubereiten, an dem er die Verantwortung für das Milliardenerbe übernehmen würde.

Nach einem kurzen Blick auf die Armbanduhr warf Felicity ihrem Spiegelbild noch schnell einen Handkuss zu, bevor sie nach ihrer Sporttasche griff und ihr Schlafzimmer verließ. Die Zeit reichte gerade noch, um Evan vor ihrer Verabredung zum Tennis bei der Schule abzusetzen. Sie war bereits auf dem ersten Treppenabsatz angelangt, als es an der Haustür klingelte. Obwohl sie näher an der Tür war als die Haushälterin, war Felicity nicht dazu erzogen worden, zu öffnen. Deshalb blieb sie auf der Treppe stehen und wartete darauf, dass Rosa auftauchte.

Rosa Guitero arbeitete schon seit vielen Jahren für die Blaines. Als sie jetzt die Türklingel hörte, verließ sie eilig die Bibliothek, wo sie Staub gewischt hatte, und ging ins Foyer, um zu öffnen. Ihre Hand lag bereits auf der Türklinke, als Evan Blaine mit einem Rucksack über der Schulter aus dem Frühstückszimmer kam. Er hatte kurz geschnittenes, dichtes schwarzes Haar. Die Jeans hing ihm tief auf den Hüften, und auf seinem T-Shirt prangte der Slogan *Make Love – not War*, den Declyn grässlich fand. Für Evan war dies jedoch mit ein Grund, das T-Shirt überhaupt zu tragen. Noch an seinem Croissant kauend, schaute er zu seiner Mutter auf, während Rosa die Tür öffnete. Und eine Sekunde später überstürzten sich die Ereignisse auch schon.

Mehrere schwarz maskierte Männer stürmten ins Haus und hielten Rosa ihre Schnellfeuergewehre unter die Nase.

Rosa schrie irgendetwas auf Spanisch, dann wurde sie so brutal beiseite gestoßen, dass sie zu Boden stürzte.

Eine Sekunde später peitschten Schüsse auf.

Ungläubig starrte Felicity auf den roten Blutfleck, der sich auf der Vorderseite ihres weißen Designertennishemds ausbreitete, als sie von der ersten Kugel getroffen wurde.

Evan schrie den Namen seiner Mutter und rannte davon.

Als Declyn Blaine aus seinem Arbeitszimmer stürmte, verwandelte sich die Verärgerung auf seinem Gesicht in blankes Entsetzen.

Noch mehr Schüsse peitschten auf, dann hörte man eilige Schritte, die auf dem kostbaren italienischen Marmorboden widerhallten.

Die Kugeln aus den Läufen der Schnellfeuergewehre zerfetzten zuerst Stoff und gleich darauf Fleisch und Muskeln, bevor Declyn von der Wucht des Aufpralls umgeworfen wurde.

Als sich die Männer an Evans Fersen hefteten, schrie der Junge gellend um Hilfe. Einer der Männer erwischte ihn auf dem Flur zur Küche und schlug ihn mit einem einzigen Faustschlag bewusstlos.

Die Stille nach dem tödlichen Sturm war unheimlich. Der Mann, der Evan bewusstlos geschlagen hatte, warf ihn sich über die Schulter, während ein anderer am Fuß der Treppe stehen blieb und neben Felicitys Leiche einen Zettel fallen ließ. Als die Männer bei Rosa vorbeikamen, die auf dem Boden kniete und inbrünstig betete, machten sie kurz Halt. Einer der Männer zielte mit dem Gewehr auf sie, aber ein anderer schrie ihn an und stieß den Gewehrlauf beiseite. Kurz darauf waren sie verschwunden.

Rosa kniete noch ein paar Schrecksekunden lang wie erstarrt auf dem Boden, weil sie nicht glauben konnte, was eben passiert war. Nach einer Weile aber fiel ihr Blick auf die tote Felicity und das Blut, das über die Treppe lief. Mühsam rappelte sie sich auf und stolperte auf den Flur, wo sie Declyn auf der Schwelle zu seinem Arbeitszimmer liegen sah. Im gleichen Moment stieß sie einen lang gezogenen gellenden Schrei aus. Sie schrie und schrie, bis sie glaubte, der Kopf würde ihr platzen, und vielleicht hätte sie nie mehr aufgehört zu schreien, wenn nicht die alte Standuhr im Flur geschlagen hätte. Der laute Gong brachte sie wieder zur Besinnung. Sie erstickte ein lautes Aufstöhnen, indem sie sich beide Hände über den Mund legte, und rannte zum Telefon.

Am selben Tag – New York City

Mercedes Blaine legte ihre Juwelierlupe ab und straffte die Schultern, bevor sie sich wieder den beiden Männern vor ihrem Schreibtisch zuwandte.

„Der Schmuck gefällt mir“, sagte sie ohne Umschweife. „Betrachten Sie das Geschäft als abgeschlossen. Wann kann ich mit der ersten Lieferung rechnen?“

Die beiden Südafrikaner hätten vor Freude am liebsten einen Luftsprung gemacht. Mit Blaine Imports einen Vertrag über ihre exklusive Schmuckkollektion abzuschließen, war ein Riesenerfolg für ihr Unternehmen.

„Danke, Miss Blaine. Das freut uns wirklich sehr. Wir schicken gleich heute noch eine E-Mail an unsere Versandabteilung. Sie können noch vor Ende des Monats mit der ersten Lieferung rechnen, wenn Ihnen das recht ist.“

Mercedes Blaine nickte und schüttelte ihnen die Hand, bevor sie die Männer zur Tür brachte. „Meine Herren ... es hat mich sehr gefreut, Ihre Bekanntschaft zu machen. Ich werde meine Sekretärin bitten, bis heute Nachmittag den

Vertrag aufzusetzen, falls Sie dann vorbeikommen möchten."

Die beiden Männer waren so glücklich über ihren Erfolg, dass ihnen vollkommen entging, wie sie sanft, aber entschieden aus dem Büro hinauskomplimentiert wurden. Mercedes war in Gedanken bereits bei ihrem nächsten Termin, als ihr Blick auf ihre Sekretärin Julia fiel, hinter der wartend zwei Männer in dunkelblauen Anzügen standen. Sie überlegte, ob sie womöglich einen Termin vergessen hatte.

„Miss Blaine ... die beiden Herren möchten zu Ihnen", sagte Julia und fügte dann hinzu: „Sie sind vom FBI."

Mercedes setzte ein freundliches Lächeln auf. Sie hoffte, dass es nicht mit einer ihrer Lieferungen aus dem Ausland irgendwelche Schwierigkeiten gab.

Die beiden Männer zückten ihre Ausweise.

„Miss Blaine, ich bin Agent Sugarman. Und das ist mein Partner Agent Carter. Könnten wir Sie kurz sprechen?"

Sie lächelte erneut. „Aber ja. Bitte kommen Sie herein." Sie machte einen Schritt zur Seite, damit die Männer eintreten konnten, dann schloss sie die Tür und folgte ihnen.

Während sie um ihren Schreibtisch herumging, forderte sie die beiden auf, Platz zu nehmen, wartete, bis sie sich gesetzt hatten, bevor sie sich ebenfalls niederließ, und fragte dann: „Nun, was verschafft mir die Ehre?"

Als sie den Blick sah, den die beiden Männer miteinander wechselten, sträubten sich ihr die Nackenhaare. Sie spürte, dass sie die Neuigkeiten nicht im Sitzen hören wollte, stand abrupt wieder auf und beugte sich, die Handflächen auf die Schreibtischplatte gestützt, angespannt vor. „Was ist passiert?"

Die beiden waren sichtlich überrascht über ihre offensive Art.

„Miss Blaine, es tut mir Leid, Ihnen mitteilen zu müssen, dass heute Morgen auf das Haus Ihres Vaters ein Überfall verübt wurde."

„Oh, mein Gott", stieß Mercedes hervor. „Meine Familie! Geht es ihr gut?"

Carter seufzte mitfühlend. „Nein, Ma'am. Ich muss Ihnen leider sagen, dass es ihnen nicht gut geht. Ihre Schwester Felicity wurde erschossen, sie starb noch am Tatort. Ihr Vater befindet sich in kritischem Zustand im Krankenhaus, und Ihr Neffe Evan wurde entführt; bis zur Stunde ist allerdings noch keine Lösegeldforderung eingegangen."

Mercedes stand wie betäubt hinter ihrem Schreibtisch und sah, wie sich der Mund des Mannes noch weiter bewegte, hörte jedoch nichts mehr. Sie versuchte zu sprechen, aber sie bekam kein Wort heraus. Felicity tot? Evan entführt? Das war vollkommen unmöglich! Die Villa war so gut vor unbefugten Eindringlingen gesichert, dass sogar sie selbst es umständlich fand, durch die Absperrung vor der Zufahrt zu gelangen, obwohl sie den Code kannte. Ihr war gar nicht klar, dass sie das, was ihrem Vater zugestoßen war, kaum zur Kenntnis genommen hatte. Sie und Declyn waren vor Jahren im heftigen Streit auseinander gegangen, und sie konnte immer noch nicht an ihn und das, was er getan hatte, denken, ohne wütend zu werden. Sie beugte sich vor, dann begann sie zu zittern.

Carter gab Sugarman ein Zeichen. Der Mann stand auf und ging eilig zu der Hausbar in einer Ecke des Raumes, wo er einen doppelten Whiskey in ein Glas einschenkte, das er ihr in die Hand drückte.

„Hier, Miss Blaine ... das können Sie jetzt sicher vertragen“, sagte Sugarman.

Mercedes umklammerte das Glas mit beiden Händen und schüttete die bernsteinfarbene Flüssigkeit hinunter. In diesem Moment war sie dankbar für das brennende Gefühl in der Kehle, das sie als eine gute Ausrede für die Tränen nahm, die ihr in die Augen schossen.

Sie schaute Carter wieder an und fragte mit zitternder Stimme: „Und Sie ... sind wirklich sicher, dass hier kein Irrtum vorliegt?“

Er nickte. „Ganz sicher, Miss Blaine. Ein Irrtum ist ausgeschlossen.“

„Großer Gott“, flüsterte sie und schlug sich die Hände vors Gesicht. „Wie sind sie durch die Absperrung gekommen?“

„Das ist noch unklar“, erwiderte er. „Aber sie haben eine Nachricht hinterlassen.“

Sie schaute auf. „Eine Lösegeldforderung?“

„Nein. Eher wohl eine Warnung ... oder vielleicht sollte ich besser sagen, einen Grund für die Entführung.“

„Was steht drin?“

Bevor Carter antwortete, warf er einen Blick in sein Notizbuch, um nicht falsch zu zitieren. „Auge um Auge, Sohn um Sohn.“ Er sah auf. „Haben Sie eine Ahnung, was damit gemeint sein könnte?“

Sohn um Sohn? Aber Evan war nicht Declyns Sohn, und das wusste auch jeder. Ihr war hundeelend zu Mute. Sie hatte keine Erklärung dafür, was diese Nachricht bedeutete, und sie konnte sich nur einen einzigen Menschen vorstellen, der es vielleicht wusste. Das Problem war nur, dass sie keine Ahnung hatte, wo sie ihn finden konnte.

„Nein“, murmelte sie. „Wer leitet die Ermittlungen?“

„Agent Arnold Ruger. Er erwartet Ihren Anruf.“

„Bitte richten Sie ihm aus, dass ich spätestens heute Abend da sein werde.“

„Aber ...“

„Es geht ...“, Mercedes holte tief Atem, „... es geht um meine Familie. Ich muss sofort hinfahren.“

„Da wir bis jetzt noch nicht wissen, was das Motiv ist, besteht die Möglichkeit, dass Sie ebenfalls gefährdet sein könnten. Wir würden Ihnen deshalb dringend empfehlen ...“

„Schon gut, ich komme zurecht“, fiel sie ihm ins Wort, dann brach ihre Stimme, und Tränen strömten über ihr Gesicht. „Finden Sie einfach nur meinen Neffen. Bitte. Finden Sie ihn und bringen Sie ihn nach Hause.“

„Ja, Ma'am, und noch einmal unser aufrichtiges Beileid. Wir werden alles tun, was in unserer Macht steht. Und sagen Sie uns bitte Bescheid, wann Ihre Maschine geht, wir würden Sie nämlich gern begleiten.“

„Nein. Ich möchte lieber allein fliegen, aber trotzdem vielen Dank.“

Wenig später waren sie weg. Mercedes durfte nicht daran denken, dass Felicity tot war. Im Augenblick musste sie sich auf die Lebenden konzentrieren. Trauern würde sie später, wenn sie wusste, dass Evan in Sicherheit war und ihr Vater überleben würde.

Es klopfte an der Tür, und gleich darauf steckte ihre Sekretärin den Kopf ins Zimmer.

„Miss Blaine ... ist alles in Ordnung mit Ihnen?"

Mercedes versuchte erst gar nicht, ihre Tränen zu verbergen. „Nein, nichts ist in Ordnung. Sagen Sie alle meine Termine bis auf weiteres ab. Ich fliege nach Kalifornien. Ach, und verbinden Sie mich bitte mit Senator Chaffee."

„Ja, Ma'am." Julia zögerte, dann konnte sie sich nicht zurückhalten zu fragen: „Gibt es mit der Firma irgendwelche Probleme?"

Mercedes seufzte. „Nein, Julia ... mit der Firma ist alles in Ordnung. Es ist etwas Persönliches."

„Kann ich irgendetwas für Sie tun?"

„Ja. Chartern Sie eine Privatmaschine. Ich muss so schnell wie möglich nach Los Angeles, aber geben Sie mir vorher erst noch Senator Chaffee."

„Selbstverständlich."

„Ach, und Julia ..."

„Ja, Ma'am?"

„Bitte schließen Sie die Tür, wenn Sie hinausgehen."

Mittwochmorgen: Arlington, Virginia

Sonnenlicht fiel durch einen schmalen Spalt zwischen den Vorhängen und warf einen hellen Streifen auf die nackte Brust des Mannes, der auf dem breiten Sofa schlief. Eines seiner Beine hing über der Armlehne, während das andere im Laufe der Nacht heruntergerutscht war und jetzt halb auf dem Teppich ruhte. Der Mann schlief unruhig, seine Muskeln zuckten immer wieder, als ob er im Traum mit den Dämonen seines Lebens kämpfte.

Sein Haar war lang und schwarz und genauso struppig wie der Bart, der die untere Hälfte seines Gesichts bedeckte. Und sogar im Schlaf umklammerte er noch die Halbautomatik, die neben ihm lag – ein untrüglicher Hinweis auf seinen aufgewühlten Gemütszustand.

Draußen zerschnitt das Heulen einer Sirene, die in der Ferne erklang, die frühmorgendliche Stille. Der Mann auf der Couch zog irritiert die Augenbrauen zusammen, als das Geräusch in seinen Traum eindrang, sich mit seinen Erinnerungen mischte und der Hölle, die es heraufbeschwor, Klang verlieh.

Ein schneeweißer Ara flog durch Jonah Slades Blickfeld, während er auf der Veranda der Hazienda stand. Die Hitze war mörderisch, aber nach sechs Monaten im kolumbianischen Dschungel war er weitgehend immun dagegen.

„Juanito!"

Jonah, der sich inzwischen längst an seine falsche Identität gewöhnt hatte, drehte sich um.

„Sí, Padrone?"

Miguel Calderone rannte aus dem Haus auf die Veranda; er wirkte nicht ganz so aufgeblasen wie normalerweise, weil er es eilig hatte. „Eindringlinge! Da oben!" schrie er, wobei er mit den Armen herumfuchtelte und in den Himmel zeigte.

Jonah fuhr herum und versuchte, sich seine grenzenlose Erleichterung nicht anmerken zu lassen. Denn sonst würde Calderone gleich wissen, um wen es sich bei den Eindringlingen handelte. Also hatte sein Kontaktmann in Bogotá seine letzte Botschaft doch bekommen und weitergegeben. Jetzt würde es nicht mehr lange dauern, bis er seine wahre Identi-

tät wieder annehmen konnte, aber im Moment musste er noch mit den Wölfen heulen. Er packte sein Sturmgewehr fester und ging mit den anderen Bandenmitgliedern in Deckung.

Calderone, der mit seinen kurzen stämmigen Beinen an eine Bulldogge erinnerte, rannte hin und her und brüllte auf Spanisch und Englisch Befehle. Seine beiden Söhne Alejandro und Juan Carlos waren bereits mit den besten Präzisionsschützen und einem halben Dutzend Raketenwerfern auf dem Dach. Sie säumten den Rand des Daches wie zum Abfeuern bereite Leuchtkugeln, die am amerikanischen Unabhängigkeitstag abgeschossen wurden.

Jonah schlüpfte hinter eine kunstvoll verzierte schmiedeeiserne Abschirmung und platzierte sich so, dass er sowohl den Himmel als auch den Teil des Geländes, auf dem sich Calderones Männer verschanzt hatten, gut überblicken konnte. Er ging in die Hocke und verfluchte den Schwarm schwarzer Mücken, der über seinem Kopf tanzte. In Erwartung des Kommenden verspürte er ein unangenehmes Kribbeln im Nacken, während sich sein Magen schmerzhaft zusammenkrampfte. Dabei hatte es einmal eine Zeit gegeben, in der er das, was sich gleich ereignen würde, genossen hatte. Aber das war vorbei. Er arbeitete schon verdammt lange als verdeckter Ermittler. Wahrscheinlich zu lange. Oder vielleicht wurde er für dieses Leben einfach langsam zu alt. Als Junge hatte er begeistert Räuber und Gendarm gespielt, und so war er dann zu seinem Beruf gekommen. Aber inzwischen war er längst kein Junge mehr, und ihm wurde immer klarer, dass seine beste Zeit in diesem Beruf vorbei war. Und dass es Zeit wurde aufzuhören,

Zeit, diese Männer hier vor Gericht zu bringen und seine selbst gewählte Isolation zu beenden.

Das Geräusch eines herannahenden Flugzeugs beendete seine Überlegungen. Er spannte sich an.

Als direkt über seinem Kopf ein Telefon klingelte, schrak Jonah aus dem Schlaf hoch. Er sprang mit dem Sturmgewehr im Anschlag auf und brüllte etwas auf Spanisch. Schnell schaute er sich in dem Raum um, in dem irrigen Glauben, immer noch in das Feuergefecht in Kolumbien verwickelt zu sein, immer noch Agent Danny Cordells Gehirn auf seiner Hose wähnend. Fast körperlich spürte er den Rückschlag seines Gewehrs, als er Alejandro Calderone in Notwehr erschoss – ohne zu wissen, dass Miguel Calderone, der bereits festgenommen worden war, alles mit angesehen hatte.

Schließlich wurde Jonah klar, dass er nicht in Kolumbien, sondern in seinem Apartment war. Er drehte sich um und schaute auf das Telefon, das immer noch klingelte. Da er keine Lust hatte, mit irgendjemandem zu reden, wartete er, bis sich der Anrufbeantworter einschaltete, und verließ dann das Zimmer.

Er hatte die Küche seit seiner Rückkehr nicht mehr als zwei Mal betreten, und das Einzige, wofür er sich interessiert hatte, war die Kaffeemaschine auf dem Tresen gewesen. Auch jetzt ging er schnurstracks darauf zu, blieb dann aber ruckartig stehen, weil sich etwas Winziges, Hartes schmerzhaft in seine nackte Fußsohle gebohrt hatte. Mit gerunzelter Stirn bückte er sich, untersuchte seinen Fuß und zog schließlich etwas aus der Unterseite seines großen Zehs.

„Was zum Teufel …?“

Es war ein steinhartes Reiskorn. Da er erst vor knapp vierundzwanzig Stunden nach Hause gekommen war, musste es also schon seit mindestens sechs Monaten hier liegen. Auf den Tischen und Stühlen war eine Staubschicht, und auf dem Fußboden an der Wohnungstür stapelten sich die Werbeprospekte, die im Laufe des letzten halben Jahres durch den Postschlitz geworfen worden waren. Für seine regelmäßig wiederkehrenden Kosten hatte er schon vor langer Zeit Daueraufträge eingerichtet, sodass keine Rechnungen liegen geblieben waren. Nur geputzt worden war während seiner Abwesenheit nicht, weil er nicht wollte, dass Fremde in seine Wohnung kamen, solange er nicht da war, auch wenn es bei seiner Rückkehr noch so staubig sein würde. Jetzt, da er wieder zurück war, konnte er jederzeit einen Reinigungsdienst rufen, aber im Moment war der Kaffee für ihn das Wichtigste.

Er warf das Reiskorn ins Spülbecken, dann füllte er Wasser in die Kaffeemaschine und öffnete den Kühlschrank. Als er sah, dass die Kaffeedose leer war, stöhnte er laut auf.

„Verdammter Mist“, brummte er, während er die Kühlschranktür zuknallte und dann in die kleine Speisekammer ging, wo er in seinem mageren Vorratsbestand herumkramte. Er entspannte sich erst, als er ein kleines Glas Pulverkaffee entdeckte, dessen Inhalt gerade noch für eine Tasse ausreichte. Da er nicht warten wollte, bis das Wasser kochte, schüttete er das Kaffeepulver in den größten Kaffeebecher, den er auftreiben konnte, ließ heißes Wasser darüber laufen und trank dann gierig den ersten Schluck. Der schmeckte scheußlich und war nicht einmal richtig heiß. Aber zumindest enthielt das Gebräu ausreichend Koffein und erinnerte entfernt an Kaffee.

Mit einem leisen zufriedenen Aufstöhnen rollte er seinen Kopf hin und her, um seine angespannte Schultermuskulatur zu lockern; dann ging er, unterwegs ab und zu einen Schluck trinkend, ins Bad.

As er aus der Dusche stieg und sich abtrocknete, erhaschte er einen kurzen Blick auf sich selbst im Spiegel. Ohne dass es ihm bewusst war, fielen seine Arme herab, während er sein Gesicht eingehend musterte. Nicht dass ihn der struppige Bart oder die langen Haare schockiert hätten, so etwas war bei einer verdeckten Ermittlung normal. Aber sein leerer Blick war keine Verkleidung.

Er war ausgebrannt.

Diesen Blick hatte er schon früher gesehen, wenn auch nicht bei sich selbst. Nachdenklich wandte er sich ab, schnappte sich den Kaffeebecher und schüttete ein wenig gereizt den letzten Schluck der lauwarmen Brühe hinunter. Nachdem er den Becher wieder abgestellt hatte, nahm er eine Schere aus dem Spiegelschrank und begann seinen Bart zu stutzen. Wenig später verließ er frisch rasiert, die Haare zu einem Pferdeschwanz zusammengebunden und mit knurrendem Magen das Bad. Natürlich hatte er gestern nach seiner Rückkehr nicht mehr daran gedacht, einkaufen zu gehen, sondern war geradewegs nach Hause gefahren, hatte die Tür hinter sich abgeschlossen und war, noch bevor er ins Bad gekommen war, erschöpft auf der Couch eingeschlafen. Obwohl er all das, wenn er nicht so müde gewesen wäre, ganz genauso gemacht hätte, da er dazu neigte, sich zu verkriechen. Aber das war er nicht bereit zuzugeben – nicht einmal vor sich selbst.

Doch wenn er weiterhin funktionieren wollte, musste er jetzt auf der Stelle zu Denny's frühstücken gehen und sich anschließend im Supermarkt die nötigsten Dinge besorgen. Blitzschnell zog er sich an und schnappte sich seine Autoschlüssel von einem kleinen Tisch in der Diele. Erst in diesem Moment fiel ihm ein, dass vorhin jemand angerufen hatte. Als er das blinkende Licht des Anrufbeantworters sah, erwog er, es einfach zu übersehen, doch dann hinderte ihn sein Pflichtbewusstsein daran. Vielleicht hatte ja auch Carl angerufen. Wie froh war er gestern doch gewesen, den alten Freund mit dem üblichen Grinsen aus dem Hubschrauber springen zu sehen, um zu helfen, Calderone die Handschellen anzulegen. Es war ihr erstes Wiedersehen seit sechs Monaten gewesen. Jonah drückte auf den Wiedergabeknopf des Anrufbeantworters und zog die Stirn in Falten, als er eine unbekannte weibliche Stimme sagen hörte:

„Was du genommen hast, soll auch dir genommen werden."

Das war alles. Jonah fühlte sich einen Moment lang beunruhigt, doch dann verließ er, die kryptische Botschaft einfach ignorierend, mit dem Autoschlüssel in der Hand seine Wohnung. Es reichte eigentlich schon, dass man Telefonmarketing über sich ergehen lassen musste, doch jetzt schienen auch noch irgendwelche obskuren Sekten diesem Beispiel zu folgen. Wenn die Fernsehprediger dazu übergingen, ihre Schäfchen übers Telefon anzuwerben, bräche irgendwann womöglich die gesamte Telekommunikation zusammen.

Drei Stunden später stellte er sein Auto wieder auf dem Parkplatz vor seinem Haus ab und stieg, beladen mit einer Tüte voller Lebensmittel in jedem Arm, aus. Statt des Pferdeschwanzes trug er seine schwarzen Haare jetzt zentimeterkurz. Die neue Frisur symbolisierte, dass er die Geschehnisse der vergangenen sechs Monate hinter sich gelassen hatte. Deshalb fühlte er sich gleich ein paar Pfunde leichter, als er auf das Apartmenthaus zuschlenderte, in dem er wohnte.

Erst kurz vor der Eingangstür sah er die Frau, die ihm den Weg verstellte. In der Erwartung, dass sie einen Schritt beiseite treten und ihn durchlassen würde, blieb er stehen, aber sie nannte ihn beim Namen und kam auf ihn zu.

Mercedes Blaine hatte Angst – so große Angst wie noch nie in ihrem Leben. Bei ihrer letzten Begegnung mit Jonah Slade war sie dreizehn gewesen. Sie war im Haus ihres Vaters hinter ihm hergerannt und hatte ihn gebeten, nicht fortzugehen. Damals hatte sie eine wilde rote Mähne gehabt und eine Zahnspange getragen. Sie war schüchtern, langbeinig, dünn und unsterblich in ihn verliebt gewesen, obwohl er sie kaum beachtet und nur Augen für ihre ältere Schwester Felicity gehabt hatte.

Was natürlich kein Wunder gewesen war. Felicity mit ihren dreiundzwanzig Jahren war atemberaubend schön gewesen – eine gertenschlanke Blondine mit perfekter Frisur und perfekten Zähnen, Attribute, von denen die dreizehnjährige Macie, wie Mercedes seit Kindertagen genannt wurde, nur hatte träumen können.

Irgendetwas an diesem Tag war schief gegangen, das hatte sie damals ganz deutlich gespürt. Irgendetwas, das

Jonah fortgetrieben hatte. Erst zwei Monate später war ihr das ganze Ausmaß des Verrats, den ihr Vater und ihre Schwester an ihm begangen hatten, klar geworden, aber da war es bereits zu spät gewesen. Zu spät, um Jonah zu sagen, dass Felicity das Kind – sein Kind – in Wahrheit gar nicht abgetrieben hatte. Declyn Blaine hatte Jonah Slade als Schwiegersohn nicht haben wollen, und er hatte seinen Willen bekommen. Felicity war nicht nur schön, sondern auch schwach gewesen, und Declyns Drohung, sie ohne einen Cent auf die Straße zu setzen, hatte ihre Wirkung auf sie nicht verfehlt.

Jetzt befürchtete Mercedes, dass sie alle von dieser Lüge eingeholt worden waren, und sie sah es in dieser verzweifelten Situation als ihre Aufgabe an, zu retten, was noch zu retten war.

„Jonah."

Er stutzte. Irgendetwas an dieser Frau kam ihm bekannt vor, aber er wusste nicht, was. Obwohl er sich sicher war, dass er sich an sie erinnern würde, wenn er schon einmal etwas mit ihr zu tun gehabt hätte. Sie sah atemberaubend aus – groß und schlank, und ihr entschlossener federnder Gang deutete darauf hin, dass sie daran gewöhnt war, die Dinge auf ihre Art zu tun. Die tanzenden Sonnenstrahlen brachten ihre langen roten Locken zum Leuchten, und sogar auf die Entfernung hin sah er, dass ihre Augen strahlend grün waren.

„Tut mir Leid", sagte er. „Aber ich glaube nicht, dass wir uns kennen."

Mercedes seufzte. „Zugegeben, ich bin inzwischen fünfzehn Jahre älter und habe keine Drahtspange mehr im

Mund, aber habe ich mich, davon abgesehen, wirklich so sehr verändert?“

Jonahs Herz setzte aus. Fünfzehn Jahre? Wo war er da ...? *Oh, Himmel.*

„Macie?“

Als sie ihren alten Spitznamen hörte, musste sie lächeln. Sie nickte. „Dann erinnerst du dich also doch.“

„Was machst du hier?“ fragte er.

„Ich muss unbedingt mit dir reden“, erwiderte sie.

Jonah wurde sofort wachsam. Vor fünfzehn Jahren war sie ein Mädchen gewesen, doch mittlerweile war sie eine Frau, und das bedeutete, dass ihr nicht mehr zu trauen war, genau wie Felicity damals nicht.

„Ich glaube nicht, dass wir uns etwas zu sagen haben“, gab er schroff zurück und ging an ihr vorbei ins Haus.

Macie runzelte die Stirn. Sie hatte gewusst, dass es nicht leicht werden würde, aber es stand zu viel auf dem Spiel, um so schnell aufzugeben. Eilig ging sie hinter ihm her und betrat im letzten Moment den Aufzug.

Jonah seufzte. Er fand sein Verhalten ihr gegenüber nicht ganz fair, da er wusste, dass es nicht richtig war, Macie für das büßen zu lassen, was ihre Schwester ihm angetan hatte. „Hör zu, Kleine ...“

„Sag nicht Kleine zu mir. Ich bin kein Kind mehr.“

Jonah musterte sie provozierend von Kopf bis Fuß, dann sagte er mit beißendem Unterton: „Wie man sieht.“

Macie zuckte zusammen. Mit so viel Bitterkeit hatte sie nicht gerechnet, obwohl sie es hätte tun sollen. „Bitte, Jonah, du musst mir zuhören.“

„Ich muss gar nichts.“

Der Aufzug hielt, und die Türen öffneten sich. Jonah stieg aus, rückte die Einkaufstüten in seinen Armen zurecht und ging auf sein Apartment zu. Macie blieb ihm dicht auf den Fersen. Als er die Tüten abstellte, um seinen Schlüssel herauszuholen, packte sie ihn am Arm.

„Doch, du musst, verdammt! Felicity ist tot, ermordet. Declyn liegt schwer verletzt auf der Intensivstation, und Evan wurde entführt."

Jonah hatte das Gefühl, als zöge ihm jemand den Boden unter den Füßen weg. Er hörte Macies Worte, aber sein Gehirn konnte sie nicht verarbeiten. Felicty ... tot? Ermordet? Das war undenkbar, absolut unvorstellbar.

Es dauerte eine Weile, bis er schließlich herausbrachte: „Das ... das tut mir Leid. Aber es geht mich nichts an."

Macie holte tief Atem. Es fiel ihr unendlich schwer, das zu sagen, was gesagt werden musste.

„Doch, das tut es", sagte sie. „Es geht dich etwas an, wegen Evan."

„Evan?" fragte Jonah erstaunt. „Wer zum Teufel ist das?"

„Evan ist dein Sohn."

2. KAPITEL

Von jähem Schmerz erfüllt, packte Jonah Macie an den Schultern und presste sie gegen die Wand.

„Ich habe keinen Sohn, das müsstest du eigentlich wissen“, sagte er scharf. „Dafür hat Felicity vor fünfzehn Jahren gesorgt.“

„Du irrst“, widersprach sie. „Sie haben dich getäuscht, Jonah. Declyn hat Felicity gedroht, sie aus dem Haus zu werfen und zu enterben, falls sie dich heiratet.“ Sie hielt inne und beobachtete mit angehaltenem Atem, wie sich auf seinem Gesicht fassungsloses Entsetzen spiegelte.

„Sie hat was?“

„Sie hat das Kind nicht abgetrieben. Ich schwöre bei Gott, dass dies die Wahrheit ist! Gegen das Kind hatte Declyn nichts einzuwenden, immerhin fließt ja auch sein Blut durch dessen Adern, aber dich wollte er unter gar keinen Umständen in die Familie aufnehmen. Deshalb hat er Felicity erpresst, und sie hat sich seiner Forderung gebeugt.“

Jonah hatte plötzlich scheußliche Magenschmerzen. Ein Sohn. Großer Gott, er hatte einen Sohn. Und er hatte die ersten fünfzehn Jahre seines Lebens verpasst ... all seine Anfänge.

Oh Gott, die Anfänge.

Das erste Lächeln.

Das erste Wort.

Der erste Schritt.

Jeden verdammten Anfang, den ein Kind machte, und er hatte sie alle verpasst.

„So ein Schuft", sagte Jonah tonlos, dann wandte er sich von ihr ab.

Er rammte den Schlüssel ins Schloss, schnappte sich die Einkaufstüten, sperrte auf und wollte dann schnell hineinschlüpfen und Macie die Tür vor der Nase zuschlagen. Doch sie war auf der Hut und drängte sich an ihm vorbei in die Wohnung.

„Evans Entführer haben neben Felicitys Leiche einen Zettel zurückgelassen, auf dem die seltsamen Worte *Auge um Auge, Sohn um Sohn* standen. Ich habe keine Ahnung, was sie bedeuten."

Jonah sträubten sich die Nackenhaare, als ihm die merkwürdige Nachricht auf seinem Anrufbeantworter einfiel. Er drehte sich langsam um und starrte auf das rote Lämpchen. Seine Hände zitterten, als er auf den Wiedergabeknopf drückte, um sich die Worte noch einmal anzuhören.

„Oh, mein Gott", entfuhr es Macie entsetzt.

Jonahs Gesicht war ausdruckslos. „Jetzt verstehe ich überhaupt nichts mehr", murmelte er. „Wie kann jemand anders wissen, dass ich einen Sohn habe, wenn ich es bis eben selbst nicht einmal wusste?"

„Evan weiß, dass du sein Vater bist. Er hat dich vor zwei Jahren bei seiner Anmeldung in Exeter sogar als seinen Vater angegeben. Als Declyn davon erfuhr, war er außer sich vor Wut, aber Evan ließ sich davon nicht beeindrucken. Er hatte mit seinem Großvater sowieso ständig Meinungsverschiedenheiten." Über Macies Gesicht huschte ein Lächeln. „Ich glaube nicht, dass Declyn sich je vorgestellt hat, dass die Gene bei Evan eine so starke Rolle spielen könnten."

„Was meinst du damit?"

Macie legte Jonah eine Hand auf den Arm und fuhr fort: „Evan hat große Ähnlichkeit mit dir, Jonah. Er hat von dir nicht nur die Haar- und Augenfarbe, sondern unter anderem auch die Hartnäckigkeit geerbt. Außerdem findet er Declyns snobistisches Getue grässlich und gibt ihm Kontra, wo immer sich eine Gelegenheit ergibt."

Jonah versuchte, sich einen Jungen auf der Schwelle zum Erwachsenwerden vorzustellen, der sich weigerte, einen Vater aufzugeben, der ihn aufgegeben hatte – zumindest in seinen Augen. Das war ein ungeheuer schmerzlicher Gedanke. Abrupt wandte er sich ab, nahm die Minikassette aus dem Anrufbeantworter und steckte sie in seine Hosentasche, während er in sein Schlafzimmer ging.

„Was hast du vor?" fragte Macie, die ihm folgte.

„Meinen Sohn suchen."

Macie war so erleichtert, dass ihr für einen Augenblick fast schwindlig wurde. Sie hatte schon befürchtet, dass Jonah Slade sie abweisen könnte, obwohl sie ihn so dringend brauchte. Sie folgte ihm ins Schlafzimmer.

„Danke, Jonah. Du kannst dir nicht vorstellen, was das für mich bedeutet."

„Ich tue es nicht für dich."

Macie zuckte zusammen. Obwohl es sie schmerzlich berührte, konnte sie sein Misstrauen verstehen, aber sie war trotzdem nicht bereit, sich für den Verrat, den ihre Familie an ihm begangen hatte, in Haftung nehmen zu lassen.

„Ich war damals erst dreizehn. Du kannst mich nicht für etwas verantwortlich machen, was die anderen getan haben."

Jonah, der gerade eine Hand voll Socken in einen Koffer

warf, sah in Gedanken ein mageres dreizehnjähriges Mädchen mit einer Zahnspange vor sich, das jede Gelegenheit genutzt hatte, um in seiner Nähe zu sein. Natürlich wusste er, dass sie Recht hatte, aber es war nicht ganz einfach, sich an das Kind von damals zu erinnern, wenn er die Frau von heute vor sich sah.

„Wenn ich nicht gewesen wäre, hätte Evan nie erfahren, wer sein Vater ist", sagte sie.

Jonah musterte sie argwöhnisch.

Macie seufzte. Es schien ein fast aussichtsloses Unterfangen, sein Vertrauen zu erringen.

„Du? Warum?" fragte Jonah.

„Weil er gefragt hat. Mit sechs wollte er von mir wissen, wer sein Daddy ist. Ich erzählte ihm, dass sein Vater irgendwo draußen in der Welt für eine gerechte Sache kämpft. Damit gab er sich eine Weile zufrieden, aber als er zwölf war, fragte er, warum sein Daddy ihn nie besuchen kommt. Da habe ich ihm die Wahrheit erzählt. Das Verhalten seiner Mutter hat ihn nicht sonderlich überrascht, aber auf Declyn war er sehr wütend. Felicity hat mir nie verziehen, dass ich das getan habe, und Declyn hat mir verboten, je wieder einen Fuß in sein Haus zu setzen."

Macie machte eine kurze Pause, und als sie fortfuhr, hörte Jonah ein leises Zittern in ihrer Stimme mitschwingen. „Ich war seit jenem Tag nicht mehr dort – bis gestern natürlich –, auch wenn ich mit Evan telefonisch und durch E-Mail ständig in Verbindung geblieben bin."

Jonah starrte sie immer noch misstrauisch an, obwohl er ihr das, was sie getan hatte, hoch anrechnete. Sie hatte sich Declyn Blaine ohne Rücksicht auf die Folgen widersetzt.

Jetzt schlug sie sich sichtlich aus der Fassung gebracht die Hände vors Gesicht.

„Ich musste Felicitys Leiche identifizieren und im Krankenhaus meine Zustimmung geben, dass mein Vater lebensverlängernde Maßnahmen erhält", stieß sie tonlos hervor. „Obwohl ein Teil von mir gute Lust gehabt hätte, den Dreckskerl einfach sterben zu lassen", fügte sie bitter hinzu.

Jonah zuckte zusammen. Offenbar war sie nervlich völlig am Ende, sonst würde sie so etwas nicht sagen. „Es tut mir wirklich Leid, Macie ... ich weiß, wie viel Felicity dir bedeutet hat." Er holte tief Luft und versuchte, so sachlich wie möglich zu klingen, als er sie fragte: „Und warum hast du Evan von mir erzählt, aber mir umgekehrt nie von ihm?"

„Ich hatte es vor, aber ich wusste nicht, wo du warst. Ich habe mehrere Anläufe unternommen, dich zu finden, doch du warst wie vom Erdboden verschluckt. Alles, was ich wusste, war, dass du für die Regierung arbeitest, aber mit dieser Information konnte ich nicht viel anfangen. Gestern musste ich meine gesamte Überredungskunst aufbringen, um einem Senator zu entlocken, wo du dich aufhältst. Daraufhin bin ich sofort mit einer Chartermaschine hierher geflogen und habe mehr als zwei Stunden vor deiner Tür auf dich gewartet, obwohl ich nicht einmal weiß, ob Evan noch lebt. Er ist so ein großartiger Junge, Jonah. Du kannst stolz auf ihn sein. Er hat nicht die geringste Ähnlichkeit mit Declyn." Sie machte eine kurze Pause und fuhr dann mit zitternder Stimme fort: „Evan ist alles, was ich noch habe, und ich will ihn nicht auch noch verlieren."

Sie klang so verzweifelt, dass ihm nichts anderes übrig blieb, als sie in den Arm zu nehmen und zu trösten. Dabei versuchte er sich einzureden, dass er sie früher schließlich oft freundschaftlich umarmt hatte und dass es in einer Krisensituation ganz normal war, wenn ein Mensch den anderen tröstete. Aber fünfzehn Jahre waren eine lange Zeit, und Macie Blaine war nicht mehr das magere Mädchen, sondern eine atemberaubend schöne Frau. Schließlich ließ er sie wieder los und wich einen kleinen Schritt zurück, weil er ihr bei dem, was er gleich sagen wollte, ins Gesicht sehen musste.

„Ich komme mit ... ich muss meinen Sohn suchen, und ich werde alles tun, was in meiner Macht steht, um ihn zu finden. Aber sei gewarnt: Ich werde nicht zulassen, dass ich noch mehr Zeit mit ihm verliere. Ab jetzt werde ich in seinem Leben präsent sein, egal, ob das den Blaines passt oder nicht."

Macie, der jetzt die Tränen über die Wangen strömten, nickte. „Das ist nur allzu verständlich, und ich wüsste nicht, wer dir da widersprechen sollte. Bis auf mich ist ja niemand mehr da, der es tun könnte ... außer Declyn natürlich, aber er ist im Augenblick nicht dazu in der Lage. Vielen, vielen Dank, Jonah. Du kannst dir gar nicht vorstellen, wie froh ich bin."

Zärtlich umschloss sie sein Gesicht mit den Händen und küsste ihn spontan mitten auf den Mund. Jonah reagierte nicht, aber damit hatte sie auch nicht gerechnet. Sie wusste weder, dass er wie gelähmt war vor Schreck, noch, dass sein Begehren erwachte, sobald sie ihn losgelassen hatte. Ihm war klar, dass dieser Kuss nur eine Geste der Dankbarkeit gewesen war, aber Jonah befürchtete, ihn so schnell nicht vergessen zu können.

In dem Moment, als er seinen Koffer zumachte, klingelte

das Telefon. Diesmal nahm er ab. „Ja?“ meldete er sich schroff.

Am anderen Ende der Leitung folgte ein kurzes Schweigen, dann hörte man ein leises Auflachen. „Nun gut. Das beantwortet meine erste Frage, ohne dass ich sie stellen muss.“

Jonah entspannte sich. Es war Carl French, sein alter Freund und Kollege.

„Tut mir Leid, Carl, aber ich bin im Moment ziemlich beschäftigt.“

„Hoffentlich habe ich dich nicht geweckt. Ich weiß, dass du einen unruhigen Heimflug hattest. Warst du schon bei der Einsatzbesprechung?“

„Nein, du hast mich nicht geweckt, und ja, ich war schon bei der Einsatzbesprechung.“

„Na, bestens. Was ist, hast du nicht Lust, irgendwann später mit mir essen zu gehen?“

Er hätte Carl gern erzählt, was passiert war, aber die Zeit drängte. „Geht leider nicht. Ich bin in Eile, aber ich melde mich bei dir, sobald ich kann, alles klar?“

„Alles klar, und pass gut auf dich auf“, sagte Carl und legte auf.

„Wer war das denn?“ fragte Macie.

Jonah griff nach seinem Koffer. „Ein Freund. Können wir?“

„Ja.“

„Schön, dann lass uns gehen.“

Als der Van, in dem Evan Blaine transportiert wurde, langsamer fuhr und schließlich anhielt, wurde dem Jungen schlagartig übel. Wenn er sich nicht täuschte, war er vor

Stunden von einem Auto in ein anderes verfrachtet worden, aber ganz genau wusste er es nicht, weil man ihm die Augen verbunden hatte. Wie er in das erste Fahrzeug gekommen war oder auf welchem Weg er das Haus seines Großvaters verlassen hatte, wusste er ebenfalls nicht mehr. Das Letzte, woran er sich erinnern konnte, waren Rosas Schreie gewesen, die Schüsse und sein Großvater, der in seltsam verkrümmter Haltung auf dem Boden lag.

Nachdem er wieder zu sich gekommen war, hatte er sich so hundeelend gefühlt, dass er am liebsten geweint hätte, aber aus irgendeinem Grund konnte er es nicht. Er wusste, dass man ihn entführt hatte, und doch gelang es seinem Gehirn offenbar nicht, diese Information zu verarbeiten, weil er sich absolut nicht vorstellen konnte, was das eigentlich bedeutete. Und er wusste auch, dass seine Mutter tot war, weil er sie in ihrem Blut hatte liegen sehen. Er hatte versucht wegzuschauen, aber der Anblick ihres einst platinblonden Haares, das sich erdbeerrot verfärbt hatte, war so unvorstellbar grauenhaft gewesen, dass er wie gebannt hingestarrt hatte.

Dann war er losgerannt, an seinem Großvater vorbei, der auf dem Boden lag. Er war um sein Leben gerannt, aber es hatte ihm nichts genutzt. Danach erinnerte er sich nur vage, dass man ihn wohl von einem Fahrzeug in ein anderes gezerrt hatte, das dann stundenlang durch die Gegend gefahren war. Und als sie jetzt wieder anhielten, spannte er sich an und machte sich darauf gefasst, erneut in ein anderes Fahrzeug verfrachtet zu werden.

Aber das passierte nicht. Stattdessen zerrten die Entführer ihn aus dem Wagen, und als sie ihn auf die Füße stellten, schwankte er. Irgendjemand fluchte auf Spanisch und riss ihn hoch, bevor er fallen konnte. Aus der Hitze und dem Wind auf seinem Gesicht glaubte er schließen zu können, dass es immer noch Tag war. Er horchte, ob er irgendwelche Verkehrsgeräusche hörte, aber da waren nur Wellen, die gegen Felsen klatschten, und über seinem Kopf kreischende Möwen. Er roch Meer und Staub, und als er hörte, dass seine Schritte auf einer Art Holzfußboden widerhallten, wusste er, dass sie ein Gebäude betreten hatten. Zögernd blieb er einen Moment stehen, wurde jedoch sofort brutal weitergezerrt.

„Los, mach schon."

Die Stimme des Mannes hallte von den Wänden wider, und Evan glaubte daraus schließen zu können, dass sie sich in einem großen – und leeren Gebäude – befanden, vielleicht einer Lagerhalle. Als sie ihn weiterzerrten, suchte er erneut nach weiteren Anhaltspunkten für seinen Aufenthaltsort. Plötzlich zuckte er erschrocken zusammen, als sich eine Hand auf seinen Rücken legte. Dann versetzte ihm jemand überraschend einen harten Stoß. Da seine Hände immer noch auf dem Rücken gefesselt waren und er sich nicht abstützen konnte, fiel er mit dem Gesicht voran hin und biss sich auf die Zunge, als er mit der Stirn hart auf dem Boden aufschlug. Er verspürte einen kurzen, scharfen Schmerz, dann schmeckte er Blut. Weil er immer noch geknebelt war, blieb ihm nichts weiter übrig, als das Blut zu schlucken, wodurch sich seine Übelkeit noch verstärkte.

Als er aufstöhnte, versetzte ihm jemand mit einem gemeinen Auflachen einen brutalen Tritt zwischen die Rippen, sodass er über den Fußboden rollte. Ihm war noch ganz schwindlig vor Schmerz, und daher merkte er kaum, dass sich die Männer entfernten. Gleich darauf fiel in der Nähe eine Tür ins Schloss. Es dauerte ein wenig, bis ihm klar wurde, dass seine Hände nicht mehr gefesselt waren, und schließlich gelang es ihm, sich aufzusetzen. Langsam begann das Blut in seinen tauben Armen und Beinen wieder zu zirkulieren. Schließlich konnte er seinen Arm wieder bewegen. Er riss die Augenbinde ab und zog den Knebel aus dem Mund. Hinter seiner Stirn hämmerte es, und seine Rippen taten höllisch weh, aber immerhin war er jetzt zum ersten Mal ungefesselt und allein. Mit diesem Wissen brach sich aber auch seine Verzweiflung Bahn. Seine Mutter war tot. Trotz ihrer Schwäche und Oberflächlichkeit war Felicity doch seine Mutter gewesen. Und Declyn, auch wenn er arrogant und tyrannisch gewesen war, sein Großvater. Und er, Evan, hatte mit ansehen müssen, wie sie gestorben waren. Jetzt war außer ihm von ihrer Familie nur noch Tante Macie übrig. An seinen Vater, den er nie kennen gelernt hatte, wagte er nicht zu denken, und erst recht wagte er es nicht, auf ihn zu zählen.

Verzweifelt gegen Schmerz und Übelkeit ankämpfend, versuchte er mühsam sich aufzurappeln. Als er endlich auf den Beinen stand, schaute er sich zum ersten Mal um.

Der Raum, in dem er sich befand, war klein und wirkte, als ob er von einem größeren abgetrennt worden wäre. Die Decke war gewölbt, wie die einer Höhle, doch die Konstruktion war offenbar aus einer Art Wellblech. Auf der einen Seite gab es eine winzige Zelle, die ein noch winzigeres Waschbecken sowie ein durchdringend nach Urin stinkendes Klo beherbergte. Nachdem er sich erleichtert hatte, versuchte er sich im Waschbecken die Hände zu waschen, aber alles, was aus dem Wasserhahn herauskam, war eine fette schwarze Kakerlake. Angewidert schrak er zurück, dann taumelte er aus der winzigen Zelle hin zu einem mit Brettern vernagelten Fenster. In der Hoffnung, einen Blick auf etwas zu erhaschen, das ihm Aufschluss über seinen Aufenthaltsort geben könnte, versuchte er, durch die Ritzen der Bretter zu spähen, doch er sah nur einen schwachen Lichtschimmer. Vorsichtig schob er seine Finger in den schmalen Spalt, biss die Zähne zusammen und zerrte mit aller Kraft. Doch es tat sich absolut nichts. Er versuchte es erneut, indem er die Finger noch weiter in den schmalen Spalt schob und mit all seiner verbliebenen Kraft zerrte. Seine Finger waren immer noch ein wenig taub, da die Blutzirkulation noch nicht richtig in Gang gekommen war, und die Muskeln in seinen Armen waren steif und schmerzten, aber er musste zumindest versuchen, dieser stinkenden Hölle zu entkommen.

Er spannte die Muskeln an und zerrte wieder mit aller Kraft, bis ihm der Schweiß auf der Stirn ausbrach und in die Augen lief. Das Brennen war fast angenehm, weil es ihn daran erinnerte, dass er noch lebte, und wo Leben war, da war Hoffnung. Seine Fingerspitzen fingen an zu brennen, und gleich darauf verlagerte sich der Schmerz unter seine Fingernägel. Ohne zu wissen, was er tat, riss er so gewaltsam an dem Brett, dass sich seine Fingernägel von der darunter liegenden Haut abzulösen begannen. Erst als ihn ein heftiger Schmerz durchzuckte, ließ er los. In dem Moment, in dem seine Finger wegrutschten und er zurücktaumelte, schrammten seine Fingerspitzen über das Holz, wobei sich Holzsplitter unter seine Nägel schoben.

„Gott", stöhnte er und ging vor Schmerz in die Knie.

Er schaute auf seine Hände und hielt nach den Splittern Ausschau, die kaum sichtbar in seiner Haut steckten. Als er die Blutstropfen sah, die unter seinen Fingernägeln hervorsickerten, begann er zu zittern. Und endlich kamen auch die schon lange überfälligen Tränen – heiße, erstickende, aus Hoffnungslosigkeit und Angst geborene Tränen.

„Helft mir", flüsterte er, bevor er auf den Boden glitt und zur Seite rollte. „Irgendjemand muss mir helfen."

Er zog die Knie an seine Brust, barg seinen Kopf in den Armen und ließ seinen Tränen freien Lauf.

Nachmittag: Das Anwesen der Blaines in Bel Air

Jonahs Nackenhaare stellten sich auf, als das Taxi durch die geöffnete Schranke die Einfahrt zur Blaine-Villa hinauffuhr. Zwei Häuserblocks weiter lauerte hinter dem gelben Polizeiabsperrband eine hungrige Reportermeute darauf, wenigstens ein paar Kameraeinstellungen zu bekommen, die man in den Sechs-Uhr-Nachrichten verwenden konnte. Jonah spürte, wie Macie neben ihm sich immer mehr in sich verkroch, so als ob sie versuchte, den Kameraobjektiven zu entkommen. Ein Teil von ihm wünschte sich, den Helden spielen und sie beschützen zu können, aber sie wirkte nicht hilflos, und zudem war er sich nicht sicher, ob er mit einer Blaine Frieden schließen wollte.

Bei seinem letzten Besuch hier war er tausend Tode gestorben. Obwohl das alles fünfzehn Jahre her war, krampfte sich sein Magen bei dem Gedanken an das Geschehene genau wie damals zusammen, ein Umstand, der ihm nicht gerade behagte. Er wollte nicht hier sein, und ohne seinen Sohn, von dessen Existenz er nicht einmal etwas geahnt hatte, wäre er nie zurückgekommen. Er drehte sich um und schaute mit gerunzelter Stirn aus dem Heckfenster.

„Warum wird die Einfahrt nicht bewacht ... und warum zum Teufel steht die Schranke offen?"

„Das wirst du gleich sehen", gab Macie zurück.

Langsam fuhr das Taxi die gewundene Einfahrt hinauf. Als die Villa in Sicht kam und Jonah das massive Polizeiaufgebot sah, wurde ihm klar, warum keine Notwendigkeit bestand, an der Einfahrt Wachen zu postieren. Hier würde kein Unbefugter hineinkommen. Eine Entführung war ein Verbrechen, das stets oberste Priorität hatte, und wenn der Enkel eines milliardenschweren Geschäftsmannes wie Declyn Blaine betroffen war, wollten alle, die etwas zu sagen hatten, mitmischen. Außer einer großen Anzahl von Streifenwagen standen überall Zivilfahrzeuge herum, mit denen die Leute vom FBI gekommen waren.

„Verdammt. Da fragt man sich, ob überhaupt noch irgendjemand in D. C. geblieben ist, um die Stellung zu halten."

Macie drückte dem Fahrer ein paar Scheine in die Hand und stieg dann aus. Jonah nahm den Koffer entgegen, den der Taxifahrer aus dem Kofferraum geholt hatte, und folgte ihr zum Haus. Auf der Treppe wurde Macie von zwei uniformierten Polizisten angehalten, aber noch ehe sie dazu kam, sich auszuweisen, trat ein hoch aufgeschossener, schlaksiger Mann in einem blauen Anzug dazwischen.

„Das ist Mercedes Blaine“, sagte er knapp. „Lassen Sie sie durch.“

Macie erkannte in ihm den FBI-Agenten, der sich ihr gestern bereits kurz vorgestellt hatte.

„Agent Ruger, richtig?“

„Richtig, Ma'am“, bestätigte er. „In Zukunft möchte ich Sie bitten, mich zu informieren, wenn Sie die Stadt verlassen.“

„Ich hatte meine Gründe“, antwortete sie.

„Ist er der Grund?“ fragte Ruger und schaute auf Jonah.

„Na, so was. Ruger“, sagte Jonah. „Ist eine Weile her.“

„Ihr kennt euch?“ fragte Macie überrascht.

Jonah zuckte mit den Schultern.

Ruger nickte und fügte dann an Jonah gewandt hinzu: „Was zum Teufel machen Sie hier? Sie haben hier doch gar nichts zu suchen.“

„Jonah ist Evans Vater“, erklärte Macie.

Diesmal war es Ruger, der überrascht aussah. „Na, das ist ja ein Ding“, brummte er und starrte Jonah an, als ob er ihn noch nie gesehen hätte. „Ich wusste gar nicht, dass Sie ein Kind haben.“

„Ich auch nicht“, erwiderte Jonah schroff. „Was wissen Sie über die Entführung? Gibt es schon eine Lösegeldforderung?“

Ruger, der nicht wusste, wie er das eben Gehörte einordnen sollte, hätte gern noch ein bisschen nachgebohrt, aber Slades Gesichtsausdruck verriet ihm, dass er nicht mehr aus ihm herausbekommen würde.

„Wir wissen nicht viel, und eine Lösegeldforderung gibt es bisher nicht ... aber damit war auch nicht zu rechnen. Die

Nachricht, die die Entführer neben Miss Blaines Leiche zurückgelassen haben, weist eher darauf hin, dass es sich bei der Entführung um eine Art Racheakt handelt, aber bis jetzt haben wir noch nichts in Declyn Blaines Vergangenheit gefunden, was diesen Verdacht untermauern könnte."

„Das werden Sie auch nicht, weil man sich an mir rächen will", sagte Jonah. Er holte die Minikassette von seinem Anrufbeantworter aus der Tasche und übergab sie Ruger. „Diese Nachricht hat heute Morgen jemand auf meinen Anrufbeantworter gesprochen."

Der Agent war völlig perplex. „Man will sich an Ihnen rächen? Wie kommen Sie denn darauf, dass das etwas mit Ihnen zu tun haben könnte?"

„Sagt Ihnen der Name Miguel Calderone etwas?"

„Der kolumbianische Drogenboss? Gewiss."

„Ich habe vor vier Tagen seinen ältesten Sohn erschossen. In Notwehr."

Ruger stieß einen Fluch aus, dann drehte er sich auf dem Absatz um und stürmte davon.

Jetzt eilte eine kleine Frau lateinamerikanischer Abstammung in die Eingangshalle. „Miss Blaine! Da sind Sie ja wieder!" rief sie sichtlich erleichtert aus.

Macie nickte. Es war nicht zu übersehen, dass sich Rosa so ganz allein mit der Polizei nicht besonders wohl gefühlt hatte. Obwohl sie jetzt amerikanische Staatsbürgerin war und von der Einwanderungsbehörde nichts mehr zu befürchten hatte, wurde sie schon beim Anblick einer Polizeiuniform nervös.

„Ja, da bin ich wieder", sagte Macie freundlich und umarmte die kleine Frau, die seit zweiundzwanzig Jahren in den Diensten ihres Vaters stand, spontan. „Geht es Ihnen heute ein bisschen besser?“

Rosa begann zu weinen. „Ach, das ist ja alles so schrecklich traurig. Miss Felicity ... Mr. Declyn ... und der *niño ... madre di Dios*!“

Macie gab sich alle Mühe, nicht ebenfalls in Tränen auszubrechen. „Ich weiß, ich weiß. Ich darf gar nicht daran denken, wie es Evan im Moment wahrscheinlich geht, aber wir müssen fest daran glauben, dass er wieder zu uns zurückkommt.“

Rosa zog ein Taschentuch aus der Tasche, bevor sie einen Schritt zurücktrat und sich die Nase putzte. Erst jetzt wurde ihr klar, dass der Mann, der mit Macie gekommen war, nicht vorhatte, wieder zu gehen.

„*Señor*? Kann ich irgendetwas für Sie tun?“

Jonah griff nach seinem Koffer. „Vermutlich gibt es hier im Haus irgendwo ein Gästezimmer. Ich werde wohl eine Weile bleiben müssen.“

Rosa schaute Macie fragend an, die nickte. „Zeigen Sie ihm das Zimmer gegenüber von meinem“, bat sie.

„*Señora*?“

„Ich weiß nicht, ob Sie sich noch an ihn erinnern, aber das ist Jonah Slade. Er ist Evans Vater“, sagte Macie.

Überrascht schnappte Rosa nach Luft, dann bekreuzigte sie sich eilig, bevor sie Jonah den Koffer aus der Hand nahm. „Gott sei Dank“, sagte sie leise, während sie den Mann neben sich mit einem neugierigen Blick von der Seite streifte.

„Danke, lassen Sie, ich nehme ihn schon“, wehrte Jonah ab und wollte wieder nach dem Koffer greifen, doch Rosa schüttelte den Kopf. „Nein, *Señor*. Es ist mir eine Ehre.

Bitte, folgen Sie mir. Bis die Putzleute fertig sind, müssen wir die Hintertreppe benutzen", fügte sie hinzu, und dann bekreuzigte sie sich wieder, als sie an der Treppe vorbeiging, auf der Felicity gestorben war.

Macie vermied es hinzuschauen. Sie hatte die Treppe mit den Blutflecken schon zu oft gesehen. Aber Jonah ließ seinen Blick über die drei Männer in den Overalls schweifen, die auf Knien die mit Teppich belegten Stufen schrubbten. Das Reinigungsmittel roch so streng, dass es in den Augen brannte, aber es war der nur noch schwach sichtbare Blutfleck, der ihn veranlasste stehen zu bleiben.

Hier, an dieser Stelle, war Felicity gestorben. Felicity mit dem unbeschwerten Lachen und den funkelnden Augen – die Frau, die ihn in einer Weise verraten hatte, wie er es nie für möglich gehalten hätte. Während er auf den Fleck starrte, stellte er sich vor, wie das Leben aus ihr herausströmte. In diesem Augenblick wurde ihm klar, dass Evan es gesehen haben musste – das und noch mehr. Zorn stieg in ihm auf, vermischt mit einem Gefühl von deprimierender Hilflosigkeit.

Wenn sie ihn damals nicht belogen hätte, wäre das alles nicht passiert. Denn mit dem Wissen um einen Sohn hätte er sich für eine andere berufliche Laufbahn entschieden. Dass man sich als verdeckter Ermittler Todfeinde machte, blieb nicht aus, aber man durfte diesen nie Gelegenheit geben, sich an jemand anders als an einem selbst zu rächen. Und jetzt hatte er, ohne es zu wissen, einen unschuldigen Jungen in Lebensgefahr gebracht. Einen unschuldigen Jungen, der zu allem Überfluss auch noch sein eigener Sohn war.

„Jonah."

Er blinzelte und wandte sich erschauernd ab. Macie erwartete ihn an der hinteren Treppe. Rosa war bereits außer Sichtweite.

„Hier entlang", sagte Macie.

Als er die Treppe hinaufschaute, zog sich sein Magen schmerzhaft zusammen. Fast erwartete er, Felicity mit ihrem leicht spöttischen Lächeln auf dem obersten Absatz stehen zu sehen.

„Ja, ich erinnere mich", meinte er, dann ging er vor ihr die Treppe nach oben.

Macie seufzte. Beim Gedanken daran, was Jonah jetzt wohl fühlen mochte, wurde ihr das Herz schwer. Aber sie wollte nicht darüber nachsinnen, dass seine Rückkehr an diesen Ort für ihn viele schlimme Erinnerungen mit sich brachte. Im Moment war nur wichtig, dass Evan wohlbehalten zurückkam.

Als Jonah den Flur im ersten Stock betrat, sah er, dass Rosa bereits am unteren Ende wartete.

„Hier ist Ihr Zimmer, *Señor*", rief sie. „Wenn Sie etwas brauchen, sagen Sie einfach Bescheid."

„Danke", erwiderte er und warf ihr im Vorbeigehen einen Blick zu. „Ich kenne Sie noch von früher, stimmt's?"

Rosa nickte. „Sie haben mein Auto repariert, als es irgendwann nicht ansprang."

„Ach ja, richtig. Es war ein zweiundsechziger Ford Falcon, nicht wahr?"

Sie lächelte. *„Sí, Señor.* Das war damals sehr freundlich von Ihnen."

Jonahs Miene wurde verschlossen. „Es ist lange her",

sagte er, dann nahm er ihr den Koffer aus der Hand, betrat das Zimmer und schloss die Tür hinter sich.

Macie lächelte Rosa an, als sie mit ihr zusammen den Flur hinunterging.

„Bestimmt möchten Sie heute Abend etwas essen, oder?“ erkundigte sich Rosa.

Macie seufzte. Essen war das Letzte, wonach ihr im Moment der Sinn stand, aber es war bestimmt nicht gut, mit leerem Magen zu Bett zu gehen.

„Ja, bitte. Aber nichts Aufwändiges. Vielleicht eine Suppe und ein paar Schnittchen, das reicht.“

„Oh, nein, Miss Macie ... ich werde richtig kochen ... wie immer. Sie müssen essen, dann fühlen Sie sich bestimmt gleich ein bisschen besser.“

Macie ahnte, dass es eher Rosa sein würde, die sich besser fühlte, wenn sie kochen konnte, und daher wollte sie ihr diesen kleinen Trost nicht nehmen. Es war das Mindeste, was sie für sie tun konnte.

„Ja, danke“, sagte sie. „Wahrscheinlich haben Sie Recht.“

Rosa, die froh war, wieder jemanden aus der Familie im Haus zu haben, verschwand in ihrer Küche, wo die Welt immer noch in Ordnung war.

So viel Glück hatte Macie nicht. Sie war in diesem Haus aufgewachsen, in dem sie sich trotz des übertrieben schwelgerischen Stils, den Declyn bevorzugte, zu Hause gefühlt hatte. Nach dem Zerwürfnis mit ihrem Vater hatte sie nicht mehr damit gerechnet, jemals wieder zurückzukehren – und ganz gewiss nicht unter diesen Umständen.

Als sie daran dachte, dass ihre Schwester kalt und leblos in einer Leichenhalle lag, hätte sie ihre Trauer und ihren

Schmerz am liebsten laut herausgeschrien. Dass ihr Vater in lebensbedrohlichem Zustand auf einer Intensivstation lag, wäre für sie unter normalen Umständen Anlass zu großer Besorgnis gewesen, aber jetzt war sie ganz und gar von der Sorge um Evan in Anspruch genommen. Sie durfte sich nicht vorstellen, was für Todesängste der arme Junge auszustehen hatte. Und sie würde es sich nicht erlauben, an etwas anderes zu denken als an seine Rettung. Evan mit dem freundlichen Herzen und dem zärtlichen Lächeln musste unter allen Umständen wohlbehalten nach Hause zurückkehren.

3. KAPITEL

Auch wenn Jonah zum Auspacken nur drei Minuten brauchte, kehrte in dieser kurzen Zeitspanne die Vergangenheit in jeder Einzelheit zurück. Seine Beziehung zu Felicity lag mittlerweile fünfzehn Jahre zurück, und obwohl er wusste, dass sie tot war, war ihre Anwesenheit in diesem Haus so stark zu spüren, dass er meinte, sie könne jeden Moment ins Zimmer kommen. Nachdem er sie so viele Jahre für das, was sie ihrer eigenen Aussage nach getan hatte, gehasst hatte, musste er sich jetzt an eine ganz neue Situation, an eine ganz andere Art von Verrat gewöhnen. Sie hatte nicht abgetrieben, aber das, was sie und ihr Vater getan hatten, lief auf einen Diebstahl der schändlichsten Art hinaus. Sie hatten ihm sein Kind gestohlen. Und jetzt hatte es ihm Miguel Calderone gestohlen. Bei der Vorstellung, was Evan erleiden musste – und zwar seinetwegen –, wurde ihm übel. Er hatte mit eigenen Augen gesehen, zu welchen Grausamkeiten Calderone fähig war, und wenn dieser Mann es so wollte, würde ein fünfzehnjähriger Junge keine Chance haben. Er konnte sich allerdings immer noch nicht erklären, woher Calderone von Evan wusste oder wie er herausgefunden hatte, wer Jonah in Wirklichkeit war. Irgendjemand musste ihn verraten haben, eine andere Erklärung gab es nicht.

In diesem Augenblick klingelte sein Handy. Er zuckte zusammen und schaute mit gerunzelter Stirn auf das Display, wo die Nummer des Anrufers aufleuchtete.

„Hier Slade“, meldete er sich.

„Gibt es irgendetwas, das Sie mir erzählen möchten?“

Der Direktor. Jonahs Stirnfalten vertieften sich noch. Es war anzunehmen, dass sich Ruger bereits mit seinen Vorgesetzten in Verbindung gesetzt hatte, die sich daraufhin an den CIA-Chef gewandt hatten.

„Ich habe ein Problem“, sagte Jonah.

„Das ist mir zu Ohren gekommen. Wie können wir helfen?“

„Indem Sie meinen Sohn finden, bevor Calderone ihn abschlachtet.“

Es folgte ein kurzes Schweigen und dann ein Aufseufzen. „Behalten Sie es für sich, aber wir haben einem FBI-Agenten namens Ruger bereits jede Hilfe zugesagt.“

„Vielen Dank, Sir.“

„Keine Ursache.“

„Sir ... ich habe eine große Bitte an Sie.“

„Ja?“

„Ich glaube, je weniger Leute meine wahre Identität kennen, desto besser ist es für Evan.“

„Was meinen Sie damit?“

„Calderone kannte mich nur als Juan Diego Ramirez, und mir ist schleierhaft, woher er erfahren hat, wer ich wirklich bin. Und noch schleierhafter ist mir, woher er weiß, dass ich einen Sohn habe. Himmel, Sir, ich wusste es ja bis heute Morgen selbst nicht.“

„Ich verstehe. Sicher, es könnte da eine undichte Stelle geben. Ich werde mich persönlich darum kümmern.“

„Ja, Sir. Danke, Sir“, sagte Jonah.

Der Direktor fügte hinzu: „Sie wissen, dass Sie an der Aufklärung dieses Falles offiziell nicht mitwirken können. Er liegt in der Zuständigkeit des FBI. Davon abgesehen wissen Calderones Leute inzwischen, wer Sie sind, wie Sie selbst sagen."

„Ja, Sir, das ist mir bewusst, aber ich kenne Calderone. Obwohl er in Haft ist, gibt er immer noch den Ton an. Ich glaube, er hat meinen Sohn in seine Gewalt gebracht, weil er will, dass ich leide. Ich befürchte, dass er in spätestens achtundvierzig Stunden aus dem Gefängnis den Befehl gibt, Evan in seine Einzelteile zerlegt an mich zurückzuschicken. Offensichtlich wissen er und seine Leute nicht, dass ich bis heute von Evans Existenz nicht die geringste Ahnung hatte, sonst hätten sie sich auf eine andere Rachemethode verlegt. Aber das spielt jetzt alles keine Rolle mehr. Sie haben ihn. Und jetzt werden sie dafür sorgen, dass ich beim Tod meines Sohnes ebenso leide wie Calderone beim Tod seines Sohnes gelitten hat. Doch wenn sie nicht wissen, wo ich mich aufhalte, gewinnen wir vielleicht ein bisschen Zeit."

„Ja, ich verstehe, was Sie mir sagen wollen, und da Sie Calderone besser kennen als wir alle, lassen wir Ihnen freie Hand ... bis auf einen einzigen Punkt, Slade. Ruger hat die Verantwortung, vergessen Sie das nicht. Und versuchen Sie nicht, den Helden zu spielen."

„Ich spiele überhaupt nichts, Sir. Das Ganze ist nämlich alles andere als ein Spiel. Ich tue einfach nur das, was in meiner Macht steht, um den Jungen zu finden."

„Machen Sie sich keine Illusionen, Slade. Es könnte bereits zu spät sein."

„Dann sollte Calderone sich vorsehen, weil ihn dann nämlich die Gefängnismauern auch nicht vor mir beschützen werden."

Damit verabschiedete sich Jonah eilig, um zu verhindern,

dass ihm sein Chef Befehle erteilte, die er vielleicht missachten musste. Er hatte ohnehin schon mehr gesagt, als angebracht war, aber die Sache ging ihm so unter die Haut, dass er seine Worte nicht auf die Goldwaage legen konnte. Was immer ihm auch zustoßen mochte, es war unwichtig, wenn Evan nur gerettet werden konnte.

Während er tief Luft holte, klopfte es an seiner Tür. Immer noch innerlich aufgewühlt, fuhr er herum, und sein barscher Tonfall spiegelte seine Gefühle wider.

„Ja?"

Ruger trat ins Zimmer. „Hätten Sie vielleicht ein paar Minuten Zeit? Ich würde gern einige Dinge mit Ihnen besprechen."

„Hier?" fragte Jonah.

„Nein, unten."

„Okay, aber lassen Sie mich vorher noch etwas klarstellen. Ich will nicht, dass über meinen Aufenthalt hier noch mehr durchsickert, als es bis jetzt schon der Fall ist. Das heißt, offiziell bin ich nur wegen Miss Blaine hier. Behaupten Sie, dass ich ihr Leibwächter bin. Oder ihr Freund oder was auch immer Sie wollen. Hauptsache, Sie nennen mich nicht bei meinem Namen und erwähnen nicht, dass Evan mein Sohn ist. Ist das klar?"

„Zwei Agenten wissen es aber bereits", entgegnete Ruger. „Sie analysieren gerade die Kassette, die Sie uns gegeben haben."

„Dann sagen Sie ihnen, dass sie gefälligst den Mund halten sollen."

„Kein Problem, aber wozu diese Geheimniskrämerei?"

„Glauben Sie mir ... auf diese Weise bleibt der Junge vielleicht ein bisschen länger am Leben. So, und was wollten Sie jetzt mit mir besprechen?"

„Wir haben ein Video, das die Überwachungskamera aufgezeichnet hat. Es ist sicher kein schöner Anblick, aber der Ablauf der Ereignisse ist weitgehend darauf festgehalten. Da ich gehört habe, dass Sie in den letzten paar Monaten in Kolumbien Urlaub gemacht haben, kann es nicht schaden, wenn Sie es sich mal ansehen. Vielleicht erkennen Sie ja jemanden wieder."

Jonah verzog das Gesicht. Urlaub? Richtig. In der Hölle.

„Ja, in Ordnung."

„Gut. Dann kommen Sie jetzt", sagte Ruger.

Jonah hatte sich nie auszumalen versucht, wie sich ein zum Tode Verurteilter auf seinem letzten Gang wohl fühlen mochte, aber jetzt glaubte er, dass er sich nicht viel schlechter fühlen konnte als er selbst im Moment. Sein Schuldgefühl drohte ihn beinahe zu ersticken. Verdammter Miguel Calderone und verdammter Declyn Blaine.

Und Ruger nahm zu allem Überfluss auch noch die Vordertreppe. Die Putzkolonne war verschwunden, doch in der Luft hing immer noch der durchdringende Geruch von starken Desinfektions- und Reinigungsmitteln. Jonah blieb oben an der Treppe stehen und starrte auf die feuchten Flecken, die nach der Reinigung auf dem Teppichboden zurückgeblieben waren.

„Du Dreckskerl", murmelte er voller Hass.

Ruger blieb ebenfalls stehen und drehte sich um. „Wie bitte?"

Jonah schluckte, dann schüttelte er den Kopf. „Vergessen Sie's."

„Hier entlang“, sagte Ruger, zwei Stufen auf einmal nehmend.

Jonah folgte ihm und versuchte nicht daran zu denken, dass die Frau, die er einmal mehr als sein eigenes Leben zu lieben geglaubt hatte – die Frau, die seinen Sohn zur Welt gebracht hatte –, hier gestorben war.

„Hier rein.“ Ruger winkte Jonah in das erste Zimmer rechts neben der Haupttreppe. Es war Declyns Arbeitszimmer, das der Agent zum Lagezentrum umfunktioniert hatte.

Außer dass in seinem Kiefer ein Muskel zuckte, deutete kein äußeres Anzeichen darauf hin, was Jonah fühlte. Drei Tische standen in dem Raum, an denen jeweils zwei Agenten saßen. Auf einem der Tische war eine Anlage zum Mitschneiden von Anrufen aufgebaut worden, da man hoffte, dass sich die Entführer meldeten. An einem zweiten Tisch bemühten sich zwei Agenten, die Kassette aus Jonahs Anrufbeantworter zu analysieren. Die Tatsache, dass er sich nicht offiziell an den Ermittlungen beteiligen konnte, machte ihn hilflos. Er war zum ersten Mal in einem Fall auf der Opferseite. Als er eintrat, schaute einer der Agenten auf, nickte ihm zu und kehrte dann wieder an seine Arbeit zurück.

Jonah wusste, dass die Männer etwas von ihrer Arbeit verstanden und dass jede Einmischung von seiner Seite nicht willkommen wäre. Unmöglich zu sagen, wie viele Leute außer diesen Männern hier jetzt bereits auf der Straße waren, um Spuren nachzugehen. Die Entführung und der Mord an Declyn Blaines ältester Tochter war in den Nachrichten auf allen Kanälen die erste Meldung gewesen. Allein dadurch würden aus der Bevölkerung zahlreiche Hinweise kommen, denen die Polizei nachgehen musste, wie Jonah wusste. Dass er in diesem Fall allerdings zum Zuschauer degradiert wurde, obwohl es um seinen Sohn ging, schien ihn innerlich fast zu zerfressen.

„Nehmen Sie Platz", sagte Ruger.

Jonah setzte sich in einen Sessel vor einem transportablen Fernseher, während Ruger das Band in den Videorekorder einlegte und Jonah dann einen Blick zuwarf.

„Sind Sie bereit?" fragte Ruger.

„Spielen Sie das verdammte Band schon ab", brummte Jonah.

Ruger zielte mit der Fernbedienung, drückte auf Play und setzte sich dann ebenfalls. Er hatte sich das Band vorher schon dutzende Male angesehen, aber die Brutalität, mit der das Ganze abgelaufen war, schockierte ihn immer noch.

Dabei fing alles ganz normal an.

Es klingelte an der Tür.

Rosa lief durchs Bild und öffnete, bevor sie brutal beiseite gestoßen wurde.

Schüsse.

Ein dünner, schriller Schrei, dann fiel Felicity ins Bild.

Jonah zuckte zusammen. Er glaubte zu sehen, dass sie tot war, bevor sie mit dem Kopf voran auf der Treppe aufschlug und in einer großen Blutlache liegen blieb.

Dann noch mehr Schüsse.

Rosa schrie und betete laut auf Spanisch, flehte um Gnade. Flehte sie an aufzuhören.

Jonah wusste, dass auf Declyn auch irgendwo im Haus geschossen worden war, aber die Videokamera hatte dies nicht festgehalten. Als Nächstes sah er, wie ein Junge, der sein Sohn sein musste, ins Bild gezerrt wurde – bewusstlos.

Abrupt stand er auf.

„Spulen Sie nochmal zurück“, sagte er.

„Aber ...“

„Verdammt, Ruger, spulen Sie zurück. Das ist wahrscheinlich mein Sohn. Ich will sein Gesicht sehen.“

Ruger spulte ein Stück zurück und drückte auf die Wiedergabetaste.

Wieder schrie Felicity und fiel ins Bild. Wieder breitete sich unter ihrem Kopf eine riesige Blutlache aus und lief die Treppe hinunter.

„Oh Gott, oh Gott.“

Jonah wirbelte herum. Macie stand mit vor Entsetzen weit aufgerissenen Augen auf der Schwelle und presste sich die Hände auf den Mund. Bevor Jonah zu ihr gehen konnte, sackte sie langsam zusammen und verdrehte die Augen.

„Fangen Sie sie auf“, schrie er, aber es war zu spät. Mit einem dumpfen Aufprall fiel sie zu Boden.

„Verdammt“, brummte Jonah, während er sie behutsam hochhob. „Warum hat niemand aufgepasst, dass sie nicht reinkommt? Das hätte man ihr wirklich ersparen können.“

„Tut mir Leid“, sagte Ruger. „Ich bin davon ausgegangen, dass sie oben ist. Soll ich einen Arzt rufen? Hoffentlich hat sie keine Gehirnerschütterung.“

„Ja, hoffentlich“, erwiderte Jonah. „Ich bringe sie in ihr Zimmer. Vielleicht kann jemand der Haushälterin Bescheid sagen, dass sie heraufkommen soll.“

Ruger gab einem seiner Leute ein Zeichen. Der Mann erhob sich umgehend und verließ hinter Jonah den Raum.

Jonah trug Macie die Haupttreppe hinauf, diesmal ohne die nassen Flecken auf dem Teppich auch nur zu registrieren. Jetzt richtete sich seine ganze Aufmerksamkeit auf Macies bleiches Gesicht und ihren Körper, der sich in seinen Armen erschreckend leblos anfühlte.

Erst als er auf dem Flur im ersten Stock ankam, wurde ihm klar, dass er nicht wusste, welches ihr Zimmer war. Daher trug er sie in das Gästezimmer, in dem er untergebracht war. Behutsam legte er sie auf seinem Bett ab, dann ging er ins Bad, um einen nassen Waschlappen zu holen.

Nachdem er zurückgekehrt war, ließ er sich auf der Bettkante nieder. Er legte ihr den feuchten Lappen auf die Stirn und eine Hand an die Wange. Ihre Lider flatterten, dann gab sie ein leises Stöhnen von sich.

„Ganz ruhig, Honey", flüsterte er.

In diesem Moment trat Rosa eilig zu ihnen. Als ihr Blick auf Macie fiel, die immer noch ohnmächtig auf dem Bett lag, schlug sie entsetzt die Hände vor den Mund. *„Madre de Dios ..."*

„Es sieht schlimmer aus, als es ist", sagte Jonah. „Sie ist nur in Ohnmacht gefallen." Dann nahm er Rosas Hand und legte sie auf die Beule an Macies Kopf. „Hier, fühlen Sie mal. Ich brauche Eis. Haben Sie einen Eisbeutel?"

„Ja, ja, Señor Jonah ... ich bin gleich wieder da."

Rasch lief Rosa aus dem Zimmer.

Als irgendwo unten ein Telefon klingelte, zuckte Jonah zusammen. Er hoffte inständig, dass es die Entführer waren. Er und Macie brauchten in diesem Wahnsinn eine kleine Atempause, und sie brauchten sie bald.

Macie stöhnte wieder, dann betastete sie die Beule an ihrem Kopf. Jonah wusste, dass die Schwellung wehtun musste.

„Es ist nichts weiter passiert“, sagte er leise. „Du hast dir nur den Kopf gestoßen, sonst ist alles okay.“

„Das ist ein Albtraum“, flüsterte Macie, dann begann sie zu weinen.

Jonah gab ein leises Aufstöhnen von sich, dann beugte er sich über sie und nahm sie in den Arm. „Es tut mir Leid, dass du das gesehen hast.“

„Arme Felicity ... armer Evan. Oh Gott. Jonah, glaubst du, dass er auch schon tot ist? Mache ich mir etwas vor, wenn ich immer noch hoffe?“

Jonah drückte sie an sich und wiegte sie sanft hin und her, während er nach einer ehrlichen Antwort suchte. „Ich will dir keine falschen Hoffnungen machen. Wir können es nicht mit letzter Sicherheit wissen, ob er noch lebt oder schon tot ist, aber ich gehe davon aus, dass er lebt. Noch. Obwohl ich das Gefühl habe, dass wir nicht mehr viel Zeit haben.“

Macies Kinn zitterte. „Ich kann es immer noch nicht fassen, dass all das passiert ist.“

Jonah erkannte in ihren Tränen seine eigene Angst wieder und erschauerte. „Ich auch nicht“, sagte er, während er sich vorbeugte, um seine Wange tröstlich an ihre zu schmiegen.

Genau in diesem Moment wandte Macie den Kopf, und ihre Lippen trafen sich.

Eine Schrecksekunde lang verharrten beide wie erstarrt, dann verstärkte sich der gegenseitige Druck ihrer Münder, als ob sie auszutesten versuchten, wie tief ihre Verbindung reichte. Ohne zu wissen, was sie tat, hob Macie ihre Arme und legte sie Jonah um den Hals.

Doch eine Sekunde später öffnete sich die Tür, und Rosa kam mit dem Eisbeutel ins Zimmer. Abrupt schob Jonah Macie von sich und stand auf. Rosa eilte mit schnellen Schritten ans Bett und reichte Macie den Eisbeutel.

„Der arme Kopf", meinte sie mitfühlend. „Arme *niña.*"

„Ich bin unten", sagte Jonah zu Macie. „Sag Bescheid, wenn du mich brauchst."

Macie schaute ihm nach, während er zur Tür ging. Jonah musste sich beherrschen, um nicht fluchtartig das Zimmer zu verlassen. Auf dem ganzen Weg nach unten fragte er sich, was überhaupt in ihn gefahren war. Er war hier, um seinem Sohn das Leben zu retten, und nicht, um sich wieder mit einer Blaine einzulassen.

Als er unten ankam, fragte Ruger: „Wie geht es ihr?"

„Schon besser", gab Jonah zurück und fügte hinzu: „Aber mir wird es vielleicht nie wieder gut gehen. Sie und ich wissen, dass es für meinen Sohn schon zu spät sein kann. Ich bete, dass es nicht so ist, aber in meiner Welt kann man nur überleben, wenn man der Realität ins Auge sieht. Zumindest besteht noch eine kleine Chance, dass er am Leben ist, und darauf hoffe ich. Ich kenne Evan Blaine nicht. Ich würde ihn nicht einmal erkennen, wenn ich ihm auf der Straße begegnen würde, und allein dieser Gedanke macht mich ganz krank. Ich kann mich offiziell nicht an der Suche beteiligen, aber irgendetwas muss ich einfach tun, sonst verliere ich den Verstand."

Ruger seufzte. „Ich habe selbst zwei Kinder im Alter von siebzehn und vierzehn. Ich will mir nicht mal ausmalen, was

Sie gerade durchmachen. Wir werden alles tun, was in unserer Macht steht, aber ich kann Ihnen keine großen Hoffnungen machen. Das ist der schlimmste Fall, den wir je hatten. Wir haben bis jetzt absolut nichts in der Hand, und das macht mir offen gestanden große Sorgen, Slade."

„Ich möchte mir das Video nochmal ansehen", sagte Jonah. „Vielleicht ergibt sich ja doch noch irgendetwas ..."

„Sie sind herzlich eingeladen", meinte Ruger. „Ich bin dankbar für jede Hilfe. Tony analysiert es gerade. Am besten setzen Sie sich zu ihm."

Jonah zog sich einen Stuhl heran und setzte sich neben den Mann, auf den Ruger gedeutet hatte. Auf dem Computerbildschirm lief das Video, das er bereits gesehen hatte. Ein anderer Agent schaute sich auf einem weiteren Computer die Videobänder an, die die Überwachungskamera vor der Einfahrt aufgenommen hatte. Jonah wusste nicht, wo er zuerst hinsehen sollte.

Dreißig Minuten vergingen, ohne dass sich auf dem Video, das die grausigen Geschehnisse im Innern des Hauses zeigte, irgendwelche neuen Anhaltspunkte ergeben hätten. Jetzt wandte sich Jonah dem anderen Monitor zu und versuchte sich auf das, was er sah, zu konzentrieren und seine Ängste im Zaum zu halten.

„Was ist das, was wir da gerade sehen?" fragte er.

Agent Bobby Joe Thomas drückte die Stopptaste und warf einen Blick auf seine Notizen. „Dieses Band wurde am Tag vor der Entführung aufgenommen."

„Wie viele Bänder haben Sie sich schon angesehen?"

Thomas schaute auf. „Bis jetzt ... ein Dutzend, von den letzten zwölf Tagen."

Jonah runzelte die Stirn. „Und nichts Auffälliges entdeckt?"

„Auf den ersten Blick jedenfalls nicht", erwiderte Thomas. „Kann sein, dass da irgendetwas ist, aber wir sehen es nicht. Vielleicht fällt Ihnen ja etwas auf."

„Aus diesem Grund bin ich hier", sagte Jonah.

„Welches Band möchten Sie sich zuerst ansehen?"

„Lassen Sie das, was Sie gerade drin haben, erst bis zum Ende durchlaufen, und dann gehen wir eins nach dem anderen durch."

Thomas nickte ernst und konzentrierte sich wieder voll und ganz auf seine Analyse.

Eine Weile gab es kaum etwas zu sehen, außer dass ab und zu ein Vogel, untermalt von Verkehrsrauschen, durchs Bild flog. Dann fuhr ein alter Pick-up an die Schranke. Jonah lehnte sich vor.

„Wer ist das?" fragte er.

„Der Gärtner", sagte Thomas. „Er kommt auf allen zwölf Bändern jeden Tag um dieselbe Zeit."

„Aha."

Thomas' Erklärung klang ausreichend, aber Jonah schaute trotzdem genau hin, als sich der Mann – dem Aussehen nach ein Südamerikaner – vor der geschlossenen Schranke aus dem Wagenfenster lehnte und die Hand nach dem Tastenfeld ausstreckte, um den Code einzugeben. Dabei sah Jonah ihn im Profil. Aber es war nicht das Gesicht des Mannes, das Jonahs Aufmerksamkeit erregte, sondern sein Unterarm, der entblößt wurde, als sich sein Hemdsärmel nach oben schob.

„Verdammter Dreckskerl!" entfuhr es Jonah laut.

Alle Anwesenden drehten sich um und schauten Jonah erstaunt an.

„Was ist?“ erkundigte sich Ruger.

„Der Gärtner. Er ist einer von Calderones Männern.“

Ruger blätterte mit gerunzelter Stirn in seinem Notizbuch. „Das kann nicht sein. Er arbeitet seit ... Sekunde mal ... seit fünf Jahren für Declyn Blaine. Falls Evan wirklich entführt wurde, weil man sich an Ihnen rächen will, macht es keinen Sinn, dass Calderone schon vor so langer Zeit einen Mann hier eingeschleust hat.“

„Es ist mir gleichgültig, wie lange er schon hier ist“, sagte Jonah. „Er ist trotzdem einer von Calderones Männern.“

„Wie kommen Sie darauf?“

„Spulen Sie das Band nochmal zurück bis zu der Stelle, wo er seinen Arm zum Fenster rausstreckt. Nein ... noch ein bisschen weiter ... noch weiter ... halt!“

„Was ist das? Was sehen Sie?“ fragte Ruger.

Jonah legte Thomas eine Hand auf die Schulter und deutete auf die eingefrorene Szene auf dem Bildschirm. „Können Sie den Unterarm vergrößern?“

Thomas bewegte mit der Maus den Cursor über das Bild und klickte mehrmals, bis die maximale Vergrößerung erreicht war.

„Noch größer geht nicht“, sagte Thomas.

„Das genügt“, erwiderte Jonah, dann schaute er wieder auf den Bildschirm. Was er sah, bestärkte ihn nur in seiner Überzeugung. „Sehen Sie das?“

Ruger lehnte sich vor. „Sieht aus wie eine Tätowierung.“

Jonah nickte. „Man kann nicht alles sehen, aber ich weiß, wie sie aussieht. Es ist eine Python, die einen Adler verschlingt. Die Python ist gewissermaßen Calderones Totem. Und der Adler verkörpert die Vereinigten Staaten. Jeder, der zu Calderones Organisation gehört, trägt diese Tätowierung."

Ruger trat einen Schritt zurück und starrte auf den Bildschirm. „Sind Sie sicher?"

„Aber ja", sagte Jonah, „ganz sicher." Er zog sein Hemd aus und drehte sich so, dass alle seinen Rücken sehen konnten. „Die Arbeit als Undercover-Agent hat gewisse Nachteile. Und manche davon sind bleibend, wie Sie sehen."

„Das ist ja ein Hammer", entfuhr es Ruger verblüfft. „Aber wie erklärt sich die Anwesenheit des Mannes hier? Es kann nicht einfach nur Zufall sein. Oder vielleicht hat er ja früher dazu gehört, bis er ausgewandert ist? Immerhin geht er schon auf die Fünfzig zu. Irgendwann wird ein Mann für diese Art Job einfach zu alt."

Jonah war gerade dabei, sein Hemd wieder anzuziehen und in die Hose zu stecken. „Wie bitte? Wenn dieser Mann auf die fünfzig zugeht, tue ich es auch. Wie heißt er?" fragte er.

Ruger schaute in seine Notizen. „Felipe Sosa."

„Haben Sie seine Papiere überprüft?"

Ruger wandte sich zu seinen Männern um. „Haben wir?"

Niemand antwortete.

„Sucht ihn", befahl Ruger, aber Jonah legte ihm eine Hand auf den Arm.

„Nein, warten Sie", sagte Jonah. „Ich weiß nicht, was Calderone im Schilde führt, aber ich verwette meine Pension, dass der Mann, der Blaines Rasen mäht, nicht Felipe

Sosa ist. Wenn wir ihn jetzt aufscheuchen, kann das für unsere Suche nach Evan das Aus bedeuten. Meiner Meinung nach sollte man ihn nur im Auge behalten, ohne dass er etwas davon mitbekommt. Herausfinden, wo er wohnt, mit wem er sich trifft ... solche Sachen eben. Er könnte der Schlüssel sein, mit dem wir zu Evan kommen."

Ruger holte sein Handy heraus und verließ den Raum, während Jonah sich wieder zu dem Monitor umdrehte und eingehend das Gesicht des Mannes studierte. Er konnte sich nicht erinnern, ihn schon einmal gesehen zu haben, aber das bedeutete nicht, dass dieser Mann ihn noch nie gesehen hatte. Er musste vorsichtig sein und durfte nicht auffallen. Er erwog eine neue Tarnung, aber dann fiel ihm ein, dass er so, wie er jetzt aussah, gut genug getarnt war. Calderone und seine Leute kannten ihn nur mit langen Haaren und Bart. Deshalb war eher zu bezweifeln, dass sie ihn erkennen würden, außer er stünde ihnen direkt von Angesicht zu Angesicht gegenüber. Trotzdem wollte er kein Risiko eingehen.

„Lassen Sie das restliche Band auch noch durchlaufen", sagte Jonah. „Vielleicht gibt es ja noch was her."

Draußen auf dem Grundstück des Blaineschen Anwesens war der Mann, der sich Felipe Sosa nannte, gerade dabei, mit einer Heckenschere die kunstvoll geschnittenen Hecken zu stutzen. Er trug einen Schlapphut aus Stroh, weit geschnittene Jeans und pfiff bei der Arbeit fröhlich vor sich hin. Er wusste zwar, was im Innern des Hauses passiert war, aber es hatte nichts mit dem Grund seiner Anwesenheit hier zu tun. Deshalb arbeitete er eifrig und war bemüht, den Blicken aller, die ein Polizeiabzeichen trugen, auszuweichen. Nach dem Vorfall war er mit einem mulmigen Gefühl bei der Arbeit erschienen, aber fernzubleiben hätte er sich nicht leisten können. Wenn er nicht aufgetaucht wäre, hätte man ihn automatisch auf die Liste der Verdächtigen gesetzt, und dann wäre die Polizei zu ihm nach Hause gekommen. Und das wäre eine Katastrophe gewesen, da er auf keinen Fall seine Papiere oder seine Greencard vorzeigen wollte. Immerhin war er fünfzehn Jahre jünger als der echte Felipe Sosa, der bei seinem letzten Atemzug gerade Tortillas und Bohnen verspeist hatte. Und bei genauerem Hinsehen sah man sicher auch, dass er noch nicht so alt war. Aber der Mann, der ihm die falschen Papiere verschafft hatte, hatte ihm versichert, dass für die Weißen alle Latinos gleich aussähen. Deshalb verhielt er sich so unauffällig wie nur möglich und bewegte sich wie ein kleiner brauner Vogel durch die kunstvoll gestaltete Parkanlage, ohne zu wissen, dass man ihm bereits auf der Spur war.

Der Lärm und der Gestank in dem Gefängnistrakt waren eine Beleidigung für Miguel Calderones Sinne und ärgerten ihn ungeheuer. Diese dramatische Verschlechterung seiner Lebensumstände hatte er nur einem einzigen Mann zu verdanken – Jonah Slade.

In hilfloser Wut schlug er mit der flachen Hand gegen die Zellenwand, dann drückte er seine Stirn gegen seine Matratze. Alejandro. Sein ältester Sohn. Sein bester Sohn. Gestorben durch Slades Hand.

Heißer Schmerz wallte in ihm auf und löschte alle Bedürfnisse aus – bis auf das eine: Rache. Die Notwendigkeit, sich mit Hilfe seines mit allen Wassern gewaschenen Anwalts auf seine Gerichtsverhandlung vorzubereiten, war hinter dem brennenden Wunsch, Alejandros Tod zu rächen, vollkommen in den Hintergrund getreten. Die Gelegenheit zur Rache hatte sich ergeben, als er sie am dringendsten gebraucht hatte. Bloß gut, dass der *Snowman* ausgepackt hatte. Er, Miguel Calderone, würde sich auf seine Weise erkenntlich zeigen. Doch vorher würde Jonah Slade bezahlen, und zwar so, dass er sich wünschen würde, nie geboren worden zu sein. Und bevor Slade starb, würde er mit ansehen müssen, wie sein eigener Sohn verblutete. Es war dieser Schwur, der Calderone davor bewahrte, den Verstand zu verlieren.

„He, Calderone, Besuch! Mitkommen."

Calderone schaute auf. Der Wärter an der Zellentür war ein unverschämter Kerl, den er gleich auf den ersten Blick gehasst hatte, aber im Moment blieb ihm nichts anderes übrig, als sein Spiel mitzuspielen. Wichtig war, dass er nicht die Nerven verlor. Deshalb streckte er jetzt dem Mann mit gleichmütigem Gesicht die Hände hin, um sich die Handschellen anlegen zu lassen. Dann ließ er sich in den Besucherraum führen. Der Wärter war für ihn nicht mehr als eine lästige Fliege, und er war entschlossen, sich zu keiner Unbedachtheit hinreißen zu lassen, wo doch für ihn so viel Größeres auf dem Spiel stand.

Da Calderone davon ausgegangen war, dass es sich bei seinem Besuch um seinen Anwalt handelte, versuchte er sich seine Überraschung nicht anmerken zu lassen, als er in dem Besucherraum eine Nonne am Tisch sitzen sah. Mit den Handschellen war es nicht ganz einfach, sich zu bekreuzigen, aber er schaffte es.

„Setzen", befahl der Wärter und schob ihm einen Stuhl

unter, dann schaute er die Nonne an. „Und Sie bleiben, wo Sie sind. Keine Berührungen. Verstanden?"

„Ja, mein Sohn, und vielen Dank", entgegnete die Ordensschwester und lächelte den Wärter wohlwollend an, der jetzt ein paar Schritte zurücktrat und vor der geschlossenen Tür stehen blieb.

Calderone warf einen Blick über die Schulter, wobei er die Entfernung zwischen sich und dem Wärter einzuschätzen versuchte, dann zuckte er mit den Schultern und nickte, als ob er sich mit der Anwesenheit des Mannes einverstanden erklärte. Als er sich wieder zu der Nonne umwandte, gestattete er sich einen kurzen Moment des Wiedererkennens, bevor er das Spiel weiterspielte. Die angebliche Nonne war seine Geliebte Elena.

„Schwester ... Sie sind gekommen, um für mich zu beten?"

Die Nonne nickte, holte ihren Rosenkranz heraus und senkte den Kopf.

Calderone beugte sich vor und senkte ebenfalls den Kopf. „Haben Sie Neuigkeiten für mich?" murmelte er.

Die Nonne nickte, während die rosa Perlen durch ihre Finger glitten. Für den Wärter musste es so aussehen, als ob sie betete. „Es ist vollbracht", sagte sie.

„Und der *Padre* ... wie geht es ihm?" fragte Calderone.

Die Finger der Nonne hörten auf sich zu bewegen, dann schüttelte sie langsam den Kopf. „Ach! Leider haben wir ihn nicht gefunden", sagte sie leise.

Calderones Herzschlag setzte einen Moment lang aus. „Und wissen wir, warum?"

„Nein, *Señor* ... aber wir suchen weiter nach ihm."

Die Enttäuschung machte Calderone unvorsichtig. „Ohne ihn läuft nichts", zischte er.

Der Wärter an der Tür ging ein paar Schritte auf und ab. Die Nonne begann ein bisschen lauter zu beten. Zu ihrer Erleichterung blieb der Wärter in der Nähe der Tür, was bedeutete, dass er offenbar keinen Verdacht geschöpft hatte.

„Wir haben alles getan, was in unserer Macht stand", sagte die Nonne, dann drückte sie das Kreuz an die Lippen und schaute zum ersten Mal auf. „Ich vermisse dich, Miguel", flüsterte sie „Du fehlst mir in meinem Bett, und meine Brüste sehnen sich nach deinem Mund. Bitte, sag mir, dass das bald vorbei ist."

„Elena, meine schöne Elena. Wie geht es unserer Kleinen?"

„Es geht ihr gut ... abgesehen davon, dass sie ihren Papa schrecklich vermisst."

Calderone seufzte. Diese Frau war früher eine Hure gewesen, eine *puta*, aber er war verrückt nach ihr. Und als sie ihm eine Tochter geboren hatte, hatte er sie eingeladen, mit ihm auf seiner Hazienda zu leben. Sie genoss auch ohne den Segen der Kirche alle Privilegien, die sich daraus ergaben, dass sie die Geliebte des *Padrone* war. Nur seine Ehefrau würde sie nie werden, weil selbst ein Mann wie Calderone seine Grundsätze hatte. Eine Frau, die für Geld mit Männern geschlafen hatte, würde er nie heiraten.

„Sag ihr, dass ich sie liebe", flüsterte Calderone, „und dass wir uns bald wiedersehen. Und sag Juan Carlos, dass er mich jetzt nicht im Stich lassen darf ... hast du das verstanden?"

„Ja, Miguel ... ich habe verstanden."

Damit stand sie auf und schaute zu dem Aufseher. „Wir sind fertig“, sagte sie.

Der Wärter ging zu Calderone, packte ihn am Arm und zerrte ihn fast aus dem Raum. Calderone schaute sich nicht mehr um, weil es sich nicht gehörte, einer Braut Christi einen langen, lüsternen Blick zuzuwerfen.

4. KAPITEL

Jonah kam aus dem Arbeitszimmer, das zum Lagezentrum umfunktioniert worden war, und ging die Treppe hinauf. Er hatte soeben einen Mann identifiziert, der auf der Suche nach Evan vielleicht ihre erste heiße Spur war, aber er war sich nicht sicher, ob er Macie davon erzählen sollte. Der Gärtner durfte unter keinen Umständen merken, dass sie Verdacht geschöpft hatten, und je mehr Leute davon wussten, desto größer wurde die Gefahr, dass irgendetwas durchsickerte.

Als er oben auf dem Flur angelangt war, hörte er in der Eingangshalle eilige Schritte. Er blieb stehen und schaute nach unten. Ruger rannte, im Schlepptau zwei Agenten, mit einem Handy am Ohr zur Eingangstür. Der Drang, sich einzumischen, war fast unbezähmbar. Er war nicht daran gewöhnt, sich abseits zu halten, und es machte ihn nervös, aber er konnte sich nicht aktiv beteiligen, ohne die Ermittlungen zu gefährden.

In dem Moment, in dem die Männer das Haus verließen, hörte er, wie hinter ihm eine Tür geöffnet wurde. Als er sich umdrehte, sah er Rosa aus Macies Schlafzimmer kommen, wobei sie die Tür einen Spalt offen ließ. Sie hielt ihren Kopf gesenkt und betupfte sich mit einem Taschentuch die Augen. Jonah runzelte die Stirn. Was war denn jetzt passiert?

Macie saß auf der Bettkante und starrte trübsinnig zu Boden. Sie hatte versucht zu schlafen, aber jedes Mal, wenn sie die Augen schloss, hörte sie in Gedanken wieder die Schüsse und sah, wie Felicitys lebloser Körper ins Bild fiel. Und dann war da plötzlich überall Blut gewesen. Sie wusste nicht, dass eine der Kugeln die Halsschlagader getroffen hatte und dass das Blut nur so lange herausgesprudelt war, wie Felicitys Herz noch geschlagen hatte. Sie hatte nur gesehen, dass ihre Schwester mit dem Kopf voran in einer riesigen Blutlache auf der Treppe lag.

Sie holte tief Luft, dann atmete sie mit einem Schluchzen wieder aus, wobei sie überlegte, ob es wohl wehgetan hatte zu sterben. Felicity hatte Schmerzen noch nie gut aushalten können.

Gott ... das war ein Albtraum.

Nachdem sie sich mit zitternder Hand die Tränen abgewischt hatte, legte sie den Eisbeutel auf dem Nachttisch ab. Der Schmerz in ihrem Kopf hatte ein wenig nachgelassen, sodass sie nur noch ein dumpfes Pochen verspürte. Wenn doch bloß der Schmerz in ihrem Herzen auch nachlassen würde.

Als sie draußen auf dem Flur Schritte hörte, hob sie den Kopf. Gleich darauf betrat Jonah das Zimmer.

„Was ist denn los?“ fragte er und klang beinahe ungehalten.

Ihr kam die Frage fast absurd vor. Ein hysterisches Lachen stieg in ihr auf, drohte sich Bahn zu brechen. „Warum fragst du?“

„Rosa kam weinend aus deinem Zimmer.“

Macie seufzte. „Ach, das ... ich habe mit dem Bestattungsinstitut telefoniert. Felicity wollte verbrannt werden. Ich war ... ich musste ...“

„Schon gut“, fiel Jonah ihr ins Wort. „Ich verstehe.“

In diesem Moment verlor Macie die Beherrschung und ließ ihren Tränen freien Lauf. „Wie schön für dich“, schluchzte sie. „Ich wünschte, ich könnte von mir dasselbe sagen. Aber ich verstehe gar nichts.“

Jonah sah sie bestürzt an. „Verdammt ... hör auf damit.“

„Aufhören? Womit soll ich aufhören? Was habe ich denn gemacht?“ Macie war so außer sich vor Verzweiflung, dass sie fast schrie.

„Es an mir auszulassen.“

An die Stelle ihrer Verzweiflung trat jetzt Beschämung. Angewidert von sich selbst, verzog Macie das Gesicht. Natürlich hatte er Recht. Als sie die Hand nach ihm ausstreckte, wich er einen Schritt zurück, und sie zog sich entmutigt wieder zurück. Mit ihren unbedachten Worten hatte sie offenbar den prekären Waffenstillstand, den sie geschlossen hatten, zerstört.

„Jonah ... bitte ... es tut mir Leid“, sagte sie. „Das kommt alles nur, weil ... weil ... oh Gott, das ist alles ein Albtraum. Es macht mich ganz krank.“

Jonah weigerte sich, sie anzusehen – er konnte es einfach nicht. Jedenfalls nicht, ohne schwach zu werden. Es fiel ihm von Minute zu Minute schwerer, von Macie Blaine Abstand zu halten. Ihre Schwester war eine schöne Verräterin gewesen. Durch Macies Adern floss dasselbe Blut. Er durfte jetzt nicht den Kopf verlieren und musste sich ganz und gar auf die Suche nach seinem Sohn konzentrieren. Nichts anderes zählte mehr.

„Ja, klar. Vergiss es.“

Sein emotionsloser Ton sagte alles. Ein paar unbedachte Worte von ihr hatten genügt, das zarte Pflänzchen ihrer Beziehung zu zerstören. Obwohl sie ihn im Moment mehr als alles andere in ihrem Leben brauchte.

„Jonah, ich ..."

Er wich noch einen Schritt zurück. „Ich muss ein paar Anrufe machen."

„In einer Stunde gibt es Abendessen."

Er suchte nach einer Ausrede, aber es gab keinen Weg, dieser Situation zu entfliehen. Er lebte mit ihr unter einem Dach. Und er musste essen. Mit ihr. „In Ordnung."

„Jonah?"

Als er das Zittern in ihrer Stimme hörte, drehte er sich widerwillig um und sah sie an.

„Sei mir nicht böse, bitte."

Die Tränen in ihren Augen waren zu viel für ihn. „Ich bin dir nicht böse, Honey", sagte er sanft. „Ich bin nur böse auf das, was passiert ist, okay?"

„Stimmt das wirklich?"

Er musste sich fast ein Lächeln verkneifen. „Ja."

„Sehen wir uns dann beim Essen?"

„Ja ... bis später", sagte er, dann beeilte er sich, in sein Zimmer zu kommen. Es war höchste Zeit, den Chef anzurufen und ihn um einen Gefallen zu bitten. Vorausgesetzt natürlich, er hatte gute Laune.

Es wurde langsam dunkel. Das einzige Möbelstück in dem Raum, in dem Evan gefangen gehalten wurde, war eine Art Pritsche. Die Matratze war alt und schmutzig, wenn auch nicht ganz so schmutzig wie der Fußboden. Nachdem er stundenlang auf und ab gelaufen war und immer wieder erfolglos versucht hatte, die Bretter am Fenster abzureißen, war Evan hungrig – auch wenn es ihn erstaunte, dass ihm bei dem, was er durchgemacht hatte, nicht der Appetit vergangen war. Er hatte richtiggehend Heißhunger und so einen brennenden Durst, dass er es sogar wagte, seine Entführer zu verärgern, indem er mit beiden Fäusten gegen die Tür hämmerte.

„He“, brüllte er. „Ich will Wasser!“

Er wartete einen Moment, dann wiederholte er seine Forderung, noch lauter diesmal. Innerhalb weniger Sekunden ging die Tür auf. Überrascht taumelte Evan zurück und stolperte, dann setzte er sich unsanft auf den Hosenboden. Als er aufschaute und sich einem bewaffneten Mann gegenübersah, kam er sich idiotisch und verwundbar vor.

„Du hältst auf der Stelle die Klappe“, befahl der Mann und bohrte Evan den Lauf seines Sturmgewehrs in den Bauch.

„Ich bin aber hungrig, und Durst habe ich auch“, murmelte Evan kleinlaut.

Der Mann schnaubte verächtlich. „Du hast vielleicht Sorgen. Du bist doch sowieso schon so gut wie tot.“

Einen Moment lang war Evan so eingeschüchtert, dass er keinen Ton herausbekam. Aber dann erinnerte er sich an das, was sie mit seiner Mutter und seinem Großvater gemacht hatten. Voller Wut sprang er so abrupt auf, dass sein Bewacher überrumpelt einen Schritt zurückwich.

Evan stellte sich mit ausgebreiteten Armen vor ihn hin und schrie: „Wenn du mich abknallen willst, dann tu’s doch. Meine übrige Familie habt ihr sowieso schon umgebracht, worauf wartest du also noch?“

Der Bewaffnete drückte Evan wieder das Gewehr in den Bauch.

„Wir warten auf deinen *padre*. Setz dich“, befahl er und deutete auf die Pritsche.

Evan runzelte die Stirn. „Ich bin nicht katholisch. Was hat ein Priester damit zu tun?“

„Nein, nein. Dein Vater ... kein Priester.“

Die Bemerkung kam Evan so lächerlich vor, dass er laut herauslachte.

Das war das Letzte, womit der Bewacher gerechnet hatte. Er versetzte dem Jungen mit dem Gewehrkolben einen harten Schlag gegen den Unterkiefer. Als Evan diesmal hinfiel, stand er nicht wieder auf.

„Lach ruhig weiter“, sagte der Mann.

Evan, der auf der Zunge Blut schmeckte, unterdrückte ein Aufstöhnen. Vorsichtig betastete er seinen Unterkiefer und zuckte zusammen, als er versuchte, den Mund zu öffnen. Doch sobald er ihn offen hatte, konnte er nicht widerstehen hinzuzufügen: „Gut. Aber das ändert trotzdem nichts an der Tatsache, dass mein Vater nicht mal weiß, dass ich existiere. Wir könnten uns auf der Straße begegnen und würden uns nicht erkennen.“

„Du lügst“, sagte der Mann und hob drohend wieder das Gewehr.

Evan versuchte sich aufzurappeln und schüttelte den Kopf.

„Und wenn Sie mich halbtot prügeln, würde das auch nichts ändern. Wer sich einbildet, mein Vater würde versuchen, mich hier rauszuholen, hat sich verrechnet, weil der Mann nicht mal weiß, dass es mich gibt.“ Nach diesen Worten hielt er die Luft an und wartete voller Angst darauf, dass der Mann wieder zuschlug.

Zu seiner Überraschung aber fluchte sein Bewacher nur, stapfte hinaus und knallte wütend die Tür hinter sich zu. Evan rannte ihm nach, doch es war zu spät. In dem Moment, in dem er an der Tür war, drehte sich der Schlüssel im Schloss.

„Wasser! Verdammt, ich will Wasser!“ schrie er gellend, wobei er mit der flachen Hand immer wieder gegen die Tür schlug.

Zitternd vor Verzweiflung lehnte er sich an den Türstock und gab sich alle Mühe, nicht in Tränen auszubrechen. Gleich darauf ging das Licht aus, und das leise Summen, das er den ganzen Nachmittag gehört hatte, verstummte. Offenbar war der Generator ausgeschaltet worden. Er drehte sich um, spähte in die Dunkelheit und tastete sich dann zu seiner Pritsche.

Es war das Summen des Generators, das ihn aus einem tiefen, traumlosen Schlaf weckte. Sobald Evan richtig wach war, spürte er die Schmerzen in seinem Kiefer und in seinen Fingerspitzen, die geschwollen waren und pochten. Und er spürte noch etwas, das er schon vor dem Einschlafen verspürt hatte – einen riesigen Hunger.

Er rollte sich auf der Pritsche herum, schwang seine Beine auf den Boden und versuchte sich einzureden, dass Hunger angesichts der Tatsache, immer noch am Leben zu sein, zweitrangig war. Sobald er saß, fiel sein Blick auf das Essenstablett auf dem Boden neben der Tür. Doch seine Freude währte nicht lange, sondern verwandelte sich in Grausen, als er sah, dass eine Ratte kaum einen Schritt entfernt reglos davor saß. Er sprang aus dem Bett und war mit einem Satz bei dem Tablett. An dem Apfel, an dem die Ratte genagt hatte, waren Bissspuren, und über den Boden zog sich eine Spur aus Krümeln hin zu dem angeknabberten Brötchen, das neben der Ratte lag.

Evan tippte die Ratte, die sich immer noch nicht gerührt hatte, mit der Schuhspitze behutsam an. Ihr schlaffer Körper pendelte sanft hin und her, dann fiel er in seine ursprüngliche Position zurück. Evan unterdrückte ein entsetztes Aufstöhnen. Gift? Wollten sie ihn womöglich vergiften? Aber warum hatten sie ihn dann nicht gleich im Haus seines Großvaters umgebracht, wenn sie sowieso vorhatten, ihn zu töten? Weshalb hatten sie ihn dann erst hierher verschleppt?

Evan schaute wieder auf das Tablett, dann griff er nach dem angeknabberten Apfel und roch daran. Er duftete frisch und appetitlich. Der Wunsch hineinzubeißen war fast überwältigend. Wahrscheinlich würde es gar nicht schwer sein, einfach aufzugeben, nachdem er jetzt ganz allein auf der Welt war. Doch dann fiel ihm seine Tante Macie ein. Er überlegte, wie es ihr wohl gehen mochte und ob man ihr auch etwas angetan hatte.

Er legte den Apfel wieder zurück und angelte sich die Wasserflasche, die die Ratte bei ihrem Beutezug umgeworfen hatte. Eingehend untersuchte er sie und fuhr mit den Fingern über die Verschlusskappe, um herauszufinden, ob sie bereits geöffnet worden war. Als er sah, dass das Siegel unbeschädigt war, fühlte er sich wie im siebten Himmel. Sein Durst überstieg seinen Hunger noch, und als er das leise Knacken hörte, das beim Erbrechen des Siegels entstand, spürte er fast so etwas wie Euphorie in sich aufsteigen.

Das Wasser, das ihm durch die Kehle rann, war lauwarm, aber Evan hätte sich im Moment nichts Köstlicheres vorstellen können. Erst nachdem er bereits über die Hälfte getrunken hatte, schwante ihm, dass es vielleicht alles war, was er in nächster Zeit bekommen würde. Deshalb ließ er die Flasche jetzt widerstrebend sinken, schraubte sie wieder zu und stellte sie neben seine Pritsche auf den Fußboden. Dann streifte er die stinkende Klozelle mit einem angewiderten Blick, weil er spürte, dass ihm nichts anderes übrig bleiben würde, als ihr einen weiteren Besuch abzustatten.

Doch dann gestaltete sich das Aufknöpfen seiner Hose so schwierig, dass er den Gestank vergaß. Seine Fingerspitzen pochten höllisch, und seine Hände waren stark angeschwollen und schmerzten so sehr, dass er sie kaum benutzen konnte.

Als er seine Jeans endlich geöffnet hatte, bluteten seine Fingerspitzen, und er zitterte vor Schmerz. Nachdem er sich erleichtert hatte, beschloss er, die Hose ganz auszuziehen. Er warf sie aufs Fußende der Pritsche und behielt nur seine dunkelblauen Boxershorts an. An seinen Beinen entdeckte er mehrere Blutergüsse, aber er konnte sich nicht erinnern, woher sie stammten. Neugierig, ob sein Oberkörper ebenso aussah, zog er sich sein T-Shirt über den Kopf, doch auf seinem Brustkorb war nichts zu entdecken, dafür aber ein paar kleinere blaue Flecke auf den Armen. Die hatte er sich wahrscheinlich zugezogen, als sie ihn aus dem Haus in den Van geschleppt hatten.

Zuerst wollte er sein T-Shirt wieder anziehen, doch dann

überlegte er es sich anders und warf es neben seine Jeans auf die Pritsche. In dem Raum war es warm und stickig, also würden die Boxershorts genügen. Heute Nacht zum Schlafen könnte er das T-Shirt ja wieder anziehen – vorausgesetzt, er lebte dann noch.

Als sein Magen knurrte, schaute er sehnsüchtig auf das Tablett und stellte überrascht fest, dass die Ratte wieder halbwegs zum Leben erwacht war und sich zu einem Loch im Boden schleppte. Das bedeutete, dass in dem Essen kein Gift, sondern wahrscheinlich nur ein Betäubungsmittel gewesen war, aber das änderte nichts. Er war entschlossen, nichts zu tun, wodurch er sich noch hilfloser machte, als er es ohnehin schon war. Er schaute zu, wie die Ratte fast kopfüber in das Loch hineinfiel, dann setzte er sich wieder auf die Pritsche und zog seine Knie bis ans Kinn hoch. Er wollte nicht an seinen Vater denken. Er konnte es sich nicht leisten zu hoffen, dass dieser irgendwie herausfand, was passiert war und ihn rettete. Und so saß er einfach nur da und wartete, dass die Zeit verging, bis er irgendwann zur Seite sank und einschlief.

Im Traum erschien ihm sein Vater, trat Türen ein und zerrte ihn ins Freie. Als er aufwachte, war er in Schweiß gebadet, und in dem Raum war es so heiß, dass er kaum Luft bekam. Er wusste nicht, wie lange er geschlafen hatte, aber das Tablett mit dem angeknabberten Essen war verschwunden. Dafür standen jetzt auf dem Boden neben der Pritsche zwei Dosen.

Bei der Vorstellung, dass jemand unbemerkt bei ihm gewesen war und ihn im Schlaf beobachtet hatte, lief es ihm eiskalt über den Rücken, doch da sein Hunger größer war als sein Widerwille, streckte er die Hand nach den Dosen aus. In einer Dose waren Pfirsiche und in der anderen Würstchen. Heißhungrig machte er sich zunächst über die Würstchen her und angelte sich mit spitzen Fingern eins nach dem anderen aus der Dose, die in weniger als einer Minute leer war. Kurz darauf waren die Pfirsiche samt Saft ebenfalls verspeist, und anschließend trank er noch einen großen Schluck Wasser. Nachdem er einen Moment dagesessen und sich gewünscht hatte, noch mehr zu haben, ging er mit den beiden Dosen zu dem Loch im Boden und warf sie hinein. Damit hatte er zum ersten Mal in seinem Leben „abgeräumt", obwohl ihm die bittere Ironie, die darin lag, entging.

Derselbe Morgen: Bel Air, Kalifornien

Jonah trat gerade aus der Dusche, als es an der Tür klopfte. Er schlang sich das Badelaken um die Hüften und ging, auf dem Boden eine Spur nasser Fußabdrücke zurücklassend, zur Tür. Als sein Blick auf Macie fiel, die mit einem Frühstückstablett in der Hand auf der Schwelle stand, wurde ihm klar, dass er mehr auf dem Leib tragen sollte als nur ein Handtuch.

„Ich bringe dir Frühstück", sagte Macie und rauschte ins Zimmer, ohne eine Einladung abzuwarten. Sie stellte das Tablett auf dem Couchtisch ab, dann setzte sie sich in einen Sessel, stibitzte sich einen Toast von seinem Teller und biss ein großes Stück davon ab. Nachdem er ihr gestern beim Abendessen die kalte Schulter gezeigt hatte, hatte sie sich vorgenommen, seine unnachgiebige Reserviertheit zu durchbrechen.

Verärgert beobachtete Jonah, wie sich ihre kleinen weißen Zähne in den Toast gruben. Natürlich war ihm klar, dass sie den Versuch unternahm, ihn zu provozieren. Das Ärgerliche daran war nur, dass sie mit diesem Verhalten nicht seinen Widerstand weckte, sondern sein Verlangen. Am liebsten hätte er ihr diesen verdammten Toast aus der Hand geschlagen und sie hier auf dem Fußboden genommen. Im gleichen Augenblick begriff er, dass ihm die Kontrolle über seine Gefühle zu entgleiten drohte. Nur weil er Lust auf sie hatte, hieß das noch lange nicht, dass er sich auch etwas aus ihr machte. Sie war eine schöne Frau mit hübschen Rundungen an genau den richtigen Stellen, und er brauchte dringend eine Spannungsabfuhr. Das war alles. Doch als sie dann wieder abbiss und sich ihre kleine rosa Zunge zwischen ihren Lippen hervorschob, um einen Krümel abzulecken, der sich auf ihre Unterlippe verirrt hatte, beschloss er zu handeln.

Er fluchte lauthals, ließ das Badelaken einfach fallen und marschierte splitternackt zum Schrank, um sich frische Kleider herauszuholen. Sie war in sein Revier eingedrungen, und er hatte nicht die Absicht, sich von ihr einschüchtern zu lassen.

Obwohl Macie sah, wie das Badelaken fiel, wollte sie ihren Augen nicht trauen. Entsetzt schnappte sie nach Luft, während sie sich befahl, den Blick abzuwenden, aber das war unmöglich. Der Anblick dieses schlanken, braun gebrannten, muskulösen Körpers war einfach zu verführerisch, um ihn nicht bis zur Neige auszukosten.

Nachdem sie tief durchgeatmet hatte, lehnte sie sich zurück und betrachtete ihn wie ein seltenes Kunstwerk. Die Tätowierung auf seinem Rücken wirkte gefährlich und doch irgendwie schaurig schön. Seine Beine waren lang und muskulös. Die Schultern breit, die Hüften schmal, sein Gang federnd.

Sie hatte versucht, ihn zu provozieren, aber er hatte den Spieß kurzerhand einfach umgedreht. Und das bedeutete, dass sie in Zukunft gut beraten war, bei Jonah Slade ein bisschen besser aufzupassen.

Gleich darauf drehte er sich um.

Macies Blick fiel auf die untere Partie seines Körpers, genauso wie er es vorausgeahnt hatte, deshalb wartete er, bis sie den Blick hob und ihm in die Augen schaute.

„Na?“ fragte er gedehnt.

Macie stand auf. „Auf dem Toast ist zu wenig Butter“, erwiderte sie, schüttelte sich das Haar zurück und verließ ohne ein weiteres Wort das Zimmer.

Die Tür fiel mit einem entschiedenen Klicken ins Schloss. Jonah grinste. Sie hatte mehr Format, als er ihr zugetraut hatte. Es war ihr nicht nur gelungen, ihn zu provozieren, sondern sie hatte sich darüber hinaus auch noch geweigert, auf die von ihm ausgehende Provokation zu reagieren, was bei Felicity völlig undenkbar gewesen wäre. Schnell zog er sich an, dann frühstückte er, wobei er sich zum ersten Mal ernsthaft fragte, ob es nicht vielleicht ungerecht war, sie allein wegen ihres Nachnamens schon zu verurteilen.

Macie stand auf der Terrasse und sah zu, wie drei Gärtner die Hecke zwischen dem Tennisplatz und dem Weg, der zum Swimmingpool führte, stutzten. Da sie schon seit Jahren nicht mehr hier gewesen war, kannte sie die Männer nicht und überlegte, ob sie vielleicht auch Undercover-Agenten sein könnten.

Der Gedanke, dass ihre Familie einem Gewaltverbrechen zum Opfer gefallen sein könnte, erschien ihr immer noch absurd, und doch brauchte sie nur ins Haus zu gehen, um sich dessen zu vergewissern. Obwohl es im Haus vor Polizisten nur so wimmelte, wirkte es wie tot. Sie stützte sich auf die Terrasseneinfriedung und ließ deprimiert den Kopf hängen.

So fand Jonah sie.

Er grollte ihr immer noch wegen des Vorfalls am Morgen, doch als er sie jetzt sah, veränderte sich seine Haltung schlagartig. Macie hatte auch ohne sein Zutun genügend Kummer; deshalb sollte er seinen Unmut besser hinunterschlucken und sich ihr gegenüber freundlich verhalten. Er atmete tief durch.

„Ruger sagte, du wolltest deinen Vater besuchen."

Macie schrak zusammen, dann drehte sie sich um. „Ich habe dich gar nicht kommen hören."

Die Verzweiflung, die sich auf ihrem Gesicht spiegelte, berührte ihn schmerzlich. Noch schmerzlicher aber war es für ihn, dass er teilweise dafür verantwortlich war. „Ich muss dir etwas sagen", meinte Jonah.

Macie schwieg.

„Heute Morgen ..."

„Nein, sag nichts", unterbrach sie ihn. „Es war meine Schuld. Ich habe dich provoziert, und du hast einfach nur den Spieß umgedreht. Das war dein gutes Recht." Dann atmete sie tief durch, bevor sie fortfuhr: „Schieb es einfach darauf, dass ich früher in dich verknallt war. Es war nicht nur dumm von mir, sondern der Zeitpunkt hätte auch nicht schlechter sein können. Wir müssen unsere Anstrengungen allein darauf richten, Evan zu finden, alles andere ist unwichtig. Im Übrigen brauchst du keine Angst zu haben, dass ich von dir erwarte, du würdest mich zu meinem Vater begleiten."

Jonah wusste nicht genau, ob er froh sein sollte, dass sie ihm einen Ausweg aufgezeigt hatte, aber für sie schien das Thema damit offensichtlich erledigt zu sein.

„Das beruhigt mich. Ich will diesen Dreckskerl nämlich nicht sehen, aber ich kann es auch nicht zulassen, dass du allein fährst."

„Agent Ruger will mir zwei seiner Leute mitgeben."

„Man soll nie einen Haufen Feds tun lassen, was ein einziger Mann von der Firma mit geschlossenen Augen tun kann."

Macie lächelte. „Aha, dann gibt es diese Konkurrenz zwischen den Diensten also wirklich."

„Nur in der Theorie", sagte Jonah leichthin, dann streckte er ihr die Hand hin. „Friede?"

Macie zögerte nicht einzuschlagen. „Friede", sagte sie weich und spürte die Sanftheit in seiner Berührung, als sich seine Finger um ihr Handgelenk legten.

Bevor sie das Haus betraten, blieb Jonah kurz stehen und schaute über die Schulter zu den drei Gärtnern, die die Hecke schnitten. Sie waren zu weit weg, um ihre Gesichter erkennen zu können, aber er fragte sich, welcher von ihnen der Mann sein mochte, der sich Felipe Sosa nannte. Dann wandte er sich ab und folgte Macie ins

Haus, um sie anschließend ins Krankenhaus zu Declyn Blaine zu begleiten.

Draußen vor Calderones Zelle wurde der Gang gewischt. Miguel hörte nicht nur, wie der nasse Mopp in regelmäßigen Abständen auf den Steinboden klatschte, sondern konnte auch den durchdringenden Gestank nach Desinfektionsmitteln riechen. Die ganze Situation hatte etwas zutiefst Demütigendes.

Er dachte an seine schöne Hazienda und die dunkeläugige Frau, die dort das Bett mit ihm teilte – an die Satinlaken und teuren Weine und das helle Lachen seiner kleinen Tochter. Dies alles fehlte ihm, aber er würde nicht mehr allzu lange darauf warten müssen. Denn schließlich war Miguel Calderone ein Mann und kein Tier, das man in einen Käfig sperrte. Er würde hier herauskommen, wenn auch erst, nachdem alle anderen Vorbereitungen getroffen waren. Er freute sich schon jetzt auf den Moment, in dem Jonah Slades Sohn starb. Miguel würde ihm bei lebendigem Leib das Herz aus der Brust reißen und dabei mit größter Genugtuung zusehen, wie sich auf Slades Gesicht Verzweiflung, Grauen und Schmerz spiegelten. Und anschließend würde er Jonah Slade ebenfalls töten. Aber erst, nachdem er genauso gelitten hatte wie er, Miguel.

Der Kapo, der draußen den Flur wischte, war jetzt näher gekommen. Calderone konnte hören, wie er zwischen den Zähnen ein Lied pfiff. Er drehte sich auf seiner Pritsche mit dem Gesicht zur Wand und begann durch den Mund zu atmen, um nicht den Gestank des Desinfektionsmittels riechen zu müssen. Doch als ein Wort an sein Ohr drang, das er nicht mehr gehört hatte, seit man ihn aus seinem Land weggebracht hatte, horchte er auf.

„*Padrone*."

Es war kaum mehr als ein Flüstern. Sofort setzte er sich auf. Der Kapo schaute kein einziges Mal in seine Richtung, während er den nassen Mopp hin und her schwang, und für einen Moment glaubte Miguel schon, sich alles nur eingebildet zu haben. Da sah er durch die Gitterstäbe, dass der Mann einen Moment unbeweglich stehen blieb. Gleich darauf tauchte er den Mopp in den Eimer, drückte ihn aus und klatschte ihn noch lauter als zuvor auf den Boden. Zum Glück hielt es der Wärter am Ende des Ganges nicht für nötig aufzuschauen. Das nutzte der Kapo, um näher an die vergitterte Zelle heranzutreten.

„Es gibt da ein Problem mit dem Jungen", flüsterte er.

Calderone, der nicht ganz sicher sein konnte, ob man nicht versuchte, ihn in eine Falle zu locken, stellte sich dumm. „Keine Ahnung, wovon du redest", sagte er mit ausdruckslosem Gesicht.

Der Kapo überlegte einen Moment, dann zog er ein Taschentuch heraus, um sich den Schweiß von Stirn und Nacken zu wischen. Als Calderones Blick auf die Tätowierung am Hals des Mannes fiel, atmete er erleichtert auf.

„Er behauptet, dass sein Vater nicht mal was von seiner Existenz weiß. Dass sie sich noch nie gesehen haben."

„Wie kann das sein?" flüsterte Calderone zurück.

Der Kapo zuckte mit den Schultern, während er sein Taschentuch wieder in seine Gesäßtasche steckte und den Mopp ein weiteres Mal in den Eimer tauchte. „Tut mir Leid, *Padrone*. Aber sie fragen, was sie jetzt machen sollen."

Calderone zögerte nur einen Sekundenbruchteil. „Sag ihnen, dass sie sich mit dem *Snowman* in Verbindung setzen sollen. Er wird wissen, was zu tun ist. Ich will, dass man Slade findet und zu dem Jungen bringt. Sie sollen die beiden zusammen einsperren, bis ich da bin."

Jetzt hob der Kapo den Kopf und schaute ihn zum ersten Mal direkt an. In diesem Augenblick erkannte Calderone in ihm einen Mann, der einmal eine führende Stellung in seiner Organisation innegehabt hatte – ein Mann, den sie schon lange für tot gehalten hatten.

„Wenn ich gehe, nehme ich dich mit, Hermano."

„Nein, *Padrone*, für mich ist es zu spät. Ich bin praktisch tot."

Bevor er weitersprechen konnte, brüllte der Wärter irgendetwas vom Ende des Ganges. Der Mann zog den Kopf ein und machte sich wieder an seine Arbeit.

Der Wärter war jedoch misstrauisch geworden und kam den Flur herauf. Als er an Calderones Zelle angelangt war, hatte sich der Gefangene bereits mit dem Gesicht zur Wand auf seiner Pritsche zusammengerollt und schnarchte leise. Nur zum Spaß ließ der Wärter seinen Gummiknüppel krachend gegen die Gitterstäbe sausen und grinste, als Calderone erschrocken hochfuhr.

Immer noch leise in sich hineinlachend ging er weiter, ohne zu merken, dass der Mann in der Zelle ebenfalls lachte. Weil er im Gegensatz zu dem Wärter wusste, dass er es sein würde, der zuletzt lachte.

5. KAPITEL

Das Cedars-Sinai Hospital, in bester Lage zwischen Wilshire Boulevard und Melrose Avenue gelegen, war ein imposantes, ausladendes Gebäude. Macie, die vor vielen Jahren zum letzten Mal hier gewesen war, verband alles andere als schöne Erinnerungen mit diesem Haus. Obwohl hier die besten Ärzte des Landes arbeiteten, hatten sie es doch nicht geschafft, ihrer an Krebs erkrankten Mutter das Leben zu retten. Nach ihrem Tod hatte sich Macie Blaine nie mehr geborgen gefühlt.

Bis sie Jonah wiedergetroffen hatte.

Während sie daran dachte, dass es ihr ohne ihn viel schwerer gefallen wäre, hierher zu kommen, streifte sie den Mann hinter dem Steuer mit einem langen Blick. Seine Weigerung, ihr zu vertrauen, berührte sie schmerzlich – weitaus schmerzlicher, als sie geglaubt hätte –, obwohl sie seine Gefühle verstehen konnte. Sie stieß einen leisen Seufzer aus und richtete ihren Blick wieder auf die Straße.

Jonah, der gespürt hatte, dass sie ihn eingehend musterte, hatte beschlossen, es zu ignorieren. Er blickte ab und zu in den Rückspiegel, um sich zu vergewissern, dass die beiden Beamten, die Ruger ihnen zu Macies Schutz mitgegeben hatte, immer noch da waren – eine lebhafte Erinnerung daran, dass es sich bei ihrem Besuch nicht um einen normalen Krankenbesuch handelte. Vor einer Ampel staute sich der Verkehr, und er nahm den Fuß ein wenig vom Gas, bevor er sich in die Abbiegespur einfädelte.

„Das ist ja ein Riesenkasten", sagte Jonah, während er nach Süden auf die Melrose abbog. Vor ihnen ragte das

Cedars-Sinai wie ein von Menschenhand geschaffener Berg auf.

„Es ist eine der besten Kliniken des Landes“, erwiderte Macie und fügte einen Moment später hinzu: „Meine Mutter ist dort gestorben.“

Jonah, der in seinem Leben schon zu viel gesehen hatte, war durch nichts mehr so leicht zu erschüttern. Aber diese Worte aus ihrem Mund trafen ihn. Er sah wieder das dünne Mädchen mit der Zahnspange und den widerspenstigen roten Haaren vor sich und fragte sich, wie oft es sich wohl in den Schlaf geweint haben mochte.

„Ich glaube nicht, dass ich das mitbekommen habe“, sagte er. „Tut mir Leid.“

„Es ist lange her.“

„Wie alt warst du damals?“

„Acht.“ Dann deutete sie nach links. „Wenn wir gleich hier parken, sind wir näher an der Intensivstation.“

Jonah fühlte mit dem Kind, das sie gewesen war. Erst jetzt wurde ihm klar, wie nah sie und Felicity sich gestanden haben mussten und wie schwierig es wohl für Macie gewesen war, sich gegen ihre Familie zu stellen. Er hätte ihr gern gesagt, dass er ihre Haltung bewundernswert fand, aber jetzt war nicht der richtige Moment dafür. Stattdessen machte er sich auf die Suche nach einem Parkplatz. Es dauerte einige Minuten, bis ein SUV zurückstieß und Jonah den Wagen auf dem frei gewordenen Platz abstellen konnte.

Nachdem er den Motor ausgeschaltet hatte, sah er, dass die beiden Agenten direkt hinter ihm angehalten hatten. Einer der Männer stieg aus und tauchte gleich darauf neben Jonahs Seitenfenster auf. Jonah ließ das Fenster herunter.

„Was gibt's?"

„Mein Partner sucht erst noch einen Parkplatz. Bitte warten Sie auf uns. Wir wollen nicht das Risiko eingehen, dass noch eine zweite Person entführt wird."

Macie erschauerte und blickte sich beunruhigt auf dem riesigen Parkplatz um. „Daran habe ich noch gar nicht gedacht", sagte sie, nachdem der Agent wieder in das Auto hinter ihnen eingestiegen war. „Wie kommen sie darauf, dass es noch einmal passieren könnte? Gibt es irgendwelche Hinweise darauf?"

„Soweit ich weiß, nicht", entgegnete Jonah. „Aber nur keine Angst. Falls sie überhaupt noch jemanden entführen, dann höchstens mich."

Er sagte es so beiläufig, dass Macie ihn überrascht anschaute. Doch noch ehe sie etwas darauf erwidern konnte, waren die FBI-Agenten wieder zurück, um sie ins Krankenhaus zu begleiten. Nachdem sie ausgestiegen war, spürte Macie plötzlich Jonahs Hand an ihrem Ellbogen, als ob er ihr Halt geben wollte. Sie schaute ihn an.

Seine Augen waren hinter den dunklen Gläsern einer Sonnenbrille verborgen, aber den Rest von ihm konnte sie ungehindert betrachten. Er sah wirklich gut aus, in seiner lässigen dunkelblauen Leinenhose und dem weißen Hemd. Seine Haare waren voll und dunkel und glatt, und beim Laufen hob er kaum merklich das Kinn, als wolle er dem nächsten Schlag, den das Leben für ihn bereithielt, trotzen. Sie erschauerte leicht, als sie sich daran erinnerte, wie er unter seinen Kleidern aussah, und wünschte sich, ihn unter anderen Umständen wiedergetroffen zu haben.

„Na, wie gefällt dir, was du siehst?" rutschte es ihm heraus, und er hätte sich im gleichen Augenblick am liebsten die Zunge abgebissen. Warum zum Teufel musste er wieder damit anfangen?

Macie fühlte sich ertappt. Doch dann antwortete sie wahrheitsgemäß, womit sie ihn nicht weniger als sich selbst überraschte. „Ja, das tut es wirklich, aber darum geht es jetzt nicht. War das eben ernst gemeint?"

„Was?" fragte er und beschleunigte seine Schritte, als sie an einer Sprinkleranlage vorübergingen.

„Warum sollten sie vorhaben, dich zu entführen?"

„Weil sie sich an meinem Leid weiden wollen, wenn ich zusehen muss, wie mein Sohn stirbt."

Macie stolperte vor Schreck und wäre fast hingefallen.

Jonah reagierte schnell und hielt sie fest, dann blieb er einen Moment stehen und schaute sie an. Sie war aschfahl geworden. „Macie?"

Er sah, dass sich ihre Pupillen vor Entsetzen geweitet hatten. „Gott ... oh Gott. Ich hätte nie gedacht ... mir ist nie in den Sinn gekommen, dass ..."

„Schon gut", sagte Jonah.

Macie packte ihn so fest an den Oberarmen, dass sich ihre Finger in sein muskulöses Fleisch gruben. „Aber du könntest in Gefahr sein, und jetzt bist du meinetwegen hier wie auf einem Präsentierteller."

„Ich bin ständig in Gefahr, und das ist nur einer der Gründe dafür, warum ich so wütend bin auf deinen Vater, der mich damals in dem Glauben gelassen hat, Felicity habe unser Kind abgetrieben. Jemand, der so ein Leben führt wie ich, kann eigentlich keine Familie haben. Es macht einen verwundbar, und es besteht immer die Gefahr, dass man sich an den nächsten Familienangehörigen rächen könnte."

„Es tut mir so Leid", flüsterte sie.

„Du kannst nichts dafür, deshalb braucht es dir auch nicht Leid zu tun", erwiderte er schroff. „Los, komm jetzt, lass uns reingehen. Rugers Leute warten schon."

Macie ging schneller. Als sie hinter ihm die Eingangshalle betrat, bekam sie plötzlich eine Gänsehaut. Sie versuchte es damit zu erklären, dass sie aus der Hitze in einen klimatisierten Raum gekommen war, aber trotzdem wagte sie es aus irgendeinem unerfindlichen Grund nicht, sich umzudrehen.

Jonah verspürte dasselbe. Sein Argwohn war sofort erwacht. Beim Durchqueren der Eingangshalle nahm er Macies Arm, weil er hoffte, so besser die Kontrolle zu behalten. Er wollte nicht erst die Hand nach ihr ausstrecken müssen, wenn die Kugel bereits durch die Luft sauste.

Erneut warf Macie ihm einen Blick von der Seite zu, was ihm jedoch entging, da er zu beschäftigt damit war, die Leute in der Eingangshalle im Auge zu behalten.

Neben einer großen Topfpflanze saßen ein älteres Paar und eine überfordert wirkende Mutter mit drei kleinen Kindern. An einer Wand lehnten zwei Jugendliche, von denen der eine grün gestreifte Haare und auffällig viele Tätowierungen hatte, was Jonah nervös machte. Der oder die andere – Jonah konnte nicht entscheiden, ob es ein Junge oder ein Mädchen war – hatte millimeterkurze, feuerrot gefärbte Haare und war an allen möglichen und unmöglichen Stellen gepierct.

Als sie auf die Aufzüge zugingen, erhob sich eine junge Frau von ihrem Platz und durchquerte die Lobby. Jonah, der immer noch auf die seltsamen Zwillinge schaute, sah aus dem Augenwinkel, dass der Agent links von ihm mit ausgestrecktem Arm vor ihn trat. Instinktiv stellte er sich sofort zwischen Macie und die junge Frau.

Die schaute erst auf, als der Agent vor ihr auftauchte. Als er ihr abwehrend seinen Arm entgegenstreckte, ließ sie vor Schreck mit einem spitzen Schrei ihre Handtasche fallen. Die Tasche ging auf und der gesamte Inhalt landete verstreut auf dem Boden.

Es war alles so schnell gegangen, dass Macie gar nicht begriffen hatte, was geschehen war. Jetzt redeten alle durcheinander und entschuldigten sich.

„Was ist denn da passiert?“

Als Macie sich umdrehte, sah sie sich einem gut aussehenden Mann Anfang Dreißig gegenüber.

„Ich weiß nicht genau. Nur ein Missverständnis, glaube ich“, antwortete sie mit einem freundlichen Lächeln.

„Aha.“ Er nickte, während er sie einen Moment mit unübersehbarer Anerkennung musterte. Als Jonah sich umdrehte, wandte er sich ab und ging davon.

„Entschuldige, Macie. Ich habe nicht mitbekommen, was du eben gesagt hast.“

„Macht nichts, du warst nicht gemeint.“

„Nein? Wer denn dann?“ fragte er.

Macie runzelte leicht ungeduldig die Stirn. „Ach, da war eben ein Mann. Er wollte nur wissen, was hier passiert ist“

Jonah war sofort alarmiert, nahm eilig die Sonnenbrille ab und blickte sich um. „Was denn für ein Mann, Macie?“

„Ach, keine Ahnung ... irgendeiner. Können wir jetzt nicht endlich nach oben fahren?“

Aber Jonah wollte sich mit ihrer Antwort nicht zufrieden geben. „Was hat er gefragt?"

„Einfach nur, was passiert ist. Ich sagte ihm, dass ich es auch nicht wüsste. Dann lächelte er mich an und ging weg, und gleich darauf hast du dich umgedreht. Das war alles."

„Er hat dich angelächelt?"

Macie verzog entnervt das Gesicht. „Ja, stell dir vor. Und ich bin mir ziemlich sicher, dass er noch eine ganze Menge mehr zu mir gesagt hätte, wenn ich Interesse gezeigt hätte." Dann fügte sie hinzu: „Vielleicht kannst du es dir ja nicht vorstellen, aber ab und zu gibt es wirklich einen Mann, der sich für mich interessiert." Damit hängte sie sich ihre Handtasche über die andere Schulter, hob entschlossen das Kinn und beeilte sich, zu den Aufzügen zu kommen.

Jonah betrachtete einen Moment ihre hübsche Kehrseite und seufzte. „Ich muss hinterher, Leute", sagte er zu den Agenten, dann ging er ihr schnell nach, bevor sie allein in einen Aufzug steigen würde.

Die beiden Agenten klaubten eilig die Sachen der Frau vom Boden auf, entschuldigten sich bei ihr zum wiederholten Mal und folgten schließlich Jonah und Macie.

Die Frau drückte ihre Tasche an die Brust, während sie zuschaute, wie sich die Aufzugtüren hinter ihnen schlossen, dann strebte sie eilig dem Ausgang entgegen. Dem Wasserstrahl aus der Sprinkleranlage ausweichend, ging sie zum Parkplatz, wo sie sich wartend umschaute. Es dauerte nicht lange, bis neben ihr ein leuchtend rotes offenes Sportcabriolet hielt. Nachdem sie eingestiegen war, beugte sich der Mann am Steuer mit einem strahlenden Lächeln zu ihr herüber und gab ihr einen kurzen Kuss auf den Mund.

„Freu dich, Gloria. Endlich haben wir es hinter uns."

Gloria James bedachte ihren Ehemann Donny mit einem finstereren Blick, während sie verärgert die Unterlippe vorschob und die Hand nach dem Sicherheitsgurt ausstreckte.

„Wenn du nicht diese nette kleine Angewohnheit hättest, wäre es nie so weit gekommen. Hast du gemacht, was er gesagt hat?"

Donnys strahlendes Siegerlächeln bekam einen kleinen Riss. Er wurde nicht gern daran erinnert, dass seine Vorliebe für Koks sie in den Ruin getrieben hatte, und erst recht wollte er nicht daran erinnert werden, dass sein Dealer gedroht hatte ihn umzubringen, weil er nicht mehr bezahlen konnte. Und dann hatte ihm Dominic ein Foto von einer Frau in die Hand gedrückt und gesagt, dass sie quitt wären, wenn er der Frau eine Wanze in die Handtasche schmuggeln würde. Deswegen hatten sie sich zwei lange Tage in dieser verdammten Krankenhauslobby herumdrücken müssen, aber am Ende war ihre Geduld belohnt worden. Jetzt waren sie der Welt nichts mehr schuldig.

„Klar doch, Baby ... aber jetzt haben wir es hinter uns." Er gab Gas und fuhr auf die Straße. „Was hältst du davon, wenn wir irgendwo anders nochmal ganz von vorn anfangen? Wo möchtest du denn gern leben?"

Glorias Gesicht verfinsterte sich noch mehr. „Mit dir? Nirgends."

„Ach, komm schon, Baby, sei doch nicht so. Jetzt muss ich Dominic nur noch sagen, dass ich den Auftrag ausgeführt habe, und dann sind wir quitt."

„Ich traue ihm aber nicht über den Weg und dir auch

nicht", erwiderte sie. „Ich will nach Hause. Ich muss nachdenken."

„Was soll das heißen, du musst nachdenken? Überlegst du etwa, dich von mir scheiden zu lassen?" fragte er.

„Du sagst es."

Mit dieser Reaktion hatte er nicht gerechnet, aber je länger er darüber nachdachte, desto mehr konnte er sich mit dem Gedanken anfreunden. Das war genau das, was er jetzt brauchte. Einen echten Neuanfang, bei dem er nur sich selbst verantwortlich war. Genau wie in alten Zeiten.

Wenig später fuhr er in die Einfahrt ihres Hauses. Gloria schaute über die Schulter auf den grünen Jaguar, der auf der Straße davor parkte.

„Was ist denn das für ein Jaguar?" fragte sie.

„Der gehört Dominic."

Gloria James, die eben dabei war auszusteigen, hielt mitten in der Bewegung inne und starrte ihren Mann ungläubig an. „Und warum sitzt er nicht drin? Sag bloß, dieser gottverdammte Dealer hat sich während unserer Abwesenheit in unserem Haus eingenistet."

Dieser Gedanke machte selbst Donny ein bisschen nervös, auch wenn er nicht bereit war es zuzugeben, da er befürchtete, zu allem Überfluss auch noch sein Gesicht zu verlieren. „Warum erzählst du es nicht gleich der ganzen Nachbarschaft, Gloria?" fragte er höhnisch und ging mit schnellen Schritten zum Haus, ohne auf sie zu warten.

Als Donny eintrat, sah er, dass Dominic Cosa es sich in seinem Lieblingssessel bequem gemacht hatte und den Sekt aus ihrem Kühlschrank trank. Donny ärgerte sich zwar darüber, doch dann fiel sein Blick auf den Gorilla, den Dominic dabeihatte, und er zog es vor, seinen Unmut für sich zu behalten und Dominic mit einem breiten Grinsen zu begrüßen.

„Alles klar", sagte er und rieb sich die Hände. „Hat zwar zwei Tage gedauert, bis sie endlich aufgetaucht ist, aber alles Weitere war ein Kinderspiel."

Dominic, der sich eben nachgeschenkt hatte, stellte die Flasche ab, dann stand er auf, strich sich sein Sakko hinten glatt und fuhr mit den Handflächen über die mit Gel zurückgekämmten schwarzen Haare. „Und du bist wirklich sicher, dass es Mercedes Blaine war?"

„Hundertprozentig. Sie sah genauso aus wie die Frau auf dem Foto, außerdem war sie in Begleitung, genau wie Sie gesagt haben."

„Wie viele waren es?"

„Drei. Zwei davon waren Feds, tippe ich mal, und der dritte wahrscheinlich ihr Bodyguard, aber er hat sich mir nicht vorgestellt."

„Wo ist deine Frau?" wollte Dominic wissen.

„Draußen."

„Kommt sie nicht rein?"

Bevor Donny James antworten konnte, hörten sie ein Auto anspringen und ein paar Sekunden später Reifenquietschen. Er seufzte. „Sieht nicht so aus", sagte er.

„Pech für dich." Dominic zuckte mit den Schultern. „Tja. Alles genau zur rechten Zeit." Er langte nach der Sektflasche und ging damit zur Tür.

„Wir sind doch jetzt quitt, oder?" fragte Donny.

Dominic blieb stehen und drehte sich um. Auf seinem Gesicht spiegelte sich Verachtung, während er nickte. „So gut wie", sagte er und schaute sich nach seinem Bodyguard um.

„So gut wie?" fragte Donny mit vor Ungläubigkeit schriller Stimme. „Was meinen Sie mit so gut wie?"

Doch als er den Blick sah, den Dominic mit seinem Begleiter wechselte, wurde ihm klar, dass aus seinem geplanten Neuanfang nichts werden würde.

In diesem Augenblick zog der Bodyguard unter seiner Jacke eine Pistole hervor und setzte mit ruhiger Hand einen Schalldämpfer auf. Donny fing an zu schreien.

Dominic hob die Sektflasche an die Lippen und trank die letzten Tropfen, dann wischte er sich mit seinem Taschentuch den Mund ab, bevor er reagierte. „Um Gnade winseln passt nicht zu dir", sagte er kalt.

Donny ging in die Knie, aber nicht um zu beten, sondern weil er vor Angst nicht mehr stehen konnte. „Dominic ... bitte. Sie haben es mir versprochen."

Über Dominic Cosas Gesicht huschte ein Lächeln, und gleich darauf lachte er laut auf. „Das zeigt nur, wie dumm du bist, Donny James. Einem Dealer darf man nie trauen. Ich habe gelogen."

Gleich darauf ertönte ein gedämpfter Schuss, der nicht lauter war als das Knallen eines Sektkorkens, und dann war es auch schon vorbei. Donny James lag mit einem runden Loch in der Stirn auf dem Rücken am Boden.

Ohne noch einen Blick zurückzuwerfen, verließ Dominic mit seinem Bodyguard das Haus. Draußen blieb er vor dem Glascontainer stehen und warf die Sektflasche hinein. Er war nicht süchtig nach den Drogen, die er verkaufte, aber es gab andere Dinge, von denen er high wurde, unter anderem von den Spielchen, die er mit der Polizei spielte. Der Gedanke an die Fingerabdrücke, die er hinterließ, verschaffte ihm einen Kick, weil er ganz genau wusste, dass die Polizei nicht auf die Idee kommen würde, dass eine Flasche in der Glastonne wichtiger sein könnte als alle anderen. Er schob die Flaschen ein bisschen herum, sodass die Sektflasche, aus der er getrunken hatte, nicht mehr ganz oben lag, dann machte er den Container wieder zu und lächelte seinen Begleiter an.

„Aufräumen ist immer eine gute Sache, richtig, Joey?"

„Ja, Boss. Aber was ist mit der Frau?"

Nachdenklich kniff Dominic die Augen zusammen. „Wenn sie schlau genug war, diesen jämmerlichen Versager zu verlassen, wird sie ja wohl auch schlau genug sein, den Mund zu halten, oder was meinst du?"

„Ich meine, dass Sie der Boss sind, sonst gar nichts", erwiderte der Mann.

Dominics Lächeln wurde ein bisschen breiter, während er den Arm des Riesen tätschelte. „Brav, Joey, wirklich sehr brav. Offenbar besteht dein Gehirn nicht nur aus Muskeln, Mann."

Nachdem sie das Auto erreicht hatten, blieb Dominic stehen und schaute die Straße hinauf und hinunter, konnte jedoch nichts Verdächtiges entdecken. Er fuhr sich mit den Handflächen übers Haar und zog sein Revers gerade. „Los, verschwinden wir von hier, Joey. Unsere Arbeit ist getan."

Kurz darauf waren sie fort.

Nachdem sie mehrmals vergeblich versucht hatte, zu Hause anzurufen, befürchtete Gloria, die nicht dumm war, das

Schlimmste. Und da sie, falls ihr Mann ermordet worden war, wahrscheinlich automatisch ganz oben auf der Liste der Verdächtigen landen würde, ging sie schnurstracks zur Polizei und erzählte alles, was sie wusste.

Jonah saß neben dem Swimmingpool und beobachtete Macie, die mit kräftigen, schnellen Stößen durch das kristallklare Wasser schwamm. Das machte sie schon, seit sie aus dem Cedars-Sinai zurückgekommen waren. Er wusste nicht, was zwischen ihr und ihrem Vater vorgefallen war, und es war ihm auch ziemlich egal. Was er jedoch wusste, war, dass Declyn Blaine das Bewusstsein wiedererlangt und eine gute Chance auf vollständige Genesung hatte.

Es gab einen Teil in ihm, der dem alten Mann den Tod wünschte. Felicity war tot, und Evan war vielleicht auch schon nicht mehr am Leben, obwohl Jonah sich weigerte, dies auch nur in Betracht zu ziehen. Er konnte keine Gerechtigkeit darin erkennen, dass ausgerechnet Declyn, dessen Lüge alle anderen in tödliche Gefahr gebracht hatte, als Einziger überleben sollte.

Aber diesen Gedanken hatte er natürlich zu keinem Zeitpunkt laut ausgesprochen. Als Macie aus der Intensivstation gekommen war, hatte sie sehr aufgeregt gewirkt, das war unübersehbar gewesen. Er hatte sie fragen wollen, was vorgefallen war, doch als er ihr Gesicht sah, hatte er beschlossen, seine Fragen vorerst für sich zu behalten. Er wusste nicht, was in dem Krankenzimmer passiert war, aber erfreulich schien es nicht gewesen zu sein.

Deshalb saß er jetzt hier inmitten dieser von schwelgerischem Luxus geprägten Umgebung und schaute zu, wie sie im Wasser ihre Frustration loszuwerden versuchte, wobei er sich Mühe geben musste, nicht an interessantere Dinge zu denken. Ihr knapper Bikini ließ seiner erhitzten Fantasie jedoch nur wenig Spielraum. Als er beobachtete, wie sie das Ende des Pools erreichte, sich abstieß und herumwarf wie eine Olympiaschwimmerin, überlegte er, ob er ihr nicht vielleicht Gesellschaft leisten sollte. Er malte sich aus, wie es wäre, neben ihr her zu schwimmen, und fragte sich, ob ihre wütenden Bewegungen das Wasser wohl ebenso schnell erhitzt hatten wie sein Blut. Er stellte sich vor, wie er sie aus dem Wasser zog und ihr erlaubte, ihre Frustration an ihm auszulassen ... in seinem Bett. Obwohl sie eine Blaine war.

Aber natürlich tat er nichts dergleichen, sondern blieb reglos sitzen und beobachtete sie nur. Dabei spürte er, dass sich seine Welt, so wie er sie bisher gekannt hatte, langsam, aber sicher auflöste. Denn er war gezwungen, im Nichtstun zu verharren, während andere die Probleme für ihn lösten.

Erst als er sie auf sich zukommen sah, merkte er, dass Macie irgendwann aus dem Pool gestiegen sein musste. Beim Anblick ihres Körpers, der so glatt und geschmeidig und schlank wie der eines Rassepferdes war, schwappte eine Welle des Verlangens über ihn hinweg. Er musste sich bewegen, aber er konnte – oder wollte – nicht. Gleich darauf stand sie so dicht vor ihm, dass das Wasser von ihrem Körper auf seine Beine tropfte.

„Interessiert dich gar nicht, was er gesagt hat?“ fragte sie.

Jonah atmete langsam tief durch und stand auf, wobei er sich zwang, ihr nur ins Gesicht zu sehen. Er konnte das Chlorwasser riechen, das ihr aus den Haaren tropfte und an ihrem Körper herunterrieselte. Er stand so nah vor ihr, dass er sich in ihren Augen wie in einem Spiegel sehen konnte. Ohne sich über sein Tun Rechenschaft abzulegen, streckte er die Hände nach ihr aus.

„Er hat mir gesagt, dass ich hier nicht erwünscht bin", erklärte sie. „Und dass ich verschwinden soll." Während sie sprach, schnappte sie sich ein Badelaken von einem Liegestuhl und begann sich mit wütenden Bewegungen abzutrocknen. „Er weiß, das Felicity tot ist." Damit wandte sie sich ab und ließ deprimiert die Schultern hängen. „Er will, dass ich sein Haus sofort wieder verlasse."

Jonah seufzte. Jetzt konnte er seinen guten Vorsatz, sie nicht anzufassen, unmöglich weiterhin aufrechterhalten. Nicht nach dem, was sie gerade gesagt hatte. „Komm her", flüsterte er, dann schlang er seine Arme um sie und zog sie an seine Brust. Hemd und Hose wurden von ihrem Bikini durchnässt, aber das war nicht wichtig. Nichts war wichtig, außer Macie zu trösten.

Sie lehnte sich an ihn, schöpfte Kraft aus seiner Umarmung.

„Er kann dich nicht zwingen zu gehen."

„Ich weiß, aber dass er es will, tut trotzdem weh."

„Er ist ein Dreckskerl, und erwarte von mir keine Entschuldigung dafür, dass ich das sage", brummte Jonah.

Macie lachte leise auf. „Ganz bestimmt nicht." Dann schaute sie ihn an. „Ich mache dich ganz nass."

„Halb so schlimm", meinte er abwehrend.

Als Macie jetzt wieder zu ihm aufschaute, blieb ihr Blick länger als angemessen an seinem Mund hängen. „Jonah, ich ..."

Bevor sie weitersprechen konnte, trat Ruger aus dem

Haus auf die Terrasse. „Da sind Sie ja beide“, sagte er. „Ich habe Sie schon gesucht. Wir haben ein Problem.“

Macie, die sich von Jonah gelöst hatte, fuhr herum. „Was ist denn? Haben sich die Entführer gemeldet? Ist irgendetwas mit Evan?“

„Nein, es geht um Sie“, erklärte Ruger und wandte sich dann an Jonah. „Erzählen Sie mir ganz genau, was heute im Krankenhaus passiert ist.“

Zuerst verstand Jonah nicht, worauf der Agent hinauswollte, doch gleich darauf wurde ihm schlagartig alles klar. „Sie meinen den Vorfall in der Eingangshalle, richtig? Dachte ich mir's doch, dass da was faul war.“

„Was denn für ein Vorfall?“ fragte Macie verständnislos.

„Miss Blaine, ich muss mir den Inhalt Ihrer Handtasche ansehen.“

„Aber ich ...“

Jonah zog sie am Arm ins Haus. „Widersprich jetzt nicht, Macie, es ist wichtig.“

Die Beunruhigung, die in Jonahs Stimme mitschwang, veranlasste sie, ihre Schritte zu beschleunigen. Als sie auf dem Flur im ersten Stock angelangt war, begann sie zu rennen. Die Handtasche lag in ihrem Schlafzimmer auf dem Boden, neben dem Stuhl und der Leselampe. Sie hob sie auf und schüttete den Inhalt eilig aufs Bett.

Ruger, der ihr nachgekommen war, untersuchte jeden einzelnen Gegenstand gründlich.

„Was su...“

Jonah legte ihr eine Hand über den Mund und schüttelte stumm den Kopf, dann beugte er sich zu ihr hinunter und flüsterte ihr ins Ohr: „Frag nichts, spiel einfach mit.“

Macie nickte, während sie spürte, wie ihr Herz in der Brust hämmerte.

„Wann gibt es Essen?“ erkundigte sich Jonah anschließend in normalem Ton.

Macie, der ganz schlecht war, hielt sich den Bauch und schaute fassungslos zu, wie der FBI-Agent anfing, jeden einzelnen Gegenstand, der sich in ihrer Tasche befand, auseinander zu nehmen.

„Miss Blaine?“ fragte Jonah.

Beruhigend fuhr er ihr mit der Hand durch das nasse Haar und strich sanft über ihren Nacken. Sie riss ihren Blick von Ruger los und schaute auf.

„Entschuldigung, ich habe Sie nicht verstanden.“

„Ich wollte wissen, wann es Essen gibt.“

„Oh ... ach so. Na ja ... um sieben, aber wenn Ihnen das zu früh ist, sage ich Rosa Bescheid.“

„Nein, es ist gut so. Ich werde den anderen Bescheid sagen. Wir sehen uns dann unten.“

„Ja ... in Ordnung“, sagte Macie, wobei sie sich fragte, was er mit diesem Spiel bezweckte.

Jonah machte die Tür geräuschvoll auf und zu. Jeder, der zuhörte, musste davon ausgehen, dass Macie Blaine jetzt allein war.

Danach ging Jonah zum Bett, um Ruger zu helfen, die restlichen Gegenstände zu untersuchen. Macie stand da und schaute ungläubig zu, wie Jonah aus dem kleinen Häufchen einen Kugelschreiber herauszog und anfing, ihn aufzuschrauben. Noch ehe er damit fertig war, legte Macie ihm eine Hand auf den Arm und schüttelte den Kopf, wobei sie mit den Lippen formte: „Das ist nicht meiner.“

Jonah schaute Ruger an, der einen Moment zögerte, dann jedoch nickte. Vorsichtig nahm Jonah den Kugelschreiber auseinander. Die winzige Abhöranlage, die irgendwann herausfiel, war kleiner als ein Bleistiftradiergummi.

Macie starrte ihn nur wortlos an.

Als Jonah sah, dass sie plötzlich kreidebleich wurde, wusste er, was gleich passieren würde. Sie war nur Sekunden vor ihm im Bad. Er hielt ihr den Kopf, während sie sich übergab, dann wischte er ihr das Gesicht mit einem nassen Waschlappen ab. Als sie aus dem Bad kamen, war Ruger fort.

„Was ist passiert?“ flüsterte Macie.

„Irgendjemand hat dir eine Wanze in die Handtasche geschmuggelt. Wahrscheinlich der Mann, mit dem du in der Eingangshalle kurz gesprochen hast.“

„Großer Gott“, sagte Macie und ließ sich aufs Bett sinken. „Warum mir? Was habe ich mit all dem zu schaffen?“

„Wahrscheinlich nichts, aber so wie ich Calderone kenne, versucht er nur, an alles zu denken.“

In diesem Moment kehrte Ruger ins Zimmer zurück.

„Woher wussten Sie das mit der Wanze?“ fragte Jonah.

Ruger schaute Macie einen Moment abschätzend an. Sie fing seinen Blick auf und runzelte die Stirn.

„Ich finde, ich habe ein Recht darauf zu erfahren, was hier vorgeht“, sagte sie. „Ich bin gern bereit zuzugeben, dass ich mit derlei Verbrechen keine Erfahrung habe und mich absolut scheußlich fühle, seit das passiert ist, aber ich bin zäher, als ich aussehe. Deshalb sagen Sie es mir. Was hat es zu bedeuten, dass man mir diese Wanze in die Handtasche geschmuggelt hat?“

Ruger schaute zu Jonah.

„Sagen Sie es ihr“, forderte der ihn auf.

„Also gut, aber wir wissen nicht viel. Wir wissen nur, dass der Kerl, der Ihnen die Wanze untergeschoben hat, Donny James heißt. Seine Frau startete ein Ablenkungsmanöver, indem sie ihre Handtasche fallen ließ, wie sie selbst ausgesagt hat. Donny James ist kokainsüchtig und schuldete seinem Dealer viel Geld, dann bot man ihm an, ihm seine Schulden zu erlassen, wenn er diesen kleinen Job übernimmt. Donnys Frau sah sich zuerst gezwungen, bei der Sache mitzumachen. Doch als sie dann beim Nachhausekommen das Auto des Kokslieferanten vor ihrem Haus entdeckte, wurde es ihr zu viel, und sie ist einfach weggefahren. Später hat sie dann versucht, zu Hause anzurufen, aber ihr Mann ging nicht ans Telefon. Weil sie das Schlimmste befürchtete, wandte sie sich schließlich an die Polizei. Außerdem hat sie Angst um ihr eigenes Leben, da sie von dem Deal zwischen Donny und seinem Kokslieferanten wusste.“

„Verdammt“, brummte Jonah. „Aber was hat das alles mit Macie zu tun? Warum sollte ihr irgendein Koksdealer aus L. A. eine Wanze unterschieben ... es sei denn ... Ruger, wie heißt der Dealer?“

„Dominic Cosa.“

Jonah horchte auf. „Ist das so ein langer dünner Latino mit Narben im Gesicht ... der sich ständig mit der Hand die Haare glatt streicht?“

„Das mit den Haaren weiß ich nicht, aber aus seinem Steckbrief geht hervor, dass er eins neunzig groß ist und Narben im Gesicht hat.“

Jonah schlug mit der flachen Hand gegen den Bettpfosten und fluchte.

„Was ist?“ fragte Ruger.

„Das ist Calderones Cousin.“

„Sind Sie sich da ganz sicher?“ fragte Ruger.

„Ziemlich sicher. Er ist ein übler Bursche und würde alles tun, was Calderone ihm sagt.“

„Was machen wir jetzt?“ fragte Macie.

„Wir tun so, als ob nichts passiert wäre. Das mit der Wanze war keine gute Idee von Calderone. Frauen wechseln ständig ihre Handtaschen, und Kugelschreiber sind irgendwann leer. Na, wenn sie nichts mehr hören, werden sie von selbst drauf kommen.“

Bevor Macie noch etwas sagen konnte, klingelte das Telefon. Am liebsten hätte sie es ignoriert, aber es bestand immerhin die Chance, dass sich die Entführer meldeten. „Hallo?“

„Könnte ich bitte mit Mercedes Blaine sprechen?“

„Am Apparat.“

„Miss Blaine, hier ist das Deloach Crematorium. Sie können die Asche Ihrer Schwester abholen.“

Macies Magen zog sich schmerzhaft zusammen. „Ja, in Ordnung“, brachte sie mühsam heraus. „Aber heute geht es nicht.“

„Kein Problem. Kommen Sie einfach vorbei, wenn es Ihnen passt. Hier ist immer irgendjemand. Und noch einmal unser aufrichtiges Beileid.“

Macie schluckte schwer. Sie musste diesen Mann sofort zum Schweigen bringen. Das war mehr, als sie verkraften konnte. „Danke“, sagte sie und legte auf.

„Wer war das?“ fragte Jonah.

Macie drehte sich um. Sie hatte das Strandbadelaken aufgehoben, das sie mit nach oben genommen hatte, und drückte es an sich, als ob dieses Tuch sie davor bewahren könnte, zusammenzubrechen. Immer noch tropfte Wasser aus ihren Haaren auf den Teppich.

„Das Krematorium. Felicitys Asche kann abgeholt werden.“ Sie atmete tief durch. „Ich möchte jetzt allein sein.“

Ruger warf Jonah einen Blick zu und verschwand dann, doch Jonah zögerte noch, sie allein zu lassen.

„Bist du sicher, dass ich nicht ...“

„Geh“, sagte Macie, und als er sich nicht von der Stelle rührte, fuhr sie mit erhobener Stimme fort: „Um Gottes willen, Jonah, was willst du? Soll ich dich erst anflehen? Ich muss jetzt allein sein, versteh das doch.“

„Nein, du irrst“, widersprach er ruhig. „Ich glaube nicht, dass du jetzt allein sein musst, aber ich gehe trotzdem.“

Damit verließ er das Zimmer und schloss leise die Tür hinter sich. Kaum war er fort, wusste Macie, dass er Recht gehabt hatte. Sie wollte nicht allein sein. Sie wollte Jonah. Doch ihn würde sie nicht bekommen. Nie.

6. KAPITEL

Das Rad in dem Hamsterkäfig drehte sich rasend schnell, während Arnold, das fette braunweiß gescheckte Nagetier auf seinem endlosen Weg rannte und rannte.

Es war seltsam, dass ein Mann, der so viel unterwegs war wie der *Snowman*, ein Haustier hatte. Schon als Kind hatte er sich immer ein Tier gewünscht, doch seine Eltern waren dagegen gewesen. Auch wenn er inzwischen längst kein Kind mehr und fast siebenundvierzig Jahre alt war, bereitete ihm die Vorstellung, tun und lassen zu können, was er wollte, immer noch ein fast perverses Vergnügen.

Das Haus, in dem Hamster Arnold lebte, strahlte alles in allem eine zurückhaltende Eleganz aus, obwohl sein Käfig ein ganz normaler Hamsterkäfig war. Die Innenausstattung des Hauses hatte einen südländischen Anstrich, und man hätte sie durchaus geschmackvoll nennen können, wenn da nicht im Foyer diese scheußliche Skulptur gewesen wäre. Sie stellte ein riesiges Scheusal mit hervorquellenden Augen, geblähten Nüstern und Fangzähnen dar. Der Innenarchitekt war entsetzt gewesen und hatte den *Snowman* beschworen, darauf zu verzichten. Aber der hatte sich geweigert und behauptet, die Skulptur würde ihm Glück bringen und sein Zuhause vor bösen Geistern beschützen.

Das Absurde daran war, dass er selbst viel böser war als jeder böse Geist, den man sich nur vorstellen konnte, und das wusste er selbst natürlich auch ganz genau. Als das Telefon neben dem Hamsterkäfig zu klingeln begann, bekam das Tier so einen Schreck, dass es aus seinem Rad fiel. Aufgescheucht durch den plötzlichen Lärm huschte es zu seinem

Napf und begann zu fressen, während sich sein Besitzer draußen beeilte, aus dem Swimmingpool zu klettern, um den Anruf entgegenzunehmen.

Wasser tropfte von seinem gut durchtrainierten Körper, als er über die Terrasse zur Bar ging. Im Vorbeigehen schnappte er sich ein Badetuch, das über einem Barhocker hing, und trocknete sich flüchtig ab, bevor er sich am Telefon meldete.

„Ja?"

„*Snowman* ..."

Er spannte sich an. „Ja?"

„Auf Ihrer Vordertreppe liegt eine Briefsendung."

Nachdem der *Snowman* ohne ein weiteres Wort aufgelegt hatte, schlüpfte er in Espadrilles, um keine nassen Spuren auf dem Boden zu hinterlassen, und ging durchs Haus. Auf der Vordertreppe lag wie angekündigt ein Briefumschlag. Er hob ihn auf, kehrte damit ins Haus zurück und schloss schnell die Tür, damit die Nachbarin von gegenüber keine Zeit mehr hatte, ihm zuzuwinken.

Im Laufen riss er den Briefumschlag auf, der zwei Fotos sowie eine handschriftliche Notiz enthielt.

Finden Sie heraus, wo sich Jonah Slade zurzeit aufhält, aber tun Sie es möglichst unauffällig. Um weitere Anweisungen entgegenzunehmen, rufen Sie die folgende Nummer an.

Er legte den Zettel beiseite und griff nach den Fotos. Das eine zeigte einen bärtigen Mann mit Pferdeschwanz, der mit einem Sturmgewehr im Anschlag unter einem Bananenbaum stand. Auf dem anderen war derselbe Mann zu sehen, diesmal allerdings ohne Bart, mit kurzen Haaren und mit einem Anzug bekleidet. Wenn man nicht wusste, dass es sich um ein und denselben Mann handelte, würde man es kaum glauben.

Nachdem er die Fotos ein paar Sekunden nachdenklich betrachtet hatte, legte er sie auf den Zettel mit der Nachricht und ging dann mit einer Packung Hamsterfutter zum Käfig. Er steckte seinen Finger durch die Gitterstäbe und lächelte den Hamster an, als der anfing, an seinem Finger zu knabbern.

„Na, Arnold, wie geht's, alter Knabe? Du witterst Abendessen, richtig?" Er öffnete den Käfig, nahm den Fressnapf heraus und füllte ihn auf, dann gab er dem Hamster frisches Wasser. „Es sieht ganz danach aus, dass du wieder ein bisschen bei Jennifer nebenan bleiben musst, aber das macht dir ja nichts aus, oder?"

Der *Snowman* hatte nie geplant, ein Profikiller zu werden, aber mit der Zeit hatte ihm die gelegentliche Haschischzigarette nicht mehr ausgereicht, sodass ihm nichts anderes übrig geblieben war, als nach stärkerem Stoff zu greifen. Aus seiner Sucht hatten sich Probleme ergeben, über die er schließlich die Kontrolle verloren hatte. Er hatte sich mit den falschen Leuten eingelassen und war ihnen zu Dank verpflichtet gewesen. Am Ende war ihm alles über den Kopf gewachsen, was dazu führte, dass er das Gesetz erst gebeugt und schließlich sogar gebrochen hatte. Bei seinem ersten Mord war er gegen Schuldgefühle bereits immun gewesen. Entscheidend war dabei für ihn gewesen, dass er wieder alles unter Kontrolle hatte und niemandem mehr auch nur einen Cent schuldete. Doch bei dem einen Mord war es nicht geblieben, und der Kontostand des Geheimkontos, das er sich in der Schweiz eingerichtet hatte, war immer weiter angestiegen.

In Anbetracht seiner wahren Natur hätte man es kaum für möglich gehalten, dass er dem Hamster aufrichtige Zuneigung entgegenbrachte, und doch war es so. Wenn er verreisen musste, und das war sehr oft der Fall, bezahlte er die zehnjährige Tochter seiner Nachbarn dafür, dass sie sich um Arnold kümmerte. Es war ein freundschaftliches Arrangement. Inzwischen hatte er allerdings die Lust daran verloren, ständig unterwegs zu sein.

Widerstrebend schloss er die Käfigtür, dann rief er bei seinen Nachbarn an, um Jennifer zu bitten, sich während seiner Abwesenheit um Arnold zu kümmern. Schließlich machte er sich fertig.

Am nächsten Morgen

Evan stöhnte im Schlaf auf und versuchte etwas Schweres, das auf seiner Schulter lastete, abzuschütteln.

„Los, Junge, aufwachen. Mach schon, wach auf."

Als er die Stimme hörte, fuhr er hoch und wich zur Wand zurück, um dem Bewacher so weit wie möglich zu entfliehen.

Der Mann stellte ein Tablett mit Essen neben Evan auf die Pritsche, dann deutete er darauf und befahl schroff: „Los, essen."

Der Duft von warmen Tortillas mit Bohnen ließ Evan das Wasser im Mund zusammenlaufen, aber er war wild entschlossen, keinen Bissen zu sich zu nehmen, da er befürchtete, sonst womöglich jegliche Kontrolle über sich zu verlieren.

„Essen Sie es doch selbst“, sagte er und schob das Tablett von sich.

Verärgert zog der Bewacher die Stirn in Falten. Der Junge war inzwischen drei Tage hier und hatte außer dem Inhalt der beiden Dosen gestern noch keine feste Nahrung zu sich genommen. Nur das Wasser trank er. Aber der Bewacher hatte den Befehl aufzupassen, dass der Junge gesund und am Leben blieb. Nicht auszudenken, was mit ihm passieren würde, wenn dem Jungen etwas zustieße, bevor der *Padrone* den Befehl dazu gegeben hatte. Frustriert fuchtelte er Evan mit dem Gewehrlauf unter der Nase herum.

Evan fühlte sich so schwindlig und schwach, dass er nicht einmal mehr Angst hatte. Das einzige Mittel, sich zu wehren, war in Hungerstreik zu treten. Offenbar war den Entführern aus irgendwelchen Gründen daran gelegen, dass er aß, so viel hatte er inzwischen mitbekommen. Aber würden sie ihn umbringen? Der Teufel sollte sie alle holen.

„Schieß doch“, brummte er und beugte sich vor, bis der Gewehrlauf seine Stirn berührte.

Der Bewacher, der plötzlich Angst bekam, dass sich unbeabsichtigt ein Schuss lösen könnte, riss den Lauf hoch und schlug dem Jungen mit der flachen Hand ins Gesicht.

Evans Kopf flog zurück und krachte gegen die Wand. Er schmeckte den Kupfergeschmack von frischem Blut auf der Zunge und verspürte einen scharfen Schmerz, weil sich sein Zahn in seine Unterlippe gebohrt hatte. Wortlos beugte er sich über die Bettkante und spuckte aus. Ein mit Blut vermischter Spuckebatzen landete direkt neben dem Schuh seines Bewachers. Er hasste den Mann dafür, dass ihm, Evan, die Tränen in die Augen geschossen waren, aber er war wild entschlossen, sich seine Angst nicht anmerken zu lassen – nicht mehr.

„Sie können mich schlagen, Sie können mich sogar erschießen. Sie können mit mir machen, was Sie wollen, aber Sie können mich nicht zwingen zu essen. Ich weiß ganz genau, dass in dem Essen irgendwas drin ist, und ich denke überhaupt nicht daran, mich in eine noch schwächere Position zu bringen, als ich es ohnehin schon bin. Haben Sie das verstanden?"

Der Bewacher griff wieder nach dem Tablett und stellte es mit einem dumpfen Knall auf dem Boden ab, dann stapfte er wütend aus dem Zimmer. Er schlug die Tür so laut hinter sich zu, dass die Wände wackelten. Evan rappelte sich mühsam auf und holte sich die Wasserflasche. Anschließend stakste er mit dem Tablett auf wackligen Beinen zu dem Loch im Boden und kippte, nachdem er noch ein letztes Mal daran geschnuppert hatte, das Essen hinein. Dann wird wenigstens die Ratte fett, dachte er, während er zum Bett zurückging und sich wieder hinlegte.

Drei seiner Finger waren beängstigend angeschwollen. Sie hatten sich durch die Holzsplitter unter seinen Fingernägeln entzündet und sonderten blutigen Eiter ab. Er konnte nicht mehr tun, als von Zeit zu Zeit ein bisschen Wasser darüber zu schütten und den Schmerz ansonsten so weit wie möglich zu ignorieren. Wenig später drehte er sich auf die Seite, rollte sich in Embryostellung zusammen und verbannte den Schmerz in die hinterste Ecke seines Bewusstseins.

Als irgendwo das Dach klapperte, wusste er, dass der Wind aufgefrischt war. Er dachte an die vielen sorglosen

Tage, die er in seinem Leben schon verbracht hatte. Er hatte zwar irgendwie gewusst, dass das Böse in der Welt existierte, doch dass es in sein Leben eindringen und es zerstören könnte, hätte er sich nie träumen lassen. Jetzt wünschte er sich verzweifelt, die Zeit zurückdrehen zu können, doch das war nicht möglich. Aber er wusste, dass er das Leben nie wieder als gegeben hinnehmen würde, falls er hier jemals heil herauskommen sollte.

Eine kleine Weile später hörte er draußen ein Auto vorfahren. Als eine Autotür ins Schloss fiel, stand er auf und lief zur Tür, um zu lauschen. Gleich darauf vernahm er leise Stimmen, aber er konnte sie verstehen.

„Was soll das heißen, er isst nicht?“ fragte eine Männerstimme.

„Genau, was ich sage“, erwiderte der Bewacher.

„Warum nicht?“

„Am ersten Tag haben wir ihm was ins Essen getan. Bloß damit er schläft, aber anscheinend hat er es spitzgekriegt, und jetzt weigert er sich zu essen.“

Der Mann lachte. „Ist anscheinend ein bisschen schlauer als ihr, der Bursche. Und was gibt es sonst Neues?“

Evan erkannte die Stimme seines Bewachers, aber die des anderen Mannes hatte er noch nie gehört, obwohl er sich, nach Sprechweise und Stimmlage zu urteilen, ziemlich sicher war, dass es sich um einen weißen Amerikaner handelte.

„Warum sind Sie gekommen?“ fragte der Bewacher.

„Ihr könnt dem *Padrone* ausrichten, dass ich den Job übernehme.“

„In Ordnung.“

„Brav“, sagte der Fremde. „Das war schon alles. Ach ja, und lass dir kein Spielgeld andrehen, Kumpel, okay?“

„Was?“

Der Mann lachte. „Ist nur so ein Spruch.“

Wenig später hörte Evan den Motor wieder anspringen, und gleich darauf fuhr das Auto davon. Er horchte dem Geräusch nach, bis es in der Ferne verklang. Da er bisher noch kein einziges Mal Verkehrsgeräusche oder Polizeisirenen und Ähnliches gehört hatte, lag die Vermutung nahe, dass er irgendwo abseits der Zivilisation gefangen gehalten wurde.

Er stieß sich von der Tür ab und kroch wieder ins Bett. Als er die Augen schloss, quollen unter seinen geschlossenen Lidern heiße Tränen hervor – Tränen, die er bis jetzt zurückgehalten hatte. Er brauchte ganz dringend ein Wunder.

Endlich schlief er in dem kleinen stickigen Raum ein und träumte, dass er zu Hause war.

Dominic Cosa hatte einen schweren Fehler gemacht. Er hatte Donny James Frau unterschätzt. Sie war nicht nur zur Polizei gegangen, sondern hatte ihn auch noch verraten. Jetzt war es sogar sinnlos geworden, sie auszuschalten, weil der Schaden bereits angerichtet war. Obwohl sein Anwalt ihm versichert hatte, dass es mit den Beweisen, die die Polizei hatte, nicht allzu weit her war. Die Frau hatte zwar angenommen, dass der vor ihrem Haus geparkte grüne Jaguar sein Auto gewesen war, aber sie hatte nicht auf das Nummernschild geschaut. Sie hatte ihn weder in ihrem Haus angetroffen noch ihn herauskommen sehen, und genauso wenig hatte sie den Schuss gehört, der ihren Mann getötet hatte.

Aber es gab handfeste Beweise dafür, dass Donny kokainsüchtig gewesen war, und Donnys Frau war dabei gewesen, als Dominic ihrem Mann befohlen hatte, Macie Blaine die Wanze in die Handtasche zu schmuggeln. Sein Anwalt hatte ihm geraten, alles abzustreiten, und das hatte er getan. Darüber hinaus hatten sie sich darauf geeinigt, dass er keine Anrufe entgegennehmen und auch selbst niemanden anrufen sollte. Aber im Grunde hatte er mehr Angst vor dem Zorn seines Cousins Miguel als davor, ins Gefängnis zu kommen. Das war der Grund dafür, weshalb er jetzt packte und eine Privatmaschine gechartert hatte, die bereits auf ihn wartete. Miguel Calderone hatte keine Geduld mit Idioten, und was Dominic getan hatte, war nicht nur die reinste Idiotie, sondern obendrein auch noch sträflicher Leichtsinn gewesen.

„Joey!“ schrie Dominic jetzt.

Eine Sekunde später tauchte sein Bodyguard im Türrahmen auf.

„Bring die Koffer nach unten. Wir fahren zum Flughafen.“

Aber Joey rührte sich nicht vom Fleck.

„Was ist los mit dir?“ fragte Dominic.

„Tut mir echt Leid, Boss, aber Sie fahren nirgends mehr hin“, sagte Joey und zog die Pistole aus seinem Schulterhalfter.

Dominic schaute ihn erstaunt an. „Was zum Teufel redest du denn da für einen Blödsinn?“

„Das ist kein Blödsinn, Boss. Ich darf Sie nicht gehen lassen. Ich habe einen Befehl.“

Dominic hatte das Gefühl, als ob der Boden sich unter

ihm auftäte. Das konnte nicht passieren. Nicht ihm. Das würde Miguel ihm niemals antun. Oder etwa doch? Aber sie waren doch eine Familie!

„Du hast einen Befehl? So ein Quatsch! Das würde mir Miguel nie antun. Von wem hast du denn diesen angeblichen Befehl?" brüllte er.

„Das wissen Sie ganz genau, Boss. Wir nehmen alle nur vom *Padrone* Befehle entgegen."

„Ich glaube dir nicht", sagte Dominic in schneidendem Ton. „Miguel würde doch nicht sein eigen Fleisch und Blut umbringen lassen."

Joey zuckte mit den Schultern. „Davon weiß ich nichts. Ich weiß nur, dass ich einen Befehl habe."

Joey war ebenso beschränkt wie groß und stark. Er konnte keinen einzigen eigenen Gedanken fassen, was ihn zu einem perfekten Handlanger machte. Wenn man ihm einen Befehl gab, verbiss er sich in die Worte wie eine Bulldogge in einen Knochen. Wenn wirklich irgendjemand Joey befohlen hatte, ihn, Dominic auszuschalten, dann war er am Ende. Als ihm dies jetzt mit aller Deutlichkeit klar wurde, bekam Dominic Panik.

„Hör mir jetzt mal ganz genau zu, Joey. Denk wenigstens ein einziges Mal im Leben nach. Irgendjemand versucht dich in eine Falle zu locken. Miguel ist in einem Staatsgefängnis. Und wenn er hinter Gittern ist, kann er dir unmöglich einen Befehl erteilt haben."

„Tut mir Leid, Boss, aber Sie wissen, dass das nicht stimmt. Es ist ganz leicht, die Geschäfte von da drin aus weiterzuführen. So läuft es die ganze Zeit."

Dominic fing an zu schwitzen. Zu seiner Schande hörte

er sich betteln. „Tu das nicht, Joey. Ich habe Geld, eine Menge Geld. Ich gebe dir so viel du willst, aber lass mich laufen. Lass mich einfach laufen."

Joey holte den Schalldämpfer aus seiner Tasche, genauso wie er es in Donny James' Haus gemacht hatte, und schraubte ihn in aller Ruhe auf den Lauf. „So viel Geld, dass ich es schaffe, mich vor dem *Padrone* zu verstecken, gibt es gar nicht, und das wissen Sie auch ganz genau, Boss ..."

Dominic konnte nicht glauben, dass das passierte. Nicht ihm. Mit ausgestreckten Händen machte er einen Schritt nach vorn. „Komm schon, Joey. Du kennst mich. Wie viele Jahre arbeitest du schon für mich, hm? Du kannst das nicht tun. Du kannst mich nicht erschießen. Mich doch nicht. Du weißt, dass du es nicht kannst."

Joey zielte. „Bleiben Sie einfach still stehen, Boss. Ich bin gut. Sie spüren absolut nichts, glauben Sie mir."

Dominic dachte an all die Dinge, die er im Leben noch hatte tun wollen. Heiraten zum Beispiel. Seine *madre* wünschte sich Enkel. Er hatte es immer wieder aufgeschoben, hatte sich gesagt, dass er es eines Tages tun würde, aber jetzt würde dieser Tag niemals kommen, und das alles nur, weil er eine Frau unterschätzt hatte.

Er holte tief Atem, dann seufzte er. Sein Leben ging zu Ende. Dominic Cosas Leben war vorbei, weil er sich geirrt hatte. Er war davon ausgegangen, dass ein schwacher Mann wie Donny James mit einer Frau verheiratet sein würde, die genauso schwach war wie er, aber er hatte sich geirrt, und dieser Irrtum wurde ihm jetzt zum Verhängnis. Joey hatte Recht. Er hatte einen Fehler gemacht, und in seinem Geschäft war es tödlich, Fehler zu machen.

Plötzlich kam eine große Ruhe über ihn – die Hinnahme des Unvermeidlichen. Er zog sein Jackett straff und fuhr sich mit beiden Händen glättend durchs Haar, bevor er seine Arme nach beiden Seiten ausstreckte.

„Okay, Joey. Aber mach es richtig, ich bin dir nicht böse."

Joey lächelte. „Danke, Boss. Ich wusste, dass Sie es verstehen."

Dominic Cosa fühlte absolut nichts. Er war tot, bevor die Kugel in die Wand hinter ihm einschlug.

Seelenruhig schraubte Joey den Schalldämpfer ab, steckte ihn wieder in seine Tasche, schob seinen Revolver ins Halfter und verließ ohne einen Blick zurück das Haus. Er fühlte absolut nichts – nicht einmal Reue. Schließlich hatte er ja nur seine Arbeit gemacht.

Es war schon fast drei Uhr morgens, und Jonah hatte immer noch kein Auge zugetan. Seine Innereien fühlten sich an wie verknotet. Stunde um Stunde verging, und die Hilflosigkeit, die er angesichts der Situation empfand, brachte ihn fast um den Verstand. Miguel Calderone steckte hinter dicken Gefängnismauern aus Zement, Eisen und Stahl, und doch war seine Anwesenheit so real, als ob er hier im selben Zimmer mit ihm wäre. Jonah stieg aus dem Bett und begann auf und ab zu laufen.

Als er den durchdringenden Schrei hörte, blieb ihm fast das Herz stehen. Er rannte zur Tür und auf den Flur. Einer von Rugers Männern war die Treppe bereits halb oben.

„Was zum Teufel war das?" fragte der Agent.

„Ich glaube, es kam aus Macies Zimmer“, erwiderte Jonah.

Der Agent zog seine Waffe und folgte Jonah über den Flur. In dem Moment, in dem Jonah bei der Tür ankam, hörte er ein Stöhnen und dann etwas, das wie ein ersticktes Schluchzen klang. Er öffnete die Tür und betrat das Zimmer. Im Bad brannte ein Nachtlicht, dessen Schein auf Macie fiel. Die beiden Männer erkannten, dass sie offensichtlich einen Albtraum hatte. Sie warf sich unruhig im Bett herum, und Jonah konnte trotz der schummrigen Beleuchtung sehen, dass sie schweißgebadet war.

„Ich kümmere mich darum“, flüsterte er.

Der Agent nickte, schob seine Waffe wieder ins Halfter und ließ Jonah mit Macie allein. Jonah schloss die Tür hinter ihm, dann trat er ans Bett. Er knipste die Nachttischlampe an und rüttelte Macie sanft an der Schulter.

„Macie ... Honey ... wach auf. Das ist nur ein schlechter Traum.“

Sie war sofort wach. Geblendet von dem Licht der Nachttischlampe, versuchte sie sich aufzusetzen, aber sie schaffte es nicht, weil sie sich in den Laken verheddert hatte. Als ihr klar wurde, dass Jonah auf dem Bettrand saß, sank sie wieder in die Kissen zurück. „Was ist los? Was machst du hier?“

„Du hast geschrien.“

„Oh Gott“, murmelte sie und strich sich das feuchte Haar aus dem Gesicht. „Ich habe von Felicity geträumt“, fuhr sie mit bebender Stimme fort. „Sie brachten sie ins Krematorium, aber sie lebte noch. Ich habe dauernd verlangt, dass sie anhalten sollen, aber sie wollten einfach nicht auf mich hören.“

Wortlos legte Jonah seine Arme um sie und zog sie auf seinen Schoß. Als sie sich an ihn schmiegte, seufzte er. Oh Gott. Sie fühlte sich so verdammt gut an. „Es war nur ein böser Traum, Macie. Du weißt, dass es nicht real war."

Sie nickte, fügte jedoch hinzu: „Es kam mir aber so real vor."

„Ja, in unseren Träumen brechen sich unsere schlimmsten Ängste Bahn." Dann schmiegte er seine Wange an ihre und schloss die Augen. Ihr Haar war seidenweich, und sie roch so süß ... so unglaublich süß.

Macie, die sich von Jonahs Anwesenheit getröstet fühlte, stieß einen tiefen Seufzer aus.

Mehrere Minuten vergingen, ohne dass einer von ihnen etwas sagte. Jonah glaubte schon, sie sei wieder eingeschlafen, als sie sagte: „Ich habe noch nichts zu Abend gegessen. Und du?"

Jonah lächelte. „Ich schon. Rosa war ganz schön beleidigt, als du nicht zum Essen herunterkamst, da habe ich es nicht gewagt, ihr auch noch einen Korb zu geben."

Macie lehnte sich zurück und schaute Jonah tief in die Augen. „Es tut mir Leid", sagte sie.

„Was?"

„Dass ich gestern Abend so ausfallend war. Es ist nur passiert, weil ich mich so über Declyn aufgeregt habe, und dann habe ich es an dir ausgelassen. Bitte entschuldige, es tut mir wirklich sehr Leid."

„Entschuldigung akzeptiert", sagte Jonah. „Und nun zu dem Abendessen, das du hast ausfallen lassen. Ich kann mir vorstellen, dass du hungrig bist."

Sie nickte.

„Ist es hier erlaubt, die Küche zu plündern?“ scherzte er.

„Das ist bisher noch nie vorgekommen“, gab sie zurück.

„Und worauf warten wir dann noch?“ fragte er.

Macie musterte ihn schweigend und versuchte sich für die Zeit, in der er nicht mehr in ihrem Leben sein würde, jedes Detail dieses Gesichts einzuprägen. „Auf dich“, sagte sie leise. „Ich warte nur auf dich.“

Die Worte trafen ihn wie ein Fausthieb in den Magen. Er war sprachlos, und das passierte ihm nur höchst selten. Er hatte geglaubt, in ihren Worten eine doppelte Bedeutung mitschwingen zu hören, aber noch ehe er etwas in dieser Richtung sagen konnte, war Macie schon aufgesprungen und griff nach ihrem seidenen blauen Morgenrock.

„Kommst du jetzt mit oder nicht?“ fragte sie, während sie zur Tür ging.

Jonah stand auf. Unter anderen Umständen wäre er ihr in diesem Moment wahrscheinlich bis ans Ende der Welt gefolgt. „Ja, ich komme“, erwiderte er und schluckte den dicken Kloß herunter, der ihm im Hals saß.

Macie zog den bauschigen bodenlangen Morgenrock hinter sich her wie eine Schleppe, während sie neben ihm her zur Treppe ging. Ihr Hunger war plötzlich verflogen, aber das würde sie nicht zugeben. Gegen die kleine Täuschung ließ sich nichts einwenden, wenn diese dazu führte, dass Macie mit dem einzigen Mann, den sie je geliebt hatte, mitten in der Nacht eine ruhige Stunde verbringen konnte. Doch dann verbesserte sie sich selbst im Stillen. Ganz so stimmte das nicht. Als Mädchen war sie bis über beide Ohren in Jonah verliebt gewesen, nicht mehr und nicht weniger. Aber das, was jetzt mit ihr passierte, war etwas vollkommen anderes. Früher hatte sie von sanften Berührungen, zärtlichen Blicken und liebevollen Küssen geträumt. Da ihre Erfahrung mit Jungen damals ziemlich begrenzt gewesen war, hatte sie über diesen Punkt nie hinausgedacht. Jetzt war sie erwachsen, mit allen Erfahrungen, die eine Frau in ihrem Alter hatte. Heute war sie kein unschuldiges Kind mehr. Sie hatte ihn nackt gesehen. Sie hatte die Kraft gesehen, die in seinem Körper steckte. Sie hatte sexuelle Erfahrungen und malte ihn sich nackt zwischen ihren Beinen liegend aus, sein Körper hart, seine Haut schweißnass, stellte sich vor, wie er sich in ihr bewegte. Darauf hatte sie in Wirklichkeit Hunger, aber sie wusste, dass es ein Hunger war, der heute Nacht nicht gestillt werden würde. Für heute müsste sie sich schon mit einem Sandwich begnügen.

7. KAPITEL

Jonah stand an seinem Schlafzimmerfenster und beobachtete zwei Gärtner, die unten im Garten der Blaine-Villa den Rasen mähten. Ein dritter jätete in einem Blumenbeet Unkraut, während ein vierter eine Heckenschere schwang. Jonah lehnte sich näher an die Scheibe und überlegte, welcher der Männer wohl der sein mochte, der sich als Felipe Sosa ausgab und was Ruger und seine Leute inzwischen über ihn herausgefunden hatten. Er hatte bereits mehrmals nachgefragt, aber Ruger hatte sich bisher stets bedeckt gehalten.

Nachdenklich legte Jonah die Stirn in Falten und schob seine Hände in die Hosentaschen. Die letzte Nacht war die Hölle gewesen, und je länger er hier mit Macie zusammenbliebe, desto schwerer würde es ihm fallen, sie wieder zu verlassen. Er musste sich eingestehen, dass sie ihm unter die Haut gegangen war. In ihrer Anwesenheit fühlte er Dinge, die er seit Jahren nicht mehr gefühlt hatte. Und dann war da auch noch sein Sohn. Er wagte sich nicht einmal vorzustellen, was Evan erdulden musste. Er durfte es sich nicht vorstellen. Konnte es nicht. Weil er bei dem, was getan werden musste, unbedingt einen klaren Kopf brauchte.

Er beobachtete, wie der Gärtner, der die Hecke schnitt, eine Pause einlegte, um seinen breitkrempigen Strohhut abzunehmen und sich mit dem Hemdsärmel den Schweiß von der Stirn zu wischen. Jetzt erkannte Jonah in ihm den Mann von dem Video – der Mann, der sich Felipe Sosa nannte. Dass er immer noch hier war, konnte nur eines heißen: Calderone betrachtete sich als allmächtig. Kontrolle bedeutete diesem Mann alles, und dafür war er bereit, jeden zu opfern.

Wenn dieser Betrüger da unten im Garten auch nur ahnte, wie austauschbar er war, wäre er wahrscheinlich sofort nach der Entführung untergetaucht. Bis jetzt wusste man noch nicht, was für eine Rolle er bei dem Überfall gespielt hatte, aber Jonah war sich sicher, dass es eine tragende gewesen war. Schon allein aus diesem Grund hätte er ihn am liebsten sofort zur Rede gestellt. Aber das würde nicht helfen, Evan zu finden.

Trotzdem, Jonah hatte immer noch einen Trumpf in der Hand.

Sich selbst.

Er war bereit, Ruger noch eine Frist von achtundvierzig Stunden einzuräumen; wenn bis dahin keine greifbaren Ergebnisse vorlägen, würde er die Angelegenheit in seine eigenen Hände nehmen.

Ein Klopfen an der Tür unterbrach ihn in seinen Überlegungen. Er drehte sich um und rief: „Herein."

Es war Macie. Sie war blass, ihr Gesicht wirkte verschlossen. Sie trug ein schwarzes, bis zu den Knöcheln reichendes Kleid aus einem durchsichtigen Stoff mit einem ebenfalls schwarzen Unterkleid und flache Riemchensandaletten. Das kupferrot leuchtende Haar fiel ihr offen über die Schultern und rahmte ihr Gesicht ein, das bis auf einen sparsam aufgetragenen bronzefarbenen Lippenstift ungeschminkt war.

„Du siehst schön aus", sagte Jonah. „Was gibt's Neues?"

„Ich habe mit Chicago telefoniert und versucht, einige Probleme zu klären, die sich mit der Firma ergeben haben. Das ist auf die Entfernung nicht ganz einfach, aber vorerst wird es gehen."

„Was für eine Firma?"

„Ich habe ein Importgeschäft. Es macht viel Arbeit, aber es lohnt sich."

Jonah musterte sie mit neuem Respekt. „Das wusste ich nicht", sagte er. „Glück für dich."

Sie zuckte mit den Schultern. „Von mir aus können wir jetzt fahren. Ich bin so weit."

Jonah war immer noch so von ihrer Erscheinung in Anspruch genommen, dass es einen Moment dauerte, bis er sich wieder erinnerte. Richtig, das Krematorium. Sie wollte heute Felicitys Asche abholen.

Oh Gott, musste das auch noch sein? Aber ihnen blieb nichts anderes übrig, als es hinter sich zu bringen. Er ging auf sie zu und blieb so dicht vor ihr stehen, dass er hörte, wie sie Atem holte. Sie duftete nach Gardenien, und jetzt aus der Nähe sah er, dass sie geweint hatte.

Obwohl er wusste, wie gefährlich dies war, fuhr er ihr mit einem Finger übers Gesicht, dann stieß er einen Seufzer aus und gab ihr einen zärtlichen Kuss auf die Wange. Als er ihr leises Aufschluchzen hörte, hätte er ihr gern etwas Tröstliches gesagt, doch ihm fiel nichts ein, außer den alltäglichen Dingen.

„Ruger gibt uns zwei Leute mit."

Sie nickte.

Er zögerte einen Moment, dann fragte er: „Macie?"

Sie schluckte, immer noch um Fassung ringend. „Ja?"

„Du musst das nicht allein durchstehen. Lehn dich einfach an mich, ich halte dich. Ich weiß, dass es nicht viel ist, aber mehr kann ich im Moment leider nicht für dich tun." Er machte eine kurze Pause und fuhr dann mit leicht heiserer Stimme fort: „Gott allein weiß, wie sehr ich mir wünsche, mehr tun zu können."

Sie erschauerte, dann lehnte sie ganz kurz ihre Stirn an seine Brust, wobei sie den Duft seines Aftershaves einatmete und den kräftigen Schlag seines Herzens an ihrer Haut spürte.

An Jonah anlehnen – das war etwas, was sie am liebsten für den Rest ihres Lebens tun würde. Sie würde nehmen, was sie bekam, und wenn das heute alles war, würde sie sich wohl oder übel damit zufrieden geben müssen.

„Ich bin dir wirklich dankbarer, als ich mit Worten ausdrücken kann, Jonah." Damit löste sie sich von ihm. „Lass uns fahren. Je schneller dieser Tag vorbei ist ..."

Sie beendete den Satz nicht, aber das war auch nicht nötig. Jonah wusste auch so, was sie meinte. Sterben war einfach. Es waren die Überlebenden, die mit dem Verlust fertig werden mussten.

„Hast du alles?" fragte er.

Macie schaute ihn an und dachte, dass sie alles hatte, was sie brauchte, solange er an ihrer Seite war. Aber das behielt sie für sich und klopfte stattdessen auf ihre Handtasche.

„Ja, meine Unterlagen sind hier drin."

Er nahm ihre Hand und drückte sie zärtlich.

„Angesichts der Umstände bedeutet es dir sicher nichts, aber ich möchte trotzdem der Form halber erwähnen, dass du wunderschön aussiehst, Macie Blaine."

Macie schaute ihn an. Als sie den Ausdruck in seinen Augen sah, rieselte ihr ein Schauer über den Rücken. Lieber Gott. Wenn doch nur ... sie erschauerte wieder und schob den Gedanken eilig beiseite.

„Danke“, sagte sie schließlich. „Felicity hatte einen ausgeprägten Schönheitssinn. Ich habe es für sie gemacht.“

Er streckte ihr die Hand hin. Sie nahm sie ohne Zögern und ging Hand in Hand mit ihm die Treppe hinunter und an der Stelle vorbei, an der ihre Schwester gestorben war. Gleich darauf traten sie aus dem Haus in die Sonne. Bevor Macie ins Auto einstieg, drehte sie sich noch einmal um und schaute zum Haus zurück.

„Was ist, Macie? Hast du etwas vergessen?“ fragte Jonah.

Sie schaute immer noch, und schließlich zuckte sie mit den Schultern.

„Es ist wohl nichts.“

„Was?“

Macie drehte sich wieder zu ihm um. „Es ist bestimmt bloß Einbildung, aber ich habe ständig das Gefühl, beobachtet zu werden.“ Kaum hatte sie die Worte ausgesprochen, verzog sie das Gesicht. „Aber natürlich werde ich beobachtet ... von allen möglichen Polizisten, oder nicht?“

Dass er immer noch am Leben war, hatte Jonah seinem Instinkt zu verdanken. Und genau aus diesem Grund maß er auch dem Instinkt anderer Menschen Bedeutung bei. Deshalb stellte er sich jetzt schnell vor Macie und öffnete den hinteren Wagenschlag. „Steig ein“, sagte er.

Macie folgte seiner Aufforderung. Erst im Nachhinein wurde sie sich der Dringlichkeit bewusst, die in seiner Stimme mitgeschwungen hatte. Agent Carter saß hinter dem Steuer und Agent Sugarman neben ihm auf dem Beifahrersitz. Jonah beugte sich durchs Fenster und sagte irgendetwas zu Carter, das sie nicht verstand. Sie beobachtete, wie er einstieg und sich neben sie setzte. Beim Wegfahren sah sie drei Männer aus dem Haus kommen.

„Jonah?"

Er blickte sie an und nahm ihre Hand, wie um sich zu vergewissern, dass sie immer noch da war. „Ja?"

„Was ist? Was hast du zu Carter und Sugarman gesagt?"

„Dass du das Gefühl hast, beobachtet zu werden. Die Leute in unserem Beruf sind daran gewöhnt, auf ihren Instinkt zu achten, weil er sie am Leben hält."

„Hm."

„Aber wahrscheinlich ist ja nichts", fuhr er fort. „Reine Vorsichtsmaßnahme, verstehst du?"

„Ja, gewiss", gab Macie zurück, obwohl sie eigentlich gar nichts verstand. Irgendetwas stimmte hier nicht, und sie hatte das Gefühl, als würde ihr ganz bewusst etwas vorenthalten. Und als sie während der Fahrt die beiden FBI-Agenten beobachtete, nahm ihre Verärgerung noch zu. Sugarman telefonierte die ganze Zeit mit seinem Handy, doch als sie sich einmal leicht vorbeugte, in der Hoffnung, etwas aufzuschnappen, wurde er deutlich zugeknöpfter, was sie nur in ihrer Auffassung bestärkte, dass sie wahrscheinlich die Letzte war, die erfahren würde, was hier vor sich ging. Und das verletzte sie nicht nur, sondern machte sie auch wütend.

Eine kleine Weile später hatten sie das Wohngebiet von Bel Air hinter sich gelassen und bogen auf eine Schnellstraße ab. Macie beugte sich vor und tippte Carter leicht auf die Schulter. „Es gibt einen direkteren Weg", sagte sie.

„Ja, Ma'am", gab Carter zurück und fuhr weiter.

„Es ist okay, Macie", meinte Jonah. „Wir machen nur einen kleinen Umweg."

Einen kleinen Umweg? Verärgert darüber, dass man es nicht für nötig befunden hatte, sie vorher darüber zu informieren, lehnte Macie sich in den Sitz zurück und schloss die Augen, zu erschöpft, um die Ausweichmanöver des Agenten während der Fahrt weiterzuverfolgen.

Aber Jonah registrierte alles und tastete mehr als einmal nach seiner Waffe, die in dem Schulterhalfter unter seiner Jacke steckte.

Als sie endlich an ihrem Ziel angelangt waren, war Macie eingeschlafen, während Jonahs Nerven blank lagen.

Sobald das Auto hielt, schrak Macie aus dem Schlaf hoch und setzte sich auf. Agent Carter drehte sich zu ihr um.

„Bitte bleiben Sie noch im Auto sitzen, bis sich mein Kollege draußen umgesehen hat, Miss Blaine“, sagte er.

Da sie vom Schlaf noch ein wenig durcheinander war, verstand sie nicht gleich, was seine Worte eigentlich bedeuten sollten. Während sie wartete, setzte sie sich zurecht und fuhr sich schlaftrunken mit den Fingern durchs Haar. Erst als sie sah, dass Sugarman beim Auto stehen blieb, während Carter auf das Beerdigungsinstitut zuging, wurde ihr klar, dass irgendetwas nicht stimmte.

„Jonah ... was ist eigentlich los?“

„Sie sind nur vorsichtig, das ist alles.“

Macie schaute aus dem Fenster auf die perfekt gemähten Rasenflächen und die von prächtigen Palmen gesäumten Gehwege. Nach außen hin wirkte alles so ruhig und normal, und doch war ihre Welt vollkommen aus den Fugen geraten. Je länger sie so dasaß, umso mehr wuchs ihre Verärgerung. Ihre Schwester war tot. Ihr Vater rang im Krankenhaus mit dem Tod, ihr Neffe war verschleppt worden und musste möglicherweise Schlimmes erdulden, und sie verkroch sich hier ängstlich auf dem Rücksitz eines Wagens. Plötzlich hatte sie genug von diesem Versteckspiel.

Bevor Jonah begriff, was passierte, war Macie auch schon aus dem Auto gesprungen.

„He, warte! Verdammt, Macie, du kannst doch nicht einfach ..."

Sie knallte ihm die Tür vor der Nase zu und strich sich das Kleid glatt. Als Sugarman sich zu ihr umdrehte und auf sie zuzugehen begann, hob sie trotzig das Kinn.

„Miss Blaine, Sie müssen warten."

Sie hob eine Hand, um ihn zum Stehenbleiben zu veranlassen. „Kommen Sie mir nicht zu nahe", warnte sie.

„Es tut mir Leid, Ma'am, ich habe meine Anweisungen."

„Schön, aber nicht von mir. Ich habe es satt, Angst zu haben. Und ich habe es genauso satt, dass sich in jeder Ecke meines Elternhauses fremde Leute herumdrücken. Ich gehe jetzt in dieses Gebäude, um zu holen, was von meiner Schwester noch übrig ist, und Sie können sich überlegen, ob Sie hier auf mich warten oder zurückfahren wollen."

Der Agent musterte sie beunruhigt, dann wandte er sich Hilfe suchend an Jonah, der gerade aus dem Auto stieg. „Sir, Ruger wird mich ..."

„Ich begleite sie", sagte Jonah.

Macie drehte sich zu ihm um. „Du bist um keinen Deut besser als sie", fuhr sie ihn an. „Obwohl es hier um meine Familie geht, lässt man mich im Ungewissen. Ich stelle Fragen und bekomme nur vage Antworten. Du willst, dass ich kooperiere? Schön, dann sag mir erst die Wahrheit."

Jonah ließ ihren Zornesausbruch mit unbeteiligter Miene

über sich ergehen, weil er wusste, dass ihre Verzweiflung der Auslöser war. Gleichzeitig aber war er fest entschlossen, ihr absolut nichts über das hinaus zu sagen, was sie bereits wusste. Er wollte sie nicht noch mehr beunruhigen, und um zu verhindern, dass dies passierte, war er bereit, auch weiterhin ihren Zorn auf sich zu ziehen.

„Die Wahrheit? Was denn für eine Wahrheit? Ich kann an dem, was passiert ist, nichts ändern, und niemand weiß, wo Evan ist. Glaubst du nicht auch, dass ich Himmel und Hölle in Bewegung setzen würde, um ihn zurückzubekommen?"

Macie schaute ihn einen Moment ausdruckslos an, fast so, als ob sie nicht verstanden hätte, dann wirbelte sie wortlos auf dem Absatz herum und schritt den Weg hinauf.

Nervös schaute Jonah über die Schulter und suchte die Umgebung ein letztes Mal mit Blicken ab, bevor er ihr folgte.

Natürlich wusste Macie, dass es wahrscheinlich gute Gründe gab, ihr gewisse Informationen vorzuenthalten, aber das änderte nichts daran, dass sie sich dabei hilflos fühlte. Sie war inzwischen schon so viele Jahre allein für sich verantwortlich, und sie war eine erfolgreiche Unternehmerin. Dass man sie jetzt wie eine Unmündige behandelte, war nicht nur kränkend, sondern auch überflüssig. Obwohl sie wusste, dass Jonah ihr folgte, verlangsamte sie ihre Schritte nicht und wartete auch nicht. Sie war im Moment von ihrer Familie die Einzige, die handeln konnte, und sie wollte Gerechtigkeit. Heute würde sie allerdings nicht mehr bekommen als nur die Asche ihrer Schwester.

Erst als sie in der Eingangshalle des Bestattungsinstituts angelangt war, drehte sich Macie zu Jonah um. Sie schauten sich einen langen Moment tief in die Augen, dann hob Jonah mit einer Geste der Hilflosigkeit die Hand und trat einen Schritt zurück.

Als einziges Zeichen dafür, dass sie den Rest dieses Weges allein gehen wollte, presste Macie die Lippen aufeinander, dann drehte sie sich um und ging weiter.

Jonah wusste nicht genau, worüber sie so aufgebracht war, aber er hatte ihr angesehen, dass sie es ernst meinte. Und er hatte große Achtung vor Mut und Entschlossenheit, sei es bei einem Mann oder bei einer Frau. Als er Macie jetzt nachschaute, wie sie mit gestrafften Schultern und federndem Gang die Empfangshalle durchquerte, wurde ihm klar, dass er sich zum ersten Mal in seinem Leben rettungslos in eine Frau verliebt hatte. Er setzte sich in den nächstbesten Sessel und versuchte nicht darüber nachzudenken, was das bedeutete.

Die Minuten verstrichen im Schneckentempo, bis schließlich zwanzig vergangen waren. Da Warten noch nie zu seinen Stärken gehört hatte, sprang er auf, sobald er sie kommen sah, doch als er ihren Gesichtsausdruck bemerkte, blieb er erschrocken stehen.

Noch vor nicht allzu langer Zeit war sie hier hereingestürmt wie eine Rachegöttin, und jetzt wirkte sie vollkommen erschüttert. Als er die kleine graue Urne sah, die sie an ihre Brust drückte, wusste er, dass sie sich jetzt zum ersten Mal wirklich mit dem Tod ihrer Schwester auseinander gesetzt hatte. Er machte einen Schritt auf sie zu, dann zögerte er und blieb wieder stehen.

Macie ging langsamer, als sie ihn sah. Auf ihrem Gesicht spiegelte sich keine Frage, ihre Augen waren ausdruckslos. Sie wartete einfach nur ab.

Jonah berührte sie leicht an der Schulter, doch sie machte eine abwehrende Bewegung. Deshalb ging er an ihr vorbei zur Eingangstür und hielt sie ihr auf. Carter und Sugarman warteten auf der Straße. Als sie Macie sahen, ging Sugarman sofort auf sie zu, während Carter sich beeilte, zum Auto zu kommen. Jonah blieb auf der Treppe stehen und schaute sich noch einmal eingehend um, bevor er ebenfalls zum Auto ging. Auf halbem Weg verspürte er plötzlich ein unangenehmes Kribbeln im Nacken. In diesem Moment wurde ihm ebenfalls klar, dass sie beobachtet wurden. Automatisch tastete er nach seiner Pistole. Sie war an ihrem Platz – aber wo zum Teufel war der Feind?

Als er beim Auto ankam, saß Macie bereits wohlbehalten auf dem Rücksitz. Er glitt neben sie und berührte Carter leicht an der Schulter.

„Fahren Sie", sagte er.

Ein paar Minuten später tauchte aus einer Seitenstraße eine unauffällige graue Limousine auf und fädelte sich in den Verkehr ein. Der Fahrer achtete sorgfältig darauf, dass sich zwischen seinem Auto und dem Wagen, in dem Macie saß, genug Autos befanden, damit sie nicht entdeckt werden konnten.

Die beiden Männer, die in dem Auto saßen, waren Profis. Zwei FBI-Agenten und einen Bodyguard auszuschalten, um an Macie Blaine heranzukommen, war nur ein Teil ihres Plans. Sie unterhielten sich über Nebensächlichkeiten, während sie ihre Verfolgung fortsetzten und darauf vertrauten, bei der nächsten Ampel zum Zug zu kommen.

Es war Jonah, der das Auto entdeckte. Überrascht stellte er fest, dass er den Fahrer kannte. Als er mit Jorge Vega zum letzten Mal Kontakt gehabt hatte, war er untergetaucht, weil die DEA hinter ihm her gewesen war. Der Gedanke, dass ihn der Mann, mit dem er monatelang abends Karten gespielt hatte, beim Verlassen des Bestattungsinstituts beobachtet hatte, jagte ihm einen kalten Schauer über den Rücken. Dass er damals lange Haare und einen Bart getragen hatte, half ihm wenig, denn Vega war kein Dummkopf.

Er beugte sich vor und tippte Sugarman auf die Schulter. „Fordern Sie Verstärkung an. Sagen Sie Ruger, dass er uns ein paar Leute schicken soll. Wir werden verfolgt."

Sugarman reagierte sofort und gab Jonahs Erkenntnisse sowie ihren derzeitigen Standort und ihr Ziel weiter.

Carter umklammerte das Lenkrad fester. „Soll ich versuchen, sie abzuhängen?"

Jonah schaute in den Seitenspiegel, und entdeckte, dass ihre Verfolger immer noch da waren. Schnell warf er einen Blick auf Macie. Sie hätten die Männer leicht stellen können, aber mit ihr im Auto war es zu gefährlich. „Nein. Sorgen Sie einfach nur dafür, dass sie nicht zum Zug kommen, bis die Verstärkung eingetroffen ist."

Carter nickte.

Jonah warf noch einen letzten Blick in den Rückspiegel und lehnte sich dann in seinem Sitz zurück. Macie, die vollkommen teilnahmslos wirkte, schien nicht mitbekommen zu haben, was sich da abspielte, aber wirklich sicher war er sich nicht. „Macie ... Honey?"

Sie fuhr zusammen, dann blinzelte sie, als ob sie aus einer Trance erwacht wäre. Während sie sich zu ihm umwandte, legten sich ihre Finger fester um die kleine graue Urne. „Felicity hat mir beigebracht, meine Zöpfe zu flechten“, sagte sie tonlos. „Wusstest du das?“

Jonah legte ihr eine Hand aufs Knie und spürte durch den dünnen schwarzen Stoff die Wärme ihrer Haut. „Nein, aber es ist eine schöne Erinnerung.“

Sie seufzte, dann nickte sie und wandte sich ab.

„Macie, sieh mich an.“

Sie hatte Mühe, sich auf das, was er sagte, zu konzentrieren, aber der drängende Unterton in seiner Stimme ließ sie aufhorchen. „Was ist?“

„Vor der Abfahrt sagtest du, dass du das Gefühl hast, beobachtet zu werden.“

„Ja, und?“

„Du hattest Recht.“

Mit einem Schlag schien sie wieder in die Gegenwart zurückzukehren. Erschrocken holte sie Luft und wollte sich umdrehen, um nach ihren Verfolgern Ausschau zu halten, aber Jonah hinderte sie daran.

„Dreh dich nicht um.“

Sie bekam Herzklopfen. „Was machen wir jetzt?“

„Im Moment nichts. Aber sobald wir in La Jolla sind, wird Ruger sich des Problems annehmen, okay?“

„Aber ...“

Er legte ihr einen Finger auf die Lippen.

„Vertrau uns.“

„Eine andere Wahl habe ich wohl nicht“, gab sie resigniert zurück und wandte sich ab.

Die nächsten Minuten dehnten sich endlos. Zweimal kam Vega so dicht heran, dass zwischen ihnen nur noch ein

Auto war, und jedes Mal befürchtete Jonah, die Männer könnten ihr Vorhaben jetzt in die Tat umsetzten. Er wusste zwar nicht, was genau sie geplant hatten, aber mit Hilfe modernster Technologien war es ein Leichtes, ein ganzes Auto und dessen Insassen zu vernichten, ohne dafür überhaupt anhalten zu müssen. Doch jedes Mal, wenn er glaubte, es könne etwas passieren, fiel der Wagen hinter ihnen wieder zurück. Er wusste nicht, was sie im Schilde führten, aber es konnte nur Böses sein, und je näher sie La Jolla kamen, desto nervöser wurde er. Frustriert lehnte er sich wieder vor und tippte Sugarman auf die Schulter.

„Wo zum Teufel bleibt die Verstärkung?"

Als Sugarman sich zu ihm umdrehte, hatte er sein Handy am Ohr und grinste. „Die Kavallerie ist bereits eingetroffen. Drehen Sie sich mal um."

Macie schaute sich zuerst um. Vier Streifenwagen der Stadtpolizei und ein halbes Dutzend Zivilfahrzeuge hatten gerade eine dunkelgraue Limousine in die Zange genommen und mitten auf der Straße zum Anhalten gezwungen. Erstaunt beobachtete Macie, wie Polizisten mit gezogenen Pistolen aus den Autos sprangen und die beiden Insassen aus der Limousine zerrten.

Als Jonah den ungläubigen Ausdruck auf Vegas Gesicht sah, zuckte um seine Mundwinkel ein triumphierendes Lächeln. Jetzt begann er sich zum ersten Mal zu entspannen. Sie würden später mehr erfahren. Das Einzige, was im Moment wirklich zählte, war Macies Sicherheit.

Carter warf kurz einen Blick über die Schulter. „Miss Blaine, wir sind fast da. Sollen wir an einer bestimmten Stelle anhalten oder möchten Sie einfach nur irgendwo ans Wasser?"

Macie schaute sich um und erkannte die Gegend auf Anhieb wieder.

„Oder wollen Sie ein Boot mieten?“ fügte Sugarman hinzu, weil ihm klar war, dass sie vorhatte, die Asche ihrer Schwester in den Pazifik zu streuen. „Wenn Sie möchten, können wir ...“

„Bringen Sie mich einfach nur an eine Stelle, an der ich zum Strand hinunterkomme“, sagte sie.

Wenig später hielt Carter auf einem Wanderweg an, von dem aus man aufs Meer hinunterschauen konnte, und machte den Motor aus. Sofort sprangen er und Sugarman aus dem Auto. Carter öffnete Macie die Tür, während Jonah auf der anderen Seite ausstieg. In diesem Moment klingelte Sugarmans Handy.

„Sugarman“, meldete er sich, dann hörte er wortlos zu. Nachdem der Anrufer sein Anliegen losgeworden war, schaute der Agent auf und sagte lächelnd: „Ja, Sir, und danke, dass Sie uns Bescheid gesagt haben.“

„War das Ruger?“ fragte Jonah. „Ist alles okay?“

„Mehr als okay“, gab Sugarman zurück. „Ich soll Ihnen einen schönen Gruß ausrichten und Ihnen zu Ihren scharfen Augen gratulieren. Es waren tatsächlich zwei von Calderones Männern, wie die Tätowierungen beweisen. Sie waren bewaffnet und hatten ein Foto von Miss Blaine bei sich.“

Jonahs Magen zog sich schmerzhaft zusammen. „Haben sie gesagt, was sie vorhatten?“

„Bis jetzt hüllen sie sich in Schweigen“, erwiderte Sugarman.

„Verdammt.“

Auf der anderen Seite wurde die Autotür zugeworfen.

Als sich die beiden Männer umdrehten, sahen sie Macie, die sich vom Wagen entfernte.

„Ich gehe zum Strand hinunter", sagte sie. „Könnten Sie mich vielleicht eine Weile allein lassen?"

Die beiden Agenten verständigten sich kurz mit Blicken, dann nickten sie.

Macie drückte die Urne noch ein wenig fester an ihre Brust und ging auf eine Steintreppe zu, die hinunter zum Strand führte. Jonah zögerte nur ganz kurz, dann folgte er ihr.

Macie, die spürte, dass er hinter ihr war, blieb stehen und drehte sich um. Als ihr klar wurde, dass er nicht die Absicht hatte, mit Sugarman und Carter beim Auto zu bleiben, runzelte sie vorwurfsvoll die Stirn.

Jonah blieb ebenfalls stehen.

Fragend zog sie eine Augenbraue hoch.

Er reckte entschlossen das Kinn.

Während dieser stummen Auseinandersetzung wehte ein Windstoß vom Meer herüber und zerrte an Macies Haar. Ihr Rock bauschte sich und wurde gleich darauf vom Wind an ihren Körper gepresst, während Jonah auf ihr Einverständnis wartete.

Immer noch mit gerunzelter Stirn drehte sie sich schließlich wieder um und ging, seine Anwesenheit stillschweigend akzeptierend, weiter.

Die gewundene Treppe hatte vierundsechzig Stufen. Als Macie unten angekommen war, zog sie ihre Schuhe aus und ging barfuß auf das Wasser zu. Der Sand unter ihren Füßen war wärmer als der Wind, der vom Pazifik herüberblies. Auf einem Felsen zu ihrer Rechten sonnten sich zwei Möwen, deren Gefieder in der Sonne glänzte. Über ihrem Kopf zog ein Möwenschwarm durch die Lüfte. Ab und zu durchbrach ein Vogel die Reihen und tauchte mit ohrenbetäubendem Gekreisch im Sturzflug ins Wasser. Ein paar Meter vom Strand entfernt schaukelte ein Pelikan wie eine große weiße Boje auf dem Wasser.

Macies Augen füllten sich mit Tränen. Es war so idyllisch hier – genauso wie Felicity es geliebt hatte. Ein paar Augenblicke blieb sie stehen, dann rannte sie durch den Sand hinunter ans Wasser. Als ihr die kalte Flut über die Füße schwappte, schnappte sie erschrocken nach Luft, dann watete sie weiter, bis ihre Knie im Wasser versanken.

Jetzt waren die Wellen stärker; sie drückten und zerrten mit Macht wie eiskalte, fordernde Finger an ihren Beinen. Den Horizont konnte sie durch den Tränenschleier hindurch nur verschwommen erkennen. Die Urne in ihren Händen fühlte sich plötzlich viel schwerer an, als sie war, fast so, als ob Felicity sie drängte, sie auf die einzige Art und Weise loszulassen, die Macie sich vorstellen konnte.

Als Macie den Deckel hob, zitterten ihre Hände, und sie konnte nicht nach unten schauen. Schnell drehte sie sich so, dass sie den Wind im Rücken hatte. Dann kippte sie die Urne um.

Die Asche flog heraus und wurde vom nächsten Windstoß aufs Meer hinausgetragen. Macie beobachtete, wie sie noch eine ganze Weile auf der Wasseroberfläche trieb, während sie langsam mit dem Meer eins wurde. Und als sie schließlich von einer großen Welle überspült wurde, stand Macie immer noch reglos mit der Urne in den Händen da.

Jonah, der am Strand auf sie wartete, sah die große Welle

auf sie zurollen. Um sie zu warnen, rief er laut ihren Namen, doch es war zu spät. Die Welle schwappte bis zu ihrer Taille hoch, die Urne rutschte ihr aus der Hand, und Macie wurde fast umgerissen.

Jonah stieß einen Fluch aus und rannte mit seinen Schuhen ins Wasser. Als er bei ihr ankam, sah er, dass sie bleich war und zitterte. Er legte einen Arm um ihre Taille, schob ihr den anderen in die Kniekehlen und hob sie dann in seine Arme. Wortlos ging er mit ihr auf den Strand zu.

Macie schlang ihre Arme um seinen Nacken und klammerte sich an ihn wie ein Kind, wobei ihr nur vage bewusst war, dass sie nicht mehr im Wasser war.

Jonah trug sie zum Fuß der Treppe, wo Carter und Sugarman bereits warteten. Einen Augenblick setzte er sie ab, um ihre Sandaletten in die Taschen zu stecken, dann hob er sie wieder hoch und trug sie, einen Agenten vor und einen hinter sich, die Treppe hinauf zum Auto.

Bevor Carter losfuhr, warf er noch einen Blick über die Schulter auf die Frau, die wie ein Häuflein Elend frierend auf dem Rücksitz hockte. „Wird es ihr bald wieder gut gehen?“

Jonah schaute auf sie hinunter. Ihr Kleid klebte von der Taille abwärts klatschnass an ihrem Körper. Ihre Haut war bleich, und ihre Lippen waren blau vor Kälte.

„Ich hoffe es“, gab er zurück. „Bringen Sie uns einfach nur so schnell wie möglich nach Hause.“

8. KAPITEL

Die lange Rückfahrt von La Jolla war nervenaufreibend. Jonah begann sich erst zu entspannen, als Carter vom Highway auf die Straße abbog, die zu dem Anwesen der Blaines führte. Den ganzen Heimweg über stellte er sich vor, dass plötzlich wieder zwei von Calderones Leuten aus dem Nichts auftauchten, um zu vollenden, was Vega und sein Kumpan verpatzt hatten. Er rutschte auf dem Sitz herum, versuchte zu übersehen, dass seine Schuhe und seine Hose nass waren und schaute auf Macie herunter, die, den Kopf an seine Schulter gelehnt, reglos dasaß. Er versuchte nicht daran zu denken, dass im Moment nichts mehr von ihrer kraftvollen, vitalen Persönlichkeit zu spüren war, und konzentrierte sich nur darauf, sie nach Hause zu bringen.

Die Zufahrtsstraße zur Villa war zweispurig und kurvenreich, mit hohen Bäumen und dichtem Unterholz auf beiden Seiten. Während das Dickicht einerseits ein Garant für die ersehnte Privatsphäre war, bot es andererseits eine gute Deckung für jemanden, der Böses im Schilde führte.

Die zahlreichen Vertreter der Medien kampierten immer noch in der kleinen Sackgasse vor der Schranke. Carter fuhr an ihnen vorbei, ohne sie zu beachten.

Doch dann entdeckte ein sensationsgeiler Reporter Macie auf dem Rücksitz und durchbrach die Reihen. Er schnappte sich eine Videokamera und duckte sich unter der Absperrung durch, hinter der sie standen.

„Miss Blaine! Miss Blaine!“ brüllte er.

„Geben Sie Gas, Carter“, brummte Jonah und legte seinen Arm fester um Macie, während der Wagen vorwärts schoss und den Reporter in einer Staubwolke zurückließ.

„Ich kann diese Kerle nicht ausstehen“, sagte Carter, während er die Schranke vor der Zufahrt zur Villa passierte.

Macie, die nichts spürte außer der Wärme und Geborgenheit von Jonahs Umarmung, hatte sich, um nicht den Verstand zu verlieren, ganz und gar in sich selbst zurückgezogen.

Jonah schaute sie wieder an. Obwohl sie die Augen geschlossen hatte, erkannte er an ihrer Atmung, dass sie nicht schlief, sondern sich in Gedanken versunken zurückgezogen hatte.

Er berührte ihr Gesicht. Ihre Haut war blutleer und kalt: am beunruhigendsten aber war, dass sie immer noch am ganzen Körper zitterte. Carter war wie ein Irrer über den Küstenhighway nördlich von L. A. gerast, doch Jonah hegte die dumpfe Befürchtung, dass es immer noch nicht schnell genug gewesen war.

„Wir sollten einen Arzt rufen“, murmelte er mehr zu sich selbst als an die Adresse der beiden Agenten.

„Schon erledigt“, sagte Sugarman, während Carter vor dem Hauptportal anhielt und den Motor ausmachte.

Sekunden später war Jonah auch schon ausgestiegen und trug Macie ins Haus. Im Foyer lief ihnen Ruger über den Weg.

„Was ist los mit ihr?“ fragte er.

„Ich weiß nicht“, sagte Jonah. „Erschöpfung, ein Nervenzusammenbruch. Nennen Sie es, wie Sie wollen. Ich weiß nur, dass sie seit der Abfahrt aus La Jolla kein Wort mehr gesprochen hat.“

„Warum ist sie so nass?“ erkundigte sich Ruger. Als sein Blick auf Jonahs Hosenbeine fiel, runzelte er die Stirn. „Nicht gerade der beste Tag, um schwimmen zu gehen, meinen Sie nicht?“

„Wo ist der Arzt?“ fragte Jonah.

„Schon oben.“

Jonah ließ seinen Blick die Treppe hinaufwandern, dann schaute er wieder auf Macie.

„Brauchen Sie Hilfe?“ wollte Ruger wissen.

Jonah lehnte ab, dann schlang er seine Arme fester um Macie und stieg vorsichtig die Treppe hinauf.

Als er bei ihrem Zimmer angelangt war, stieß er die Tür mit dem Fuß auf und trug sie zum Bett, dann begann er ihr das klatschnasse Kleid auszuziehen.

„Señor ...“

Er drehte sich um. Rosa stand auf der Schwelle.

„Helfen Sie mir, ihr dieses nasse Zeug auszuziehen.“

Eilig lief Rosa zum Bett, wobei sie irgendetwas in sich hineinmurmelte. Als sie Macie sah, bekreuzigte sie sich, dann zog sie ihr behutsam das Unterkleid über den Kopf.

„Wo ist der Arzt?“ fragte Jonah.

„Im kleinen Salon ganz hinten.“

„Könnten Sie ihn bitte holen?“

„Selbstverständlich, *Señor.*“

Rosa nahm das nasse Kleid samt Unterkleid mit und ließ Macie bis auf einen Spitzen-BH und ein Höschen unbekleidet zurück. Jonah deckte sie mit der Tagesdecke zu, dann ging er schnell ins Bad, um warmes Wasser in die Badewanne einlaufen zu lassen.

Als er ins Zimmer zurückkehrte, beugte sich ein beleibter Mann in einem sündhaft teuren Anzug mit einem Stethoskop im Ohr über Macie und horchte sie ab.

„Doktor?“

„Anson Schultz, stets zu Diensten“, sagte der Mann, ohne aufzuschauen. „Was ist mit ihr passiert?“

Jonah schilderte die Situation in knappen Worten. Der Arzt nickte ab und zu und fuhr wortlos mit seiner Untersuchung fort. Ein paar Minuten später hob er den Kopf und schaute an Jonahs Schulter vorbei.

„Die Badewanne läuft gleich über“, sagte er.

Rosa keuchte erschrocken, dann rannte sie ins Bad, um das Wasser abzustellen.

Schließlich richtete Dr. Schultz sich auf, zog die Bügel des Stethoskops aus den Ohren und ließ das Untersuchungsinstrument in seine Arzttasche fallen. „Ich kann nichts wirklich Besorgniserregendes feststellen. Ihre Reflexe sind in Ordnung. Ich werde ihr ein Schlafmittel geben, dann wird es ihr vermutlich bald wieder gut gehen.“

„Aber sie zittert immer noch“, wandte Jonah ein.

Der Arzt zuckte mit den Schultern. „Das müsste sich eigentlich mit einem heißen Bad und einem ebenso heißen Getränk beheben lassen. Aber bitte keinen Alkohol zu dem Schlafmittel, das ist nämlich keine gute Mischung.“

Jonah, der wenig beeindruckt war von dem Mann und seiner Art, mit Kranken umzugehen, zog verärgert die Stirn in Falten. „Sonst noch etwas?“ fragte er.

Der Arzt streifte Macie noch einmal mit einem kurzen Blick, dann schaute er Jonah wieder an. „Vielleicht könnte ja heute Nacht jemand bei ihr bleiben ... eine Krankenschwester ... oder vielleicht diese Haushälterin?“

„Sie wird nicht allein sein", erwiderte Jonah und nahm die Packung mit den Schlaftabletten entgegen, die ihm der Arzt hinhielt.

Jetzt kam Rosa zurück. „Das Bad, *Señor* ... es ist bereit."

„Wenn Sie mich noch einmal brauchen, erreichen Sie mich unter dieser Nummer", sagte der Arzt und reichte Jonah eine Visitenkarte.

„Ich bringe Sie zur Tür", meinte Rosa, dann schaute sie Jonah an. „Soll ich zurückkommen und mit dem Bad helfen?"

Jonah schüttelte den Kopf.

Sie zögerte, als ob ihr plötzlich auffiele, wie unschicklich es war, Jonah mit Macie allein zu lassen. Doch dann zuckte sie mit den Schultern und verließ mit dem Arzt im Schlepptau das Zimmer.

Nachdem die beiden fort waren, schloss Jonah hinter ihnen die Tür. Anschließend ging er zum Bett zurück, setzte sich auf die Bettkante und legte eine Hand an Macies Wange. „Macie ..."

Sie schlug die Augen auf.

Er lächelte.

„Da bist du ja wieder", sagte er sanft.

„Ich war gar nicht so weit weg."

„Ich weiß." Er fuhr ihr über die Wange und stand auf. „Du musst in die Wanne, solange das Wasser richtig heiß ist."

„Ja."

„Brauchst du Hilfe?"

„Nein danke, ich komme allein zurecht."

Als er das Zittern in ihrer Stimme hörte, hätte er alles für sie getan, nur um zu erreichen, dass es ihr endlich besser ging.

Sie holte tief Atem, dann schlug sie die Tagesdecke zurück und schwang ihre Beine über die Bettkante. „Mein Aufzug lässt der Fantasie wohl nicht mehr viel Spielraum, was?“ fragte sie, als sie den Luftzug an ihrem beinahe nackten Körper spürte.

„Meine Fantasie spielt schon seit einer ganzen Weile verrückt, aber die Wirklichkeit übertrifft meine kühnsten Vorstellungen.“ Dann ergriff er ihre Hände und zog sie hoch. Als sie stand, küsste er sie auf die Wange und sagte: „Du bist eine sehr schöne Frau, aber jetzt komm in die Badewanne.“

Sie zögerte nur einen Sekundenbruchteil, dann schlüpfte sie aus BH und Höschen und ließ beides achtlos auf den Boden fallen. Anschließend ging sie langsam ins Bad.

Jonah stand da und schaute ihr nach, bis er sicher war, dass sie in der Wanne saß, dann atmete er tief durch. „Macie?“

„Ja?“

„Ich gehe nur schnell in mein Zimmer und hole mir trockene Sachen.“

Es folgte ein kurzes Schweigen, dann fragte sie: „Kommst du gleich wieder?“

„Ja.“

Als er in seinem Schlafzimmer angelangt war, zitterte er, allerdings nicht vor Kälte, sondern vor Verlangen nach Macie Blaine. Er hatte es gerade noch geschafft, rechtzeitig zu verschwinden, bevor er sich hätte zum Narren machen können. Jetzt blieben ihm weniger als fünf Minuten, um sich wieder in den Griff zu bekommen.

Er ballte die Hände zu Fäusten, während er sich die Schuhe von den Füßen schüttelte. Dann zerrte er sich Socken, Hose und Unterhose herunter, ließ alles zu Boden fallen und ging unter die Dusche. Ohne zu warten, bis das Wasser heiß war, drehte er den Hahn auf und stellte sich unter den harten, eiskalten Strahl. Das war jetzt genau das Richtige für ihn, um sich wieder abzukühlen.

Es dauerte jedoch nicht lange, bis das Wasser heiß wurde, aber da spülte er sich bereits die Seife ab. Er hatte Macie versprochen, gleich wiederzukommen. Dieses Versprechen zu halten war das Mindeste, was er für sie tun konnte.

Nachdem er sich abgetrocknet hatte, zog er sich eine bequeme Hose und ein T-Shirt über und beeilte sich, wieder zu ihr zurückzukommen. Er klopfte an, und als er keine Reaktion hörte, öffnete er die Tür und betrat das Zimmer.

„Macie?" rief er.

„Was ist?" kam ihre Stimme aus dem Bad.

„Ist alles okay mit dir?"

„Noch nicht ... aber bald."

„Brauchst du Hilfe?"

„Nein."

„Kann ich irgendetwas für dich tun ... soll ich dir vielleicht trockene Kleider bringen ... oder einen Morgenrock?"

„Nein ... aber trotzdem danke."

Obwohl sie nicht viel gesagt hatte, hatte er gehört, dass sie zurechtkam, und das beruhigte ihn. Um sich die Zeit bis zu ihrer Rückkehr aus dem Bad zu vertreiben, langte er nach der Fernbedienung und setzte sich ans Fußende des Bettes. Im ersten Programm liefen gerade Nachrichten. Neugierig auf das, was in der Welt passiert war, lehnte er sich zurück und versuchte sich auf das, was der Nachrichtensprecher sagte, zu konzentrieren, aber es fiel ihm nicht leicht. Immer wieder dachte er an Macies nackten Körper. Erst als der Nachrichtensprecher zu den Lokalmeldungen kam, schaffte Jonah es, seine Aufmerksamkeit auf den Fernseher zu richten.

„*Und nun die Lokalnachrichten ... Wie wir aus dem Cedars-Sinai-Hospital erfahren haben, hat sich der Gesundheitszustand des erfolgreichen Börsenmaklers Declyn Blaine leicht gebessert und muss jetzt nicht mehr als kritisch, sondern nur noch als ernst bezeichnet werden. Von dem fünfzehnjährigen Enkel des Multimilliardärs, der bei dem Anschlag entführt wurde, fehlt allerdings bis zur Stunde immer noch jede Spur. Declyn Blaines ältere Tochter Felicity wurde bei dem Überfall getötet, während sich die jüngere Tochter Mercedes, eine erfolgreiche Jungunternehmerin aus Chicago, derzeit in Los Angeles aufhält. Sie kooperiert so eng wie möglich mit der Polizei, in der Hoffnung, möglichst bald ihren Neffen zu finden.*

Leider hatten wir noch keine Möglichkeit, Miss Blaine um ein Interview zu bitten, aber man hat sie heute aus einem hiesigen Bestattungsinstitut herauskommen sehen. In der Urne, die sie bei sich trug, befand sich vermutlich die Asche ihrer Schwester.“

Als ein Film eingeblendet wurde, auf dem man sah, wie Macie das Bestattungsinstitut verließ, fluchte Jonah. Er hatte nirgendwo Kamerateams gesehen. Wo zum Teufel hatten sie sich versteckt? Doch dann fiel ihm ein, dass man heutzutage nur eine Teleskoplinse auf einer den neuesten technischen Standards entsprechenden Videokamera anbringen musste, um nahezu alles filmen zu können. Als der Mann weitersprach, richtete Jonah sein Interesse wieder auf die Nachrichten.

„Der nachfolgende Film wurde wenige Stunden, nachdem Miss Blaine das Bestattungsinstitut verlassen hatte, aufgenommen. Wir alle fühlen mit ihr. Wie man sieht, scheinen frühere Spekulationen darüber, dass sie streng bewacht wird, zutreffend zu sein."

Ungläubig starrte Jonah auf den Bildschirm. Man sah Carter am Steuer und Sugarman daneben, dann fing die Kamera Macies bleiches, aufgelöstes Gesicht ein und zoomte es so nah heran, dass die ganze Welt ihr Leid sehen konnte. Jonah fluchte lautstark.

„Laut Angaben eines Polizeisprechers haben sich die Entführer von Evan Blaine immer noch nicht gemeldet. Evan Blaines Klassenkameraden haben in allen öffentlichen Gebäuden der Stadt Fotos von ihm aufgehängt und planen, diese Aktion am Wochenende auf den gesamten Bundesstaat auszudehnen. Jeder, der Hinweise auf den möglichen Aufenthaltsort des Jungen hat, wird gebeten, sich unverzüglich bei der Polizei von Los Angeles oder dem örtlichen FBI-Büro zu melden. Die Telefonnummern werden am unteren Bildrand eingeblendet."

Das Foto, das Evans Klassenkameraden verbreiteten, war offenbar am Ende eines gewonnenen Fußballspiels aufgenommen worden. Evans Haare waren zerzaust und klebten ihm verschwitzt an der Stirn. Er saß auf den Schultern eines Mannschaftskameraden und reckte in Siegerpose den Daumen hoch. Jonah starrte das Bild an, bis er es nicht mehr aushielt, dann machte er den Fernseher schnell aus. Mit einem unterdrückten Aufstöhnen schloss er die Augen. Er hatte sich stapelweise Fotos angeschaut, die Evan in allen Stadien seines jungen Lebens zeigten.

Und nun das.

Das lachende Gesicht auf dem Bildschirm hatte seltsam obszön gewirkt, fast so, als wollte sich Evan über sein Schicksal lustig machen. Doch Jonah wusste, dass der Junge ganz gewiss nichts zu lachen hatte – sofern er überhaupt noch lebte.

Plötzlich spürte er, wie die Matratze hinter ihm nachgab, dann stieg ihm der frische Duft von Seife und Shampoo in die Nase. Macie. Als er sich umdrehte, schaute sie ihn aus geröteten, müden Augen an. Er riss die Packung mit den Schlaftabletten auf, die der Arzt dagelassen hatte, und ging ins Bad, um ein Glas Wasser zu holen. Als er zurückkam, saß Macie im Bett.

„Die brauche ich nicht“, murmelte sie, obwohl sie die beiden Tabletten nahm, die er ihr hinhielt, und sie mit einem Schluck Wasser hinunterspülte.

„Ich lasse dich jetzt ...“

Macie griff nach seiner Hand. „Bleib wenigstens da, bis ich eingeschlafen bin.“

Nachdem er das Glas auf dem Nachttisch abgestellt hatte, legte er sich neben sie aufs Bett. „Willst du reden?“

Sie schüttelte zwei Kissen auf und stellte sie gegen die Kopfstütze, dann lehnte sie sich zurück und schaute ihn mit einem seltsamen Blick an. „Worüber?“

„Egal. Worüber du willst. Vielleicht über den heutigen Tag? Oder letzte Woche? Deine Firma? Deine Freunde? Keine Ahnung, Macie ... entscheide selbst.“

„Na schön, wenn du mir schon die Entscheidung überlässt, würde ich gern über dich reden."

Er wurde schlagartig wachsam. Sein Leben war kein Gesprächsthema. Er schaute sie an und lächelte, um seinen Worten die Schärfe zu nehmen. „Das ist alles streng geheim."

Macie schnaubte empört. Es war ein höchst undamenhaftes Geräusch, und Jonahs Lächeln wurde noch breiter.

„Na, hör mal", sagte Macie in vorwurfsvollem Ton. „Bestimmt hast du doch einen guten Freund, von dem du mir erzählen kannst, oder nicht? Und hast du kein Hobby? Was isst du am liebsten? Du wohnst in Washington, von daher könnte ich mir vorstellen, dass du ein Redskin-Fan bist, stimmt das? Red einfach mit mir, Jonah, ganz egal was, Hauptsache, es ist etwas ganz Normales, damit ich nicht den Verstand verliere."

„Du hast ganz vergessen, mich zu fragen, was für ein Sternzeichen ich bin."

„Das weiß ich bereits", sagte sie. „Du bist Zwilling."

„Bist du eine Hellseherin?"

„Wer weiß. Also los, jetzt erzähl schon endlich. Bestimmt fällt dir irgendwas ein. Es wird nicht lange dauern, bis diese Tabletten wirken, und dann bist du aus dem Schneider."

„Na, hoffentlich. Ja, ich habe einen guten Freund. Er heißt Carl French. Und was das Hobby betrifft, könnte ich nicht behaupten, eins zu haben, obwohl ich Wasser liebe und gern angle."

Macie legte sich bequemer hin und verschränkte die Arme vor der Brust. Sie spürte, dass sie langsam anfing, sich zu entspannen. Sie musste sich einfach nur ganz normal unterhalten, dann würde der Horror dieses Tages vielleicht nach und nach verblassen.

„Salzwasser oder Süßwasser?“ fragte sie.

„Beides – obwohl, wenn ich es mir recht überlege, ist mir das Meer doch noch lieber. Ich mag diese endlose Weite. Sie vermittelt mir ein Gefühl von Freiheit.“

Sie runzelte leicht die Stirn, während sie überlegte, wie oft er in diesem abscheulichen Job wohl schon dem Tod nah gewesen sein mochte. Kein Wunder, dass er die endlose Weite des Meeres liebte. „Hast du ein Boot?“ fragte sie.

„Nein, aber ich hätte gern eins.“

Macie stellte sich Jonah auf einem Boot auf dem offenen Meer vor, wie er breitbeinig auf Deck stand und den Wellen trotzte. „Dann solltest du dir unbedingt eins kaufen.“

Er zuckte mit den Schultern. „Irgendwann vielleicht ... falls ich lange genug lebe, um in Ruhestand zu gehen.“

„Sag so etwas nicht“, murmelte sie, dann gähnte sie herzhaft und schloss die Augen. „Sag so etwas nie wieder.“

Schlagartig war sie müde geworden. Irgendetwas hatte sie noch sagen wollen, aber sie hatte vergessen, was.

Und dann atmete sie tief durch, rollte sich auf die Seite und schlief ein.

Als Jonah sich sicher war, dass sie tatsächlich fest schlief, beugte er sich über sie. Ihr Atem, der ihren leicht geöffneten Lippen entströmte, streifte seine Wange. Ihr Haar lag auf dem weißen Kissen ausgebreitet wie ein roter Fächer, und auch der lange dichte Kranz ihrer Wimpern konnte die dunklen Ringe unter ihren Augen nicht verbergen.

„Schlaf schön, Sweetheart“, flüsterte er, dann küsste er sie.

Er musste sich zwingen, sie allein zu lassen, aber er wollte dringend ein paar Dinge in Erfahrung bringen.

Unten im Lagezentrum ging Ruger den Informationen nach, die sie durch Samuel Vegas Verhaftung gewonnen hatten. Als Jonah den Raum betrat, hob der Agent den Kopf.

„Erzählen Sie mir etwas Gutes“, forderte Jonah ihn auf.

„Snickers Knusperriegel“, gab Ruger zurück, dann zuckte er mit den Schultern und fuhr fort: „Blöder Witz, ich weiß, aber die Tour kriege ich immer, wenn ich nicht genug Schlaf bekomme.“

„Samuel Vega. Erzählen Sie mir etwas über ihn. Hat er geredet? Wie erklärt er, dass er ein Foto von Macie bei sich hatte?“

„Gar nicht“, gab Ruger zurück. „Er schweigt genauso hartnäckig wie der andere Kerl, der mit ihm im Auto war. Und für die Schusswaffen, die sie dabeihatten, haben sie eine Lizenz. Wenn wir nicht noch irgendeinen triftigen Grund finden, wird man sie morgen freilassen müssen, auch wenn Sie das wahrscheinlich nicht gern hören.“

Jonahs Magen krampfte sich zusammen. Genau das hatte er befürchtet. „Dann gibt es also keinen Grund, die beiden festzuhalten?“

Ruger schüttelte den Kopf. „Nein.“

„Demnach hätten wir ihnen erst erlauben sollen, uns auszupusten“, sagte Jonah mit vor Ironie triefender Stimme und fuhr sich mit der Hand durchs Haar. „Herrgott nochmal. Manchmal finde ich unseren Rechtsstaat wirklich zum Kotzen!“

„Ich weiß, ich weiß“, sagte Ruger. „Aber so ist es nun mal. Vega hat gegen kein Gesetz verstoßen, und es ist nicht verboten, das Foto von irgendjemandem mit sich herumzutragen. Und dass er – natürlich rein zufällig, wie sein Anwalt behauptet – auf diesem Highway war, kann man ihm beim besten Willen nicht vorwerfen.“

„Dieser Anwalt ... er heißt nicht vielleicht zufällig Abraham Hollister?“

Erstaunt hob Ruger die Augenbrauen, dann nickte er. „Kennen Sie ihn?“

„Ich habe von ihm gehört“, sagte Jonah. „Calderone hat ihn öfter lobend erwähnt.“ Er atmete tief durch, um sich zu beruhigen. „Und was machen wir jetzt?“

Ruger schob eine Hand voll Unterlagen in einen Ordner und stellte ihn beiseite. „Sie halten sich da raus, Jonah. Und wir werden alles in unserer Macht Stehende tun.“

„Verdammt nochmal“, sagte Jonah so leise, dass es die anderen nicht hören konnten und trat ein paar Schritte näher an Ruger heran. „Versetzen Sie sich doch mal in meine Lage. Mein Sohn schwebt in höchster Gefahr, und zwar meinetwegen. Ich muss einfach irgendetwas unternehmen. Ich kann nicht dasitzen und Däumchen drehen, verstehen Sie das denn nicht? Ich arbeite bei der Firma, um Himmels willen. Nutzen Sie meine Beziehungen und Fähigkeiten.“

Ruger warf einen Blick über die Schulter, dann schaute er Jonah wieder an. „Sie wissen, dass ich das in diesem Fall nicht kann“, entgegnete er. „Es tut mir wirklich Leid, aber so läuft es nun mal.“

„Was ist mit diesem Gärtner? Mit dem Kerl, den ich auf

dem Video erkannt habe? Was wissen wir über ihn? Hat er mit irgendjemandem Kontakt aufgenommen, der ..."

„Er kommt morgens zur Arbeit und geht abends nach Hause. Und am nächsten Tag kommt und geht er wieder", sagte Ruger. „Er ist so sauber, dass er quietscht, glauben Sie mir."

„In Calderones Organisation gibt es keinen einzigen Mann, der sauber ist", hielt Jonah verärgert dagegen. „Ich verwette meinen Kopf, dass er etwas weiß. Wenn Sie mich eine Stunde mit ihm allein lassen, bringe ich ihn zum Reden, das garantiere ich Ihnen."

Rugers Nasenflügel bebten wütend, während er Jonah den Zeigefinger in die Brust stach. „Genau das habe ich vorhin gemeint", sagte er scharf. „So läuft das hier nicht."

Jonah zuckte zusammen, als ob Ruger ihm einen Kinnhaken verpasst hätte. Wütend kniff er die Augen zusammen, und seine Stimme wurde gefährlich sanft. „Was zum Teufel wollen Sie mir damit unterstellen?"

Ruger seufzte. „Verdammt, Mann. Zwingen Sie mich nicht, es auszusprechen. Sie wissen ganz genau, was ich meine. Ich muss mich an die Spielregeln halten. Ich kann aus niemandem Informationen herausprügeln, selbst wenn ich es noch so gern wollte."

„Aber ich kann?" fragte Jonah.

Ruger hielt Jonas Blick stand, ohne mit der Wimper zu zucken. „Beweisen Sie mir das Gegenteil", sagte er.

Das Schweigen zwischen den beiden Männern dehnte sich, bis es fast unerträglich wurde. Ein falscher Atemzug, ein Zwinkern zu viel, und die dünne Zivilisationsschicht, die sie davon abhielt, aufeinander loszugehen, würde zerreißen.

Als Ruger von einem seiner Leute gerufen wurde, wandte er den Kopf, und als er sich wieder umdrehte, war Jonah gegangen.

„Na, das sagt wohl alles“, brummte Ruger und machte sich wieder an seine Arbeit.

Er wusste nicht, dass Jonah in sein Zimmer gegangen war, um seinen direkten Vorgesetzten anzurufen. Die Sekretärin stellte ihn sofort durch, woraus er schloss, dass der stellvertretende Direktor bereits auf seinen Anruf gewartet hatte.

„Sir ... ich möchte Sie um einen Gefallen bitten“, sagte Jonah.

„Schießen Sie los.“

„Ich brauche eine Liste von jedem Projekt, in das Calderone jemals Geld investiert hat – und zwar von dem Tag an, an dem er die Schürzenzipfel seiner Mama losgelassen hat, bis zu dem Moment, da wir ihn hinter Gitter gebracht haben. Wenn er irgendwo in Kalifornien ein Stück Land besitzt, will ich es wissen. Dasselbe gilt für Firmen. Ich weiß, dass Calderone in Amerika Besitztümer hat, ich weiß nur nicht, wo. Ich brauche einen Mann, der über weit reichende Insiderkenntnisse verfügt. Agent Ruger ist ein guter Mann, aber er hält sich eisern an seine Vorschriften, und in denen komme ich leider nicht vor. Ich habe mir überlegt, ob Sie mir nicht Carl French schicken könnten.“

„Einverstanden“, kam es prompt zurück.

Jonah entspannte sich ein wenig. Endlich mal etwas Positives. „Ich bin Ihnen zu großem Dank verpflichtet, Sir.“

„Keine Ursache, es bleibt ja alles in der Familie. Sie können noch heute mit French rechnen.“

„Ja, Sir, und nochmal danke.“

Als Jonah auflegte, fühlte er sich erheblich besser. Ruger wollte ihn in die Ermittlungen nicht aktiv einbeziehen. Na schön, dann würde er eben versuchen, auf eigene Faust weiterzukommen, mit seinen eigenen Leuten.

Zufrieden, dass er für den Moment alles in seiner Macht Stehende getan hatte, verließ er sein Zimmer und folgte dem Essensduft, der aus dem hinteren Teil des Hauses herüberzog.

Er fand die Küche, wo sich Rosa und ein kleiner Chinese aufhielten, der in einem Topf auf dem Herd herumrührte. Jonah nahm an, dass er der Koch war.

Als Rosa ihn sah, weiteten sich ihre Augen. „Aber *Señor* ... Sie hätten mich doch nur zu rufen brauchen. Was kann ich für Sie tun?“

„Ich bin ein ungeduldiger Mensch“, sagte Jonah und fügte, um seinen Worten die Schärfe zu nehmen, hinzu: „Irgendetwas riecht hier nämlich sehr gut. Wann gibt es Essen?“

„Sofort. Gehen Sie schon mal ins Esszimmer. Ich bin gleich da.“

„Ich kann genauso gut hier essen“, bot Jonah an.

Über ihr Gesicht huschte ein entsetzter Ausdruck. „Aber nein, *Señor*. Ich bringe Ihnen Ihr Essen.“

„Na schön, ganz wie Sie wollen“, erwiderte er. „Aber heben Sie noch etwas für Macie auf. Sie schläft im Moment.“

„Selbstverständlich“, sagte sie mit einem entschiedenen Nicken, dann machte sie ihm fast die Tür vor der Nase zu.

Da er nicht allein an der großen Tafel sitzen wollte, wartete er, bis Rosa das Essen gebracht hatte, dann nahm er seinen Teller und ging damit auf die Terrasse. Er setzte sich in einen Korbsessel, legte seine Beine bequem auf einen zweiten Stuhl und begann zu essen.

Das Essen war heiß und scharf und weckte in ihm Erinnerungen an Bangkok. Er aß mit Genuss, während er einem Gärtner beim Rasenmähen zuschaute. Plötzlich verspürte er den Wunsch, dem Mann ins Gesicht zu sehen. Wenn er Calderones eingeschleuster Mitarbeiter war, wollte er ihm Auge in Auge gegenüberstehen. Als der Mann den Rasenmäher in einen Geräteschuppen in der Nähe brachte, stellte Jonah seinen Teller auf dem Gartentisch ab, stand auf und schlenderte über den Rasen.

In der Luft hing der Duft nach frisch gemähtem Gras und Blumen. Jonah fühlte sich an die Sommer erinnert, die er auf der Farm seines Großvaters in Illinois verbracht hatte, und wünschte sich plötzlich, immer noch der kleine Junge zu sein, der in den Stall rannte, um seinem Poppy beim Melken zu helfen. Aber die Wirklichkeit war zu hässlich, als dass man darüber hätte hinwegsehen können, und so verblasste die Erinnerung an Poppys Farm schnell.

In dem Moment, in dem er bei dem Geräteschuppen ankam, trat der Gärtner heraus. Jonah, der ihn auf Anhieb wiedererkannte, konnte ihm ansehen, dass er ihn erschreckt hatte.

Felipe Sosa hatte sich im Laufe der Zeit an seinen falschen Namen und den neuen Beruf als Gärtner richtig gewöhnt. In den letzten Tagen hatte er sich sogar öfter gewünscht, dass dieses Leben keine Lüge sein möge. Denn es machte ihm Spaß, mit den Händen zu arbeiten und zu beobachten, wie etwas wuchs. Dies war etwas völlig anderes als die über ganz Kolumbien verstreuten Kokainlabors.

Er hatte eben das letzte Stück Rasen gemäht und dabei überlegt, ob er die Haushälterin Rosa irgendwo draußen auf eine kalte Limonade einladen sollte, als er plötzlich einem Mann gegenüberstand, den er noch nie gesehen hatte. Spontan wollte er zu seiner Machete greifen, doch dann fiel ihm ein, dass er sie ja in seinem Dorf zurückgelassen hatte. Deshalb lächelte er und nahm Zuflucht zu dem unterwürfigen Verhalten, das man von einem Mann in seiner Stellung an einem Ort wie diesem erwartete.

„Kann ich Ihnen irgendwie weiterhelfen, *Señor*?“ fragte er.

Jonah musterte ihn eine ganze Weile schweigend und merkte, dass der Mann nicht nur Angst, sondern auch ein schlechtes Gewissen hatte. Das war in seinen Augen der letzte Beweis. Auch wenn dieser Mann, der sich Felipe Sosa nannte, vielleicht nicht wusste, wohin man Evan verschleppt hatte, musste er doch etwas mit den Leuten zu tun haben, die es wussten.

„Nein, ich vertrete mir nur ein bisschen die Beine“, erwiderte Jonah, dann schob er seine Hände in die Hosentaschen und ging in Richtung Tennisplatz weiter.

Felipe nickte und beeilte sich zum Haus zu kommen. Auf halbem Weg blieb er noch einmal stehen und drehte sich um. Der Mann war im Schatten eines Mimosenbaums stehen geblieben, und Felipe glaubte aus seiner Haltung schließen zu können, dass er ihn die ganze Zeit beobachtet hatte. Plötzlich war sein Durst nach Limonade verflogen, und er wollte nur noch möglichst schnell von hier weg. Im Laufschritt rannte er zum Parkplatz, stieg in seinen klapprigen Pick-up und fuhr davon. Erst nachdem er sich in den Verkehrsstrom auf dem Highway eingefädelt hatte, wagte er aufzuatmen.

Als sich Felipe Sosa später zu Hause Tortillas mit Bohnen zubereitete, saß Jonah mit einem Fotoalbum auf dem Schoß in dem kleinen Salon neben der Bibliothek. Ein zweites Album, das er sich erst noch ansehen wollte, lag auf dem Beistelltisch neben ihm. Langsam blätterte er die Seiten um und betrachtete eingehend jedes einzelne Foto, das seinen Sohn zeigte. Und je länger er die Bilder anschaute, desto mehr wuchs sein Hass auf Declyn Blaine.

9. KAPITEL

Während sich Jonah in seinem Leid suhlte, wurde Miguel Calderone in den Besucherraum geführt, wo ihn sein Anwalt erwartete. Sein Gang war trotz der Beineisen, die man ihm angelegt hatte, beschwingt, fast herausfordernd. Er rechnete mit guten Nachrichten.

Ungeduldig wartete Abraham Hollister darauf, dass sein Mandant auftauchte. Es war sein Beruf, Menschen, die mit dem Gesetz in Konflikt geraten waren, zu verteidigen, aber an Tagen wie diesem fragte er sich manchmal, ob es nicht vernünftiger gewesen wäre, in das Obst- und Gemüsegeschäft seines Vaters einzusteigen.

Als Hollister kurz darauf draußen auf dem Gang Schritte hörte, stand er schnell auf. Allerdings nicht aus Höflichkeit, sondern aus Unterwürfigkeit gegenüber dem Mann, der den größten Teil zu seiner Alterssicherung beisteuerte. Gleich darauf ging die Tür auf, und Miguel Calderone wurde von einem Wärter in den Raum geführt. Hollister begrüßte ihn mit einem freundlichen Lächeln, während Calderone sich ihm gegenüber auf einen Stuhl setzte.

Nachdem Hollister ebenfalls wieder Platz genommen hatte, fragte er: „Nun, Mr. Calderone ... ich hoffe, es geht Ihnen gut?"

Calderone verzog verächtlich die Mundwinkel. „So gut, wie man es an einem derart abstoßenden Ort erwarten kann."

Hollister nickte mitfühlend, obwohl er es nicht wirklich nachfühlen konnte. Er kannte Gefängnisse nur deshalb von innen, weil er sich hier ab und zu mit seinen Mandanten besprechen musste. Als er den Mund aufmachte, um etwas zu sagen, fiel ihm auf, dass der Wärter noch im Raum war. „Wir würden gern ungestört reden, Sir“, sagte er schroff.

Der Aufseher rührte sich nicht von der Stelle. „Ich habe meine Anweisungen.“

„Und Mr. Calderone hat seine Rechte, wozu unter anderem das Recht gehört, mit seinem Anwalt ungestört unter vier Augen reden zu können. Deshalb möchte ich Sie jetzt dringend bitten, den Raum zu verlassen ... und vergessen Sie nicht, die Tür zu schließen.“

Der Aufseher, der natürlich wusste, dass der Anwalt im Recht war, zögerte einen Moment, dann drehte er sich um und ging.

Calderone wartete, bis sich der Schlüssel im Schloss gedreht hatte, dann schaute er auf Hollister. „Was gibt's Neues?“

Der Anwalt runzelte die Stirn und legte einen Finger an seine Lippen.

Calderone zuckte wegwerfend mit den Schultern. „Eingesperrt bin ich ja schon. Was kann mir noch mehr passieren?“ meinte er und lachte laut auf.

„Ich weiß nicht, wie viel Zeit wir haben, deshalb fasse ich mich kurz. Ihr vermisster Hund ist nirgends auffindbar.“

Calderone war klar, dass mit dem vermissten Hund Jonah Slade gemeint war, aber das hatte er nicht hören wollen. Als er fluchend aufsprang, versuchte Hollister ihn mit einer Handbewegung zu besänftigen.

„Das ist unmöglich“, sagte Calderone. „Ich habe meinen besten Mann geschickt.“

„Nun, dann hat er offenbar nicht sein Bestes gegeben. In dem Bericht, den ich erhalten habe, steht, dass Ihr Hund verschwunden ist und dass niemand weiß, wo er ist." Nach kurzer Überlegung fügte er hinzu: „Der äußere Schein kann gelegentlich trügen. Mal sieht man die Dinge in diesem und mal in jenem Licht."

Es war offensichtlich, dass Hollister auf die Undercovertätigkeit des gesuchten Mannes anspielte, ein Umstand, der Calderone unermesslich ärgerte. Es stimmte, dass er den Mann als Juan Diego Rivera, angeblich ein mexikanisch-amerikanischer Söldner, kennen gelernt hatte. Und ebenso stimmte es, dass er nicht wusste, wie der Mann ohne Bart und mit kurzen Haaren aussah. Aber richtig war auch, dass er – *Snowman* sei Dank – seinen tatsächlichen Namen kannte. Und der *Snowman* hatte ihm versichert, dass er Jonah Slade in jeder Verkleidung erkennen würde. Und nun dies. Es war einfach nicht zu fassen.

Frustriert schloss Calderone die Augen, öffnete sie jedoch sofort wieder mit einem lauten Aufstöhnen, da er erneut das Bild vor sich gesehen hatte, wie die Kugel Alejandros Kopf zerschmetterte.

Hollister verspürte ein unangenehmes Kribbeln im Nacken, doch er versuchte es zu ignorieren. Als Calderone schließlich wieder aufsah, war der Anwalt auf alles vorbereitet, nur nicht darauf, dass dieser Mann lächelte und wegwerfend mit den Schultern zuckte. In gewisser Weise war diese Reaktion erschreckender als der Wutanfall, der sich eben angekündigt hatte.

„Dann ist er also abgetaucht", sagte Calderone. „Schön, dafür haben wir seinen Jungen. Sagen Sie Elena, dass weiterhin alles nach Plan läuft. Sie weiß, was zu tun ist. Und wenn sie das nächste Mal kommt, kommen Sie mit."

Hollister runzelte die Stirn. „Halten Sie es wirklich für klug, dass sie sich als Nonne ausgibt? Das könnte uns vielleicht irgendwann in größte Schwierigkeiten bringen."

Calderone lehnte sich lächelnd über den schmalen Tisch. Hollisters Nasenflügel bebten, als er das, was er für Schwefelgeruch hielt, in dem Atem des Mannes wahrnahm und sich fragte, ob der Teufel wohl genauso roch.

„Sie tun, was man Ihnen sagt", erwiderte Calderone und fügte dann hinzu: „Und sorgen Sie dafür, dass man sich um den Gefängnisarzt kümmert."

Jahrelang hatte Abraham Hollister das Böse in Miguel Calderone geflissentlich übersehen, weil seine Geldgier immer größer gewesen war als alle Bedenken. Doch als er jetzt das Glitzern in dessen Augen sah, wurde ihm schwindlig vor Angst. Nur mit Mühe schaffte er es, ruhig sitzen zu bleiben. „Selbstverständlich", sagte er und begann seine Papiere wieder in seine Aktentasche einzuräumen. „Ich melde mich bei Ihnen."

Calderone beugte sich vor und meinte fast flüsternd: „Und sagen Sie ihnen, dass sie gut auf diesen jungen Hund aufpassen sollen, bis ich komme."

Hollister nickte und verabschiedete sich, dann ging er zur Tür und hämmerte mit der Faust dagegen. Fast im selben Moment wurde aufgeschlossen, und eine Sekunde später erschien der Wärter auf der Schwelle, um den Gefangenen wieder in seine Zelle zu bringen.

Unterwegs zu seinem Hotel musste Hollister gegen eine starke Übelkeit ankämpfen, die in ihm aufstieg. Er fragte sich, wie weit er mit dem Geld, das er gespart hatte, wohl kommen würde, und ob er es schaffen könnte unterzutauchen, ein Gedanke, den er jedoch gleich darauf wieder verwarf. Es hatte keinen Sinn, über das Unmögliche nachzudenken.

Kein Mensch konnte dem *Padrone* entkommen.

Niemand.

Niemals.

Der einzige Ausweg wäre Miguel Calderones Tod gewesen, aber diesen Gedanken wollte Hollister lieber nicht weiter verfolgen.

Die Ratte war wieder da. Sie hockte auf dem Boden vor der Pritsche, während Evan in einer Ecke saß und zuschaute, wie sie an einem Stück Brot knabberte, das sie sich von dem Tablett an der Tür stibitzt hatte.

Evan hatte sie Howard getauft, obwohl er nicht wusste, ob es ein Männchen oder ein Weibchen war. Vielleicht war sie ja auch eine Harriet, aber er verspürte nicht den Wunsch, es herauszufinden. Er war so hungrig, dass er sich ganz schwach fühlte, außerdem war er sicher, dass er Fieber hatte, und es wäre ein Leichtes gewesen, einfach aufzugeben.

Aber dass es so weit mit ihm kam, durfte er nicht zulassen. Entschlossen zog er die Beine an und legte die Stirn auf seine Knie, um nicht noch länger auf das Tablett mit dem Essen schauen zu müssen. Sein Bewacher hatte zwar leidenschaftlich beteuert, dass sie ihm nichts ins Essen gemischt hatten, aber für Evan war es inzwischen eine Frage der Ehre geworden, sich nicht manipulieren zu lassen. Sie wollten unbedingt, dass er aß, doch er hatte sich standhaft geweigert.

Er hatte guten Grund anzunehmen, dass sie ihn nicht am Leben lassen würden, da er ihre Gesichter gesehen hatte. Von daher war es nur konsequent, sich zu weigern, das zu tun, was sie von ihm erwarteten. Und es war seine einzige Waffe.

Plötzlich hörte er ein Geräusch an der Tür.

„Na, verlässt du das sinkende Schiff?“ brummte er, als Howard zu dem Loch im Boden huschte und darin verschwand.

Gleich darauf ging die Tür auf, aber es war nicht der Mann, der ihn bewachte, sondern eine Frau, die ziemlich wütend wirkte. Sie warf erst einen Blick auf das Tablett, dann auf ihn. Einen Moment musterte sie ihn, bevor sie verächtlich einen Mundwinkel nach unten zog und dem Tablett einen so harten Fußtritt versetzte, dass es samt den darauf befindlichen Konservendosen und dem Plastiklöffel durch die Luft flog. Als sie auf Evan zuging, trat sie auf den Plastiklöffel und zermalmte ihn unter ihrer Stiefelsohle.

Es knirschte so laut, dass Evan zusammenzuckte. Eine Welle von Übelkeit erfasste ihn, und er konzentrierte sich auf den Hass in ihren Augen, um sich abzulenken.

„Du!“ fauchte sie zornig.

Trotzig hob der Junge das Kinn und wappnete sich.

„Du isst jetzt, und zwar auf der Stelle.“

„Und wenn nicht?“ fragte Evan aufsässig. „Töten Sie mich dann? Nur zu, machen Sie schon, bringen Sie es hinter sich.“

Die Frau versetzte ihm eine schallende Ohrfeige, die so viel Wucht hatte, dass Evan gegen die Wand taumelte. Jetzt stürmte sein Bewacher in den Raum und brüllte etwas auf

Spanisch. Evan verstand nur, dass sie aufpassen sollte, damit ihm nichts passierte. Als sich die Frau zu dem Mann umdrehte, zuckte ihre Hand zu dem Messer an ihrem Gürtel. Eingeschüchtert zog der Mann den Kopf ein und verließ den Raum.

Evan wartete und überlegte, warum sie so viel Macht hatte und ob sie womöglich hinter dem Überfall auf seine Familie steckte.

Die Frau griff nach einer Dose mit Pfirsichen, öffnete sie und hielt sie ihm unter die Nase. Plötzlich klang ihre Stimme sanft, so als ob sie mit einem kleinen Kind reden würde. „Riechst du das, *niño*? Riecht doch lecker, *verdad*?“

Ihm lief das Wasser im Mund zusammen, sodass er erst schlucken musste, bevor er sprechen konnte. „Kann sein“, erwiderte er.

Sie lächelte. „Dann iss.“

„Nein.“

Auf ihrer glatten Stirn bildete sich zwischen den Augenbrauen eine steile Falte. Sie hielt ihm die Dose direkt an den Mund. Er schob sie weg, wobei ein Teil des Inhalts auf den Boden schwappte. Die Frau wurde jetzt noch wütender als vorher, während ihre Hand zum Griff ihres Messers zuckte.

„War's das dann?“ fragte Evan trotzig. „Ist das meine Henkersmahlzeit? Sind Sie gekommen, um mich umzubringen?“

Als sie die Verachtung hörte, die in seiner Stimme mitschwang, kam sie wieder zur Besinnung. Ihr wurde klar, was passieren würde, wenn sie die persönlichen Rachepläne des *Padrone* durchkreuzte.

„Warum isst du nicht?“ fragte sie wieder ruhiger. „Es ist nicht vergiftet.“

„Ich sehe Ihr Gesicht“, sagte Evan.

Die Falte auf ihrer Stirn vertiefte sich. „Ich verstehe nicht“, erwiderte sie.

Mit einem Mal wurde Evan von rasendem Zorn überschwemmt. Er brüllte so laut, dass gleich zwei Bewacher in den Raum stürmten, aber es war ihm egal.

„Was? Du verstehst nicht? Ausgerechnet du verstehst nicht? Irrtum, du Miststück, ich bin hier derjenige, der nichts versteht. Ihr habt meine Mutter umgebracht. Und meinen Großvater auch. Und ihr zeigt mir eure Gesichter. Das macht kein Entführer, der vorhat, sein Opfer irgendwann wieder freizulassen. Alles klar? Hier drin stinkt's wie die Pest ... genauso wie ihr alle stinkt. Früher oder später bringt ihr mich sowieso um, und vielleicht ist es mir ja lieber, wenn es früher passiert!“

Die Frau wurde rot vor Wut. Evan hatte die Worte rasend schnell herausgesprudelt, aber sie verstand genug Englisch, um zu wissen, dass sie mehrmals beleidigt worden war. In diesem Moment war es ihr egal, ob sie Miguel Calderones Zorn auf sich zog. Sie riss ihr Messer aus dem Gürtel und wollte sich auf den Jungen stürzen, doch in letzter Sekunde traten die beiden Männer dazwischen. Sie packten sie und zerrten sie aus dem Raum, während sie mit aller Kraft versuchte sich loszureißen. Eine Sekunde später wurde die Tür zugeknallt und der Riegel vorgeschoben. Plötzlich war der Spuk vorbei, und Evan war wieder allein. Er schaute auf das Loch im Boden.

„He, Howard, kannst wieder rauskommen. Die alte Hexe ist weg.“

Aber die Ratte zog es vor, sich nicht blicken zu lassen.

Evan spürte plötzlich, dass ihm schlecht war. Er ging in die Knie, dann setzte er sich mit einem dumpfen Knall auf den Hosenboden. Der Geruch nach Pfirsichen vermischte sich jetzt mit dem Geruch nach Staub und dem durchdringenden Gestank nach Urin, der aus der winzigen Zelle nebenan drang.

Evan war sich nicht sicher, ob es sein dritter oder sein vierter Tag in dieser Hölle war, und er fragte sich, wie lange er diese Qual wohl noch ertragen müsste.

Irgendwann mitten in der Nacht wachte er auf. Seine Gelenke waren steif und er fror, weil er auf dem Boden an der Wand saß. Mit beträchtlicher Anstrengung schaffte er es schließlich, sich hochzuhieven und ins Bett zu kriechen. Das Rascheln, das er unter der Pritsche hörte, ignorierte er.

Als Kind hatte er von Ungeheuern geträumt, die sich unter seinem Bett versteckten und darauf warteten, irgendwann herauszukommen, um ihn zu fressen, aber inzwischen wusste er, dass das alles Unsinn war. Die echten Ungeheuer warteten hinter dieser verschlossenen Tür darauf, ihn zu töten.

Mit einem unterdrückten Aufschluchzen schloss er die Augen und rollte sich auf seiner Pritsche zusammen. Innerhalb von Sekunden war er eingeschlafen und träumte von einem Mann, der aussah wie er. Er kam in einer Wand aus Staub und Feuer zur Tür herein und tötete alle Ungeheuer. In seinem Traum kannte Evan ihn und nannte ihn Vater. Und alles war wieder gut.

Mittlerweile war es dunkel geworden. Jonah hatte es aufgegeben, auf Carl French zu warten, aber er fühlte sich zu deprimiert, um einschlafen zu können. Er ging an dem Lagezentrum vorbei, zu dem man Declyn Blaines Arbeitszimmer umfunktioniert hatte, wobei er sich fragte, was der wohl sagen würde, wenn er sähe, dass sich auf seinen antiken Kirschholztischen elektronische Geräte und Aktenstapel türmten.

Vorhin hatte er gehört, wie Ruger im Krankenhaus angerufen hatte. Blaines Gesundheitszustand hatte sich so weit gebessert, dass man ihn von der Intensivstation in ein privates Einzelzimmer verlegt hatte. Er wurde rund um die Uhr von einer Krankenschwester betreut, die ganz allein nur für ihn da war.

Die Tatsache, dass ausgerechnet derjenige von der Familie überleben würde, der sich am schuldigsten gemacht hatte, fachte seinen Zorn und Hass erneut an. Gleichzeitig verspürte er den brennenden Wunsch, Macie zu sehen. Gleich zwei Stufen auf einmal nehmend rannte er die Treppe hinauf und klopfte an ihre Tür.

Sie saß auf dem Bett und hielt ein gerahmtes Foto in der Hand, das Felicity und Evan zeigte. Als sie Jonah sah, ließ sie es schnell in der Nachttischschublade verschwinden und stand auf.

„Macie ... ich ..."

„Halt mich", flüsterte sie und ging zu ihm.

„Oh Gott", sagte er leise und zog sie an sich. Er schob eine Hand unter ihr Haar im Nacken, während er ihr die andere auf den Rücken legte.

Sie war so nah und doch immer noch nicht nah genug. Ihr Puls und ihre Atmung waren beschleunigt, und es fühlte sich an, als ob sie schwankte.

„Macie …“

Sie stöhnte leise.

„Sieh mich an, Baby“, bat er sanft.

Macie erschauerte, dann hob sie den Kopf.

„Atme tief ein und langsam wieder aus.“

„Aber ich …“

„Bitte … tu wenigstens ein einziges Mal, was ich dir sage, ohne zu widersprechen.“

Macie beugte sich vor und schloss die Augen, dann lehnte sie ihre Stirn gegen seine breite Brust.

Tief einatmen. Und langsam wieder ausatmen.

Diese Übung wiederholte sie so lange, bis der Boden unter ihr aufgehört hatte zu schwanken.

„Besser?“ fragte Jonah.

Sie nickte.

„Hast du Hunger? Ich könnte Rosa bitten, dass sie dir etwas zu essen bringt.“

Er wartete auf eine Antwort, aber sie schmiegte sich nur schweigend noch enger an ihn.

„Macie?“

Erst da hob sie den Kopf. „Schließ die Tür ab.“

„Aber warum …“

Sie unterbrach ihn, indem sie ihm einen Finger auf den Mund legte und ihm tief in die Augen schaute. „Sag, Jonah, würdest du mir eine Bitte erfüllen?“

In Jonahs Kopf wirbelte alles wild durcheinander. Ihre weiche Haut, ihre volle Unterlippe, dieser verhangene Blick, all das weckte sein Verlangen. Plötzlich war er wie besessen von der Vorstellung, sie schnell und hart zu nehmen. Er wusste, dass er ihr ihre Bitte nicht abschlagen konnte, aber dennoch verspürte er im Nacken ein warnendes Prickeln.

Er nickte trotzdem.

Erleichtert stieß sie einen tiefen Seufzer aus.

Jonah spürte ihren warmen Atem an seiner Wange und wollte sie küssen, so wie er es vorhin schon einmal getan hatte. Aber das war etwas anderes gewesen, weil sie geschlafen hatte. Jetzt hingegen war sie wach, und die Vertrautheit, die sich in einem Kuss ausgedrückt hätte, wäre ihm peinlich. Er dachte daran, dass er mit ihrer Schwester ein Kind hatte, und es kam ihm irgendwie unrecht vor, sich jetzt von Macie angezogen zu fühlen. Er wartete darauf, dass sie weitersprach, und als sie es nicht tat, schaute er sie mit gerunzelter Stirn an.

Zwischen ihren Augenbrauen stand eine leichte Falte, und ihr Kinn zitterte. Als sie jetzt eine Hand hob und an seine Wange legte, hörte er, dass sie noch schneller atmete. Er schloss die Augen und kostete ihre Berührung aus. Dann spürte er, wie ihre Lippen die seinen streiften, und er zuckte zusammen.

„Jonah ..."

„Was ist, Baby?"

„Nimm mich, jetzt."

Es war ein Satz aus dem schönsten Traum, den er je geträumt hatte, und das Letzte, was er zu hören erwartet hatte. Sein erster Gedanke war, einfach zu nehmen, was sie ihm angeboten hatte, aber das ließ sein Gefühl für Fairness und Anstand nicht zu. Er konnte unmöglich aus einer Bitte, die sie unter anderen Umständen wahrscheinlich nicht geäußert hätte, für sich Kapital schlagen. Zumindest nicht, ohne vorher genau nachzufragen.

„Hältst du das wirklich für klug?“

Sie runzelte die Stirn. „Willst du damit sagen, dass ich lieber ein braves Mädchen sein und die restlichen Schlaftabletten, die mir der Arzt dagelassen hat, auch noch nehmen sollte? Das kommt gar nicht infrage. Ich habe schon zu viele Tage mit Gedanken an den Tod verbracht. Du brauchst mir keine großartigen Gefühle vorzugaukeln, ich will einfach nur spüren, wie es sich anfühlt, lebendig zu sein.“

Jonah fühlte sich wie betäubt. Ihre Aufrichtigkeit berührte ihn so schmerzlich, wie er es sich nie hätte vorstellen können. Natürlich wollte er sie, das stand außer Zweifel, aber sie ausgerechnet jetzt, da sie so verwundbar war, auf diese Art zu berühren, kam ihm falsch vor – ganz und gar falsch.

All diese Gedanken konnten ihn jedoch nicht daran hindern, sich vorzubeugen und sie auf den Mund zu küssen. Nur widerstrebend löste er sich schließlich von ihr und zog eine Spur kleiner heißer Küsse über ihre Wange, dann knabberte er dicht unter ihrem Ohr an ihrem Hals. Er wusste, dass ihn der Duft weißer Lilien sein ganzes restliches Leben lang begleiten würde.

„Gott ... Macie, ich ...“

Als er spürte, wie sie sich anspannte, verkniff er es sich, den Satz zu beenden. „Verdammt“, stieß er stattdessen hervor, dann umfasste er ihr Gesicht mit den Händen. „Ich müsste jetzt eigentlich Nein sagen, aber ich schaffe es nicht. Gott möge mir verzeihen, aber ich schaffe es einfach nicht zu widerstehen.“

Sie lächelte, dann nahm sie seine Hand und führte ihn zum Bett.

„Warte", sagte er. „Vorher musst du mir noch etwas versprechen."

Macies Herz hämmerte immer noch von dem Kuss. Im Moment hätte sie ihm jede Bitte erfüllt. „Alles, was du willst."

„Morgen Früh ..."

„Ja?"

„Du darfst mich morgen Früh aber nicht hassen ... oder dich selbst."

Ihre Augen verdunkelten sich vor Leidenschaft. „Oh, Jonah ... weißt du es denn nicht?"

„Was sollte ich denn wissen?"

„Ich könnte dich nie hassen. Ich habe dich schon mit dreizehn geliebt, obwohl ich in deinen Augen damals noch ein Kind war. Du warst meine erste Liebe, Jonah. Es hat mir das Herz gebrochen, als du ohne ein Wort einfach weggegangen bist. Ich weiß nicht, was ich jetzt für dich empfinde, aber ich kann dir ganz sicher versprechen, dass es nie auch nur im Geringsten Hass sein wird."

Er fühlte sich schuldig, da er in einem jungen Mädchen derartige Gefühle geweckt hatte. Zärtlich umschloss er ihr Gesicht mit den Händen und küsste sie auf die Stirn. „Verzeih mir, Sweetheart, ich wusste es nicht." Dann schob er seine Finger in ihr seidenweiches Haar. „Es war grausam dir gegenüber, das wollte ich nicht. Aber ich war von dem, was Felicity mir angetan hatte, wie vor den Kopf gestoßen. Du kannst dir nicht vorstellen, wie tief es mich verletzt hat."

„Dann lass es uns jetzt wieder gutmachen", flüsterte Macie. „Wir könnten uns einreden – nur für eine Nacht –, dass es auf der Welt nichts Wichtigeres gibt, als sich gegenseitig Lust zu bereiten."

Jonah löste sich von ihr, um sich zu vergewissern, dass die Tür auch wirklich abgeschlossen war. Nachdem er ihr den Rücken zugedreht hatte, blieb er noch eine ganze Weile so stehen, um ihr Zeit und Gelegenheit zu geben, es sich noch einmal zu überlegen.

Aber sie tat es nicht, sondern begann bereits sich auszuziehen. Sekunden später war sie auch schon nackt und wartete.

Jonah, der eben noch wie betäubt gewesen war, bekam jetzt rasendes Herzklopfen. Mit zwei langen Schritten war er bei ihr, hob sie kurzerhand hoch und trug sie zum Bett. Eine Weile stand er einfach nur da und ergötzte sich an ihrem schönen Körper und ihren hungrig glitzernden Augen.

„Jonah, bitte ... ich sehne mich so nach dir ..."

Er schüttelte seine Schuhe ab, riss sich die Kleider vom Leib. Gleich darauf war er neben ihr, dann über ihr.

Macie schlang beide Arme um seinen Nacken.

„Ich verspreche es", sagte sie leise.

Er stützte sich auf die Ellbogen und liebkoste mit seiner Zunge erst eine ihrer Knospen, dann die andere. „Was denn?"

Aufstöhnend wölbte sie sich ihm entgegen und krallte ihre Finger in seine Schultern, während sie sich an das, was sie hatte sagen wollen, zu erinnern versuchte. Als er mit dem Zeigefinger langsam Kreise um ihren Bauchnabel zog, stöhnte sie wieder und platzte dann heraus: „Dass es nichts bedeuten muss."

Jonah hielt mit seinen Zärtlichkeiten inne, dann schüttelte er langsam, aber entschieden den Kopf. „Nein, Macie, dafür ist es zu spät. Es bedeutet bereits etwas ... du bedeutest mir etwas."

Und eine Sekunde später war sein Kopf zwischen ihren Beinen. Als sie seinen heißen Atem auf ihrem Bauch spürte, schloss sie die Augen und gab sich seinen Zärtlichkeiten beseligt hin.

Jonah hatte akzeptiert, warum dies geschah. Um zu vergessen, sehnte sich Macie nach sexueller Erlösung. Er aber wollte nicht, dass sie vergaß, sondern dass sie sich erinnerte – dass sie sich für den Rest ihres Lebens an ihn erinnerte und jeder zukünftige Liebesakt sein Gesicht heraufbeschwören würde.

Aus Sekunden wurde eine Minute, dann zwei und schließlich drei. Macie wand sich ekstatisch unter ihm und flehte erstickt nach Erlösung, aber noch versagte er sie ihr. Jedes Mal, wenn er spürte, dass sie kurz vor dem Höhepunkt war, hielt er inne.

Als er schließlich seine Hand zwischen ihre Beine schob und seine Finger auf die harte, angeschwollene Knospe legte, begann sich in ihrem Kopf alles zu drehen.

Jonah sah, wie sich ihr Blick verschleierte, hörte ihr Keuchen. Und als sie sich plötzlich unter seiner Berührung aufbäumte, wusste er, dass sie den Höhepunkt erreicht hatte.

Macie schrie seinen Namen laut heraus oder zumindest glaubte sie es, obwohl da nichts war außer ihrer schier unerträglichen Lust und dem Mann, der sie ihr verschaffte.

Die erste Welle des Orgasmus, die sie erfasste, war erschreckend in ihrer Intensität.

Die zweite ließ sie alles vergessen, und sie blieb völlig aufgelöst und nach mehr lechzend zurück.

Bei der dritten wurde sie hoch hinausgeschleudert, dann sank sie langsam nach unten – direkt in Jonah Slades Arme.

Die Nachbeben waren noch nicht abgeklungen, als er sich zwischen ihren Beinen aufrichtete und in sie eindrang. Sofort wurde ihre gerade langsam abklingende Lust neu angefacht. Wie ein Drachen im Aufwind begann sie sich wieder in ihr aufzubauen.

„Oh Gott ... oh Jonah ... ich glaube nicht, dass ...“

Sie roch den Moschusduft der Leidenschaft, den sein Körper verströmte, dann spürte sie seinen heißen Atem an ihrem Ohr.

„Spürst du das?“ flüsterte er.

Sie versuchte zu antworten, aber ihre Worte waren nur ein Stöhnen.

Er zog sich zurück und drang dann wieder in sie ein, immer tiefer.

„Leg deine Beine um mich“, murmelte er.

Sie versuchte ihm zu sagen, dass sie ihre Beine nicht einmal spüren, geschweige denn heben oder bewegen konnte, aber sie brachte kein Wort heraus. Doch dann fand sie irgendwie die Kraft zu tun, worum er sie gebeten hatte.

Sekunden später wusste sie, dass sie verloren war. Mit einem lauten Aufschrei hob sie die Hände über den Kopf, klammerte sich an die Kopfstütze und kostete ihren Orgasmus bis zur Neige aus.

Als Jonah spürte, dass sie kam, versuchte er sich zu bremsen, um das süße Gefühl noch ein bisschen länger auszukosten, aber er schaffte es nicht. Mit einem wollüstigen lauten Aufstöhnen verströmte er sich in ihr, bis außer dem Nachhall eines Wunders nichts mehr von ihm übrig war.

„Baby ... ach, Baby“, flüsterte er, dann nahm er sie in die Arme und rollte sich mit ihr herum, wobei er sie an sich drückte und ihr Haar mit Küssen bedeckte.

Macie war wie vom Donner gerührt. Mit Jonah Liebe zu machen war schöner, aber auch erschreckender als alles, was sie je erlebt hatte. Sie lag, umfangen von seinen Armen, da und fragte sich, wie ihre Schwester so dumm hatte sein können, ihn für Geld aufzugeben. Schon beim ersten Kuss war Macie klar gewesen, dass sie ihren letzten Cent hergeben würde, nur um ihn behalten zu können, auch wenn der Antrieb für das, was eben geschehen war, nicht Liebe, sondern Lust gewesen war. Trotzdem war es das Wunderbarste gewesen, was sie in ihrem ganzen Leben erlebt hatte, und er war der großartigste Mann, der ihr je begegnet war. An dem Tag, an dem er von ihr weggehen würde, würde ein Teil von ihr sterben. Allein der Gedanke daran machte ihr das Herz schrecklich schwer, und doch war dies etwas, das sie bereits akzeptiert hatte.

„Jonah, ich ...“

„Sag nichts“, flüsterte er und strich ihr die verschwitzten Haare aus der Stirn.

Macie seufzte, dann nickte sie. Er hatte Recht. Es gab nichts mehr zu sagen, weil sie bereits alles gesagt hatten – mit ihren Körpern.

Irgendwann in der Nacht wachte Jonah auf und überlegte, ob Carl French wohl schon angekommen war, aber es interessierte ihn nicht genug, um Macie loszulassen und nachzusehen. Später träumte er von einem riesigen Lagerhaus, und überall, wo er hinschaute, waren Babys. Babys in Schachteln, in Krippen, Babys auf Paletten auf dem Boden. Und irgendwo hörte er ein Baby schreien. Nur eins. Und er wusste, dass es seins war. Jetzt begann er durch die riesige Lagerhalle von einem Baby zum anderen zu laufen, um herauszufinden, woher diese eine leise Stimme kam. Aber je weiter er sich von seinem ursprünglichen Standort entfernte, desto leiser wurde die Stimme. Dann plötzlich konnte er sie gar nicht mehr hören.

Jonah schrak nach Luft ringend aus dem Schlaf hoch. Schweiß stand auf seiner Stirn, und als er ihn abwischen wollte, merkte er, dass seine Hände zitterten.

„Heiliger Himmel", murmelte er, während er leise aus dem Bett glitt, da er Macie nicht wecken wollte.

Benommen taumelte er ins Bad und spritzte sich kaltes Wasser ins Gesicht, um die Erinnerung an den Traum loszuwerden. Wie real er gewesen war! Er langte nach einem Handtuch und begann sich abzutrocknen, wobei er sich damit zu beruhigen versuchte, dass es nur ein Traum gewesen war und ganz gewiss kein böses Omen. Er wollte nicht glauben, dass es irgendeine Art Vaterinstinkt gewesen war, der ihm hatte sagen wollen, Evan sei gerade gestorben.

„Jonah?"

Als er sich umdrehte, sah er Macie in der Tür stehen.

„Ich wollte dich nicht wecken", sagte er und wandte sich gleich wieder ab, um das Handtuch aufzuhängen. Tatsächlich wollte er jedoch nicht, dass sie sah, wie verstört er war.

Aber sie hatte es bereits gesehen.

„Jonah? Was ist los?"

Er schluckte den Kloß herunter, der ihm im Hals steckte, und als er sich umdrehte, lächelte er. „Ach nichts, ich habe nur schlecht geträumt“, erwiderte er und streckte die Hand nach ihr aus. „Komm wieder ins Bett.“

Sie ging mit, obwohl sie ihm nicht glaubte. Sie ging mit, weil diesmal er derjenige war, der Vergessen suchte.

10. KAPITEL

Macie erwachte langsam und streckte sich träge. Die vergangene Nacht war unglaublich und erschreckend zugleich gewesen. Sie hatte sich wieder verliebt und war machtlos dagegen.

Als sie die Hand ausstreckte, merkte sie, dass das Bett neben ihr leer war. Enttäuscht öffnete sie die Augen, dann sah sie den Zettel auf dem Kopfkissen.

Beim Aufsetzen rutschte ihr das Laken bis zur Taille nach unten, sodass ihr Oberkörper entblößt war. Sie rieb sich den Schlaf aus den Augen, fuhr sich durch die zerzausten Haare und streckte dann mit einem tiefen zufriedenen Aufseufzen die Hand nach dem Zettel aus.

Ich hätte dich heute Morgen viel lieber geweckt, aber Carl French ist da. Komm runter, wenn du munter bist.

Dann hatte es ihm also genauso wenig gefallen, allein aufzustehen, wie ihr, allein aufzuwachen. Sie drückte den Zettel kurz an die Lippen, dann hüpfte sie aus dem Bett und beeilte sich, unter die Dusche zu kommen und sich anzuziehen. Falls sie sich richtig erinnerte, war Carl French nicht nur Jonahs bester Freund, sondern auch sein Kollege. Hoffentlich war es ein gutes Zeichen, dass er gekommen war. Vielleicht hatte sich ja etwas Neues ergeben. Lieber Gott, bitte mach, dass es so ist.

Sie nahm eine weiße Hose und ein blassrosa T-Shirt aus dem Schrank und zog sich an, ohne dabei ständig in den Spiegel zu schauen, wie Felicity es getan hätte. Nachdem sie sich ihr Haar zurückgekämmt und mit einer Schildpattspange im Nacken zusammengenommen hatte, schlüpfte sie in ein Paar flache silberne Riemchensandaletten und lief nach unten.

Im Foyer war Rosa eben dabei, die Möbel abzustauben. Als sie Macies Schritte hörte, drehte sie sich lächelnd um. „Guten Morgen, Miss Macie. Möchten Sie Frühstück?“

„Nur ein bisschen Kaffee und Toast, bitte.“

„Soll ich im Esszimmer den Tisch decken?“

Macie schüttelte den Kopf. „Nein. Würden Sie es bitte in die Bibliothek bringen?“

Rosa nickte, dann zögerte sie einen Moment, bevor sie sagte: „Darf ich Sie etwas fragen, Miss Macie?“

„Natürlich.“

„Der *niño* ... Mr. Evan ... gibt es schon irgendeine Spur von ihm?“

„Das versuche ich eben in Erfahrung zu bringen. Ich werde Ihnen sofort berichten, falls es irgendwelche guten Nachrichten gibt.“

„Danke, Miss Macie. Er ist so ein lieber, starker Junge. Ganz der Vater, glaube ich.“

Als Rosas Blick abschweifte und die Haushälterin gleich darauf ohne ein weiteres Wort davoneilte, wusste Macie, dass Jonah hinter ihr stand. Sie versuchte, nicht auf das nervöse Kribbeln in ihrem Bauch zu achten, und drehte sich zu ihm um.

Sein Gesichtsausdruck verriet nichts, bis sie ihm in die Augen schaute. Jetzt konnte sie aufatmen. „Jonah?“

Er schob ihr eine Hand unters Haar und drückte zärtlich ihren Nacken.

„Es tut mir Leid“, sagte er leise.

„Was?“

„Dass ich dich allein lassen musste."

Sie merkte, dass sie einfach nicht wusste, wie sie sich ihm gegenüber verhalten sollte. Am liebsten hätte sie sich in seine Arme geworfen und ihm gesagt, dass die vergangene Nacht die schönste ihres Lebens gewesen war und dass sie sich hoffnungslos in ihn verliebt hatte. Aber das wagte sie nicht, deshalb sagte sie nichts und lächelte nur ein wenig bemüht.

„Danke, dass du gekommen bist", fuhr er fort.

Aber das waren nicht die Worte, nach denen Macie sich sehnte. Er verhielt sich so förmlich, dass es fast verletzend war. Offensichtlich hatte er ihr letzte Nacht nur einen Wunsch erfüllt, nicht mehr. Nun, wenn er es so wollte, blieb ihr nichts anderes übrig, als sein Spiel mitzumachen.

„Anscheinend hast du mich schon gesucht. Carl French ist angekommen? Und? Hat er gute Nachrichten mitgebracht?"

Jonah runzelte die Stirn. Warum zum Teufel war sie so förmlich? Das gefiel ihm nicht, es gefiel ihm ganz und gar nicht. Er wollte nicht, dass sie so höflich distanziert war. Er wollte sie so, wie sie letzte Nacht gewesen war, brennend vor Leidenschaft und voller Hingabe. Aber all das war im Moment offenbar nebensächlich.

„Ja, er ist hier. Was hältst du davon, wenn ich dich vorstelle?"

Macie registrierte, dass er ihre zweite Frage nicht beantwortet hatte. Na schön, dann würde sie den Mann eben selbst fragen.

„Sicher, warum nicht?"

„Er ist gerade bei Ruger drin", sagte Jonah.

Als Macie sich anschickte, auf das Arbeitszimmer ihres

Vaters zuzugehen, streckte Jonah spontan den Arm aus und hielt sie fest. „Was zum Teufel ist eigentlich …"

Den Rest seiner Frage bekam Macie nicht mehr zu hören, weil Jonah sie kurz entschlossen küsste.

Es war herrlich, diesen Mund wieder hart und fordernd auf ihrem zu spüren. Sie wollte gerade vor Lust aufstöhnen, als er sie losließ.

„Nur damit du Bescheid weißt und es nicht vergisst", sagte er sanft.

Macie berührte mit zwei Fingern ihre Lippen. Sie waren leicht feucht und zitterten ein wenig. Sie waren weder heiß noch geschwollen, aber es fühlte sich trotzdem an, als ob er ihr sein Zeichen eingebrannt hätte. „Vergessen werde ich es bestimmt nicht", sagte sie. „Aber worüber soll ich Bescheid wissen?"

Jonah öffnete den Mund, um zu antworten, aber dann tat er es doch nicht. Eine kleine Weile schwiegen beide.

„Jonah?" fragte sie schließlich.

Er seufzte. „Egal. Wenn es dir bis jetzt noch nicht aufgefallen ist, hat es wenig Sinn, es dir zu sagen."

Nach diesen kryptischen Worten zog er sie am Arm in das Arbeitszimmer ihres Vaters, um ihr Carl French vorzustellen. Sie entdeckte den Fremden sofort und war überrascht über die freundliche Offenheit, mit der er ihr begegnete.

„He, ich habe mich schon gefragt, wo du abgeblieben bist", sagte Carl zu Jonah, dann griff er nach Macies Hand und schüttelte sie, bevor sie dazu kam, sie ihm hinzustrecken. „Miss Blaine, nehme ich an. Ich bin Carl French." Dann fügte er hinzu: „Mein aufrichtiges Beileid."

Macie betrachtete ihn einen Augenblick und nickte dann.

Obwohl sie sich normalerweise kein vorschnelles Urteil über Menschen bildete, fand sie ihn auf Anhieb sympathisch. Er war so anders als die CIA-Agenten in ihrer Vorstellungswelt, aber wahrscheinlich hatte sie einfach nur zu viele Filme gesehen, die ihr ein anderes Bild vermittelt hatten. CIA-Agenten waren eben auch Menschen, nur dass sie im Unterschied zum Normalbürger über ein paar Überlebenstechniken mehr verfügten. Doch als sie in Frenchs Augen schaute, entdeckte sie dort etwas, das auch sein offenes Lachen und das bereitwillig aufblitzende Lächeln nur unzureichend verschleiern konnte. Die kurze Verunsicherung, die sie verspürte, schob sie darauf, dass sie nicht an den Umgang mit Leuten gewöhnt war, die vorgaben, jemand anders zu sein als der, der sie in Wirklichkeit waren. Und dass sie Jonah gegenüber nicht dasselbe verspürte, lag wahrscheinlich einzig und allein daran, dass sie ihn schon gekannt hatte, bevor er ein CIA-Agent gewesen war.

Carl war stämmig und untersetzt und nicht viel größer als Macie. Er trug eine Nickelbrille und hatte dichte, millimeterkurz geschnittene blonde Haare. Und wie fast jeder hier im Raum telefonierte er zwischendurch immer wieder auf seinem Handy.

Macie machte noch einen Schritt auf ihn zu und senkte ihre Stimme gerade weit genug, um ihre Frage vertraulich klingen zu lassen. „Wissen Sie schon mehr über die Entführung meines Neffen, Agent French?“

„Bitte, nennen Sie mich Carl. Nein, mit Neuigkeiten kann ich leider nicht dienen. Das Einzige, was ich mitgebracht habe, ist eine Aufstellung von Calderones Besitztümern in Kalifornien. Wir sind gerade dabei, sie zu überprüfen.“

„Besitztümer?“ fragte Macie verständnislos.

Jonah legte ihr eine Hand auf die Schulter. „Er muss Evan irgendwo gefangen halten, und dafür könnte sich unter Umständen ein Firmengelände oder eine Lagerhalle eignen. Wenn wir die nahe liegendsten Örtlichkeiten ausschließen können, wäre das zumindest ein Anfang.“

„Aber woher wissen wir, dass Evan überhaupt noch in Kalifornien ist? Er könnte doch überall sein, oder?“

Carl blieb eine Antwort erspart, da Ruger ihn ans Telefon holte.

„Bitte, entschuldigen Sie mich“, sagte er und beeilte sich, ans andere Ende des Raumes zu kommen.

Macie drehte sich zu Jonah um. „Was weißt du, was ich nicht weiß?“

Er zuckte mit den Schultern. „Nicht viel, und ich weiß es nur, weil ich schon länger auf bin als du.“

„Was soll das heißen?“

„Carl hat ein paar Informationen mitgebracht, die wir vorher nicht hatten.“

„Aha. Und welche sind das?“

„In Calderones Organisation geht es zurzeit ziemlich unruhig zu, was uns Anlass zu der Hoffnung gibt, dass Evan noch am Leben ist. Mindestens ein halbes Dutzend Vertraute von Calderone sind nicht mehr in Kolumbien. Zwei wurden in Mittelamerika gesichtet und drei weitere an der mexikanischen Grenze. Carl sagt, dass inzwischen mindestens vier dieser Männer nach Kalifornien eingereist sind. Außerdem sind Calderones Geliebte und sein jüngerer Sohn Juan Carlos von der Plantage in Kolumbien verschwunden; nur das Kind, das die Frau mit Calderone hat, hat sie dagelassen.

Das könnte ein Hinweis darauf sein, dass sie für Calderone wahrscheinlich irgendeine Drecksarbeit erledigt. Fähig dazu ist sie weiß Gott. Carl sagt, dass die Polizei in der Stadt, in der Calderone im Gefängnis sitzt, in Alarmbereitschaft ist, obwohl niemand ernstlich glaubt, dass etwas passieren könnte. Das Gefängnis gilt als absolut ausbruchsicher."

„Und weil ein paar von Calderones Leuten in Kalifornien sind, glaubt ihr, dass sie Evan hier festhalten?"

Er zuckte mit den Schultern. „Es ist nicht auszuschließen, dass diese Leute die Entführung geplant und durchgeführt haben und Evan jetzt gefangen halten."

Macie entschied, ihm einfach zu glauben. „Dann gehst du also davon aus, dass Evan lebt?"

Jonah wollte ihr keine falschen Hoffnungen machen, aber er kannte Calderone gut genug, um zu wissen, dass allem, was der Mann tat, eine gewisse – wenn auch verdrehte – Logik innewohnte.

„Es ist anzunehmen, Honey, denn warum hätte man sich sonst die Mühe machen sollen, ihn zu entführen? Sie müssen noch irgendetwas mit ihm vorhaben. Und da wir bis jetzt noch nichts von ihnen gehört haben und es auch keine Lösegeldforderung gibt, kann das nur heißen, dass Calderone auf irgendetwas wartet."

„Aber worauf?"

„Das ist die große Frage, und ich werde das Gefühl nicht los, dass es etwas mit mir zu tun haben könnte."

Macie blieb vor Schreck das Herz stehen. „Wie kommst du darauf? Was ..."

„Nicht, lass das. Wenn man anfängt, die Motive eines Verrückten zu hinterfragen, wird man selbst irgendwann verrückt. Ich weiß nicht, was ich dir sagen soll, Baby ... aber ich weiß, dass es nicht mehr allzu lange dauern wird, okay?“

Als sie die Zärtlichkeit hörte, die in Jonahs Stimme mitschwang, kamen ihr fast die Tränen. „Ich will Evan zurück. Er ist alles, was mir von Felicity geblieben ist. Aber ich will nicht, dass dir etwas passiert.“

Er berührte ihr Gesicht, dann fuhr er ihr leicht mit einem Daumen über die Unterlippe. Sie glaubte schon, er werde sie wieder küssen, doch dann ließ er von ihr ab.

„Es wird alles wieder gut werden. Auf jeden Fall werden wir alles in unserer Macht Stehende dafür tun.“

Macie runzelte die Stirn. „Wenn man bloß wüsste, was genau das sein könnte. Das Ganze ist so gefährlich. Sie sind gewissenlose Monster.“

„Ich habe schon eine Idee“, erwiderte er.

„Woher glaubst du zu wissen, was zu tun ist?“

„Weil das mein Beruf ist.“

„Oh.“ Es folgte ein kurzes, betroffenes Schweigen, währenddessen sie vor Angst erschauerte. „Oh Gott“, flüsterte sie.

Bevor Jonah sie beruhigen konnte, rief Carl quer durch den Raum nach ihm.

„He, Jonah, kannst du mal eine Sekunde rüberkommen?“

„Sofort“, rief Jonah zurück, dann wandte er sich wieder Macie zu und fragte: „Ist alles okay mit dir?“

„Ja, mir geht es gut. Ich werde jetzt eine Tasse Kaffee trinken und einen Toast essen, und dann rufe ich im Krankenhaus an. Ich muss wissen, wie es meinem Vater geht.“

„Aber lass dir ja nicht einfallen, das Haus ohne mich zu verlassen“, warnte Jonah.

Macie runzelte die Stirn. „Glaubst du, dass so etwas wie gestern nochmal passieren könnte?“

„Das kann man nie wissen, und wir dürfen kein Risiko eingehen, okay?“

„Okay.“

„Es gibt allerdings auch noch eine andere Möglichkeit.“

„Und die wäre?“ fragte Macie.

„Die Polizei könnte dich in Schutzhaft nehmen, bis alles vorbei ist.“

Macie ließ ihren Blick über das Heer aus Polizisten schweifen. „Und wie würdest du das hier nennen?“

„Ich rede davon, dass man dich in ein sicheres Haus bringt, Macie. An einen Ort, von dem nur wenige Leute wissen. Dort würdest du die ganze Zeit über bewacht werden, bis alles vorbei ist.“

„Kommt gar nicht infrage.“

„Vielleicht solltest du einfach mal in aller Ruhe darüber nach...“

„Nein.“

Brüsk wandte sie sich ab und verließ den Raum. Jonah zuckte frustriert mit den Schultern, dann gesellte er sich zu Carl und Ruger, die bereits an dem Besprechungstisch saßen und auf ihn warteten.

„Was dauert denn da so lange?“ stichelte Carl grinsend.

„Halt einfach die Klappe, okay?“ brummte Jonah, dann fuhr er an Ruger gewandt fort: „Was wissen wir über den Gärtner?“

„Was denn für ein Gärtner?“ mischte sich Carl ein. „Hör zu, ich möchte, dass du dir diese Liste mit den Besitztümern ansiehst – vielleicht kommt dir ja irgendwas bekannt vor.“

Ruger hätte Jonah gern gesagt, dass er sich aus der Geschichte heraushalten sollte, weil sie mit ihrer Arbeit auch ohne ihn zurechtkämen, aber so einfach war das leider nicht. In Wahrheit kamen sie eben nicht besonders gut klar. Ganz und gar nicht. Genau gesagt traten sie schon seit geraumer Zeit auf der Stelle.

„Wir wissen, dass er nicht Felipe Sosa heißt, obwohl er in Sosas Wohnung wohnt", beantwortete Ruger Jonahs Frage. „Er kommt morgens zur Arbeit und geht abends nach Hause. Das Telefon benutzt er nur, um sich Essen zu bestellen. Wir könnten ihn festnehmen, aber damit würden wir womöglich nur schlafende Hunde wecken."

„Dreckskerl", sagte Jonah.

„He!" mischte sich Carl wieder ein.

Beide Männer schauten ihn an.

„Ich wiederhole – welcher Gärtner?"

Jonah schob die Hände in die Hosentaschen. „Einer von Calderones Männern. Er ist im Moment da draußen im Garten und schneidet die gottverdammten Rosen. Wahrscheinlich lacht er sich hinter unserem Rücken ins Fäustchen und hält sich für unschlagbar, weil er es schafft, uns an der Nase herumzuführen. Ich verwette meinen Kopf, dass er die Killer reingelassen hat, aber wir können es nicht beweisen. Und Ruger hat Recht. Wenn wir ihn hochnehmen, wissen wir nicht, was passiert." Dann schaute er Ruger scharf an. „Sie lassen ihn doch noch beschatten, oder?"

Der Angesprochene nickte. „Rund um die Uhr."

„Und Sie sagen mir Bescheid, wenn ..."

Der Agent unterdrückte ein Aufseufzen. „Ja."

Rugers gönnerhafter Ton ärgerte Jonah, was er auch

nicht verhehlte. „Ich weiß, dass ich Ihnen auf die Nerven gehe, aber für mich steht weitaus mehr auf dem Spiel als für Sie. Ich würde mich wirklich sehr freuen, wenn die erste Begegnung mit meinem Sohn nicht in einem Bestattungsinstitut stattfände. Deshalb lassen Sie uns unsere Meinungsverschiedenheiten begraben und endlich vernünftig werden. Wenn ich Ihnen eine Frage stelle, erwarte ich nur eine offene Antwort, nicht mehr und nicht weniger. Falls Sie mich brauchen, rufen Sie mich auf meinem Handy an. Ich fahre mit Macie ins Krankenhaus zu ihrem Vater."

Nach diesen Worten nickte er Carl zu, dann ging er eilig zur Tür.

„Nehmen Sie Sugarman und Carter mit", rief Ruger ihm hinterher.

Jonah machte sich nicht die Mühe zu antworten, sondern ging einfach weiter. Er hatte ein beklemmendes Gefühl in der Brust, und er fürchtete, bald den Verstand zu verlieren. Er konnte es kaum ertragen, sich im Hintergrund zu halten und es anderen zu überlassen, seine Welt wieder ins Lot zu bringen. Ständig musste er an Evan denken und wünschte sich, ihn schon früher gekannt zu haben, wünschte sich, ihm irgendwie sagen zu können, dass er nicht allein war.

Halt durch, Junge ... halt durch. Ich schwöre bei Gott, dass ich alles tun werde, um dich zu finden.

Carl blickte seinem Freund nachdenklich hinterher. „Sie haben ihn verärgert", sagte er zu Ruger.

Der Agent zuckte mit den Schultern. „Er ist ein wandelnder Sprengsatz. Es gefällt mir nicht, dass er all diese Informationen bekommt. Schließlich kann man ihn nicht mit irgendeinem normalen Vater vergleichen, dessen Kind entführt wurde. Wenn er durchdreht, kann er uns die gesamte Rettungsaktion vermasseln."

„Ja, wissen Sie denn, wo der Junge ist?" fragte Carl verblüfft. „Planen Sie eine Rettungsaktion?"

Ruger wand sich unbehaglich. „Na ja, nein, das nicht, aber ..."

„Dann kann ja wohl kaum die Rede davon sein, dass irgendjemand irgendetwas vermasseln könnte, oder?"

Ruger seufzte. „Die Firma hält prinzipiell immer zusammen, was?"

Carl grinste und zuckte mit den Schultern. „Seid Ihr Feds denn so anders?"

Ruger zögerte, dann lachte er leise auf. „Nein, wahrscheinlich nicht."

„Dann haben Sie ein bisschen Nachsicht mit dem armen Mann."

„Ich werde mir Mühe geben", gab der Agent zurück, streckte die Hand nach seiner Tasse aus und schüttete den Rest des Kaffees hinunter. „Verdammt, ich hasse aromatisierten Kaffee", brummte er und schüttelte sich leicht.

Nachdem er Ruger ins Gebet genommen hatte, war Carl seinem Ziel schon ein winziges Stück näher gekommen. Jetzt fragte er: „Was ist eigentlich mit diesem Samuel Vega? Ist er noch in Haft?"

„Wir werden ihn heute laufen lassen müssen", gab Ruger zurück. „Nicht genug Beweise."

„Hätten Sie was dagegen, wenn ich ihn mir vorher nochmal vorknöpfe?"

„Er schweigt wie ein Grab", sagte Ruger.

Carl grinste. „Abwarten. Ich habe eine sehr gewinnende

Art, falls Sie es noch nicht gemerkt haben sollten. Also, was ist?"

Ruger warf dem blonden Charmeur einen kühlen Blick zu, doch schließlich lachte er leise auf. „Ach, zum Teufel. Von mir aus. Aber falls Sie etwas aus ihm herausbekommen sollten, vergessen Sie nicht, es mir mitzuteilen."

„Versprochen", meinte Carl und verdrückte sich schnell, ehe Ruger es sich noch einmal anders überlegen konnte.

Eine Stunde später war er im Landesgefängnis von L. A. und wartete auf Vega. Schließlich wurde der mit Handschellen gefesselte, empörte Mann hereingeführt.

„Wer zum Teufel sind Sie eigentlich?" fragte Vega.

Der Agent lächelte. „Ich bin Carl French, Mr. Vega. Warum nehmen Sie nicht Platz? Ich würde mich gern ein bisschen mit Ihnen unterhalten. Möchten Sie eine Zigarette? Und vielleicht ein Mineralwasser oder einen Kaffee?"

Der Gefangene entspannte sich ein wenig, und schließlich zuckte er mit den Schultern. „Kaffee. Kolumbianischen natürlich, und eine Zigarette nehme ich auch."

Carl verkniff sich ein süffisantes Grinsen. „Kommt sofort", sagte er, dann gab er dem Wärter ein Zeichen. „Sir, wenn Sie bitte so freundlich wären, Mr. Vega seine Wünsche zu erfüllen."

Der Wachmann, der vorher instruiert worden war, verließ kurz den Raum, um dafür zu sorgen, dass das Gewünschte gebracht wurde. Eine Minute später war er wieder da.

Carl setzte sich dem Mann gegenüber an den Tisch und beugte sich vor. „So, und während wir warten, würde ich gern mit Ihnen über diesen kleinen Vorfall sprechen. Worum ging es da eigentlich?"

Vega machte ein beleidigtes Gesicht. „Sie glauben mir ja sowieso nicht“, begann er. „Aber es war wirklich so. Also, ich fahre mit meinem Kumpel ganz ahnungslos über den Highway und denke mir nichts Böses, und dann nehmen uns plötzlich die Cops in die Zange, zwingen uns zum Anhalten und hauen uns alle möglichen völlig unhaltbaren Beschuldigungen um die Ohren. Und jetzt sitze ich hier.“

Carl lächelte mitfühlend. „Wahrscheinlich eine Verwechslung, könnte ich mir vorstellen. Vielleicht fahren Sie ja dasselbe Auto wie jemand, der polizeilich gesucht wird.“

Vega ließ seine Fäuste so krachend auf die Tischplatte niedersausen, dass die Handschellen klapperten. Alarmiert trat der Wachmann ein paar Schritte vor.

Carl hob beschwichtigend die Hände. „Schon gut“, sagte er. „Es ist okay. Mr. Vega ist verständlicherweise aufgebracht.“ Dann wandte er sich wieder an den Gefangenen. „Ich darf also annehmen, dass Ihr Anwalt inzwischen alles Erforderliche für Ihre Entlassung in die Wege geleitet hat?“

„Da können Sie Gift drauf nehmen“, gab Vega zurück. „Hören Sie ... Sie haben mir noch gar nicht gesagt, wer Sie sind.“

„Klar habe ich das. Mein Name ist Carl French.“

Vega zog die Stirn in Falten. „Nein, Mann ... ich meine, wer zum Teufel sind Sie?“

„Ach so“, sagte Carl und holte seinen Ausweis heraus. In diesem Moment ging die Tür auf und Vegas Kaffee und Zigaretten wurden gebracht.

„Dreckskerl“, sagte Vega und zuckte beim Anblick des Ausweises zurück, als ob er sich verbrannt hätte. „Was geht hier vor?“ brüllte er und fegte mit einer wütenden Handbewegung die Kaffeetasse vom Tisch.

„Da sehen Sie, was Sie gemacht haben", meinte Carl vorwurfsvoll und deutete auf die Bescherung auf dem Fußboden. Dann winkte er dem Wachmann, der kurz davor war, Vega am Kragen zu packen und wieder in seine Zelle zu schleifen. „Noch einen Kolumbianer", sagte Carl. „Auf keinen Fall etwas Besseres, das wäre reine Verschwendung." Als er sich wieder vorbeugte, war sein Lächeln plötzlich wie weggewischt. „Sie wissen doch, was mit Ihnen passiert, wenn wir Sie laufen lassen, oder?"

Vegas Gesicht verzerrte sich vor Wut. „Ich will meinen Anwalt sprechen. Sie haben kein Recht, mich zu behandeln wie einen ..."

Carl holte einen kleinen Kassettenrekorder aus seiner Tasche, schaltete ihn ein und stellte ihn auf den Tisch. „Nur damit Sie alles ganz klar sehen, Samuel Vega. Sobald ich weg bin, wird man Sie entlassen, ohne dass Sie Gelegenheit hatten, Verbindung mit Ihrem Anwalt aufzunehmen, während Ihr Kumpel hinter Schloss und Riegel bleibt."

Vega, der erst vor Wut rot geworden war, wurde jetzt blass. Er sprang von seinem Stuhl auf. „Das können Sie doch nicht machen!"

„Was mache ich denn?" fragte Carl lächelnd. „Wir lassen Sie einfach nur laufen, genau wie Sie es verlangen."

Vega begann zu zittern. „Sie Dreckskerl! Sie wissen ganz genau, was dann mit mir passiert."

Carls Lächeln erstarb. „Bedaure, aber ich kann Ihnen nicht folgen. Sie haben uns glaubhaft versichert, dass Sie absolut nichts gegen Mercedes Blaine im Schilde führen. Die Tatsache, dass ihr Foto bei Ihnen im Auto gefunden wurde und Sie ihr gefolgt sind, war purer Zufall, nicht wahr? Das heißt, dass Sie unschuldig sind, und weil Sie unschuldig sind, wird Ihnen auch nichts passieren, wenn wir Sie laufen lassen."

Fluchend ließ sich Vega zurück auf seinen Stuhl fallen. Der Schweiß stand ihm auf der Stirn, und er schluckte immer wieder, als ob ihm ein großer Brocken im Hals stecken geblieben wäre.

„Wollen Sie irgendetwas sagen?" fragte Carl, stand auf und beugte sich vor.

Vega schrak zurück. Von Carl French war alle Freundlichkeit abgefallen. „Was denn zum Beispiel?" brummte Vega.

„Was hatten Sie mit Miss Blaine vor?"

Vega zuckte mit den Schultern. „Gar nichts."

Carl straffte sich und ging langsam zur Tür. „Er kann gehen", sagte er zu dem Aufseher.

Vega sprang auf. „Nein, warten Sie."

Carl ging weiter.

Vega kam ihm nach. „Nein, warten Sie! Warten Sie. Ich sage Ihnen alles, was ich weiß."

Carl blieb stehen. „So ist es schon besser."

„Aber Sie müssen dafür sorgen, dass mir nichts passiert", verlangte Vega.

„Ich muss überhaupt nichts", erwiderte Carl. „Setzen Sie sich."

Vega folgte seiner Aufforderung.

„Wer hat Sie auf Miss Blaine angesetzt?"

„Ich habe einen Anruf bekommen. Ich tue immer, was man mir sagt", erklärte Vega.

Carl runzelte ein wenig die Stirn. „Danach habe ich Sie

nicht gefragt, Mr. Vega. Schön, ich werde also nochmal von vorn anfangen, aber ich kann Ihnen nur dringend raten, mir die richtige Antwort zu geben, sonst bin ich hier weg ... und Sie auch."

Vega sackte in sich zusammen.

„Ein letztes Mal. Für wen arbeiten Sie?" fragte Carl.

Vega schaute auf den Boden. „Für den *Padrone*", murmelte er kaum hörbar.

„Entschuldigung, ich habe Sie nicht verstanden", sagte Carl und schob den Kassettenrekorder näher zu Vega heran. „Könnten Sie bitte ein bisschen lauter sprechen?"

„Für den *Padrone*. Ich arbeite für den *Padrone*."

„Nur um es mal festzuhalten ... wie ist sein Name?"

„Calderone", sagte Vega, dann schaute er auf. „Miguel Calderone."

„Und er hat Ihnen gesagt, was Sie mit Miss Blaine machen sollen?"

„Sie loswerden."

„Was ist mit dem Jungen?"

Vega runzelte die Stirn. „Was für ein Junge? Sie hatte keinen Jungen bei sich."

Carl streckte die Hand aus, und diesmal packte er Vega am Hemd und riss ihn auf die Füße. „Verarsch mich nicht, du mieser Dreckskerl. Entweder erzählst du mir, wo Calderone Evan Blaine gefangen hält, oder du kannst unseren kleinen Deal vergessen."

Vega begann zu zittern. „Ich schwöre bei Gott ... ich weiß nichts davon."

„Du lügst. Jeder weiß es. Es kommt seit Tagen in den Nachrichten."

„Nein, nein, das habe ich nicht gemeint", sagte Vega. „Ich habe gemeint, dass ich nicht weiß, wo er ist. Ich hatte mit der Sache nichts zu tun, ich schwöre es."

Carl sah, dass der Mann die Wahrheit sagte, aber er ließ sich seine Enttäuschung nicht anmerken. Er gab dem Aufseher ein Zeichen. „Ich bin fertig mit ihm. Bringen Sie ihn in seine Zelle zurück."

Vega warf Carl einen beunruhigten Blick zu, während er aufstand. „Sie lassen mich doch jetzt nicht hängen, oder? Sie haben es mir versprochen, Mann. Vergessen Sie das nicht."

Carl schaute ihn einen Moment lang schweigend an, dann sagte er: „Ich habe Ihnen gar nichts versprochen. Sie waren es, der die ganze Zeit geredet hat."

Er stand reglos da, als Vega aus dem Raum geführt wurde, und verfluchte ihn bei jedem Schritt. Dann stellte er den Kassettenrekorder ab und ließ ihn in seiner Jackentasche verschwinden. Das Band würde er später Ruger geben, aber jetzt würde er erst ins Cedars-Sinai-Hospital fahren und nachsehen, ob er Jonah noch dort erwischte. Er hatte nicht vor, Ruger Beweise vorzuenthalten, aber vorher wollte er seinem Freund erzählen, was er in Erfahrung gebracht hatte.

Der *Snowman* kam gerade aus einem Café, als sein Handy klingelte. Nachdem er es aus der Tasche gezogen hatte, schaute er auf das Display und runzelte die Stirn.

„Hallo", meldete er sich schroff.

„Ich habe nichts von Ihnen gehört."

Die Anklage, die in der Stimme des Mannes am anderen Ende mitschwang, bewirkte, dass sich die Falten auf der Stirn des *Snowman* noch vertieften. „Ich hatte zu tun", sagte er kurz angebunden. „Sagen Sie dem *Padrone*, dass ich Jonah Slade gefunden habe. Fragen Sie ihn, was ich als Nächstes tun soll.“

„Das sind gute Nachrichten“, erwiderte der Mann.

„Ich liefere immer prompt“, gab der *Snowman* zurück. „Und nur um es mal festzuhalten, ich mag es nicht, wenn man versucht, mich unter Druck zu setzen, verstanden?“

„Nur um es mal festzuhalten, Sie sind ersetzbar“, kam es zurück.

Der *Snowman* erstarrte. Dann schnaubte er verächtlich und hoffte, dass man es am anderen Ende der Leitung hörte. „Kann sein“, sagte er. „Aber nicht ohne Probleme. Ich erwarte weitere Anweisungen.“

Er war der Erste, der auflegte. Es gab ihm ein Gefühl von Kontrolle, und das war gut so, da ihm die Kontrolle ernsthaft zu entgleiten drohte.

Evans Bewacher waren besorgt. Sie schafften es nicht, den Jungen zum Essen zu bewegen, und er wurde von Stunde zu Stunde schwächer. Der *Padrone* erwartete, dass der Junge bis zu seiner Ankunft gesund und am Leben blieb, aber sie wussten nicht, wie sie das anstellen sollten. Nicht einmal die Frau des *Padrone* hatte mit ihren Bemühungen Erfolg gehabt, obwohl jeder in der Organisation wusste, wie geschickt sie die Leute normalerweise manipulieren konnte. Aber in diesem Fall war sie genauso hilflos gewesen. Schließlich war sie wütend wieder weggefahren, weil sie nicht dafür verantwortlich gemacht werden wollte, wenn der Junge starb, bevor Calderone Gelegenheit gehabt hatte, Rache an ihm zu üben.

Nun befanden sich seine Bewacher in einer verzwickten Lage. Wie sollten sie jemanden am Leben erhalten, der davon ausging, dass seine Tage ohnehin gezählt waren? Evans Bewacher bereitete ein Tablett mit Essen vor, so wie er es zweimal pro Tag machte, um es anschließend in den Raum zu bringen. Der Junge lag wie immer zusammengerollt auf der Pritsche, mit dem Rücken zur Tür, als ob er seine Verwundbarkeit trotzig zur Schau stellen wollte. Der Bewacher deponierte das Tablett auf dem Boden, dann versetzte er dem Bettgestell einen Fußtritt.

„Los jetzt, essen“, sagte er. „Es ist gut.“

Evan rührte sich nicht.

Der Mann warf hilflos die Hände in die Luft, dann verließ er den Raum wieder und schloss die Tür hinter sich.

Evan hörte den Bewacher zwar kommen und gehen, aber er hatte sich innerlich an einen Ort zurückgezogen, an dem ihn niemand erreichen konnte. Er hatte schon ein paar Mal geglaubt, Halluzinationen zu haben, aber dann war ihm klar geworden, dass er nur geträumt hatte. Aber jetzt war da ein Bild in seinem Kopf, das ständig wiederkehrte.

Obwohl er das Gesicht seines Vaters nie gesehen und seine Stimme nie gehört hatte, wusste er von irgendwoher, dass die Stimme in seinem Kopf die seines Vaters war. Und sie sagte immer wieder dasselbe.

Bleib stark. Bleib stark.

Er war sich nicht sicher, ob er glauben sollte, dass es wirklich die Stimme seines Vaters war, aber er wollte es glauben. Gott, wie sehr er es wollte. Während die Worte in seinem Kopf widerhallten, drehte er sich um, dann setzte er sich auf. Sofort wurde ihm schwindlig. Er beugte sich vor und legte den Kopf zwischen die Beine, bis der Schwindel ein wenig nachgelassen hatte. Dann stand er auf, torkelte zu dem Tablett und trug es zum Bett.

Obwohl seine Hände, die dick angeschwollen waren, zitterten, gelang es ihm nach mehreren mühsamen Anläufen, eine kleine Dose mit Pfirsichen zu öffnen. Das schlichte Mahl erschien ihm köstlicher als alles, was er je in seinem Leben gegessen hatte. Er hob die Dose an den Mund und trank gierig den Saft aus, dann kippte er sie noch ein Stück weiter vor, bis ihm die Pfirsiche nacheinander in den Mund rutschten.

Im nächsten Augenblick begann sein Magen zu rebellieren, da er so lange nichts gegessen hatte. Nachdem er die leere Dose auf das Tablett zurückgestellt hatte, schaute er verlangend auf die Dose mit den Würstchen, aber er hielt sich zurück. Es hatte keinen Sinn, sich selbst krank zu machen, denn er hatte ohnehin schon genug Probleme.

Er stellte das Tablett auf dem Bett ab, legte sich daneben und tröstete sich mit dem Gedanken, dass er sich immerhin selbst aus seiner Lethargie herausgeholt und zumindest einen kleinen Schritt unternommen hatte, um sich selbst zu retten. Jetzt konnte er nur noch auf diese Stimme in seinem Innern vertrauen und beten, dass sie keine Ausgeburt seiner Fantasie war.

11. KAPITEL

Macie saß auf dem Rücksitz und starrte mit leerem Blick auf Sugarmans Hinterkopf, während der FBI-Agent etwas zu Carter sagte, der wie üblich fuhr. Sie war entschlossen, nicht an die Zukunft zu denken, sondern es einfach nur zu genießen, hier an Jonahs Schulter angelehnt sitzen zu können. Sie war froh, dass es ihrem Vater besser ging, aber sie fürchtete sich davor, ihm erneut gegenüberzutreten.

Jonah, der ihre Nervosität spürte, nahm an, dass sie sich wegen Declyns Gesundheitszustand Sorgen machte. Er warf Carter und Sugarman einen kurzen Blick zu, dann ergriff er Macies Hand und sagte mit gesenkter Stimme: „Mach dir keine Sorgen. Ruger hat erzählt, dass sie deinen Vater von der Intensivstation in ein privates Einzelzimmer verlegt haben. Das ist doch ein gutes Zeichen, meinst du nicht auch?"

Macie nickte, dann ballte sie die Hände zu Fäusten.

Jonah, der jahrelange Übung darin hatte, die Körpersprache anderer zu deuten, wusste, dass Macie außer dem Gesundheitszustand ihres Vaters noch etwas anderes beschäftigte. „Macie ...?"

„Was ist?"

„Es ist nicht seine Gesundheit, um du dir Sorgen machst, stimmt's? Du willst eigentlich nicht hingehen, richtig?"

Macie zuckte mit den Schultern, dann wandte sie sich schweigend ab und schaute aus dem Fenster.

„Honey, bitte ... sprich mit mir."

„Als ich klein war, waren mein Vater und meine Schwester meine ganze Welt. Die beiden warfen sich die Bälle zu, und ich war zufrieden, einfach nur dabei zu sein, wobei ich immer darauf bedacht war, es ihnen Recht zu machen. Doch als ich begann, mich in Evans Leben 'einzumischen', wie Declyn es nannte, beschlossen sie nicht nur, mich auszuschließen, sondern mein Vater entschied darüber hinaus, mich zu enterben." Ihre Stimme bebte. „Es ging mir nicht darum, dass ich eines Tages nichts erben würde. Ich verdiene selbst genug, um gut davon leben zu können. Wirklich schlimm für mich war, meine Familie zu verlieren. Verstehst du, was ich meine?"

„Und das alles meinetwegen. Habe ich mich eigentlich schon bei dir bedankt?"

Macie schaute ihn mit Tränen in den Augen an. „Nein, aber ich glaube, jetzt wäre ein guter Moment dafür."

Jonahs Blick glitt zu ihrem Mund, während er ihr einen Finger unters Kinn legte und ihr Gesicht anhob. Als er sich zu ihr hinunterbeugte, hörte er, wie sie abrupt den Atem anhielt. Dann fanden seine Lippen ihren Mund. Es war ein kurzer, aber eindringlicher Kuss, der sie beide an die leidenschaftliche Nacht erinnerte, die hinter ihnen lag.

Jonah wünschte sich in diesem Moment sehnlich, irgendwo anders mit ihr zu sein und nicht auf dem Rücksitz eines Wagens, auf dessen Vordersitzen zwei FBI-Agenten saßen. „Macie?"

„Was denn?"

„Ich bin dir wirklich dankbar, dass du meinem Sohn von mir erzählt hast."

Macie, deren Herz immer noch raste von dem Kuss, nickte.

Jonah lehnte sich zurück und versuchte, in ihrem Gesicht zu lesen. Außer der Leidenschaft, die der Kuss in ihr geweckt hatte, war da noch etwas anderes. „Im Grunde interessiert es dich nicht, wie es Declyn geht, richtig? Er ist dir längst gleichgültig geworden."

Macie wirkte überrascht. „Woher weißt du das?" Nach einem kurzen Moment des Nachdenkens fügte sie hinzu: „Aber es sollte wahrscheinlich nicht so sein. Es ist nicht der richtige Zeitpunkt, um ... ich meine, nach allem, was passiert ist, sollte ich froh sein, dass wenigstens er noch am Leben ist."

„Aber du denkst, dass der falsche Mensch gestorben ist, nicht wahr?"

„Du bist ein sehr guter Beobachter."

Er zuckte mit den Schultern. „Ich denke seit Tagen darüber nach."

„Je besser er sich fühlt, desto mehr wird er versuchen, mich in die Ecke zu drängen", befürchtete sie.

Zwischen Jonahs Augenbrauen bildete sich eine steile Falte. „Ich habe nicht die geringste Lust, diesen Dreckskerl zu sehen, aber wenn es dir lieber ist, begleite ich dich."

Sie seufzte. „Nein, aber trotzdem danke. Nicht, dass ich Angst vor ihm hätte; es ist wohl eher so, dass ich Angst vor mir selbst habe. Angst davor, es nicht zu schaffen, den Mund zu halten, wenn er mich anbrüllt, obwohl ich es eigentlich müsste, weil sein Zustand immer noch heikel ist."

„Ich müsste mir eine derartige Zurückhaltung nicht auferlegen", sagte Jonah. „Also, wenn du Verstärkung brauchst, denk daran, dass ich in der Nähe bin."

Sie bemühte sich um ein Lächeln, dann versuchte sie, sich zu entspannen.

Sugarman schaute über die Schulter. „Wir sind gleich da.

Carter wird uns am Vordereingang rauslassen und dann einen Parkplatz suchen. Ich werde Sie zu Mr. Blaines Zimmer begleiten und davor warten. Carter kommt nach, sobald er den Wagen abgestellt hat."

„Danke", sagte Macie. „Es wird nicht lange dauern."

„Es spielt keine Rolle, wie lange es dauert, Miss Blaine. Wir stehen ganz zu Ihrer Verfügung."

Macie lehnte sich zurück und versuchte sich auf das, was gleich auf sie zukommen würde, vorzubereiten.

Ein paar Minuten später durchquerten sie die Eingangshalle des Krankenhauses. Als Macie spürte, wie Jonah in die Rolle des Leibwächters schlüpfte, musste sie daran denken, was letztes Mal hier passiert war. Ihr wurde klar, dass sie sich nicht einmal mehr an das Gesicht des Mannes erinnern konnte, der ihr die Wanze in die Tasche geschmuggelt hatte. Doch diesmal schafften sie es, die Eingangshalle ohne Zwischenfall zu durchqueren und zu den Aufzügen zu gelangen. Als der Lift in dem Stockwerk, in dem Declyn lag, hielt, begann Macies Magen plötzlich zu rebellieren. Einen Moment war ihr richtig schlecht, doch als Jonah ihr einen Arm um die Schultern legte, war alles wieder gut.

Während sie den Flur hinuntergingen, hatte Macie das Gefühl, das alles schon einmal erlebt zu haben. Es dauerte einen Moment, bis ihr klar wurde, woher dieses Gefühl kam. Ihre Mutter hatte ebenfalls hier gelegen und war hier gestorben. Sie versuchte den Kloß hinunterzuschlucken, der ihr plötzlich im Hals saß, und atmete tief durch, als sie stehen blieben, um den Polizisten, der vor Declyns Tür Wache hielt, zu begrüßen.

„Na, Watt, wie läuft's?" erkundigte sich Sugarman.

Watts nickte zufrieden. „Ganz gut. Der Alte rappelt sich langsam wieder auf." Dann schaute er verlegen auf Macie. „Entschuldigung, Miss Blaine. War nicht respektlos gemeint."

„Schon gut", gab sie zurück, dann klopfte sie und öffnete die Tür, nachdem sie Jonah noch einen kurzen Blick über die Schulter zugeworfen hatte.

„Falls du mich brauchst, ich bin hier", sagte er.

Macie holte noch einmal tief Luft, dann betrat sie das Krankenzimmer, in dem ihr Vater lag.

Declyn Blaine war von Natur aus ein äußerst egozentrischer, wenig einfühlsamer Mensch. Dass er sich plötzlich nackt unter einem schon hundertmal gewaschenen, bereits von zahllosen Menschen getragenen Krankenhausnachthemd wiederfand, war für ihn der Gipfel der Demütigung. Erschwerend kam noch hinzu, dass tagtäglich wildfremde Menschen die intimsten Handreichungen für ihn verrichteten, was damit begann, dass sie ihn von Kopf bis Fuß wuschen, und damit endete, dass sie ihm den Hintern abwischten. All das machte ihn wahnsinnig. Das Schlimmste aber war, dass er sich nicht nur unendlich schwach fühlte und ständig Schmerzen hatte, sondern dass er darüber hinaus auch noch in seinen Grundfesten erschüttert war. Er hatte mit ansehen müssen, wie man seine Tochter ermordet und seinen einzigen Enkel entführt hatte. Und als die Kugeln in seinen eigenen Körper eingedrungen waren, war er fest davon überzeugt gewesen, dass er sterben würde. Aber das Schicksal hatte offenbar andere Pläne mit ihm.

Kaum war er aufgewacht, war das erste Wort aus seinem

Mund „Evan“ gewesen. Und dann hatte er Macies Stimme gehört. Es hatte einen Moment gedauert, bis ihm eingefallen war, dass er sie aus seinem Leben verbannt hatte, und jetzt erinnerte er sich vage daran, etwas von Leichenfleddererei gemurmelt zu haben. Dann hatte er sie gefragt, ob schon eine Lösegeldforderung eingetroffen wäre, was sie verneint hatte. Sie hatte ihm erzählt, dass sie mit den Entführern bisher noch keinerlei Kontakt gehabt hatten.

Das war der Moment gewesen, in dem er richtig Angst bekommen hatte. Ein Mann wie er hatte Feinde. Das hatte mit den Machtspielen zu tun, ohne die ein Mann in seiner Position nicht auskam. Es gab Leute, die behaupteten, dass er sich mit jedem Dollar, den er verdiente, einen neuen Feind mache, eine Behauptung, über die er bis vor kurzem nur gelacht hatte. Heute lachte er nicht mehr. Außer Geld konnte es nur einen einzigen Grund für eine Entführung geben, und das war Rache.

Er hatte Macies Hand auf seiner Stirn gefühlt, und da er von den Medikamenten so benommen gewesen war, hatte er sie weggestoßen. Natürlich hatte er Macie die Schuld gegeben an dem, was passiert war, und nicht sich selbst. Und genau daran hatte er sich erinnert, als sie ihn heute Morgen aus der Intensivstation auf ein privates Einzelzimmer verlegt hatten. Die Schwestern überhörten seine Wutausbrüche und erfüllten seine Forderungen, ohne auch nur ein einziges Mal die Stimme zu erheben. Declyn Blaine hatte zum ersten Mal in seinem Leben Angst vor der Zukunft. Und als er jetzt die Stimmen vor seiner Tür hörte, fürchtete er sich vor den Neuigkeiten, die man ihm bringen könnte. Als sein Blick jedoch auf Macie fiel, verwandelte sich seine Angst in Wut. Er konnte einfach nicht anders, als wild um sich zu schlagen, und sie war die Einzige, die in der Nähe war.

„Hast du Neuigkeiten von Evan?“ blaffte er sie an.

„Nein, Vater, aber ...“

„Dann verschwinde“, sagte Declyn kalt.

Macie zuckte zusammen. Die Worte trafen sie wie ein Peitschenhieb, aber sie weigerte sich, seiner Aufforderung Folge zu leisten. „Wie fühlst du dich?“ erkundigte sie sich ruhig.

Declyn lief vor Wut dunkelrot an und deutete zur Tür. „Wir beide haben uns nichts mehr zu sagen“, herrschte er Macie an, doch als sie sich nicht von der Stelle rührte, stutzte er. Dass sie sich so stur zeigte, überraschte ihn. Und zum ersten Mal in seinem Leben fragte er sich, ob ihm seine jüngere Tochter womöglich ähnlicher war, als er bisher geglaubt hatte.

Macie setzte sich auf einen Stuhl, der neben dem Bett stand. Mehrere Sekunden verstrichen, ohne dass einer von beiden sprach.

Declyn starrte sie finster an.

Macie hielt seinem Blick schweigend stand.

Am Ende war es Declyn, der das Schweigen brach. „Also ... dann raus damit. Was hast du mir zu sagen?“

„Ich habe gestern Felicitys Asche bei La Jolla ins Meer gestreut.“

Declyn wurde bleich. Macie sah, wie er die Zähne zusammenbiss. Er schluckte so schwer, dass sein Adamsapfel hüpfte. Als er schließlich sprach, schwang in seinem Ton blanker Hass mit. „Dazu hattest du kein Recht!“ fuhr er sie an. „Sie war meine Tochter.“

Jetzt verlor Macie ebenfalls die Beherrschung. „Und sie war *meine* Schwester. Was hast du von mir erwartet? Dass ich ihre sterblichen Überreste im Kühlfach einer Leichenhalle liegen lasse und erst mal abwarte, ob du wieder gesund wirst oder stirbst? Sie hat mir vor Jahren gesagt, dass sie so beerdigt werden will. Weil sie in La Jolla sehr glücklich war."

Declyn starrte sie finster an. Diesmal starrte Macie ebenso finster zurück.

„Du hast mir also nichts mehr zu sagen", meinte sie schließlich leise.

„Nur weil deine Schwester tot ist, bedeutet das noch lange nicht, dass du irgendetwas erbst."

Macie verschlug es die Sprache. Ein paar Sekunden lang war sie so betäubt, dass sie kein Wort herausbekam. Dann schüttelte sie den Kopf und begann zu lachen, obwohl es sich eher wie ein Schluchzen anhörte.

„Du weißt überhaupt nicht, wie erbärmlich du bist. Mich hat dein verdammtes Geld nie interessiert. Das Einzige, wonach ich mich immer gesehnt habe, war deine Liebe. Im Moment bin ich mir allerdings nicht sicher, ob ich überhaupt noch etwas mit dir zu tun haben möchte. Du bist unfähig zu lieben. Du kannst Menschen nur unterdrücken und terrorisieren, aber das funktioniert bei mir nicht mehr, Vater, und wenn du noch so viele Tobsuchtsanfälle bekommst. Felicity ist tot und Evan entführt, aber du glaubst immer noch, mich anbrüllen zu müssen. Kannst du dich eigentlich überhaupt noch im Spiegel anblicken, ohne entsetzt zu sein?"

Declyn war so sprachlos über ihren Angriff, dass er nicht

wusste, was er sagen sollte. Noch ehe er sich wieder erholt hatte, ging die Tür auf. Declyn erstarrte vor Schreck.

Der Mann, der ins Zimmer trat, war ein Gespenst aus der Vergangenheit, obwohl er nur noch wenig Ähnlichkeit hatte mit dem jungen Mann, der er vor fünfzehn Jahren gewesen war. Er hatte einen bitteren Zug um den Mund und strahlte eine Eiseskälte aus, die er früher nicht an sich gehabt hatte.

Declyn starrte erst Jonah an, dann Macie, und plötzlich wurde ihm klar, wer für die Anwesenheit dieses Mannes, dessen Schatten ihn seit Jahren verfolgte, verantwortlich war. Übelkeit stieg in ihm auf, während er sich sehnlich wünschte, nicht so hilflos ans Bett gefesselt zu sein.

„Was zum Teufel macht er hier?"

„Er versucht seinen Sohn zu finden", sagte Macie.

Declyn knirschte mit den Zähnen. Er hatte noch nie in seinem Leben eine Frau geschlagen, aber jetzt konnte er sich nur mit Mühe zurückhalten. „Dazu hattest du kein Recht."

„Falsch, Sie gewissenloser Dreckskerl, Sie hatten kein Recht, mir meinen Sohn vorzuenthalten", erwiderte Jonah.

Declyn wurde noch bleicher.

„Du hast versprochen, draußen zu warten", sagte Macie.

Jonah warf ihr einen warnenden Blick zu, um ihr zu bedeuten, ihm nicht in den Rücken zu fallen. „Ich habe Gebrüll gehört", meinte er.

Sie holte Luft, als ob sie etwas sagen wollte, aber dann fuhr sie sich nur mit den Händen durchs Haar und schloss für einen Moment die Augen.

Declyn starrte Jonah immer noch fassungslos an. Er war intelligent genug, um zu begreifen, dass zwischen seiner jüngeren Tochter und diesem Mann irgendetwas vorging. Leise fluchte er in sich hinein.

„Würden Sie das noch einmal lauter wiederholen, oder sind Sie zu feige dazu?“ fragte Jonah.

Declyn wurde wieder rot vor Zorn. „Da Sie meine ältere Tochter nicht bekommen haben, sind Sie in mein Leben zurückgekehrt, um meine jüngere ins Bett zu zerren. Wagen Sie nicht, das zu bestreiten. Ich bin nämlich nicht beschränkt.“

Empört schnappte Macie nach Luft, doch Jonah lachte nur.

„Wie man an Evan sieht, habe ich Ihre ältere Tochter sehr wohl bekommen. Aber Sie irren sich, wenn Sie glauben, ich sei aus freien Stücken in Ihr Leben zurückgekommen, denn dafür sind Sie mir viel zu gleichgültig. Und was zwischen mir und Macie ist, geht Sie nichts an. Und noch in einem anderen Punkt muss ich Ihnen widersprechen. Sie sind nicht nur beschränkt, sondern ein Vollidiot. Diese Lüge, diese perfekte kleine Lüge, zu der Sie Felicity überredet haben, hat Ihre Tochter das Leben gekostet und Ihre ganze Familie in tödliche Gefahr gebracht.“

„Was? Ich? Wovon reden Sie eigentlich?“ platzte Declyn voller Zorn heraus.

„Haben Sie sich eigentlich noch nicht gefragt, warum für Evan bisher noch keine Lösegeldforderung eingegangen ist? Und hat Macie Ihnen nicht erzählt, dass man versucht hat, sie ebenfalls zu töten?“

Declyn war so verwirrt, dass ihm der Mund offen stehen blieb. Doch als er Macie anschaute, sah er, dass Jonah die Wahrheit sagte. „Davon hast du mir gar nichts erzählt ...“

„Warum hätte ich mir die Mühe machen sollen?“ unterbrach sie ihn schroff. „Es hätte dich ja sowieso nicht interessiert.“

„Wenn es keine Lösegeldforderung gibt, kann es sich nur um einen Racheakt handeln“, schloss Declyn. „Natürlich habe ich mir im Laufe der Jahre den einen oder anderen Feind gemacht.“

„Na, ein bisschen Verstand ist Ihnen offenbar noch geblieben“, sagte Jonah. „Allerdings will man sich nicht an Ihnen rächen.“

Declyn runzelte die Stirn. „Was soll das heißen?“ fragte er.

Macie wurde klar, dass die beiden Männer ungeachtet des labilen Gesundheitszustands ihres Vaters entschlossen waren, sich zu zerfleischen. Und obwohl sie Jonahs Zorn verstehen konnte, stellte sie sich zwischen ihn und das Bett, in dem ihr Vater lag, um zu verhindern, dass mehr als Worte zwischen ihnen hin und her fliegen würden.

„Jonah kennt den Mann, der hinter dem Anschlag steckt“, sagte sie.

Declyn war wieder sprachlos. Schweigend starrte er erst Macie und dann Jonah an. „Stimmt das?“ fragte er nach einer Weile.

„O ja, es stimmt“, gab Jonah grimmig zurück. „Weil ich fälschlicherweise geglaubt habe, allein auf der Welt zu sein, habe ich mich für eine berufliche Laufbahn entschlossen, die ich als Ehemann und Vater nicht eingeschlagen hätte.“

„Wovon reden Sie?“ fragte Declyn. „Was für eine Laufbahn?“

„Jonah arbeitet für die CIA", mischte sich Macie ein. „Als verdeckter Ermittler."

Plötzlich verschwand der verächtliche Ausdruck aus Declyns Gesicht. Er hätte sich gern abgewandt, aber Jonah hatte offenbar Antworten auf Fragen, die ihn so beschäftigten, dass sie ihn fast um den Verstand brachten. „Was sagen Sie da?"

„Felicity musste sterben, weil Sie sich damals für die Lüge entschieden haben. Sie wurden wegen dieser Lüge angeschossen, und mein Sohn – von dessen Existenz ich bis vor ein paar Tagen keine Ahnung hatte – befindet sich in der Hand der gewissenlosesten Drogenhändler, die jemals von Südamerika aus in den Vereinigten Staaten operiert haben."

„Nein", erwiderte Declyn, aber es war weniger ein Widerspruch als die flehentliche Bitte, dass das, was Jonah gesagt hatte, nicht wahr sein möge.

„Doch", sagte Jonah.

„Sind Sie sicher?" fragte Declyn.

„Ganz sicher", warf Macie ein.

„Aber warum wir ... und warum haben sie Evan mitgenommen?" wollte Declyn wissen.

„Ich kann nur Vermutungen anstellen, aber ich glaube, dass Felicity getötet wurde, weil sie die Mutter meines Sohnes war, und auf Sie hat man nur deshalb geschossen, weil Sie im Weg waren."

„Aber warum haben sie Evan entführt? Weshalb haben sie ihn nicht einfach erschossen?"

„Ich kann auch hier nur vermuten ... aber ich glaube, sie wollen, dass ich genauso leide, wie Michael Calderone gelitten hat."

„Was soll das heißen?“ fragte Declyn mit einer bangen Vorahnung.

„Ich habe seinen Sohn getötet. Vor seinen Augen. Und er gehört zu den Menschen, die den alten Bibelspruch ‘Auge um Auge, Zahn um Zahn’ verinnerlicht haben. Und da ich seinen Sohn getötet habe, auch wenn es Notwehr gewesen ist, will er meinen ebenfalls töten. Er will, dass ich dabei zusehe. Und wenn das so ist, würde dies heißen, dass Evan eine gute Chance hat, am Leben zu bleiben, bis sie mich gefunden haben.“

„Oh Gott ... ich wusste es nicht ... ich wusste nicht, dass ...“

Jonah schoss die Zornesröte ins Gesicht. „Das ist schon wieder gelogen. Auch wenn Sie nicht wissen konnten, was sich aus Ihrer Lüge entwickelt, wussten Sie doch, dass das, was Sie taten, unrecht war. Sie haben lange darüber nachgedacht und Ihre Tochter schließlich auf die schändlichste Art und Weise erpresst, und da sie schwach war, hat sie sich leider erpressen lassen. Jetzt müssen Sie beten, alter Mann. Sie müssen sogar sehr, sehr viel beten, dass wir es schaffen, diesem Fall eine andere Wendung zu geben, bevor es zu spät ist ... falls es das nicht schon ist.“

Nach diesen Worten machte er auf dem Absatz kehrt und verließ das Krankenzimmer.

Declyn schaute Macie an. „Ich wusste es nicht. Denn sonst hätte ich nicht ...“

„Er hat Recht, Vater. Du lügst immer noch.“ Damit wandte sie sich ab, um zur Tür zu gehen.

„Warte. Du musst mich verstehen. Ich ...“

„Nein. Ich habe dir nichts mehr zu sagen.“ Sie holte tief Luft und fügte dann hinzu: „Und vergiss das nicht.“

Declyn redete immer noch, als sie das Zimmer verließ und entschieden die Tür hinter sich schloss.

Als sie auf den Flur trat, fragte der Wachmann: „Wie geht es Ihrem Vater, Miss Blaine?“

„Danke. Schon viel besser“, antwortete sie, ging dann zu Jonah und schmiegte ihren Kopf an seine Brust.

Jonah war mehr als überrascht. Er hatte damit gerechnet, dass sie wütend auf ihn sein würde, weil er mit ihrem Vater so hart ins Gericht gegangen war. Er streifte Sugarman und Carter, die geflissentlich wegschauten, mit einem kurzen Blick, dann legte er Macie einen Arm um die Schultern und ging mit ihr zu einem Fenster am Ende des Flures.

„Ich dachte, du bist wütend auf mich“, sagte er schließlich.

Macie hob den Kopf und musterte ihn eingehend. Seine Augen verrieten, dass er ein Mann war, der die dunklen Seiten des Lebens kennen gelernt hatte. Aber er hatte auch ein sanftes Herz und eine zärtliche Seele. Als sie jetzt so nah bei ihm stand, fühlte sie sich plötzlich, als ob sie wieder dreizehn wäre. Es hatte ihr die Sprache verschlagen, und sie war so unsicher, dass sie Gefahr lief, sich zu verlieren.

„Macie?“

„Ja?“

„Es tut mir Leid, aber ...

Sie verschloss ihm mit ihrem Zeigefinger den Mund und schüttelte den Kopf. „Du brauchst dich für nichts zu entschuldigen, ich bin dir nicht böse. Wenn überhaupt, bin ich höchstens mir selbst böse, weil ich mich früher so nach seiner Anerkennung gesehnt habe; dabei ist es so unwichtig. Alles, was ich jetzt will, ist Evan.“ *Und dich.*

Aber sie brachte es nicht über sich, ihre Gefühle für ihn laut auszusprechen. Als sie ihren Finger von seinen Lippen nahm, ballte sie in dem vergeblichen Versuch, seine Wärme festzuhalten, die Hand zur Faust.

Jonah nickte. „Aber ich will, dass du etwas weißt. Als wir uns geliebt haben ... es ist nicht etwa deshalb passiert, weil ich versucht hätte, es Declyn heimzuzahlen oder um etwas wiederzugewinnen, was ich mit Felicity verloren hatte."

Macie errötete, dann senkte sie den Kopf. „Ich weiß", sagte sie rasch. „Es ist okay. Es ist passiert, weil ich dich darum gebeten habe."

Er umfasste ihr Kinn und hob ihr Gesicht an, um sie zu zwingen, seinem Blick zu begegnen. „Nein, es ist passiert, weil ich es wollte. Ich habe es mir von dem Moment an gewünscht, als ich dich bei mir vor dem Haus stehen sah, aber es fiel mir nicht leicht, meinen Zorn auf deine Schwester und deinen Vater von meinen Gefühlen für dich zu trennen."

Macies Herz schlug vor Glück schneller. „Oh Jonah, ich ..."

„Slade, wir müssen los", sagte Sugarman in diesem Moment. „Ruger hat eben angerufen. Er will, dass wir Sie beide zurückbringen. Und zwar sofort."

Abrupt fuhr Jonah herum. „Geht es um Evan? Haben sie ihn gefunden?"

Sugarman runzelte die Stirn. „Kann ich mir nicht vorstellen, denn das hätte mir Ruger bestimmt gesagt."

Jonahs Hoffnung schwand. Es gab nur noch zwei weitere Gründe, die ernst genug waren, einen so direkten Befehl zu rechtfertigen. Entweder hatte Ruger einen Tipp bekommen, dass Macies Leben bedroht war, oder Calderones Leute waren dabei, einen Zug zu machen.

„Warum nehmen wir nicht den Aufzug?“ fragte Macie, als Jonah ihre Hand ergriff und mit ihr hinter den beiden FBI-Agenten auf die Treppe zuging.

„Zu vorhersehbar.“

„Oh, mein Gott“, murmelte Macie, während sie die Treppe hinuntergingen.

„Nur keine Aufregung, Miss Blaine. Es ist lediglich eine Vorsichtsmaßnahme“, sagte Carter.

„Nein, es ist ein Albtraum“, gab Macie zurück, dann spürte sie Jonahs Hand auf ihrer Schulter.

„Aber du bist nicht allein“, sagte er leise. „Nicht mehr.“

Evan saß auf der Kante seiner Pritsche und fixierte einen Punkt auf der gegenüberliegenden Wand, ohne ihn wirklich zu sehen. Irgendetwas war da draußen im Gange. Sein Bewacher, der ihn anfangs angefleht hatte zu essen, behandelte ihn inzwischen respektlos. Obwohl Evan nicht erwartete, mit einem Lächeln oder einem Schulterklopfen belohnt zu werden, weil er aß, war doch nicht zu übersehen, dass sich die Stimmung seines Bewachers von Stunde zu Stunde verschlechterte. Es war ein erschreckender Gedanke sich vorzustellen, dass er den morgigen Tag nicht mehr erleben würde, obwohl er seit dem Tag seiner Entführung täglich mit seinem Tod gerechnet hatte.

Er schaute auf seine Hände und versuchte, die geschwollenen Finger zu Fäusten zu ballen. Als unter einem Fingernagel Eiter hervorschoss, zuckte er zusammen. Jetzt machte sich in der Ecke die Ratte durch ein Rascheln bemerkbar und schlüpfte genau in dem Moment, in dem er sich umdrehte, aus ihrem Loch.

„He, Harold. Wie geht's?"

Kaum hatte er die Worte ausgesprochen, wurde ihm die Absurdität der Situation bewusst, und er musste grinsen. Und als die Ratte zu dem Essenstablett auf dem Fußboden in der Nähe der Tür huschte, wo sie an einer leeren Dose Thunfisch schnupperte, grinste er immer noch. „Tut mir Leid, Harold, nichts mehr da. Wie du siehst, lebst du jetzt mit einem Fresssack zusammen." Dann hob er die Arme und schnüffelte an seinen Achselhöhlen. „Der stinkt wie ein Schwein", murmelte er und lachte kurz auf. „Jedenfalls nehme ich das an, weil ich nämlich ehrlich gesagt noch nie ein Schwein gerochen habe. Du, Harold?"

Diese Unterhaltung fand Evan dermaßen komisch, dass er in hysterisches Gelächter ausbrach. Er konnte gar nicht mehr aufhören zu lachen, bis er schließlich vollkommen erschöpft auf die Pritsche zurücksank.

Die Ratte saß auf ihren Hinterläufen und beobachtete Evan; sie wirkte beinahe so, als versuchte sie zu entscheiden, ob sie sitzen bleiben oder lieber weglaufen sollte.

Als der Wärter draußen auf dem Flur das Lachen hörte, schloss er sofort die Tür auf und sah, dass sich der Junge auf dem Bett wälzte und wie ein Irrer lachte.

„He, du! Hör sofort auf!" brüllte der Wärter.

Evan rollte sich auf die Seite und schnappte keuchend nach Luft.

Die Ratte rannte in Deckung.

„He, Smiley ... was denkst du?"

„Was soll ich denn denken?" brummte der Aufpasser.

„Stinke ich wie ein Schwein? Harold findet es jedenfalls. Und was denkst du?"

Der Mann fuhr mit der Pistole in der Hand zu der Klozelle herum. „Was denn für ein Harold?"

„Ich dachte, das ist dein Bruder. Aber wenn du ihn nicht kennst, muss ich wohl irgendwas falsch verstanden haben."

Der Mann musterte ihn böse.

Erneut brach Evan in hysterisches Lachen aus. Und jedes Mal, wenn er seinen Bewacher anschaute, musste er noch mehr lachen.

„Morgen um diese Zeit lachst du nicht mehr!" brüllte der Aufpasser, dann versetzte er der Pritsche einen wütenden Fußtritt, bevor er den Raum verließ und die Tür hinter sich zuknallte.

Evans Lachen endete mit dem nächsten Atemzug.

Morgen. Er hatte gesagt, dass es morgen sein würde. Evan rollte sich herum, presste sich die Handballen gegen die Augen und befahl sich, nicht zu weinen. Er erinnerte sich daran, irgendwann einmal ein Buch gelesen zu haben, in dem der Held gesagt hatte, dass es ein Morgen nicht gibt. Offensichtlich hatten seine Entführer dieses Buch nie gelesen.

Die Reportermeute, die ein paar Blocks von der Zufahrt zur Blaine-Villa entfernt kampiert hatte, war verschwunden.

„Was zum Teufel ist da los?" brummte Sugarman, als Carter an der Stelle vorbeifuhr, an der sie sich noch vor kurzem versammelt hatte.

„Vermutlich sind wir schon Schnee von gestern", sagte Macie. „Nicht, dass ich besonders traurig darüber wäre."

Jonah zog die Stirn in Falten. Er nahm an, dass Ruger die Presseleute gebeten hatte, sich zu entfernen, doch wenn das stimmte, war es kein gutes Zeichen. Sollten sie jedoch aus eigenem Antrieb gegangen sein, konnte dies nur den einen Grund haben, dass sie glaubten, woanders ergiebigere Jagdgründe gefunden zu haben. Und das bedeutete vermutlich, dass man Evan entweder lebendig oder tot gefunden hatte.

Er sprach ein kurzes Gebet und zwang sich, sich auf die Fakten zu konzentrieren, statt wilde Spekulationen anzustellen. Doch als sie vor der Villa vorfuhren, rebellierte sein Magen.

Gott, bitte mach, dass mein Sohn noch lebt.

12. KAPITEL

Letzte Nacht hatte der *Snowman* zum ersten Mal seit einer Woche durchgeschlafen, ohne irgendwann schweißgebadet aufzuwachen. Natürlich hatte man ihm früher auch schon mal gedroht, das brachte seine Arbeit mit sich. Doch Miguel Calderone nicht zufrieden zu stellen war gefährlich, vor allem, wenn es um Rache ging. Als die Nachricht von Calderone eingegangen war, hatte er mit dem Gedanken gespielt, umzuziehen und seinen Namen zu ändern. Gäbe es Slade nicht, wäre das wahrscheinlich seine einzige Option gewesen. Aber so war jetzt Slade seine einzige Option. Und wohin hätte er auch gehen sollen?

Nachdem er Calderones Leuten Bescheid gesagt hatte, dass alles Nötige in die Wege geleitet worden war, verbesserte sich seine Stimmung schlagartig. Als er jetzt bei Gelb über eine Ampel fuhr, knurrte sein Magen, was ihn daran erinnerte, dass er schon seit geraumer Zeit nichts Anständiges mehr zu sich genommen hatte. Durch seine Beziehungen zu den Kolumbianern hatte er eine Vorliebe für die lateinamerikanische Küche entwickelt, und daher hielt er nun auf seinem Weg nach einem entsprechenden Lokal Ausschau.

Wenig später saß er in der Casa Paloma an einem Tisch, wartete auf seinen Drink und gestattete sich einen kurzen Moment der Reue bezüglich der Entscheidungen, die er in seinem Leben getroffen hatte. Immer wenn er den Gedanken daran zuließ, und das war selten genug der Fall, war er nicht gerade begeistert davon, dass er als ehrbarer Bürger immer wieder gegen das Gesetz verstieß. Natürlich wäre es ihm lieber gewesen, wenn er sich nie die Hände schmutzig gemacht hätte, aber das war ganz klar eine Geldfrage. Und er war nun einmal geldgierig; außerdem hatte er sich inzwischen schon viel zu sehr daran gewöhnt, dass sein Schweizer Konto immer gut gefüllt war.

Beim ersten Schluck von seiner Margarita musste er zugeben, dass es einen Teil in ihm gab, der Mitleid mit Jonah Slade hatte. Eigentlich hatte er gar nichts gegen ihn. Im Grunde bewunderte er ihn sogar und wünschte ihm nicht, dass sich Miguel Calderones Zorn über ihm entlud, aber Geschäft war nun mal Geschäft. Davon abgesehen war Slade ein erwachsener Mann. Er wusste genau, was auf dem Spiel stand. Und alles, was ab jetzt passierte, entzog sich der Kontrolle des *Snowman* und brauchte sein Gewissen nicht zu belasten.

Er lächelte die Musiker der Mariachiband an, die an seinem Tisch vorbeiliefen, und prostete ihnen zu. Als die Kellnerin das Essen brachte, beugte er sich über seinen Teller und atmete genüsslich den Duft ein. Dann spießte er ein Stück Tamale auf seine Gabel, tunkte es in die scharfe Soße und schob es sich in den Mund. Als das scharfe mexikanische Essen seinen Gaumen kitzelte, hätte er vor Vergnügen am liebsten laut aufgestöhnt. Während er voller Genuss kaute, schaute er durch die Palmen, die hinter seinem Tisch im Patio standen, zum dunklen Nachthimmel auf. Der Himmel war klar und die Luft warm und weich. Obwohl der *Snowman* in Michigan aufgewachsen war, war er schon seit langer Zeit süchtig nach wärmeren Gegenden.

Die niedliche kleine Kellnerin, die ihm sein Essen gebracht hatte, hatte ihn bereits öfter als nötig angelächelt. Wenn er wollte, konnte er heute mit mehr als nur einem vollen Bauch ins Bett gehen. Er erwog, noch eine zweite Margarita zu bestellen, doch dann fiel ihm ein, dass er noch fahren musste. Er aß seinen Teller leer, warf eine Hand voll Geldscheine auf den Tisch und winkte der Kellnerin beim Verlassen des Lokals freundlich zu. In dem Moment, in dem er seinen Fuß auf den Gehsteig setzte, wurde er von einem vorbeikommenden Passanten angerempelt.

„He, können Sie nicht aufpassen", sagte er scharf. Gleich darauf spürte er ein Gewicht in seiner Jackentasche, das vorher nicht da gewesen war.

Er schob die Hand in die Tasche. Als er einen Briefumschlag und ein Messer ertastete, zog er die Hand heraus, als ob er sich verbrannt hätte. Er blickte sich nach dem Mann um, aber der war bereits in der Menge untergetaucht.

„Dreckskerl. Damit sollte doch inzwischen Schluss sein", brummte er ungehalten, während er mit schnellen Schritten zu seinem Auto ging und einstieg. Sobald er hinter dem Steuer saß, drückte er die Türverriegelung nach unten, bevor er den Umschlag aus der Tasche zog. Das Schnappmesser sollte ihm verdeutlichen, was mit ihm passieren würde, falls er sich nicht streng an die Anweisungen hielt. Mit einem mulmigen Gefühl öffnete er den Umschlag.

Die Schlange ist auf dem Weg nach draußen. Halten Sie sich bereit.

Die Bedeutung war klar. Mit der Schlange – dem Zeichen der Organisation – war Calderone gemeint. Aber er war im Staatsgefängnis in Lompoc. Und aus einem Staatsgefängnis auszubrechen war praktisch unmöglich.

Der *Snowman* verspürte plötzlich heftiges Sodbrennen

und lehnte sich in seinem Sitz zurück. Ihm drohten fast die Tamales wieder hochzukommen.

„Oh, Mist, verfluchter, ich mach da nicht mehr mit. Warum kann der Scheißkerl nicht bleiben, wo er ist?"

Erbittert darüber, dass Calderone immer noch sein Leben bestimmte, zerriss er den Zettel, warf die Schnipsel aus dem Fenster und das Schnappmesser ins Handschuhfach. Gleich darauf fuhr er in östlicher Richtung davon.

Der Scheißkerl aber – wie der *Snowman* ihn tituliert hatte – hatte weder vor, im Staatsgefängnis von Lompoc zu versauern, noch hatte er Lust, viel länger in Kalifornien zu bleiben. Er malte sich aus, wie er Evan Blaine das Herz aus der Brust reißen und es Jonah Slade vor die Füße legen würde, bevor er Slade die Kehle aufschlitzte. Und nachdem er sich daran geweidet hatte, wie Slade in seinem eigenen Blut ersoff, würde er in den südamerikanischen Dschungel zurückfahren. Dort gab es genügend Orte, wo man sich verstecken konnte, und er kannte sie alle.

Doch vorher musste er erst sterben.

Calderone fuhr sich fluchend mit der Hand durch seine ungewaschenen Haare, als er sich daran erinnerte, wie gepflegt er bei seiner Verhaftung ausgesehen hatte. Die primitive Zelle in Lompoc war nur ein weiterer Grund für ihn, Slade aus tiefstem Herzen zu hassen. Er hatte seit Alejandros Tod nicht mehr richtig geschlafen, und wenn er schlief, träumte er von Rache. Er wollte Slades Gesicht sehen – wollte ihn um Gnade winseln hören, wenn das Messer in die Brust seines Sohnes eindrang. Tag und Nacht malte er sich aus, wie es sich anfühlen würde, wenn die Klinge des Messers Fleisch und Muskeln durchtrennte. Der Junge würde schreien und sich winden, und Slade würde flehen, immer und immer wieder, aber das würde nicht das Geringste ändern. Der Junge war bereits in seiner Gewalt. Und in ein paar Tagen würde er Slade ebenfalls haben. Jetzt musste er es bloß noch schaffen, aus dem Gefängnis herauszukommen.

Die Ereignisse, die ihm dabei helfen würden, waren bereits ins Rollen gebracht worden. Elena würde heute wiederkommen, auch diesmal in Nonnentracht. Der Gefängnisarzt hatte sich schließlich dazu überreden lassen – nachdem man seine Frau kurzfristig in einem netten kleinen Hotel versteckt hatte –, bei seiner Befreiung die Hauptrolle zu spielen. Und gleich würde sein Anwalt Abraham Hollister kommen. Calderone brauchte jetzt nur noch auf einen Wärter zu warten, der ihn in ein Besucherzimmer führen würde.

Wieder fuhr er sich mit einer Hand durchs Haar, damit es noch ein bisschen wirrer wirkte, dann kniff er sich mehrmals fest in die Wangen, um den Anschein von Fieber zu erwecken. Nachdem er sich mit einem schnellen Blick durch die Gitterstäbe überzeugt hatte, dass noch kein Wärter in Sicht war, nahm er die Bibel – die Elena ihm bei einem früheren Besuch mitgebracht hatte – von dem kleinen Tischchen und setzte sich damit auf seine Pritsche. Er schlug sie auf und begann mit dem Daumennagel vorsichtig die innere Abdeckung des Umschlags aufzuschlitzen. Dann zog er das Papier ab, sodass der Buchrücken nackt vor ihm lag, in dessen Falten eine kleine Plastikphiole steckte. Vorsichtig nahm er sie heraus und hielt sie ins Licht. Die Nadel darin war kaum dicker als der Faden einer Glühbirne. Sie wirkte absolut harmlos, aber Calderone wusste, dass ihn schon der kleinste Stich der Hölle näher bringen würde, als ihm recht sein konnte. Dennoch war die Nadel seine einzige Chance, hier herauszukommen.

Als er Schritte hörte, die näher kamen, ließ er die Phiole rasch in der Brusttasche seines Hemds verschwinden. Dann klappte er die Bibel zu, legte sie wieder auf den Tisch zurück und ging schnell zum Waschbecken. Er spritzte sich eine Hand voll Wasser ins Gesicht und machte auch seinen Haaransatz nass, damit es so aussah, als ob er schwitzte. Schließlich setzte er sich mit hängenden Schultern wieder auf seine Pritsche.

„Los, Bewegung, Calderone. Besuch", sagte einer der beiden Wärter unfreundlich.

Als Calderone aufstand, schwankte er leicht.

„Zurücktreten."

Wieder tat Calderone, was man ihm befohlen hatte, indem er einen Schritt zurückwich, dann wartete er, bis aufgeschlossen wurde.

Nachdem die Tür offen war, hielt ihm einer der Aufseher ein Paar Handschellen unter die Nase. „Vortreten und Hände ausstrecken."

Calderone gab vor zu taumeln.

„Was ist denn?" fragte der Wärter, während er den Gefangenen brutal zu sich heranzerrte, um ihm die Handschellen anzulegen.

Calderone bekam vor Wut Herzklopfen, aber äußerlich blieb er vollkommen ruhig. Es war unklug, Emotionen zu zeigen, und zum Glück musste er sich ja heute zum letzten Mal einer derart entwürdigenden Behandlung unterziehen lassen.

„Nichts“, gab er zurück und fuhr sich über die Stirn, wie um sich den Schweiß abzuwischen.

Die Wärter schauten erst auf Calderone, dann wechselten sie einen Blick und zuckten mit den Schultern.

„Los jetzt“, sagte der eine.

Calderone setzte sich in Bewegung. Am liebsten hätte er triumphierend aufgelacht. Morgen um diese Zeit würde er frei sein. Und wenn er sich um Slade und dessen Sohn gekümmert hatte, würde er endlich wieder in seinem geliebten Kolumbien sein.

Das Stillsitzen hatte noch nie zu Abraham Hollisters Stärken gehört, aber jetzt war nicht der richtige Zeitpunkt, mit seinen Schwächen zu hadern. Er musste innerlich völlig entspannt bleiben, damit das, was in den nächsten Minuten passieren würde, auch tatsächlich echt wirkte. Natürlich wusste er, dass er einer Straftat Vorschub leistete und dass er, falls dies herauskam, dafür bestraft werden konnte. Trotzdem war er bereit, noch ein letztes Mal ein Risiko einzugehen; danach würde er sich endgültig aus dem Geschäft zurückziehen. Zu diesem Zweck hatte er sich bereits vor drei Jahren in der Schweiz unter falschem Namen ein Haus gekauft – einem Namen, unter dem er auch in Zukunft weiterleben würde. Durch die Arbeit für Calderone war er zwar ein reicher Mann geworden, hatte jedoch Probleme, nachts zu schlafen. Und was für einen Sinn hatte das ganze Geld, wenn er es nicht ausgeben konnte, weil er im Gefängnis saß.

Eingedenk seiner Rolle holte er die Morgenzeitung aus seinem Aktenkoffer, schlug die Börsennachrichten auf und begann zu lesen. Er war gerade beim NASDAQ angelangt, als sich die Tür zum Besucherraum öffnete. Schnell faltete er die Zeitung zusammen und stand auf. Calderones Auftritt wirkte so echt, dass er beinahe selbst darauf hereingefallen wäre. Der Mann kam, hochrot im Gesicht, hereingetaumelt und wirkte, als würde er jeden Moment zusammenbrechen.

Mit gespielter Bestürzung ging Hollister eilig auf Calderone zu und fuhr die beiden Wärter an: „Was ist mit dem Mann los? Warum haben Sie ihn nicht auf die Krankenstation gebracht?" Ohne eine Antwort abzuwarten, wandte er sich mit besorgtem Gesicht an den Gefangenen. „Mr. Calderone?"

Calderone schwankte und fasste sich ans Herz. Dabei zerbrach die Phiole, die er sich in die linke Brusttasche gesteckt hatte. Jetzt umklammerte er laut schreiend sein Hemd und riss daran, als ob er schreckliche Herzschmerzen hätte. Tatsächlich aber sorgte er nur dafür, dass sich die haarfeine Nadel, die in der Phiole steckte, in seine Handfläche bohrte.

Es war bloß ein ganz kurzer Einstich, den er kaum spürte. Doch als seine Muskeln anfingen, sich zu verkrampfen, wusste er, dass die lähmende Wirkung des Gifts bereits eingesetzt hatte. Er glaubte spüren zu können, wie ein lebenswichtiges Organ nach dem anderen den Dienst versagte. Natürlich war er darauf gefasst, dass dies passieren würde, aber es dann am eigenen Leib zu spüren, war doch noch etwas anderes, als nur um die lähmende Wirkung des Giftes zu wissen. Zum ersten Mal in seinem Leben hatte er Todesangst. Er war im Begriff zu sterben, und wenn seinen Leuten jetzt ein Fehler unterlief, war das hier sein Ende.

„Hilfe“, stöhnte er und ging in die Knie, während er Hollister mit einem Ausdruck ungläubigen Erstaunens anschaute.

Hollister kniete sich neben seinen Mandanten auf den Boden und brüllte den Aufsehern zu: „Los, schnell! Holen Sie einen Arzt! Er hat einen Herzanfall!“

Einer der Aufseher rannte davon, während der andere auf Hollister zukam.

„Wasser!“ schrie Hollister. „Holen Sie Wasser!“

Der Wärter raste durch den Raum zum Waschbecken. Während er Wasser in einen Plastikbecher laufen ließ, holte Hollister mit seinem Taschentuch die zerbrochene Phiole aus Calderones Hemdtasche und ließ Taschentuch samt Inhalt eilig in seiner Hosentasche verschwinden. Man hatte ihn bei seiner Ankunft bereits durchsucht, und es gab keinen Grund anzunehmen, dass er irgendeinen Beweis nach draußen schmuggeln könnte. Er musste zugeben, dass es ein intelligenter Plan war. Schwierig würde es nur werden, Calderone wieder zum Leben zu erwecken.

Wenig später erschienen sechs Wärter mit einer Krankenbahre. Hollister schaute zu, wie Calderone auf die Trage gelegt und von zwei Aufsehern weggetragen wurde, während die anderen aus Sicherheitsgründen neben der Bahre her gingen.

„Wohin bringen Sie ihn?“ fragte er einen der Aufseher, der den Raum noch nicht verlassen hatte.

„Ins Gefängniskrankenhaus.“

„Kann ich ihn begleiten?“

„Nein“, erwiderte der Wärter unfreundlich. „Sie warten hier.“

Hollister lief rot an. „Ich als sein Anwalt habe das Recht ..."

„Man wird Sie über seinen Zustand informieren", fiel ihm der Wärter ins Wort und verließ dann ebenfalls den Raum.

Wieder blieb Hollister allein zurück, mit dem einzigen Unterschied, dass seine Nervosität jetzt verflogen war. Nicht mehr lange, dann wäre er endgültig verschwunden. Der weitere Erfolg der Aktion hing jetzt von dem Gefängnisarzt ab, den man zur Zusammenarbeit gezwungen hatte. Doch gleichviel, ob Calderone durchkommen würde oder nicht, Hollister hatte mit diesem Teil seines Lebens endgültig abgeschlossen. Sein Flugticket befand sich im Handschuhfach seines Autos, sein Gepäck im Kofferraum. Es wurde allerhöchste Zeit, ein neues Leben zu beginnen.

Ralph Foster arbeitete seit siebenundzwanzig Jahren als Arzt, und im Staatsgefängnis von Lompoc war er seit fast sechs Jahren tätig. Im Laufe dieser Zeit hatte er fast alles gesehen, was Menschen einander antun konnten, und er glaubte nicht, dass ihn noch etwas erschüttern könnte.

Gleichwohl war er auf das Ansinnen, das man vor drei Tagen an ihn herangetragen hatte, nicht vorbereitet gewesen. Eine Frau hatte versucht, ihn dazu zu überreden, dass er einem Gefangenen bei der Flucht half. Er hatte ihr glatt ins Gesicht gelacht und sich selbstverständlich geweigert. Aber dann war seine Frau nach Büroschluss nicht nach Hause gekommen. Er war eben dabei gewesen, die Polizei anzurufen, als es geklingelt hatte. In der Annahme, dass es Patricia sei, die ihren Schlüssel vergessen hatte, war er erleichtert zur

Tür gerannt. Doch dann hatte ihm nicht Patricia, sondern ein wildfremder Mann gegenübergestanden. Er hatte ihm einen Zettel und die Handtasche seiner Frau in die Hand gedrückt und war dann ohne ein Wort wieder gegangen.

Beim Lesen der Nachricht war Foster schwindlig geworden. Er war noch nie in seinem Leben ohnmächtig geworden – nicht einmal als Student bei seiner ersten Obduktion. In diesem Moment aber hatte er das Gefühl gehabt, gleich zusammenbrechen zu müssen.

Wenn Sie tun, was man Ihnen sagt, ist Ihre Frau bald wieder bei Ihnen. Wenn Sie sich allerdings weigern oder daran denken sollten, die Polizei einzuschalten, wird nicht mal mehr genug von ihr übrig bleiben, um sie identifizieren zu können.

Noch bevor er wieder im Haus gewesen war, war ihm so schlecht geworden, dass er sich hatte übergeben müssen. Nachdem es ihm ein bisschen besser gegangen war, hatte er den Vorplatz mit dem Wasserschlauch abgespritzt. Die nachfolgende Nacht war die längste seines Lebens gewesen. Als er am nächsten Morgen zum Dienst gefahren war, hatte er sich immer noch das Schlimmste ausgemalt. Was würde passieren, wenn er diesem Mann zur Flucht verhalf? Er hatte keine Garantie dafür, dass die Erpresser ihr Wort halten und Patricia laufen lassen würden. Aber was würde passieren, wenn er es nicht tat? Mit dem Gedanken, den Tod seiner Frau verschuldet zu haben, würde er nicht weiterleben können. Und nachdem er das Gefängnis erreicht hatte, hatte er gewusst, was er tun musste. Deshalb rannte er jetzt, als die Wärter den Gefangenen brachten, auf sie zu und half ihnen, den Mann von der Trage auf ein Bett zu legen.

„Was ist mit ihm?“ fragte Foster.

Einer der Aufseher sah ihn beunruhigt an, als ob er befürchtete, man könnte ihm die Schuld an der schlechten Verfassung des Gefangenen geben.

„Wir hatten ihn gerade in den Besucherraum gebracht, da ist er zusammengeklappt. Ist er tot? Uns hat niemand gesagt, dass er herzkrank ist. Wir können nichts dafür.“

„Treten Sie zurück“, befahl Foster, während er Calderone das Stethoskop auf die Brust drückte. Das Herz schlug noch, aber kaum wahrnehmbar. Foster wusste, womit er es zu tun hatte, da er eingeweiht worden war. Anders als in dem Land, aus dem der Mann auf der Untersuchungsliege stammte, wurde in Nordamerika Curare kaum eingesetzt. Foster wusste natürlich, wie er die Herztätigkeit wieder in Gang bekommen konnte, aber das war nicht vorgesehen. Geplant war, dass er zum Schein ein paar Wiederbelebungsversuche machen und den Mann dann für tot erklären sollte.

Jetzt eilte eine Krankenschwester mit einem Reanimationswagen herbei. Unter normalen Umständen wäre damit die ganze Scharade beendet gewesen, aber Ralph Forster war ein vorausschauender Mann. Er hatte dafür gesorgt, dass der Defibrillator nicht funktionierte. Dies verstieß gegen all seine ethischen Grundsätze, aber er liebte seine Frau mehr als seine Ehre. Um zu erreichen, dass sie heute Abend wieder bei ihm zu Hause war, würde er lügen müssen, und diese Lüge würde es einem sehr gefährlichen Mann ermöglichen, aus dem Gefängnis zu entkommen.

„Was soll ich einstellen?“ fragte die Krankenschwester.

„Zweihundert.“

Hektisch drehte die Krankenschwester an dem Apparat

an Skalen und drückte Knöpfe, aber es tat sich nichts. Schließlich schaute sie verzweifelt auf.

„Dr. Foster! Irgendetwas stimmt da nicht! Es funktioniert nicht."

„Gehen Sie ans Telefon und sagen Sie in der kleinen Notaufnahme Bescheid, dass jemand das Ersatzgerät bringen soll, aber schnell."

Die Krankenschwester stürzte aus dem Raum. Foster wusste, dass es zu spät sein würde, wenn sie zurückkehrte. Die Aufseher waren im Moment nicht da. Er verlangte eine Spritze mit Adrenalin, aber die zweite Schwester kehrte unerledigter Dinge zurück, weil sie die Ampullen nicht finden konnte. Jetzt täuschte er einen Wutanfall vor, so wie man es von einem Arzt in einer solchen Situation durchaus erwarten konnte, dann schickte er die Krankenschwester fort, mit der Anweisung, irgendwo anders Adrenalin aufzutreiben.

Noch ehe alle zurück waren, hatte er den Mann bereits für tot erklärt. Er schaute genau in dem Moment, in dem die Krankenschwester wieder in den Raum kam, auf die Uhr.

„Todeszeitpunkt 10 Uhr 18."

Dann zog er Calderone ein Laken übers Gesicht und bat den Sanitäter, den defekten Defibrillator wegzubringen.

„Es tut mir so schrecklich Leid, Dr. Foster", sagte die Krankenschwester. „Aber manchmal kann man einfach nichts mehr tun."

Foster runzelte die Stirn und bedachte alle Anwesenden mit einem strafenden Blick. „Das war ganz und gar unverzeihlich. Einen Patienten zu verlieren ist immer schlimm, aber wenn man ihn auf so eine Art verliert, ist es noch viel schlimmer. Wenn Sie mich jetzt bitte entschuldigen, ich muss den Direktor informieren und mich dann um den Papierkram kümmern."

Elena, auch diesmal wieder in Nonnentracht, hatte sich bereits in die Besucherliste eingetragen. Nachdem sie durchsucht worden war, hatte man sie informiert, dass im Augenblick der Anwalt bei Calderone sei und sie gebeten, in der Wartezone zu bleiben. Als sie merkte, dass man sie neugierig anstarrte, senkte sie schnell den Kopf, zog ihren Rosenkranz heraus und begann zu beten. „Heilige Maria, Mutter Gottes ..."

Wenig später hörte sie Schritte näher kommen und hob den Kopf. Als sie Miguels Anwalt erkannte, begann ihr Herz schneller zu schlagen. Sie konnte ihm bereits ansehen, dass bis jetzt alles nach Plan verlaufen war. Aber sie musste sich unwissend stellen, bis man sie über Miguels Dahinscheiden informiert hatte.

„Schwester Mary Theresa?" fragte der Anwalt.

Sie nickte, stand auf und schaute ihn fragend an. „Ja, Sir. Und darf ich Ihren Namen auch erfahren?"

Hollister legte ihr behutsam eine Hand auf die Schulter, da ihm bewusst war, dass sie beobachtet wurden. „Man hat mir gesagt, dass Sie Miguel besuchen möchten. Mein Name ist Abraham Hollister. Ich bin sein Anwalt."

Sie lächelte. „Dann sind Sie jetzt also fertig? Ich bin gekommen, um mit meinem Bruder zu beten."

Hollister drückte leicht ihre Schulter. „Es tut mir wirklich schrecklich Leid, aber ich habe keine guten Nachrichten. Mr. Calderone hat vor einer halben Stunde einen Herzanfall erlitten. Man hat ihn sofort auf die Krankenstation gebracht, aber dort konnte man leider nichts mehr für ihn tun."

Elena keuchte entsetzt, dann umklammerte sie ihren Rosenkranz und drückte ihn sich an die Brust. „Nein! Das kann nicht sein! Bitte, *Señor*, ich flehe Sie an, sagen Sie, dass das nicht wahr ist!" Nach diesen Worten fiel sie auf die Knie und begann zu schluchzen, wobei sie sich mit dem Oberkörper langsam hin und her wiegte und den Rosenkranz an ihre Stirn presste.

Wenig später eilte ein weiterer Mann mit einem Priester im Schlepptau herbei. Der Priester ging neben der Nonne in die Hocke und redete mit sanfter Stimme beruhigend auf sie ein. „Schwester, ich bin Pater Michael. Mein aufrichtiges Beileid, aber Sie wissen, dass er jetzt an einem besseren Ort ist. Möchten Sie mich vielleicht in die Kapelle begleiten, um für seine Seele zu beten? Vielleicht hilft Ihnen das ja ein bisschen."

Elena erlaubte ihm, ihr beim Aufstehen zu helfen. Sie nahm das Taschentuch, das Hollister ihr hinhielt, betupfte sich damit die Augen und rang sichtlich um Fassung. „Bitte, entschuldigen Sie", sagte sie leise. „Es kommt nur so plötzlich." Wieder rollten ihr zwei Tränen über die Wangen. „Obwohl ... sein Herz ... er war so krank, wissen Sie. Aber man rechnet doch nie damit, dass man seinen geliebten Bruder verlieren könnte."

Der Mann, der mit dem Priester gekommen war, blickte sie überrascht an. „Mein aufrichtiges Beileid, Schwester. Mein Name ist Thom Henry, ich bin der Direktor dieser Anstalt. Ich wusste nicht, dass Sie mit ihm verwandt waren."

Elena senkte demütig den Kopf. „Wir waren sieben. Miguel und ich waren die Einzigen, die noch übrig waren." Sie schluchzte unterdrückt auf. „Und jetzt bin ganz allein."

Pater Michael legte ihr eine Hand auf die Schulter. „Aber Sie wissen doch, dass wir nie allein sind, Schwester."

„Ja, das stimmt", sagte sie. „Verzeihen Sie meinen Egoismus. Der Schmerz lässt einen so fühlen." Dann hob sie den Kopf und streifte Hollister mit einem kurzen Blick, bevor sie wieder den Priester und den Gefängnisdirektor ansah. „Es ist jetzt meine Pflicht, mich der sterblichen Hülle meines Bruders anzunehmen. Was muss ich als Nächstes tun?"

Der Gefängnisdirektor trat einen Schritt vor. „Tut mir Leid, Schwester, aber die Leiche wird erst nach der Obduktion freigegeben. Wenn Sie mir sagen, wo wir Sie erreichen können, wird man Sie informieren, sobald die Ob..."

Elena schlug sich die Hände vor den Mund und wich entsetzt einen Schritt zurück. „Oh nein, oh nein!" rief sie aus. „Das dürfen Sie nicht machen. Sein Körper darf nicht so geschändet werden!"

Henry runzelte die Stirn. Miguel Calderone war ein Mann, der für die Verbrechen, die er begangen hatte, wahrscheinlich zum Tode verurteilt worden wäre. Doch der verdammte Dreckskerl hatte seine irdischen Richter überlistet. Dann seufzte Henry. Er verstand ihre Gefühle. Es passierte nicht zum ersten Mal, dass ein Familienmitglied gegen eine Autopsie vehement Einspruch erhob, aber er musste sich an seine Anordnungen halten. „Das ist Vorschrift", sagte er.

„Es ist aber gegen Miguels Glauben", wandte sie ein. „Er war nicht katholisch wie ich, sondern hat an die alten Götter unserer Vorväter geglaubt. Das war einer der Gründe, weshalb ich so oft hierher kam, um mit ihm zu beten. Ich hatte gehofft, ihn zu unserem Herrgott führen zu können, solange noch Zeit dafür war." Sie sah unglücklich aus und ließ den Kopf hängen. „Und jetzt ist es zu spät. Aber ich muss dennoch darauf bestehen, dass seiner irdischen Hülle keine Gewalt angetan wird. Bestimmt haben Sie doch für Fälle wie diesen besondere Vorschriften, nicht wahr? Oder hat hier niemand Verständnis für eine fremde Religion?"

Direktor Henry runzelte die Stirn. Natürlich gab es immer Ausnahmen, aber er zog es vor, sich an die Regeln zu halten. „Gewiss doch, es ist nur so, dass ich nicht ..."

Jetzt wurde es für Hollister Zeit, sich einzumischen. „Direktor Henry, dürfte ich vielleicht einen Vorschlag machen?"

Henry wusste, wer Hollister war, und obwohl er vor Anwälten keine große Achtung hatte, die die Rechtsgrundsätze des Landes zu Gunsten von mit allen Wassern gewaschenen Verbrechern verdrehten, hatte der Mann das Recht, seine Meinung zu äußern.

„Bitte", sagte Henry.

Hollister lächelte. „Sehr freundlich von Ihnen, vielen Dank, Sir. Ich verstehe Ihre missliche Lage. Aber bestimmt ist es Ihnen doch möglich, die Leiche wenigstens für einen Tag freizugeben, damit Mr. Calderones Schwester sie für die Zeremonie unversehrt mit nach Hause nehmen kann, oder nicht? Die Einbalsamierung könnte man noch um einen Tag aufschieben, dann könnten Sie die Angelegenheit in aller Ruhe klären."

Henry überlegte. Hollister war ein schleimiger Typ, aber in diesem Fall hatte er Recht. Es war ein gangbarer Kompromiss. Er warf einen Blick auf die zierliche Nonne, die mit weißem Gesicht und schweigend auf eine Entscheidung wartete.

„Na gut“, sagte er schließlich. „Allerdings mit der Einschränkung, dass der Leichnam keinesfalls einbalsamiert werden darf, bis Sie von mir gehört haben.“

„Ich verspreche es“, erwiderte sie. „Aber ich bitte Sie inständig, Direktor Henry. Erklären Sie den Leuten, wie wichtig das für mich ist.“

„Ja, gewiss“, gab er zurück. „Und noch einmal mein aufrichtiges Beileid.“

Elena hob den Kopf und erlaubte einer Träne, über ihre Wange zu rollen. „Könnte ich hier vielleicht irgendwo telefonieren? Ich muss ein Bestattungsinstitut anrufen, damit sie einen Leichenwagen schicken.“

„Es gibt hier eins in Lompoc, dessen Dienste wir schon zahllose Male in Anspruch genommen haben“, bot Pater Michael an.

Elena runzelte die Stirn. „Danke, Pater, aber Sie verstehen nicht. Der Glaube meines Bruders schreibt bestimmte rituelle Handlungen vor, bevor der Tote unter die Erde gebracht werden kann. Das sind Dinge, von denen ein normales Bestattungsinstitut möglicherweise nichts weiß.“ Dann schaute sie auf Abraham Hollister. „Dürfte ich Sie vielleicht um Ihre Hilfe bitten, da Sie der Anwalt meines Bruders waren?“

Hollister warf dem Gefängnisdirektor einen Blick zu. „Ich bin mir sicher, dass Direktor Henry nichts dagegen einzuwenden hat. Was kann ich für Sie tun?“

„Ich schreibe Ihnen den Namen eines Bestattungsinstituts im Osten von Los Angeles auf. Es wäre sehr freundlich von Ihnen, wenn Sie für mich dort anrufen und darum bitten könnten, dass der Leichnam meines Bruders abgeholt wird. Und erklären Sie auch, dass der Direktor gebeten hat, die Vorbereitungen für die Einbalsamierung noch zu verschieben."

„Ja, in Ordnung", sagte er.

Elena nahm einen Stift und den Zettel, den er ihr hinhielt, schrieb schnell einen Namen auf und reichte ihm das Blatt. „Die Nummer weiß ich leider nicht auswendig", meinte sie.

„Kein Problem", erwiderte Hollister. „Ich kann die Auskunft anrufen."

Zufrieden, dass sie ihren Teil getan hatte, faltete Elena demütig die Hände vor der Brust und wandte sich an den Direktor. „Könnte ich meinen Bruder jetzt vielleicht ganz kurz sehen? Auch wenn wir nicht an denselben Gott geglaubt haben, würde ich doch gern auf meine Weise für ihn beten."

Henry unterdrückte einen Seufzer, dann wandte er sich an den Priester. „Pater Michael, würden Sie bitte so freundlich sein und die Schwester ins Krankenhaus begleiten?"

„Selbstverständlich", sagte der Priester und warf einen Blick auf Hollister. „Wir sind gleich zurück. Werden Sie dann noch hier sein?"

Hollister legte Elena eine Hand auf die Schulter. „Selbstverständlich. Bitte, schließen Sie mich in Ihr Gebet ein, Schwester."

Elena nickte, dann folgte sie dem Priester.

„Darf man hier drin ein Handy benutzen?" fragte Hollister den Direktor.

„Ja, und wenn Sie etwas von mir brauchen, rufen Sie einfach bei mir im Büro an. Meine Sekretärin weiß immer, wo ich bin."

„Ja, vielen Dank, Direktor Henry. Sie sind Schwester Mary Theresa eine große Hilfe."

„Tja nun ..." Unsicher, was er noch über einen Schwerverbrecher sagen sollte, über den das Gericht aller Wahrscheinlichkeit nach die Todesstrafe verhängt hätte, ließ er den Anwalt in der Wartezone allein, damit dieser telefonieren konnte.

Was Hollister denn auch umgehend tat. Dass er die Auskunft anrief, war nicht nötig, weil er die Nummer bereits vor Tagen gespeichert hatte.

Das Freizeichen ertönte.

Ein Mann meldete sich.

Hollister gab das Signal, auf das sie gewartet hatten.

Exakt fünfundvierzig Minuten später fuhr ein glänzender schwarzer Leichenwagen vor dem Staatsgefängnis vor.

Nachdem das Auto mit den beiden schwarz gekleideten Männern sorgfältig kontrolliert worden war, beschrieb ihnen der Wachmann den Weg zum Hintereingang des Krankenhauses. Dort angelangt stiegen die Männer aus. Einer öffnete die Heckklappe des Leichenwagens und zog eine fahrbare Bahre heraus, die sie zu dem Gebäude schoben. Dort wurden sie bereits erwartet und in den Raum geführt, in dem Miguel Calderone, zugedeckt mit einem weißen Laken, immer noch auf der Untersuchungsliege lag.

In Anbetracht der Macht, die Michael Calderone noch bis vor ganz kurzer Zeit ausgeübt hatte, nahm er sich unter dem staatseigenen Laken höchst bescheiden aus. Die Leichenbestatter legten den Toten auf die mitgebrachte Bahre und wurden dann auf demselben Weg hinausbegleitet, auf dem sie gekommen waren. Erst nachdem sie das Gefängnistor passiert hatten, wagten sie einander anzusehen. Aber die Gefahr war noch längst nicht gebannt. Die Zeit, um den *Padrone* zu retten, war knapp, und sie wollten nicht diejenigen sein, die versagten.

Fünfzehn Minuten später hielten sie neben einem alten Van am Straßenrand, vor dem eine dunkelhaarige Frau in schwarzer Hose und einem weißen Tanktop stand. Ihre Aufmachung erinnerte in nichts mehr an die Nonnentracht, die sie vor kurzem noch getragen hatte, aber Elena Verdugo war eine Frau mit vielen Gesichtern, und es gab nichts, was sie für Miguel Calderone nicht getan hätte.

Als sie sah, dass der Leichenwagen anhielt, schnappte sie sich den Koffer vom Vordersitz und lief zu dem Auto. Sie riss die Heckklappe auf und sprang in den Wagen, während einer der Männer die Tür hinter ihr wieder zuschlug.

„Fahren Sie! Fahren Sie!“ rief sie, während sie sich neben die Bahre hinkniete, den transportablen Defibrillator aus dem Koffer riss und lud.

Elenas Hände zitterten, aber dies war nicht der richtige Moment, um schwach zu werden. Durch das Curare waren in Calderones Körper praktisch alle lebenswichtigen Funktionen zum Erliegen gekommen, aber die Elektroschockbehandlung sollte ihn eigentlich wieder ins Leben zurückholen. Zumindest hatte man das versprochen. Es waren die Worte *sollte* und *eigentlich*, die sie alle beunruhigten, das und die ungünstigen Auswirkungen, die der Scheintod auf seine Gehirnzellen haben könnte.

Doch jetzt war nicht der richtige Zeitpunkt, sich zu fragen, ob der Mann auf der Bahre nach dem Aufwachen immer noch der *Padrone* sein würde oder ein sabbernder Idiot, der sich nicht einmal mehr an seinen Namen erinnern konnte.

Elena riss Calderone das Laken bis zur Taille herunter, schloss den transportablen Defibrillator an und wartete voller Ungeduld, bis sich der Zeiger auf der Skala auf zweihundert Joule einpendelte, dann befestigte sie die beiden Elektroden auf der Brust des leblosen Mannes.

„Abfeuern", sagte sie, obwohl außer ihr und Calderone niemand im hinteren Teil des Wagens war.

Sie drückte die Knöpfe. Calderones Körper bäumte sich unter dem Stromstoß auf. Sie nahm den Strom weg und wartete mit angehaltenem Atem auf einen Herzschlag.

Nichts passierte.

Sie erhöhte die Spannung auf dreihundert und wartete, bis dies auf der Skala angezeigt wurde. Nachdem sich der Zeiger eingependelt hatte, drückte sie wieder die Knöpfe, und erneut bäumte sich Calderones Körper auf.

„*Madre de Dios ... por favor*", flüsterte sie, während sie auf die Nulllinie auf dem Monitor starrte und mit hämmerndem Herzen auf einen Ausschlag wartete.

Plötzlich hörte man ein Piepsen, und dann begann die Nulllinie Formen anzunehmen. Vor ihren Augen erstand Miguel von den Toten auf. Elena warf die Elektroden beiseite und holte Sauerstoffflasche und Maske aus dem Koffer, stellte die Zufuhr ein und stülpte Calderone die Maske übers Gesicht. Die größte Gefahr war fürs Erste gebannt.

„Bringt uns hier weg", rief sie, und als der Leichenwagen

anfuhr, legte sie ihren Kopf auf Calderones Brust und begann zu weinen.

Jonah saß in der Bibliothek und schaute aus dem Fenster.

Miguel Calderone tot? Das musste ein Missverständnis sein. Auch wenn Ruger felsenfest darauf beharrte, sagte ihm sein Instinkt doch etwas anderes. Das Böse starb nicht so einfach. Sollte Ruger dennoch Recht haben, dann bedeutete das, dass sich ihre Chancen, Evan lebendig zu finden, noch weiter verringert hatten.

„Jonah ..."

Als er aufschaute, fiel sein Blick auf Macie. Er hatte sie nicht hereinkommen hören. „Was ist?" fragte er.

„Ruger will mit uns reden."

„Was kann er uns schon zu sagen haben?" brummte Jonah, der sich so müde wie ein alter Mann fühlte. Trotzdem hievte er sich aus dem Sessel hoch. Zum ersten Mal in seinem Leben war er kurz davor aufzugeben.

Sie zog ihn mit sich. „Ich weiß es nicht, aber wir werden es gleich erfahren, okay?"

Jonah war den Tränen nahe. Sein Sohn, sein kleiner Junge – der gar nicht mehr so klein war – befand sich in Lebensgefahr, und er hatte versagt.

Als sie das provisorische Lagezentrum betraten, telefonierte Ruger gerade. Er winkte sie zu sich, dann bat er mit erhobenem Daumen noch um eine Minute Zeit.

Macie setzte sich. Jonah blieb stehen und versuchte in Rugers Gesicht zu lesen, ob er gute oder schlechte Neuigkeiten hatte, aber es gelang ihm nicht, dessen Miene zu deuten. Endlich legte Ruger auf.

„Entschuldigen Sie“, sagte er.

„Erzählen Sie mir etwas Gutes“, erwiderte Jonah.

Ruger runzelte die Stirn. „Es stimmt. Calderone ist tot. Der Gefängnisarzt hat es bestätigt. Er hat einen Herzschlag erlitten.“

„Verdammt“, murmelte Jonah, dann schlug er seine Hände vors Gesicht.

„Seine Schwester – eine Nonne – hat sofortigen Anspruch auf den Leichnam erhoben, aber die Frage, ob eine Obduktion stattfinden soll oder nicht, ist noch nicht geklärt. Die Schwester behauptet, seine Religion verbiete es.“

Jonahs Herz machte einen Satz. Seine Religion? Der einzige Gott, an den Michael Calderone glaubte, war grün und steckte in seiner Brieftasche. Und eine Schwester, die eine Nonne war ...? Da war doch etwas oberfaul! Er drehte sich um und schaute den Agenten an. „Ich will den Toten sehen.“

Rugers Stirnfalten vertieften sich. „Das wird im Moment nicht möglich sein. Das Gefängnis hat den Leichnam vorübergehend freigegeben. Er wurde bereits von einem Bestattungsunternehmen abgeholt. Ich lasse mir nachher die Nummer geben.“

„Machen Sie es sofort!“ drängte Jonah.

Ruger drehte sich um und sagte zu einem seiner Leute: „Geben Sie mir nochmal den Gefängnisdirektor.“

„Jawohl, Sir“, antwortete der Mann und gab eine Nummer ein. Wenig später schaute er auf und sagte zu Ruger: „Auf der Eins.“

Ruger nahm ab und drückte auf einen Knopf. „Direktor Henry, hier ist nochmal Agent Ruger. Ich möchte Sie bitten, mir den Namen und die Adresse des Bestattungsinstituts zu geben, das den Toten abgeholt hat."

„Sekunde", gab Henry am anderen Ende zurück. „Ich muss es hier irgendwo haben. Sie haben mir eine Visitenkarte dagelassen. Ach ja ... da ist sie ja. Haben Sie etwas zu schreiben?"

„Ja, schießen Sie los." Ruger schrieb schnell Namen und Telefonnummer des Bestattungsinstituts auf. „Prima", meinte er. „Vielen Dank für Ihre Hilfe."

„Nichts zu danken", erwiderte Henry, dann legte er auf.

„Rufen Sie sofort dort an", verlangte Jonah in dem Moment, in dem Ruger ebenfalls aufgelegt hatte.

„Ja, ja, schon gut, obwohl ich nicht weiß, wie uns Calderones Leiche dabei helfen soll, Ihren Sohn zu finden."

„Herrgott nochmal ... wenn Sie es nicht auf der Stelle tun, mache ich es selbst."

Ruger behielt, wenn auch nur mit Mühe, seine gefasste Miene bei und wählte die Nummer, die er eben bekommen hatte. Das Freizeichen ertönte dreimal, dann meldete sich eine Computerstimme.

Kein Anschluss unter dieser Nummer.

„Mist", sagte Ruger ungeduldig, trennte die Verbindung und wählte die Nummer ein weiteres Mal. Wieder meldete sich dieselbe Stimme. Er reichte einem Untergebenen den Zettel. „Ich habe mir offenbar die falsche Nummer aufgeschrieben. Rufen Sie die Auskunft an und lassen Sie sich die Nummer des Bestattungsinstituts La Paloma in Ost-L. A. geben."

„Jawohl, Sir", sagte der Mann. Wenig später sah er seinen

Vorgesetzten an. „Tut mir Leid, Sir. Unter diesem Namen gibt es keinen Eintrag."

Ruger brach der Schweiß aus. Er drehte sich um und schaute Jonah an. „Woher zum Teufel wussten Sie das?"

„Sie sagten, dass Calderones Schwester die vorläufige Freigabe erbeten hätte. Er hat keine Schwester."

„Woher wissen Sie das?"

„Weil er oft genug damit geprahlt hat, dass sein Vater nur Söhne gezeugt hat. Das scheint in seinen Augen ein Zeichen besonderer Männlichkeit zu sein."

„Dreckskerl", sagte Ruger. „Was geht hier eigentlich vor?"

Bevor Jonah antworten konnte, stürzte Carl French herein.

„Was ist los?" fragte Ruger.

„Der Agent, der den Gärtner beschattet, hat eben angerufen. Da ist irgendwas im Busch. Er glaubt, dass der Mann vorhat unterzutauchen."

„Calderone ist tot", informierte Ruger Carl.

„Nein, Calderone ist abgehauen", widersprach Jonah. „Er ist geflohen."

Carl blieb der Mund offen stehen. „Er ist aus Lompoc geflohen? Unmöglich."

„Für ihn nicht", sagte Jonah. „Der Gefängnisarzt hat ihn für tot erklärt, dann haben sie ihn in einen Leichenwagen gepackt und sind mit ihm davongefahren. Den Rest kannst du dir selbst zusammenreimen."

Carl schüttelte den Kopf. „Ich fasse es nicht. Wer hat auf den Toten Anspruch erhoben?"

„Die Schwester, die er nicht hat", erwiderte Jonah.

„Oh, mein Gott“, sagte Carl, dann überlegte er einen Moment und sah seinen Freund fragend an. „Du weißt, was das heißt?“

Jonah nickte. „Ja. Sollte Evan noch am Leben sein, ist er in allergrößter Gefahr.“ Er begann auf und ab zu gehen. „Auf jeden Fall bin ich bereit, meinen Kopf zu verwetten, dass Calderone nicht tot ist, sondern seinen Tod nur inszeniert hat.“

Macie hatte die ganze Zeit geschwiegen, doch jetzt konnte sie nicht mehr länger an sich halten. „Hört zu, Leute ... ich brauche ein paar Antworten, aber bitte so, dass ich sie auch verstehe.“

Jonah verließ fluchend den Raum.

Macie wandte sich an Carl. „Bitte. Sagen Sie mir, worum es eigentlich geht.“

„Wenn Calderone tatsächlich noch lebt und geflohen ist, wird er zusehen, dass er so schnell wie möglich zu Evan kommt. Er hat dort nämlich noch etwas zu erledigen, was er mit Sicherheit nicht auf die lange Bank schieben will. Auch wenn er sich dadurch selbst in Gefahr begibt.“

Macie drehte sich beinahe der Magen um. Ihr lag noch eine andere Frage auf der Zunge, die sie jedoch nicht zu stellen wagte. Sie musste mit Jonah reden. Er würde wissen, was zu tun war.

Macie ging Jonah nach, aber er war bereits verschwunden. Noch während sie überlegte, wo sie zuerst suchen sollte, kam ihr Rosa mit einem frischen Blumenstrauß für den Tisch in der Eingangshalle entgegen.

„Rosa, haben Sie Jonah gesehen?"

„*Sí*, Miss Macie. Er ist nach oben gegangen."

Sie bedankte sich, lief schnell die Treppe hinauf und eilte dann über den Flur zu seinem Zimmer. Die Tür stand offen, und sie trat ein. Als sie sah, dass er von seinem Handy aus telefonierte, wollte sie wieder gehen, aber er gab ihr ein Zeichen zu warten.

Also machte sie die Tür zu und ließ sich auf seiner Bettkante nieder. Zu ihrer Überraschung setzte er sich sofort neben sie und legte ihr einen Arm um die Schultern. Sie genoss die tröstliche Umarmung und schloss die Augen. Der Gedanke an Evan und das, was er durchmachen musste, war fast unerträglich. Dass er bereits tot sein könnte, daran wollte sie erst gar nicht denken. Es war unvorstellbar, dass dieser wunderbare Junge, der kurz davor war, ein Mann zu werden, nie wieder einen Atemzug machen sollte. Vor zwei Monaten an seinem fünfzehnten Geburtstag hatte sie zum letzten Mal mit ihm telefoniert. Da war er ganz aufgeregt gewesen, weil es nicht mehr lange dauerte, bis er Auto fahren durfte. Als sie daran dachte, schossen ihr die Tränen in die Augen, und sie musste sich Mühe geben, nicht zu weinen. Um sich abzulenken, konzentrierte sie sich auf das, was Jonah sagte.

„Ja! Ganz genau das ist er. Der Prototyp. Betrachten Sie

es als Test. Okay. Ja, Sir. Ich weiß es wirklich sehr zu schätzen und werde mich bei nächster Gelegenheit revanchieren. Bis dann."

Nach diesen Worten legte er auf, warf sein Handy beiseite, zog Macie in seine Arme und drückte sein Gesicht in ihr Haar. „Mmh, du riechst immer so gut", flüsterte er.

Als Macie spürte, wie er erschauerte, begann ihr Herz schneller zu klopfen. „Wer war das?"

„Mein Vorgesetzter."

„Und was hast du erfahren?"

„Noch mehr Neuigkeiten, die meine Theorie stützen. Calderone ist nicht tot. Er hat sich offenbar ein Gift verabreicht, das so etwas wie einen Scheintod herbeiführt. Den Gefängnisarzt haben sie gezwungen mitzumachen, indem sie seine Frau entführt haben. Sie wollten sie festhalten, bis alles vorbei ist."

„Oh, nein", sagte Macie. „Geht es ihr gut? Haben sie sie schon freigelassen?"

„Nein. Man hat sie tot in einem Hotelzimmer auf dem Ventura Boulevard gefunden. Daraufhin hat sich der Arzt das Leben genommen, und das, was wir wissen, haben wir aus seinem Abschiedsbrief erfahren."

Macie lief es eiskalt den Rücken hinunter. „Calderone ist offenbar wirklich zu allem fähig."

„Stimmt."

Sein Tonfall ließ sie aufmerken. „Du verheimlichst mir irgendetwas." Sie runzelte die Stirn. „Du führst doch etwas im Schilde, hab ich Recht?"

Er zögerte kurz, dann ließ er sie los und schaute sie an. In ihrem Blick lag eine Entschlossenheit, die ihm Hoffnung machte. „Ich habe keine Wahl. Die Zeit läuft uns davon."

Macie hatte plötzlich das Gefühl, als ob ein schweres Gewicht sie zu Boden drücken würde, da sie wusste, dass er ihr gleich etwas sagen könnte, was ihr ganz und gar nicht gefallen würde. „Aber was könntest du noch tun, was nicht bereits getan wäre?"

„Ich weiß, wie ich zu Evan komme."

Sie runzelte die Stirn. „Und warum hast du dann bis jetzt gewartet?"

„Weil ich mir nicht sicher bin, ob ich ihn wirklich lebendig da rausbekomme."

„Ich kann dir nicht ganz folgen", erwiderte Macie. „Sag mir, was das bedeutet."

Er seufzte. „Im Grunde bedeutet es, dass ich mich Calderone selbst ausliefern muss."

Macie erstarrte. „Du bist verrückt! Du weißt, was er mit dir machen wird."

„Nein. Aber ich weiß, was er gerne mit mir machen würde. Das heißt aber noch lange nicht, dass ich es auch zulasse."

„Das ist Wahnsinn", entgegnete Macie und packte ihn an den Armen, als ob sie ihn festhalten wollte.

„Der Mann, der meinen Sohn gefangen hält, ist auch wahnsinnig", sagte Jonah.

Macie stöhnte auf. „Bitte Jonah! Und selbst wenn du es versuchen würdest ... wer garantiert dir, dass du es überhaupt schaffst, in Evans Nähe zu kommen?"

„Niemand, aber ich kenne Calderone. Ich weiß, wie er gestrickt ist. Inzwischen ist ihm bestimmt schon zu Ohren gekommen, dass ich die ganzen Jahre über nichts von Evans Existenz wusste. Es ist nicht auszuschließen, dass er vorhat, mich so lange mit ihm zusammenzusperren, bis zwischen uns eine Bindung entstanden ist. Damit ich noch ein bisschen mehr leide, wenn ich meinen Sohn sterben sehe."

„Großer Gott", flüsterte Macie und stand abrupt auf. Ihre Stimme bebte, in ihren Augen stand nackte Panik. „Nein, ich will nicht, dass du das tust", sagte sie heftig. „Was ist, wenn Evan bereits tot ist? Dann bist du Calderone nur in die Falle gegangen. Er wird genau das erreicht haben, was er erreichen wollte. Er wird dich und alles, was du liebst, zerstört haben, und ich werde um einen weiteren Menschen weinen, den ich geliebt und verloren habe."

Als Macie klar wurde, was sie eben gesagt hatte, wandte sie sich mit Herzklopfen ab, während ihr die Tränen in die Augen schossen.

„Macie ... Honey, ich ..."

Sie spürte Jonahs Hand auf ihrer Schulter und entzog sich ihm, unfähig, sein Mitleid zu ertragen.

„Sag es nicht", unterbrach sie ihn.

Jonah streckte wieder die Hände nach ihr aus, und diesmal gelang es ihm, sie an sich zu ziehen und festzuhalten. „Was soll ich nicht sagen?" fragte er, während er ihren Hals liebkoste. „Dass mich dein Lächeln ganz schwach macht oder dass mich der Geschmack deiner Lippen um den Verstand bringt? Dass mit dir Liebe zu machen das Beste war ... ist ..., was mir in meinem Leben je passiert ist?"

Sein Atem streichelte ihren Hals, als er aufseufzte.

„Ich muss es aber sagen", fuhr Jonah fort. „Ich habe mich auch in dich verliebt, süße Macie. Der Zeitpunkt könnte nicht schlechter gewählt sein, aber so ist das Leben. Egal, was morgen auch passieren mag, ich werde immer dankbar sein, dass wir uns hatten."

Macie drehte sich zu ihm um und legte ihm die Arme um den Hals. „Oh Jonah ... Jonah ... am liebsten würde ich dich bitten, nicht zu gehen. Andererseits ist das, was du vorhast, mit ein Grund, warum ich dich immer geliebt habe. Für dich ist das Wohlergehen anderer wichtiger als dein eigenes, und du bringst dich dadurch selbst in Gefahr. Dein Herz ist größer, als gut ist für dich."

Jonah seufzte, dann küsste er sie und trug sie zum Bett.

Noch ehe sie etwas sagen konnte, hatte er auch schon die Tür abgeschlossen und begann sich im Laufen auszuziehen. Beim Bett angelangt, war er bereits nackt. Als er ihr das T-Shirt über den Kopf zog, stöhnte sie leise. Und als ihre Kleider auf einem Häufchen am Boden neben dem Bett lagen und er nackt über ihr war, begann sie zu zittern.

„Du brauchst keine Angst vor mir zu haben, Baby", flüsterte Jonah. „Ich würde dir nie wehtun."

Macie legte ihm einen Finger auf die Lippen, dann schüttelte sie den Kopf. „Oh Jonah, das ist keine Angst. Es ist reine Begierde. Du kannst dir nicht vorstellen, wie sehr ich mich nach dir sehne. Tu morgen, was du tun musst, aber jetzt tu mit mir, was du tun musst."

Jonah erschauerte. Für Zärtlichkeiten oder ein Vorspiel war keine Zeit. Dies war eine Feier des Lebens und ein Abschied. Dabei durfte es keine Rolle spielen, dass sie heute vielleicht das letzte Mal zusammen sein würden. Der Gedanke, sie nie wiederzusehen, war ihm so unerträglich, dass er ihn sofort aus seinem Kopf verbannte.

Sie öffnete ihre Schenkel, und er glitt in sie hinein. Sie war heiß und nass, und er war so hart, dass es schmerzte – die perfekte Mischung für beide, um vor Leidenschaft in Flammen aufzugehen. Er lag einen Moment ganz still da, damit sich ihr Körper an ihn gewöhnen konnte, und versuchte, seine Lust in den Griff zu bekommen. Dann flüsterte sie seinen Namen und begann zu weinen. Es brach ihm fast das Herz.

„Ach, Baby ... wein doch nicht. Nicht meinetwegen. Ich schwöre bei Gott, dass ich alles in meiner Macht Stehende tun werde, um zu dir zurückzukommen und Evan mitzubringen."

Nichts, was sie in ihrem Leben gelernt hatte, hätte sie auf die vergangenen Tage vorbereiten können. Sie wusste nicht, was die nächsten Stunden bringen würden, aber sie wusste, dass sie es nicht ertragen könnte, Jonah zu verlieren.

„Liebe mich, Jonah. Jetzt."

Er begann sich zu bewegen, dann stöhnte er laut auf. „Oh, verdammt." Er streckte die Hand nach dem Nachttisch aus, in dem die Kondome lagen, aber sie hielt ihn mit einem Blick auf.

„Nicht", flüsterte sie und umfasste sein Gesicht mit den Händen.

Sprachlos schaute er sie an. „Ich war in meinem Leben nur ein einziges Mal so leichtsinnig und habe dabei prompt ein Kind gezeugt."

„Ich würde dich nie belügen, Jonah. Bitte, liebe mich jetzt ... egal, was passiert. Und wenn ich von dir ein Kind bekomme, soll es so sein. Angenommen, du tust wirklich, was du vorhast, könnte es das Einzige sein, was mir von dir bleibt."

„Jesus“, sagte er weich, dann lehnte er seine Stirn gegen ihre und schloss die Augen. Ein Beben durchlief ihn, ausgelöst von der Zärtlichkeit ihrer Worte, aber auch von der Angst, dass er sie nie wiedersehen könnte.

„Bitte.“

Er stöhnte und stützte sich auf die Ellbogen, um ihr ins Gesicht sehen zu können.

„Eigentlich hättest du es sein müssen“, flüsterte er und streifte ihre Lippen mit seinen.

Macie seufzte, während sie mit der Hand seinen Mund und seine Nase berührte, so als ob sie sich deren Umrisse und Struktur bis in die kleinste Einzelheit einprägen wollte. „Aber dann hättest du Evan nicht, und er ist so ein großartiger Junge. Geh und such ihn, Jonah, und bring ihn zurück. Aber vorher liebe mich wenigstens noch ein einziges Mal.“

Mehr gab es nicht zu sagen.

Der Wunsch, sich in ihr zu bewegen, war stärker als alle Worte, die sich Jonah auf die Lippen drängten. Macie wölbte sich ihm voller Verlangen entgegen.

Die Zeit blieb stehen, und mit ihrem nächsten Herzschlag gab es in ihrer Welt für eine kleine Weile nichts mehr außer Leidenschaft und Lust.

Nach all diesen Tagen in Gefangenschaft hatte Evan endlich eine Waffe gefunden, aber seine Finger waren so entzündet und geschwollen, dass er sich nicht sicher war, ob er es schaffen würde, sie auch zu benutzen. Gefunden hatte er sie wegen des Ungeziefers, das über seine Matratze gehuscht war.

Es krabbelte nicht zum ersten Mal über ihn hinweg,

während er schlief. Er hatte es schon öfter gespürt, aber er hatte sich nie überwinden können, die Augen zu öffnen, um nachzuschauen, was es war. Er hatte es immer nur im halbwachen Zustand verscheucht und war anschließend gleich wieder eingeschlafen. In seinen Träumen war seine Welt noch heil, und aufzuwachen war am schlimmsten.

Aber diesmal war sein Schlaf nicht tief genug gewesen, und das Ungeziefer hatte überhand genommen. Als es über sein Gesicht gekrabbelt war, war er aufgewacht und laut fluchend aus dem Bett gesprungen, während er sich die Tiere aus den Haaren geklaubt und in hohem Bogen durch den Raum geschleudert hatte.

Er hatte schon früher Kakerlaken gesehen, aber die hier waren riesig und fett, und sie huschten über die Wände und über seine Matratze. Als er dem Bettgestell einen harten Fußtritt verpasste, sah er mit einer gewissen Genugtuung, wie sie erschrocken in alle vier Himmelsrichtungen auseinander stoben.

„Verfluchte Viecher!" brüllte er und traktierte, immer noch erschauernd, erneut das Bettgestell, während er sich zitternd mit der Hand über den Körper fuhr, um das Gefühl der auf ihm krabbelnden Insekten loszuwerden.

„Was ist denn da drin los?" brüllte der Aufpasser draußen.

„Hier sind Viecher, so groß wie Elefanten, das ist hier drin los, du blöder Idiot!"

Der Aufpasser lachte schadenfroh, dann hämmerte er mit einer Faust gegen die Tür. „Sei sofort still", befahl er.

„Dann hör auf, mir blöde Fragen zu stellen", brüllte Evan zurück.

Einen Moment war es ruhig, dann hörte man Schritte, die sich entfernten.

„Gut so“, brummte Evan. „Bleib mir bloß vom Leib, du verfluchtes Stinktier.“

Er riss die durchgelegene, schmuddelige Matratze aus dem Gestell und schüttelte sie kräftig aus, bevor er sich auszog und seine Kleider ebenfalls ausschüttelte. Die Kakerlaken hatten sich inzwischen in die Dunkelheit geflüchtet, da sie gestört worden waren. Evan zog sich wieder an und versuchte, nicht auf den unangenehmen Geruch seines Körpers und seiner Kleider zu achten. Außerdem machten ihm seine schmerzenden Hände weitaus mehr zu schaffen.

Er sah es erst, als er die Matratze wieder auf das alte Eisengestell zurückzerrte. Früher war dieses Ding wahrscheinlich eine Art Verstärkung gewesen, während es jetzt nur noch eine flache, verrostete Eisenstange war, die, an einem Ende befestigt, unter dem Bett baumelte und fast den Boden berührte. Evan schaffte es ohne Anstrengung, sie von dem Rahmen zu lösen, und als er sie in der Hand hielt, schöpfte er neue Hoffnung.

Um sich daran zu gewöhnen, wie sie sich in seinen Händen anfühlte, warf er sie in die Luft und fing sie wieder auf. Seine Finger schmerzten höllisch, wenn er sie zur Faust ballte, aber Evan kümmerte sich nicht um Eiter und Blut, das unter seinen Fingernägeln hervorspritzte. Denn endlich hatte er etwas, mit dem er sich notfalls verteidigen könnte.

Aufgeregt schob er die Stange in den Hosenbund und stöhnte frustriert auf, als sie durch sein Hosenbein rutschte und auf den Boden fiel. Ihm war klar, dass er abgenommen hatte, wenn auch nicht in diesem Ausmaß.

Verdrossen hob er seine Waffe wieder auf und drehte sie unschlüssig in den Händen hin und her. Noch während er nach einem Versteck suchte, hörte er draußen vor der Tür erneut näher kommende Schritte. Er umklammerte die Eisenstange so fest, dass seine Finger schmerzten.

Gleich darauf ging die Tür auf. Der Bewacher, der hereinkam, hatte wie immer ein Tablett mit Essen in der einen und eine Pistole in der anderen Hand. Als er sah, dass der Junge nicht im Bett war, sondern in der Nähe der Tür stand, hielt er ihm die Pistole unter die Nase. „Los, beweg dich", sagte er scharf und bedeutete ihm mit dem Tablett zurückzutreten.

Evan bewegte sich, aber nicht zurück, sondern nach vorn. Er stürzte sich mit der Eisenstange in der Hand auf den Mann und ließ sie mit voller Wucht auf die Hand, die die Pistole hielt, niedersausen. Die Waffe flog in hohem Bogen zur Seite.

Der Bewacher keuchte überrascht und versuchte den zweiten Angriff des Jungen mit der Hand abzuwehren. Dabei entglitt ihm das Tablett mit dem Essen und fiel zu Boden.

Nun stürzte sich Evan mit der Eisenstange auf den Mann und warf ihn zu Boden. Dabei bohrte sich das scharfe Ende des Metallstücks in den Hals des Mannes, sodass Blut aufspritzte, aber der Stich war nicht tief genug, um tödlich zu sein.

Sein Schmerzensschrei hallte in dem kleinen stickigen Raum wider, während der Mann die Hände nach dem Jungen ausstreckte. Evan versuchte an ihm vorbeizuschlüpfen, aber er war nicht schnell genug. Als er eine Hand spürte, die ihn am Fußgelenk packte und zerrte, trat er hart zu, aber es war zu spät.

Der Bewacher packte Evan am Arm, entwand ihm das Metallstück und warf es nach draußen auf den Gang. Dann rappelte er sich mühsam auf und zog den Jungen fluchend mit hoch. Er stieß ihn gegen die Wand, packte ihn, bevor er zu Boden rutschen konnte, und schlug mit beiden Fäusten wieder und wieder auf ihn ein.

Doch plötzlich war da noch ein weiterer Mann im Raum, der den Bewacher von Evan wegzerrte und gegen die Wand schob. „Hör sofort auf, du Vollidiot. Wenn du den Jungen tötest, bringt Calderone dich um. „

Der Wachmann wirbelte herum und sah sich dem Mann gegenüber, den er als den *Snowman* kannte.

„Er hat sich mit einem Eisenstück auf mich gestürzt", sagte der Wachmann und berührte seinen Hals an der Stelle, aus der immer noch Blut sickerte.

Der *Snowman* schaute auf den Jungen, der halb bewusstlos zum Bett getaumelt und auf die Matratze gesunken war. Dann wandte er sich wieder dem Wachmann zu und grinste. „Sieht ganz so aus, als hätte er doch eine ganze Menge von seinem alten Herrn geerbt ... wegen dem ich übrigens hier bin. Der *Padrone* ist frei und seine Geduld ist am Ende. Er wird morgen irgendwann hier eintreffen oder spätestens übermorgen. Also sorg dafür, dass der Junge bis dahin noch lebt, okay? Weil nämlich der *Padrone* derjenige sein will, der sein Leben beendet."

Der Wachmann starrte ihn an, dann zuckte er mit den Schultern und nickte. „Okay." Nachdem er dem Jungen noch einen letzten Blick zugeworfen hatte, versetzte er dem

Bettgestell einen Tritt. Evan wurde durchgeschüttelt und stöhnte leise auf, so wie es der Aufpasser beabsichtigt hatte.

„Kleiner Mistkerl. Wenn der *Padrone* nicht wäre, würde ich dich auf der Stelle umbringen!“ zischte er wütend. Dann trat er die über den Boden rollenden Essensdosen beiseite und verließ den Raum.

Der *Snowman* stand neben dem Bett und schaute auf den Jungen hinunter. Calderone wäre sicher nicht begeistert über dessen Zustand, aber wenigstens war er noch am Leben. Er wandte sich ab, um den Raum ebenfalls zu verlassen, doch dann drehte er sich noch einmal um, beugte sich über Evan und tastete nach dem Puls am Hals. Er pochte schnell, aber gleichmäßig.

„Es ist wirklich eine Schande, Junge. Sieht ganz danach aus, als wäre aus dir ein verdammt guter Mann geworden.“ Dann lachte er leise auf. „Lass dir kein Spielgeld andrehen, obwohl das jetzt wahrscheinlich auch nicht mehr wichtig ist. Du wirst sowieso nichts mehr ausgeben können.“

Gleich darauf war er fort.

Evan hatte zwar die Stimme des Mannes gehört, doch gesehen hatte er ihn nicht, da seine Augen von den Faustschlägen des Aufpassers dick zugeschwollen waren. Der Zorn kam nur langsam, doch dann lag er ihm schwer im Magen wie verdorbenes Essen. Dauernd sagte ihm irgendjemand, dass er bald sterben müsse. Er hatte es noch nie leiden können, wenn man versuchte, sein Leben zu bestimmen. Und der onkelhafte Ton dieses Mannes hatte ihm ganz und gar nicht gepasst. Wenn seine Lippen nicht so aufgeplatzt und geschwollen gewesen wären, hätte er ihm schon die Meinung gesagt. Es war noch nicht vorbei. Noch längst nicht.

Um seine schmerzenden Rippen ein wenig zu entlasten, verlagerte er sein Gewicht und atmete vorsichtig ein und aus.

Gott ... ich weiß nicht genau, ob du mich wirklich hören kannst, aber ich weiß ganz sicher, dass ich Hilfe brauche.

Die Ratte spitzelte aus ihrem Loch. Als sie sah, dass die Luft rein war, huschte sie heraus und begann sich über das auf dem Boden verstreute Essen herzumachen.

Immer wenn Evan ein leises Aufstöhnen von sich gab, hob die Ratte den Kopf, wobei ihre kleinen schwarzen Knopfaugen den Raum nach irgendwelchen Anzeichen von Gefahr absuchten. Nachdem sie sich davon überzeugt hatte, dass ihr von nirgendwo Böses drohte, fraß sie seelenruhig weiter, während Evans wunde Rippen so höllisch schmerzten, dass er es kaum schaffte, Luft zu holen.

„Corazon ... du musst zu mir zurückkommen“, gurrte Elena liebevoll und schmiegte ihre Wange an Miguel Calderones von Bartstoppeln bedecktes Gesicht.

Calderone hörte die Stimme, aber er konnte nicht reagieren. Sein Körper fühlte sich bleischwer an, und seine Muskeln schmerzten, als ob ihn jemand zusammengeschlagen hätte. Er holte langsam Luft, dann atmete er stöhnend aus.

Elena nahm das nasse Tuch von seiner Stirn, tauchte es in eine Schüssel mit Wasser und wrang es leicht aus, bevor sie es ihm wieder auf die Stirn legte. Auch wenn sie wusste, dass das Tuch nichts bewirkte, hatte sie doch das Gefühl, auf diese Weise wenigstens etwas getan zu haben.

Als wenig später ein Mann das Zimmer betrat, hob sie

den Kopf und lächelte ihn an. Es war Calderones zweitältester Sohn Juan Carlos.

„Da, sieh doch nur!“ rief sie. „Dein *padre* wacht langsam auf, genauso wie er es vorausgesagt hat.“

Juan Carlos nickte. Auf diesen Moment hatte er drei Tage lang gewartet. Ihm gefiel es hier auf der Ranch in Nordkalifornien, und er wäre gern geblieben. Aber dank der Machenschaften seines Vaters war es ihm nicht vergönnt, ein normales Leben zu führen.

Er trat ans Bett und legte Calderone eine Hand auf die Brust. Obwohl er es spüren konnte, fiel es ihm immer noch schwer zu glauben, dass das Herz seines Vaters wirklich wieder schlug. Er hatte zugesehen, wie Elena ihn mit Elektroschocks behandelt hatte. Sein Vater war kalt und leblos gewesen, doch dann hatte er plötzlich angefangen zu atmen. Juan Carlos versuchte sich einzureden, dass es ein Wunder war, aber insgeheim war er davon überzeugt, dass es ein Werk des Teufels war. Er wollte sich eben abwenden, als Calderone seine Hand packte.

„*Padre*?“ stieß er überrascht hervor.

Calderone holte langsam Atem und kostete es aus zu spüren, wie sich seine Lunge ausdehnte. Er versuchte die Augen zu öffnen, und tatsächlich gelang es ihm, wenn auch mühsam.

„*Mi hijo*“, flüsterte er.

Juan Carlos lehnte sich vor. „Ja, Papa, ich bin's, Juan Carlos.“

„Bleib bei mir.“

Juan Carlos tätschelte seinem Vater die Wange und strich ihm das Haar aus der Stirn. „Ja, Papa, ich bleibe. Hier bist du sicher. Ruh dich einfach noch ein bisschen aus, bis es dir besser geht.

„Elena?“

Sie legte ihre Hand auf Miguels andere Wange. „Ja, Miguel, ich bin hier und bleibe auch. Schlaf jetzt. Schlaf dich gesund.“

Abrupt fuhr Jonah aus dem Schlaf hoch. Ein paar Sekunden lang hatte er Angst, dass Macie etwas passiert sein könnte, aber dann wurde ihm klar, dass sie bei ihm war und ruhig in seinen Armen schlief. Und doch wurde er den Gedanken, dass sich etwas Schreckliches ereignet hatte, einfach nicht los. Froh, dass es Macie gut ging, zog er seinen Arm unter ihrem Nacken hervor und stand auf. Nachdem er sich eilig angezogen hatte, machte er sich auf die Suche nach Ruger.

Im Lagezentrum traf er zwei Agenten an. Einer lag lang ausgestreckt auf der bequemen Ledercouch, während der zweite immer noch am Computer arbeitete.

„Hallo. Kann mir jemand sagen, wo Ruger ist?“

„Ist kurz nach sieben weggefahren“, erklärte der eine.

Jonah runzelte die Stirn. „Wissen Sie, wann er zurückkommt?“

„Das hat er nicht gesagt. Soll ich Sie mit ihm verbinden?“

„Nicht nötig“, erklärte Jonah kurz angebunden und wandte sich zum Gehen, doch dann blieb er stehen und drehte sich noch einmal um. „Oder vielleicht doch. Ich muss unbedingt noch vor morgen Früh mit ihm reden.“

Der Agent zog ein Telefon heran und wählte eine Nummer, dann reichte er Jonah den Hörer. Jonah zählte die Freizeichen und runzelte die Stirn, als sich schließlich nur der Anrufbeantworter meldete.

„Hallo, Ruger, ich bin's, Jonah. Rufen Sie mich so bald wie möglich an." Verwirrt legte er auf. „Wo sind Sugarman und Carter?"

„Carter ist nach Hause gegangen. Seine Frau bekommt ein Kind. Und Sugarman ist wahrscheinlich mit Ruger weggefahren, könnte ich mir vorstellen."

„Und Carl French?"

Die beiden Agenten schauten sich an, dann zuckten sie mit den Schultern. „Ist kurz nach Ihnen weggegangen. Sagte, dass er sich irgendwo etwas zu essen organisieren wollte."

Jonah begann frustriert auf und ab zu gehen. „In zwei Stunden bekomme ich ein Päckchen. Lassen Sie den Boten ins Haus und sagen Sie mir Bescheid."

„Wird gemacht", erwiderte einer der Agenten.

Jonah ging wieder nach oben. Da Macie noch schlief, ging er zum Fenster, schaute auf den Park hinaus und ließ seinen Gedanken freien Lauf.

Irgendetwas stimmte nicht, aber er wusste nicht, was es war. Wer zum Teufel hatte ihn verraten? Er rief sich alles, was passiert war, noch einmal in Erinnerung und versuchte, die Einzelteile zusammenzusetzen.

Calderone hatte schon früher von Evan gewusst als er selbst, und das bedeutete, dass es ihm irgendjemand, der sie beide kannte, erzählt haben musste. Aber es gab nur wenige Menschen, die etwas über Jonahs Vergangenheit wussten. Noch mehr verwirrte ihn jedoch die Frage, wer von den Leuten, die er kannte, etwas zu gewinnen hatte, indem er Calderone eine Information über ihn verkaufte.

Und dann gab es da die beiden Vorfälle mit Macie. Man hatte ihr eine Wanze in die Handtasche geschmuggelt, dann hatte man versucht, ihrer auf dem Weg nach La Jolla habhaft zu werden. Das alles war nur möglich, wenn es im Haus jemanden gab, der Calderones Leuten Informationen zukommen ließ.

Gedankenverloren fuhr er sich mit den Händen übers Gesicht und wandte sich vom Fenster ab. All das war eigentlich kaum zu glauben, und doch schien es ihm wahrscheinlicher als jede andere Möglichkeit. Und wenn es tatsächlich stimmte, könnte ihm das, was er vorhatte, zum Verhängnis werden.

Jonah ließ sich auf der Bettkante nieder und genoss es, Macie einfach nur anzusehen. Sie war so schön und klug, und er liebte sie über alles. Er schloss die Augen und sprach ein Gebet. Er bat darum, dass sein Sohn am Leben bleiben und Teil seines Lebens sein möge und dass er und Macie bis an ihr Lebensende glücklich zusammenlebten. Es war viel, was er sich wünschte, vor allem für einen Mann, der nur selten betete, und wenn er es tat, dann gewiss nicht, um Gott zu bitten, Ordnung in sein Leben zu bringen. Aber diesmal stand zu viel für ihn auf dem Spiel. Da er zu unruhig war, um zu schlafen, zog er Macie die Decke über die Beine und ging wieder nach unten. Er war eben zu dem Schluss gekommen, dass es besser war, seine Pläne zu ändern, als das Telefon klingelte.

Automatisch streckte er die Hand nach dem Hörer aus. „Hier bei Blaine", meldete er sich.

„Hier ist Cecelia Bardley, Krankenschwester im Cedars-Sinai. Könnte ich bitte mit Mercedes Blaine sprechen?"

„Sie schläft im Moment. Kann ich ihr etwas ausrichten?"

„Gehören Sie zur Familie?" vergewisserte sie sich.

Jonah zögerte, aber nur eine Sekunde. „Ja."

„Ich bedaure, dass ich Ihnen diese schlechte Nachricht überbringen muss, aber Mr. Blaine hat vor kurzem einen schweren Schlaganfall erlitten."

„Ist er tot?" fragte Jonah.

„Nein, Sir, aber er kann sich an nichts mehr erinnern und erkennt auch niemanden. Leider steht es nicht gut um ihn."

Jonah seufzte. „Tja dann ... danke für Ihren Anruf. Wir kommen so bald wie möglich."

„Sie brauchen sich nicht zu beeilen", sagte die Krankenschwester. „Er wird Sie, wie gesagt, sowieso nicht erkennen, dafür ist sein Zustand zu ernst. Der Arzt hat mich nur gebeten, Ihnen Bescheid zu sagen."

„Aha. Na ja ... trotzdem danke."

Während Jonah auflegte, wanderte sein Blick die Treppe hinauf. Dies war eine weitere Last auf Macies Schultern, und das ausgerechnet jetzt, da er nicht in ihrer Nähe sein konnte, um ihr etwas davon abzunehmen.

14. KAPITEL

Langsam ging Jonah die Treppe hinauf. Er betrat Macies Zimmer und setzte sich auf ihr Bett. Es tat ihm Leid, dass er sie wecken musste, aber es ging nicht anders. Diese Neuigkeit musste er ihr schon selbst überbringen.

„Macie ... Sweetheart."

Sie rollte sich auf den Rücken, dann griff sie nach seiner Hand und zog sie an ihre Lippen. „Ist es schon Morgen?" fragte sie schlaftrunken.

Er beugte sich über sie und küsste sie, wobei er sich wünschte, er könnte ihr das, was er ihr gleich mitteilen musste, ersparen. „Nein, Baby, es ist noch Nacht. Aber ich muss dir etwas sagen."

Jonahs Tonfall ließ sie aufhorchen. Sofort war sie hellwach und setzte sich auf. „Was denn?"

„Eine Schwester vom Krankenhaus hat eben angerufen. Wegen Declyn. Er hatte einen Schlaganfall."

Macie schloss die Augen und schlug sich die Hände vors Gesicht. Sie wagte es nicht, die unvermeidliche Frage zu stellen. Jonah, der ihre Angst spürte, nahm sie in den Arm.

„Er ist nicht tot. Aber die Krankenschwester sagt, dass es ein schwerer Schlaganfall war. Offenbar ist das Gehirn betroffen."

„Oh Gott, das ist alles meine Schuld", sagte sie mit bebender Stimme. „Ich hätte mich nicht mit ihm anlegen sollen ..."

„Hör sofort auf", fiel Jonah ihr ins Wort. „Du hast diesem alten Mann nichts angetan, was er sich nicht vorher schon selbst angetan hätte. Es war wahrscheinlich eine Embolie. So etwas kommt bei Schussverletzungen häufig vor."

Macie war sich nicht ganz sicher, ob sie Jonah glauben konnte, aber sie wollte es – musste es –, um damit fertig werden zu können. „Ich finde es schrecklich, dass ihm das passiert ist", sagte sie.

„Ich weiß, Honey, aber es lässt sich nun mal nicht ändern. Möchtest du ins Krankenhaus fahren?"

Sie schwieg einen Moment, dann schüttelte sie den Kopf. „Ich glaube, besser nicht. Nicht jetzt, solange es ihm so schlecht geht. Womöglich spürt er meine Anwesenheit irgendwie und regt sich wieder auf, und dann könnte alles noch schlimmer werden."

„Wie du willst. Aber wahrscheinlich ist es wirklich besser so ... zumindest im Moment."

Macie nahm Jonahs Hand und verschränkte ihre Finger mit seinen. Seine Haut war warm, sein Händedruck sanft und entschlossen gleichermaßen – genauso wie er selbst. Sie versuchte in seinem Gesicht zu lesen, aber er gab nichts von seinen Gefühlen preis. „Und du bleibst bei deinem Entschluss ... dich Calderone auszuliefern?"

„Es ist der einzige Weg."

Macie schlug die Decke zurück.

„Was hast du vor?" fragte Jonah. „Es ist noch Nacht. Geh wieder zurück ins Bett."

„Du erwartest von mir, dass ich schlafe, obwohl ich weiß, was du vorhast? Das ist absurd. Ich ziehe mich an, dann mache ich Frühstück."

„Es ist drei Uhr morgens."

„Hast du noch nie um diese Uhrzeit gefrühstückt?“

Er lächelte verschmitzt. „Ich habe schon alles gemacht, Baby, aber nicht mit dir.“

„Dann wird es höchste Zeit“, sagte sie und streckte die Hand nach ihrem Morgenrock aus.

Als um kurz nach vier Uhr morgens Collum McAllister eintraf, stellte Macie gerade die benutzten Teller in die Spüle. Ruger war immer noch nicht zurück. Jonah forderte McAllister auf, mit in sein Zimmer zu kommen, und als Macie bat, sie begleiten zu dürften, nickte er.

Collum McAllister arbeitete seit sechsundzwanzig Jahren bei der Firma und ging davon aus, dass er bereits alles gesehen hatte, was man in seinem Beruf sehen konnte. Er hatte schon mehr als einmal mit Jonah Slade zusammengearbeitet und war gern bereit gewesen, es auch diesmal wieder zu tun. Als Jonah ihn jedoch bat, ihre Pläne vorerst noch für sich zu behalten, reagierte er schockiert.

„Verdammt, Slade, das kommt mir irgendwie nicht richtig vor“, sagte Collum. „Was ist, wenn irgendwas schief geht? Dann haben wir keine Verstärkung vor Ort.“

Macie fühlte Panik in sich aufsteigen. „Jonah, vielleicht solltest du nicht ...“ Sein Gesichtsausdruck veranlasste sie, ihren Satz nicht zu beenden. „Verzeih.“

Jonah wusste, dass sie Angst um ihn hatte. Er hatte ebenfalls Angst, wenn auch nicht davor, Calderone gegenüberzutreten. Ihm graute am meisten vor dem Gedanken, dass er seinen Sohn zwar finden würde, jedoch nicht in der Lage sein könnte, ihn aus seinem Gefängnis herauszubringen.
„Ich habe keine andere Wahl, Honey, das weißt du ganz ge-

nau. Und mit dem, was Collum mitgebracht hat, wird es klappen."

„Aber warum willst du weder Ruger noch Carl etwas davon sagen?"

Er dachte an Carl French, mit dem er seit einer halben Ewigkeit befreundet war. „Carl würde ich es ja erzählen, aber er ist nicht da, und ich weiß nicht, wann er zurückkommt. Ich habe ihm zweimal auf seinen Anrufbeantworter gesprochen und ihn gebeten, mich anzurufen, aber bis jetzt hat er sich noch nicht gemeldet, und deshalb ..."

Macie nickte. „Schon gut, entschuldige, dass ich mich eingemischt habe. Du bist der Profi, du musst es wissen. Ich mache mir nur Sorgen um dich."

„Ich mir auch", sagte Jonah. „Aber die größten Sorgen mache ich mir um Evan. Ich bin mir sicher, dass er noch lebt, obwohl wir keinen Beweis dafür haben. Und ich bin mir auch sicher, dass Calderone seinetwegen alles darangesetzt hat, um aus dem Gefängnis herauszukommen."

Collum schaute ihn verblüfft an. „Calderone? Wieso? Ich denke, der ist tot?"

„Ich verwette meinen Kopf – und Evans –, dass er nicht tot ist, sondern sich irgendwo darauf vorbereitet, das, was er angefangen hat, zu beenden. Und ich muss ihn aufhalten, bevor er sich Evan vorknöpft."

„Und was ist, wenn Calderone Ihnen bereits zuvorgekommen ist?" fragte Collum.

Diesen Gedanken wollte Jonah erst gar nicht zulassen. „Was ist, wenn nicht?" konterte er.

Collum grinste. „Genau das gefällt mir so an Ihnen", sagte er, dann zog er seinen Aktenkoffer zu sich heran. „So, hier ist das Wunderwerk der Technik“, meinte er und nahm ein ganz normal aussehendes Oberhemd aus dem Koffer.

Macie schaute ihn verblüfft an. „Was soll er denn damit?“

Jonah lächelte. „Das ist ein ganz besonderes Oberhemd, richtig?“

Belustigt zog Collum eine Augenbraue hoch. „Warum fühle ich mich plötzlich wie in einem James-Bond-Film?“

„Keine Ahnung“, gab Jonah zurück. „Vor allem, weil ich mir verdammt sicher bin, dass ich mich nicht wie 007 fühle.“

„Auf jeden Fall siehst du besser aus als 007“, warf Macie ein.

Jonah lachte leise auf. „Ich wusste doch, dass es einen Grund gibt, dich zu mögen.“

„Ich hatte eigentlich gehofft, dass es dafür offensichtlichere Gründe gäbe als ein Kompliment“, konterte Macie mit einem verschmitzten Lächeln.

Collum grinste. „Ich kann mich nicht erinnern, je gesehen zu haben, wie Sie rot werden, Slade“, sagte er.

„Und das werden Sie auch nicht“, brummte Jonah verlegen, während er sein eigenes Hemd auszog und das überstreifte, das Collum ihm reichte. „Passt“, sagte er. „Und wie stellt man es an?“

„Es ist bereits in Betrieb“, erwiderte Collum und deutete auf die Hemdknöpfe. „Diese Detektoren sind der letzte Schrei und können mit keinem Suchgerät entdeckt werden. Sie schalten sich ein, sobald man die Knöpfe durch die Knopflöcher schiebt.“

„Und wie finden Sie mich?“ fragte Jonah.

„Hiermit“, sagte Collum und holte etwas, das wie ein

kleines Notebook aussah, aus seinem Aktenkoffer. „Sekunde, ich starte es kurz und zeige Ihnen, was ich meine."

Macie beugte sich über seine Schulter, während Collum das Programm startete.

„Sehen Sie diesen Punkt da?" fragte Collum sie und deutete auf die rechte Seite des Monitors.

Macie nickte.

„Das ist Jonah", sagte er und fuhr an ihn gewandt fort: „Aber einen kleinen Haken hat die Sache doch. Ich kann Sie nur in einem Umkreis von fünfundzwanzig Meilen aufspüren. Wenn Sie weiter weg sind, verliere ich Sie."

„Dann sehen Sie zu, dass Sie mir auf den Fersen bleiben", entgegnete Jonah.

„Ich werde mein Möglichstes tun", gab Collum zurück.

Macie war immer noch nicht beruhigt. „Und was ist, wenn es irgendwelche Probleme mit dem Auto gibt?" erkundigte sie sich bei Collum. „Wenn Sie zum Beispiel in einem Stau stecken bleiben? Sie wissen, dass das jederzeit passieren kann. Wäre es nicht sicherer, noch ein zweites Auto einzusetzen?"

„Ich fahre nicht mit dem Auto", sagte Collum. „Ich fliege."

„Können Sie einen Hubschrauber steuern und gleichzeitig dieses Gerät hier bedienen?" fragte Jonah.

Collum nickte.

„Das genügt mir", meinte Jonah.

„Und was ist, wenn Sie dringend landen müssen, aber keinen Ladeplatz finden?" wandte Macie immer noch besorgt ein. „Wie können Sie Jonah helfen, wenn Sie in der Luft sind?"

Jonah legte Macie eine Hand in den Nacken. „Er soll mich nicht retten, Honey, sondern nur zu gegebener Zeit die entsprechenden Stellen informieren."

„Wie bitte?"

„Sobald Collum weiß, wo sie mich hingebracht haben, wird er Ruger Bescheid geben. Dann wird der übernehmen."

„Großer Gott", murmelte Macie und wandte sich von den Männern ab. „Das ist doch Wahnsinn. Hier laufen dutzende von FBI-Agenten und mindestens ein CIA-Mann herum, und du willst dich nur mit Collum als Rückendeckung in die Höhle des Löwen begeben. Findest du das wirklich klug?"

„Wir müssen einfach nur vorsichtig sein", sagte Jonah.

„Das ist keine Vorsicht, sondern Selbstmord", widersprach Macie heftig.

„Er glaubt, dass wir einen Maulwurf haben", erklärte Collum. „Und wenn er Recht hat, wird der Maulwurf keine Gelegenheit mehr haben, Calderone zu informieren, weil wir ihn vorher schnappen."

Überrascht drehte Macie sich um. „Ein Maulwurf ... ist damit ein Verräter gemeint?"

Jonah nickte.

„Wer kann das sein?"

„Wenn ich das wüsste, müsste ich nicht aufpassen, dass vorerst wirklich alles unter uns bleibt."

Macie seufzte. „Na schön. Das macht es zwar nicht einfacher, aber zumindest verstehe ich jetzt ein bisschen mehr."

„So gefällst du mir", lobte Jonah, dann warf er Collum

einen Blick zu. „Packen wir's an. Ich will hier weg sein, bevor alle zurückkommen."

„Womit wollen Sie anfangen?" fragte Collum.

„Als Erstes werde ich einem der Gärtner einen Besuch abstatten. Er ist das Bindeglied zwischen mir und Calderone. Danach kann es eine Weile dauern, bis die Dinge ins Rollen kommen."

„Und was erzählen wir den Leuten unten?"

„Dass wir frühstücken gehen?"

„Und ich?" fragte Macie.

„Du bleibst hier", gab Jonah zurück.

„Und was ist, wenn der Maulwurf Verdacht schöpft und sich an mich hält?" fragte sie.

Jonah runzelte die Stirn. Dieser Gedanke war ihm auch schon gekommen, aber ihnen blieb keine große Wahl. „Er kann dich nicht gewaltsam von hier wegschleppen, nicht unter den Augen all der Agenten. Deshalb müsstest du eigentlich sicher sein – vorausgesetzt natürlich, du bleibst auch wirklich hier."

„Wenn die große Rettungsaktion beginnt, werde ich ganz bestimmt nicht hier sitzen bleiben und Däumchen drehen."

„Ich will aber nicht, dass du dieses Haus verlässt", wandte Jonah scharf ein.

Macie reckte trotzig das Kinn. „Du verlässt es ja auch."

„Ich warte draußen, bis Sie sich geeinigt haben", sagte Collum und verließ, sorgfältig die Tür hinter sich schließend, das Zimmer.

„Macie ... bitte", sagte Jonah.

Sie schlang die Arme um seinen Nacken und küsste ihn

leidenschaftlich. Nachdem sie sich wieder voneinander gelöst hatten, spürte sie seinen Atem weich auf ihrer Wange.

Jonah musterte sie so eingehend, als ob er sie vorher noch nie richtig angeschaut hätte.

„Macie."

„Was ist?"

„Du weißt, dass ich dich liebe."

Ihr schossen Tränen in die Augen. „Ich liebe dich auch. Und jetzt geh und such Evan ... und komm wieder zurück."

„Ich möchte dich nicht verlieren", sagte er.

„Du verlierst mich ganz bestimmt nicht", versicherte sie ihm.

„Ich weiß, dass es zu früh ist, um Zukunftspläne zu schmieden" fuhr Jonah fort. „Aber ich ..."

Macie legte ihm einen Finger auf die Lippen und schüttelte den Kopf. „Du brauchst mir nichts zu versprechen. Wir reden, wenn alles vorbei ist."

Er gab ihr noch einen letzten, verzweifelten Kuss, dann verließ er das Zimmer, ohne sich noch einmal umzudrehen.

Der Gärtner hatte sich an seinen neuen Namen mittlerweile gewöhnt. Sein Job machte ihm Spaß, und das kleine Häuschen, das er unter Sosas Namen gemietet hatte, gefiel ihm. Und ganz besonders gefiel ihm seine Nachbarin Amelia Ramos. Wenn der Padrone nicht wäre, würde er nie mehr nach Bogotá zurückkehren. Aber so hatte es mit der perfekten kleinen Welt, in die er hineingeraten war, nun ein Ende.

Felipe stand gerade in seiner kleinen Küche und kochte Kaffee – er trank ihn stark und schwarz wie die meisten Kolumbianer –, als es an seiner Haustür klopfte. In all der Zeit hier hatte ihn noch nie jemand besucht. Im ersten Moment erwog er, nicht zu reagieren, doch da es erneut klopfte, öffnete er.

Als Felipes Blick auf einen Gringo fiel, war er zuerst überrascht, dann stutzte er, weil ihm der Mann mit dem dunklen, kurz geschnittenen Haar irgendwie bekannt vorkam. Er beugte sich vor und musterte ihn eingehend.

„Wollen Sie mich nicht hereinbitten?" fragte Jonah.

Felipe runzelte die Stirn. „Entschuldigen Sie, *Señor*, aber ich kenne Sie nicht."

Jonah stieß Felipe ins Haus und packte ihn am Kragen. „Und ob du mich kennst, du miese kleine Ratte. Ich bin Jonah Slade. Calderone hat meinen Sohn in seiner Gewalt, und ich will ihn zurück."

Felipe bekam vor Schreck fast einen Herzschlag. Er versuchte, sich aus dem Griff des Mannes herauszuwinden, aber es gelang ihm nicht.

„Immer mit der Ruhe, Freundchen. Du bleibst schön hier", sagte Jonah. „Was hältst du davon, wenn du jetzt den *Padrone* anrufst und ihm sagst, dass du mich gefunden hast?"

Felipe war schlecht vor Angst. Er spähte an dem Mann vorbei durch die geöffnete Tür, in der Erwartung, mindestens zwei Streifenwagen zu entdecken, aus denen Polizisten springen und die Einfahrt hinaufstürmen würden, aber es war nichts zu sehen.

„Sie müssen mich mit jemandem verwechseln", murmelte er undeutlich. „Ich kenne keinen Jonah Slade und einen Miguel Calderone auch nicht."

Jonah versetzte ihm einen Stoß vor die Brust, sodass er

weiter rückwärts ins Haus taumelte, dann trat er ebenfalls ein und machte schnell die Tür hinter sich zu. „Ach ja? Und was bist du dann, ein Hellseher?“ fragte Jonah.

Felipe stutzte. „Ich weiß nicht, wovon Sie reden.“

Jonah zerrte den Mann am Kragen ganz nah zu sich heran und schüttelte ihn, während er sagte: „Hör auf, mich anzulügen, du Dreckskerl. Wenn du Calderone nicht kennst, musst du ein Hellseher sein. Denn woher weißt du sonst, wie er mit Vornamen heißt?“

Felipe wurde es ganz heiß vor Schreck. *Madre de Dios.* Er hatte sich verraten. „Bitte, *Señor*, gehen Sie. Ich bin nur ein Gärtner. Ich weiß nicht, wovon Sie reden.“

Jonah deutete auf die Tätowierung auf Sosas Arm. „Jeder von Calderones Männern hat so eine, das weiß ich, also hör auf, mich anzulügen. Mir läuft die Zeit davon.“

Sosa wusste nicht mehr, was er tun sollte, da es offenbar keinen Sinn hatte, alles abzustreiten. „Was meinen Sie damit, dass Ihnen die Zeit davonläuft?“ versuchte er sich immer noch dumm zu stellen.

„Du arbeitest in der Villa. Du weißt, dass Evan Blaine entführt wurde. Und du weißt auch, wo er ist.“

Sosa, in dessen Kopf plötzlich alles durcheinander wirbelte, wich verängstigt einen Schritt zurück. Jetzt fiel ihm wieder ein, wo er diesen Mann schon gesehen hatte – zum einen in Begleitung von Miss Macie Blaine und dann noch einmal vor dem Geräteschuppen. Aber das würde er nicht verraten. „Ich weiß überhaupt nichts“, beteuerte er. „Ich mähe hier nur den Rasen, schneide die Hecken und jäte Unkraut.“

Jetzt riss Jonah der Geduldsfaden. Er packte den Mann

mit einer Hand am Hals und drängte ihn gegen die Wand. „Du rufst auf der Stelle deine Leute an und sagst ihnen, dass du Jonah Slade gefunden hast. Sie werden dir für den Anruf dankbar sein, glaub mir."

Felipes Herz hämmerte. Er wünschte sich, seine Machete bei sich zu haben, aber er hatte nur seine Fäuste. Gegen diesen Mann kam er damit allerdings nicht an. „Also gut", murmelte er kleinlaut, wobei ihm durchaus bewusst war, dass er mit diesem Zugeständnis seine Verbindung zu Calderone zugegeben hatte.

Einen Moment zögerte er noch, dann ging er zum Telefon und wählte eine Nummer. Als sich am anderen Ende jemand meldete, sprudelte er auf Spanisch etwas heraus, ohne sich darüber im Klaren zu sein, dass Jonah der Unterhaltung mühelos folgen konnte. Der musste ein Gähnen unterdrücken, als er Felipe sagen hörte, dass er Jonah Slade geschnappt habe. Denn es war ihm egal, was Sosa seinen Leuten erzählte. Das einzig Wichtige war, dass er zu Evan kommen würde.

Während er weiter zuhörte, wurde ihm klar, dass Felipe Mühe hatte, seine Geschichte an den Mann zu bringen, da man ihm offensichtlich nicht glaubte. Frustriert über die Verzögerung riss er Felipe den Hörer aus der Hand. „Hier ist Jonah Slade", sagte er. „Ist mein Sohn noch am Leben?"

Am anderen Ende der Leitung blieb es kurz still, dann fragte ein Mann: „Für wie blöd halten Sie uns eigentlich?"

„Sie haben meine Frage nicht beantwortet. Lebt mein Sohn noch?" fragte Jonah zurück.

„*Sí.*"

„Ich will einen Beweis", sagte Jonah. „Lassen Sie mich

mit ihm sprechen. Wenn ich mir sicher sein kann, dass er es wirklich ist, bin ich bereit, mich Ihnen auszuliefern."

„Woher sollen wir wissen ..."

„Hör zu, du Mistkerl, ich will meinen Sohn sprechen. Glaubst du vielleicht, ich würde irgendetwas tun, womit ich sein Leben noch mehr in Gefahr bringe?"

„Okay."

„Heißt okay, dass ich mit ihm sprechen kann?"

„Bleiben Sie, wo Sie sind. Wir melden uns wieder."

„Wenn ich ihn in fünf Minuten nicht an der Strippe habe, bin ich weg", drohte Jonah. „Dann geht es um deinen Kopf, wenn der *Padrone* erfährt, dass du mich hast laufen lassen."

„Nein, nein, warten Sie. Der Anruf kommt ganz bestimmt", erwiderte der Mann eingeschüchtert.

Jonah legte ohne ein weiteres Wort auf. Je nervöser er die Entführer machen konnte, desto wahrscheinlicher war es, dass sie ihm seinen Wunsch erfüllten.

Er grinste Sosa an und deutete auf einen Sessel. „Nehmen Sie Platz, Felipe ... oder wie immer Sie auch heißen mögen. Wir müssen ein bisschen warten."

Es tat höllisch weh, Luft zu holen, doch Evan blieb nichts anderes übrig. Auf irgendeine verdrehte Art empfand er den Schmerz als eine Rechtfertigung. Er hatte wenigstens versucht, sich zu wehren. Die Tatsache, dass er sich nicht hatte behaupten können, spielte keine Rolle. Jetzt fühlte er sich zum ersten Mal seit seiner Entführung nicht als Opfer.

Das Essen, das auf dem Tablett gestanden hatte, lag immer noch auf dem Boden verstreut herum. Evan hatte nur eine kleine Dose Birnen aufgehoben. Er hatte den Deckel abgezogen und zuerst den Saft ausgetrunken, bevor er sich die Birnenscheiben mühsam mit den Fingern herausgeangelt und gegessen hatte. Dann hatte er sich auf die Suche nach der Wasserflasche gemacht. Es hatte eine Weile gedauert, bis er sie gefunden hatte, weil sie unter die Pritsche gerollt war. Er hatte sein T-Shirt ausgezogen, es mit einem Teil des Wassers aus der Flasche angefeuchtet und sich das Gesicht damit abgewaschen.

Da er keinen Spiegel hatte, wusste er nicht, wie er aussah, aber besonders gut bestimmt nicht. Er hatte erst vor einem Jahr angefangen, sich zu rasieren, und dann nicht öfter als zwei- oder dreimal die Woche. Jetzt konnte er seine Bartstoppeln fühlen. Es schienen mehr geworden zu sein als früher, und sie fühlten sich auch härter an. Zu schade, dass niemand aus seiner Familie dieses Zeichen seiner Reife sehen konnte.

Er fuhr sich mit den Fingerspitzen über die Wangen und betastete behutsam eine Platzwunde dicht unterhalb des rechten Auges, dann befühlte er Mund und Kinn. Dass seine Unterlippe mindestens zweimal so dick war wie normalerweise, spürte er, aber die Schwellung an seinem Kinn überraschte ihn. Offenbar hatte er einen Teil der Fausthiebe, die er hatte einstecken müssen, nicht mehr mitbekommen.

Evan warf das T-Shirt aufs Bett und beugte sich dann vor, um sich ein bisschen Wasser aus der Flasche über den Nacken rinnen zu lassen.

Als er das kühle Nass spürte, dachte er daran, dass er bis zu seiner Entführung jeden Tag geschwommen war. Er sah es vor sich, wie seine Mutter mit der Stoppuhr in der Hand in ihrem knappen roten Bikini auf ihrem Lieblingsliegestuhl neben dem Pool lag, und hörte in Gedanken, wie sie ihn anfeuerte. Als ihm unerwartet die Tränen in die Augen schossen, straffte er die Schultern und atmete tief durch. Jetzt war nicht der richtige Moment, um schwach zu werden.

Er schaute zu dem mit Brettern vernagelten Fenster und versuchte einzuschätzen, was für eine Tageszeit war, aber die Schlitze waren zu schmal, um genügend sehen zu können außer im Licht tanzende Staubpartikel.

Frustriert versetzte er einer Packung mit Kräckern, an der Harold herumgeknabbert hatte, einen Fußtritt, dann trat er noch einmal nach, sodass die Packung in dem Loch im Boden verschwand. Da Harold ohnehin schon an der Packung genagt hatte, könnte er den Rest auch noch haben. Schließlich taumelte er ins Klo, hielt den Atem an, um den Gestank nicht riechen zu müssen, während er sich erleichterte, und beeilte sich, wieder nach draußen zu kommen.

Evan war soeben dabei, sich zu überlegen, ob er vielleicht ein paar Fitnessübungen machen sollte, als er draußen auf dem Flur wieder Schritte hörte. Erstaunt runzelte er die Stirn, da sein Bewacher offenbar noch einmal zurückkehrte. Irgendetwas musste passiert sein. Plötzlich wurde ihm vor Angst ganz flau im Magen, und er begann zu zittern. War das womöglich das Ende? War heute der Tag, an dem er sterben würde?

Die Tür schwang nach innen auf. Der Bewacher hatte eine Pistole in der einen und ein Handy in der anderen Hand. „Los. Herkommen“, befahl der Mann.

Evan blieb auf dem Bett sitzen.

„Du sollst herkommen!“ schrie der Bewacher. „Telefon!“

Evan wollte seinen Ohren nicht trauen. Sie ließen ihn telefonieren? Aber wer mochte ihn wohl anrufen? Außer seiner Tante Macie war von seiner Familie niemand mehr am Leben. Er sprang auf und rannte zur Tür.

„Du machst nur, was ich sage, kapiert?“ knurrte der Mann, während er ihm mit seiner Pistole unter der Nase herumfuchtelte.

Evan nickte und streckte die Hand nach dem Telefon aus. Der Aufpasser zog argwöhnisch die Augenbrauen zusammen, aber dann drückte er Evan das Handy in die Hand und wich einen Schritt zurück, wobei er immer noch auf den Kopf des Jungen zielte.

Nach dieser langen Zeit fühlte es sich für Evan seltsam an, etwas so Alltägliches wie ein Handy in der Hand zu halten.

„Hallo?“ Das Wort war nur ein Krächzen. Evan räusperte sich und versuchte es noch einmal. „Hallo? Wer ist da?“

Er hörte, wie jemand tief durchatmete, dann drang eine unbekannte männliche Stimme an sein Ohr.

„Evan?“

„Ja. Wer ist da?“

„Wie lautet der zweite Vorname deiner Mutter?“

Im ersten Moment war Evan völlig schleierhaft, was diese Frage sollte, aber gleich darauf wurde ihm klar, dass es sich nur um eine Art Test handeln konnte. Wahrscheinlich wollte der Anrufer sichergehen, dass er auch wirklich der war, für den er sich ausgab.

„Felicity. Ihr erster Vorname war Laura.“

„Gut“, erwiderte der Mann.

„Nachdem ich Ihre Frage beantwortet habe, will ich aber auch etwas fragen“, sagte Evan.

„Schieß los.“

„Wer sind Sie?“

„Ich heiße Jonah Slade. Hast du diesen Namen schon einmal gehört?“

Evans Knie zitterten, doch er bemühte sich, ruhig zu bleiben. „Ja, aber ich kenne den Mann nicht.“

Bei diesen Worten zuckte Jonah zusammen. „Du musst noch eine Weile stark bleiben, Evan. Ich komme und hole dich da raus.“

„Aber ...“

Der Bewacher unterbrach Evan, indem er ihm das Handy aus der Hand riss und die Verbindung trennte.

Frustriert stöhnte Evan auf, schaffte es aber trotzdem, dem Mann einen vernichtenden Blick zuzuwerfen.

Der starrte ihn wütend an, verließ dann den Raum und knallte die Tür hinter sich zu.

Evan ließ sich schwer auf die Pritsche fallen und versuchte zu begreifen, was soeben passiert war. Sein Gesicht verzog sich zu einem Grinsen, doch sofort zuckte er zusammen, da er in der Kinnpartie einen scharfen Stich verspürte.

Ich komme und hole dich da raus.

Es war weit mehr als das, was Evan sich erträumt hatte. Seit seine Tante Macie ihm von seinem Vater erzählt hatte, hatte er sich danach gesehnt, ihn kennen zu lernen. Slade war ein Name, der gewichtig klang. Und wenn das, was er eben gehört hatte, zutraf, würde es bald – sehr bald – endlich so weit sein. Es war fast mehr, als er sich erhoffen konnte – aber er hoffte trotzdem.

Jonah legte auf, dann schaute er auf Felipe. „So, jetzt warten wir."

Felipe hatte nicht die geringste Lust zu warten, aber er hatte keine andere Wahl. Als er sich setzte, klingelte der kleine Wecker auf einem Tisch in der Nähe. Es war erst acht Uhr morgens. Wie konnte in so kurzer Zeit bloß so viel passieren, obwohl er doch noch nicht einmal gefrühstückt hatte?

„Gibt's hier Kaffee?" fragte Jonah.

Felipe sprang auf. „Ich mache welchen."

„Ich komme mit", sagte Jonah und folgte dem kleinen Mann in den hinteren Teil des Hauses.

Knapp dreißig Minuten später war wieder jemand an der Haustür. Felipes Herz begann vor Erleichterung schneller zu klopfen. Das konnten nur die Leute sein, die der *Padrone* geschickt hatte. Felipe würde erst aufatmen können, wenn er den Kerl hier wieder los war. Obwohl er seinen Job als Gärtner natürlich ebenfalls los sein würde, sodass ihm nichts anderes übrig bliebe, als von hier zu verschwinden. Und als er jetzt die beiden Männer vor seiner Tür sah, wurde ihm klar, dass es höchste Zeit war, sich aus dem Staub zu machen.

„Wo ist er?" fragte der eine.

„Hier", sagte Jonah scheinbar seelenruhig, der inzwischen bei seiner zweiten Tasse Kaffee angelangt war. „Habt ihr schon gefrühstückt? Der Kaffee, den der alte Felipe macht, ist gar nicht mal so übel."

„Klappe", schnauzte der Mann Jonah an und schlug ihm die Tasse aus der Hand, dann stieß er ihn gegen die Wand. „Beine breit", befahl er.

Jonah grinste. „Ganz ruhig, Leute. Ich habe nicht die Absicht, Widerstand zu leisten."

Die beiden Neuankömmlinge schauten sich an und runzelten verständnislos die Stirn. Der *Padrone* würde diesem Kerl wahrscheinlich die *cojones* abschneiden, um sie zu braten und anschließend zu essen. Er sollte das Ganze also lieber nicht auf die leichte Schulter nehmen.

„Esteban ... durchsuch ihn."

Der Angesprochene zog etwas, das wie ein schwarzer Taktstock aussah, aus seiner Tasche, und fuhr damit an Jonahs Körper auf und ab, so wie es bei der Sicherheitskontrolle am Flughafen gemacht wurde. Nur dass diese Männer hier nicht nach Metall, sondern nach Wanzen und Bewegungsmeldern fahndeten.

Aber das Gerät schlug nicht an.

„Er ist sauber, Raoul", sagte Esteban.

„Frisch wie irisches Quellwasser", witzelte Jonah.

Esteban runzelte die Stirn. „*Que*?"

„Vergiss es", gab Jonah zurück. „Ein Insiderwitz."

„Hier lacht aber niemand", sagte Raoul, dann schlug er Jonah mit der flachen Hand ins Gesicht. „Aber das war witzig, stimmt's?" fragte er und begann brutal zu lachen, während er Jonah die Handgelenke aneinander fesselte.

Jonah schluckte seine Wut hinunter. Es hatte keinen Sinn, sich mit diesen Männern anzulegen. Evan würde immer noch verschwunden bleiben, und er selbst hätte die Chance, zu ihm zu kommen, verschenkt.

„Bist du fertig?" fragte Jonah.

Der Mann wirkte verblüfft. „Halt's Maul", brummte er.

„Bringt mich zu meinem Sohn", verlangte Jonah.

„Wo wir dich hinbringen, entscheiden immer noch wir", knurrte Raoul wütend und versetzte Jonah einen harten

Stoß, um ihn zu bewegen, zur Tür zu gehen. „Los jetzt", sagte er.

Die Sonne schien bereits heiß vom Himmel, als Jonah aus dem Haus trat. Er ging auf den Van zu und blieb neben der Tür stehen. „Ich nehme nicht an, dass für mich vorn ein Platz reserviert ist, oder?"

„Klappe", sagte Raoul wieder und stieß ihn hinten in den Van, dann sprang er ebenfalls hinein und fesselte ihm die Fußgelenke aneinander.

„Das wäre wirklich nicht nötig gewesen", sagte Jonah. „Ich habe nämlich nicht vor, euch irgendwelche Schwierigkeiten zu machen, es sei denn, ihr habt mich belogen. Mit Leuten, die mich belügen, habe ich nämlich ein Problem. Genau genommen ist dadurch dieses ganze Chaos nämlich erst entstanden. Deshalb spiele ich nicht falsch, solange ihr nicht falsch spielt."

Raoul schaute Jonah finster an und fesselte ihn noch an eine Querverstrebung im hinteren Teil des Vans, um wirklich sicherzugehen.

„So spart ihr euch die Sicherheitsgurte, was?" fragte Jonah sarkastisch.

Roaul sprang aus dem Bus und schob die Tür krachend zu, dann ging er eilig um das Auto herum auf die Fahrerseite.

„Und was wird jetzt aus mir?" fragte Felipe.

Esteban blieb stehen, dann drehte er sich zu dem kleinen dunkelhäutigen Mann um. „Wenn du das fragen musst, gehörst du nicht zum *Padrone.*"

Felipe drehte sich auf dem Absatz um und rannte zum Haus, um das Notwendigste zusammenzupacken.

„Steig ein", sagte Raoul zu Esteban, nachdem Felipe im

Haus verschwunden war. „Wir haben schon genug Zeit verloren."

Drei Häuser weiter beobachtete ein als Elektriker getarnter Undercover-Agent, der vorgab, eine Telefonsäule zu reparieren, wie der Van aus der Einfahrt fuhr. Ruger hatte ihm vor einigen Tagen die Anweisung gegeben, Felipe Sosa rund um die Uhr zu beschatten. Allerdings hatte der Agent nicht damit gerechnet, Jonah Slade hier anzutreffen. Und als vorhin die beiden Männer aufgetaucht waren und Slade mitnahmen, wusste er, dass hier irgendetwas falsch lief. Er zog sein Handy aus der Tasche.

Ruger gab gerade Süßstoff in seinen Kaffee, als Declyn Blaines Haushälterin mit einem Teller voll süßer Kuchenteilchen in das provisorische Lagezentrum kam.

„Mögen Sie?" fragte sie Ruger.

Der Agent schaute auf das Tütchen mit Süßstoff in seiner Hand, dann auf den Teller mit den Teilchen und grinste. „Na, da kann ich wirklich nicht widerstehen. Sehr freundlich von Ihnen."

Rosa lächelte und stellte den Teller auf den Tisch. „Sagen Sie mir Bescheid, wenn Sie noch mehr möchten", meinte sie und verließ eilig den Raum.

Ruger nahm sich eine Blätterteigtasche mit Kirschen und hatte gerade den ersten Bissen im Mund, als sein Handy klingelte.

„Typisch", brummte er und schluckte schnell, bevor er sich meldete. „Ruger."

„Sir, hier ist Caldwell. Irgendwas stimmt hier nicht. Haben Sie Slade zu Felipe Sosa geschickt?"

Ruger zuckte vor Schreck zusammen. „Himmel, nein."

„Er war aber fast eine Stunde dort."

„Was meinen Sie mit *war*?"

„Vor ungefähr zehn Minuten kam hier ein dunkler Van mit zwei Männern an, die Sosa einen Besuch abstatteten und wenig später mit Slade wieder aus dem Haus kamen. Ich konnte es von meinem Standort aus nicht ganz genau erkennen, aber ich hatte den Eindruck, dass er gefesselt war. Was soll ich jetzt machen?"

„Haben Sie die Autonummer?"

„Ja, Sir."

„Geben Sie her."

Der Agent rasselte die Zahlen herunter.

„Okay", sagte Ruger. „Fordern Sie Verstärkung an und nehmen Sie unseren Freund, den Gärtner, fest. Ich werde später entscheiden, was wir mit ihm machen."

„Wird gemacht, Sir", erwiderte der Agent.

Ruger legte auf, dann warf er das Blätterteigteilchen auf den Teller zurück und rannte zur Tür. Er wusste nicht, was da los war, aber er kannte jemanden, der es ihm mit ziemlicher Sicherheit sagen konnte.

15. KAPITEL

Macie lag noch im Bett, nicht gewillt, sich schon zu bewegen und so die Erinnerungen an die hinter ihr liegende Liebesnacht mit Jonah zu zerstören. Doch je länger sie so dalag, desto größer wurde ihre Unruhe. Jetzt war er bestimmt schon im Haus des Gärtners. Ihr wurde ganz schlecht vor Angst, wenn sie nur daran dachte, was anschließend mit ihm passieren könnte. Der Erfolg der gesamten Aktion hing davon ab, dass ein einziger Mann es schaffte, Jonah dicht auf den Fersen zu bleiben. Und natürlich davon, dass Jonah sich mit seiner Einschätzung der Lage nicht grundlegend getäuscht hatte. Wenn irgendetwas – selbst nur eine winzige Kleinigkeit – falsch lief, würde alles aus sein, bevor das FBI intervenieren konnte.

Zwei Mal schon war sie kurz davor gewesen aufzustehen, um Ruger alles zu erzählen. Sie wollte, dass jeder verfügbare Mann und jede verfügbare Pistole Jonah Rückendeckung gaben, aber dann hatte sie es doch nicht gemacht. Sie musste darauf vertrauen, dass Jonah wusste, was er tat, und dass ihm sein eigenes Wohl ebenso am Herzen lag wie das von Evan.

Sie warf einen Blick auf den Wecker. Fast neun. *Bitte, Gott, mach, dass alles gut wird.*

Wenig später hörte sie jemanden über den Flur rennen. Ihr wurde flau im Magen. In Declyn Blaines Haus rannte man nicht, es sei denn, es war etwas passiert. Noch bevor es an der Tür klopfte, sprang sie aus dem Bett und warf sich ihren Morgenrock über.

„Miss Blaine? Miss Blaine, sind Sie da?“

Es war Ruger. Sie hatte seine Stimme erkannt.

„Moment“, rief sie. „Ich komme sofort.“

Rasch verknotete sie den Gürtel ihres Morgenrocks und ging dann eilig zur Tür, um zu öffnen. Rugers Gesichtsausdruck war Furcht einflößend.

„Was ist passiert?“ fragte sie.

„Sagen Sie es mir“, forderte er.

Macie spürte, wie ihr alles Blut aus dem Gesicht wich, aber sie verzog keine Miene. „Ich weiß nicht, was Sie meinen.“

„Wo ist Slade?“ fragte er.

Macie warf einen Blick zu Jonahs Schlafzimmer. „Ist er nicht in seinem Zimmer?“

Verärgert fuhr Ruger sich durch das bereits schütter werdende Haar. „Hören Sie auf, sich dumm zu stellen, das ist jetzt wirklich nicht der richtige Moment dafür“, sagte er ungehalten. „Ich weiß, dass er seine Nächte mit Ihnen verbringt, und ich habe nicht das Geringste dagegen. Genau gesagt ist es mir sogar herzlich egal, was Sie beide mit dem Rest Ihres Lebens anstellen, aber ich möchte Ihnen doch nicht verhehlen, dass sein Leben vorschnell enden kann, wenn Sie mir nicht sagen, was er sich jetzt wieder geleistet hat.“

Macie schwankte ein wenig, da sie es nun doch mit der Angst bekam.

„Wovon reden Sie eigentlich?“

Ruger zuckte zusammen. Vielleicht hatte sie ja wirklich keine Ahnung, was da vor sich ging.

„Hören Sie, es tut mir Leid“, sagte er. „Aber Sie beide stehen sich offensichtlich so nahe, dass ich davon ausgehen musste ...“

„Was ist denn da oben los?“

Ruger drehte sich um und sah, dass Carl French über den Flur zu ihnen kam. „Wenn hier nicht die Hölle los wäre, würde ich Sie jetzt wahrscheinlich fragen, wo Sie die ganze Zeit über gesteckt haben, aber dazu fehlt mir im Moment die Zeit. Davon abgesehen würde ich Ihnen nach allem, was heute Morgen passiert ist, wahrscheinlich sowieso kein Wort mehr glauben.“

Carl trat ohne etwas zu erwidern zu Macie und legte ihr eine Hand auf die Schulter. „Miss Blaine ... ist alles in Ordnung mit Ihnen?“

Sie nickte.

Jetzt wandte Carl sich Ruger zu und fixierte ihn mit einem kalten Blick. „Machen Sie doch nicht so einen unnötigen Wirbel“, sagte er verärgert.“ Ich finde es wirklich überflüssig, Miss Blaine derart zu beunruhigen.“

Ruger, der dieses ständige Kompetenzgerangel langsam leid war, erwiderte Carls Blick finster. „Unnötigen Wirbel? Ich glaube nicht, dass Sie das immer noch sagen, wenn Sie hören, was heute Morgen passiert ist.“

„Oh Gott“, flüsterte Macie, nachdem Ruger seine Informationen weitergegeben hatte, dann drehte sie sich um und ging mit weichen Knien zum Bett.

Auch Carl wirkte entsetzt, obwohl er abwehrend sagte: „Das ist ja lachhaft.“ Doch als er sich umdrehte und Macies Gesichts sah, wusste er, dass es stimmte. „Was zum Teufel geht hier vor?“ fragte er.

Ruger schnaubte ungehalten. „Entschuldigung, aber das war meine Frage.“

Macie holte, um Fassung ringend, tief Atem, dann stand

sie mühsam auf. „Ich möchte, dass Sie beide jetzt auf der Stelle mein Zimmer verlassen. Ich will mich anziehen."

„Hören Sie, Miss Blaine, Sie müssen ..."

„Ich muss gar nichts", fiel sie Ruger ins Wort. „Ich will Ihnen nur so viel sagen: Jonah hatte seine Gründe, und er handelt nicht allein."

Carl blieb vor Überraschung der Mund offen stehen. „Warum zum Teufel hat er mir nichts erzählt? Ich bin sein bester Freund, um Gottes willen. Und ich hätte ..."

Macie zuckte mit den Schultern. „Er hat versucht, Sie anzurufen, aber Sie waren nicht erreichbar."

Carl wurde blass. Das stimmte. Er hatte sein Handy abgestellt. Und als er es wieder eingeschaltet hatte, war die Batterie leer gewesen. „Oh Gott", murmelte er. „Er hat mich gebraucht, und ich habe ihn im Stich gelassen."

„Er ist nicht allein", wiederholte Macie.

Ruger war jetzt außer sich. „Ich verstehe überhaupt nichts mehr. Warum fällt er mir so in den Rücken und zieht auf eigene Faust los?"

„Sind Sie heute einen Schritt näher daran, Evan zu finden, als gestern?" fragte Macie.

Verärgert schob Ruger sein Kinn vor. „Nein, aber ..."

„Jonah glaubt, dass Evans Zeit abgelaufen ist. Wir wissen alle, dass dieses Bestattungsinstitut, das Calderones angeblichen Leichnam abgeholt hat, nicht existiert. Auch wenn Sie es nicht wahrhaben wollen, ist es doch so, dass Calderone uns überlistet hat."

„Aber ..."

„Es gibt kein Aber, Agent Ruger, obwohl es mir Leid tut, das sagen zu müssen. Der Punkt ist doch, dass Jonah glaubt, von irgendjemandem verraten worden zu sein. Er weiß bis zur Stunde nicht, wem er vertrauen kann, und die Ermittlungen kommen nicht voran. Alles, was ich Ihnen sagen kann, ist, dass Sie bald von einem anderen Agenten hören werden. Davon abgesehen tappe ich genauso im Dunkeln wie Sie."

Es war das Wort „verraten", bei dem die Stimmung umschlug. Ruger blieb vor Verblüffung der Mund offen stehen und Carl French lehnte sich gegen die Wand, als ob er eben einen K.-o.-Schlag hatte einstecken müssen.

„Verraten?" fragte er fassungslos. „Wieso denn verraten?"

„Weil irgendjemand Calderone Jonahs wahre Identität enthüllt und ihm von Evans Existenz erzählt hat."

Rugers Zorn war wie fortgeblasen. „Wissen Sie darüber noch mehr, Miss Blaine? Irgendetwas, das uns weiterhelfen könnte?"

Macie schüttelte den Kopf. „Im Moment nicht, aber halten Sie sich einfach bereit. Ich könnte mir vorstellen, dass sogar Hubschrauber benötigt werden, doch das wissen wir mit letzter Sicherheit erst, wenn der Anruf kommt."

„Du lieber Gott." Ruger war fassungslos. „Können Sie uns wenigstens sagen, von wem ich diesen Anruf zu erwarten habe?"

Macie überlegte einen Moment, dann entschied sie, dass es jetzt nicht mehr schaden konnte, wenn sie den Namen des Agenten preisgab. „Der Mann heißt Collum McAllister", erklärte sie.

„Wer ist das?" fragte Ruger.

Carl sah ihn mit ausdrucksloser Miene an. „Ein Mann

von der Firma", sagte er mit schroffer Stimme. Damit drehte er sich auf dem Absatz um und verließ den Raum.

„Na toll", brummte Ruger. „Das hat mir gerade noch gefehlt. Noch so ein Spinner, der sich in meine Ermittlungen einmischt."

„Wenn Sie endlich alle mit diesen ermüdenden Kompetenzstreitigkeiten aufhören und anfangen würden, an einem Strang zu ziehen, wäre wahrscheinlich schon viel gewonnen", sagte Macie. „Aber jetzt möchte ich Sie noch einmal bitten, mich allein zu lassen, damit ich mich anziehen kann."

Ruger verließ das Zimmer, wobei er sorgfältig darauf achtete, die Tür leise hinter sich zu schließen, obwohl der Drang, sie zuzuknallen, fast überwältigend war. Ein Verräter? Blödsinn! Genau das war es – ausgemachter Blödsinn. In seiner Organisation gab es keine Verräter. Wie es damit bei der Firma stand, konnte er nicht sagen. Was dort passierte, ging ihn nichts an und entzog sich auch seinem Einfluss.

Collum McAllister hob ab, und zwar in mehr als einer Hinsicht. Es war ein herrlicher Morgen, fast ohne Smog. Das Piepsen, das sein Computer von sich gab, war laut und vernehmlich, und auf dem Sitz neben ihm wartete noch ein zweiter Marmeladendoughnut darauf, mit Genuss verspeist zu werden.

Anfangs hatte ihm die Idee, diese Sache ohne Wissen des FBI durchzuziehen, gar nicht gefallen, aber Slade hatte darauf bestanden. Und nachdem ihm klar geworden war, dass Slade überzeugt war, von einem Mann aus den eigenen Reihen verraten worden zu sein, hatte er das Bedürfnis nach Geheimhaltung verstanden. Es wäre nicht das erste Mal, dass sich ein Agent als faul entpuppte, und auch bestimmt nicht das letzte Mal. Trotzdem deprimierte ihn dieser Gedanke, und er hoffte inständig, dass Slade sich in diesem Punkt irrte.

Während er die Hand nach dem Doughnut ausstreckte, behielt er den Echoimpuls auf seinem Monitor im Auge. Das Auto, in dem Jonah saß, fuhr immer noch an der Küste entlang nach Süden. Collum biss von seinem Doughnut ab und dachte daran, dass sie bereits eine ziemliche Entfernung zurückgelegt hatten. Der Gedanke, dass Ruger und seine Leute eine ganze Weile brauchen würden, um ihnen zu Hilfe zu kommen, machte ihn ein wenig nervös. Aber er hatte Jonah versprochen, Ruger erst nach seiner Ankunft zu informieren, und dieses Versprechen wollte er nicht brechen. Davon abgesehen lief ja zum Glück bis jetzt alles nach Plan, zumindest soweit er es sagen konnte.

Sekunden später fiel ihm auf, dass der Echoimpuls auf dem Bildschirm aufgehört hatte, sich zu bewegen. Eilig legte er den Doughnut ab, notierte sich die Koordinaten und beugte sich dann nach vorn, um die Gegend unter ihm etwas genauer ins Auge zu fassen. Bevor er anrief, musste er wissen, wie es da unten aussah, damit Ruger wusste, was auf ihn zukam.

Zwei Minuten später entdeckte er den Platz, den er gesucht hatte. Es war eine große Lichtung, auf der mehrere alte Wellblechbaracken standen. Er zählte fünf. Vor der größten Baracke parkten zwei Fahrzeuge, eines davon war der dunkle Van.

„Bingo“, sagte er leise, dann flog er schnell eine Schleife in Richtung Meer. Er wollte auf keinen Fall, dass ihn da unten jemand entdeckte und womöglich Verdacht schöpfte. Jetzt musste er sich nur noch mit Ruger in Verbindung setzen.

In dem Moment, in dem Collum die Hand nach seinem Handy ausstreckte, fing der Motor an zu stottern. Sein Blick flog zum Instrumentenbrett. Er verlor gefährlich schnell an Höhe. Eine oder zwei Sekunden später sah er, dass der Luftdruck ebenfalls fiel.

„Verdammt", brummte er und versuchte verzweifelt, den Hubschrauber wieder unter Kontrolle zu bringen. Offenbar hatte man ihn von unten entdeckt, und irgendjemand hatte einen Schuss auf ihn abgegeben.

Jetzt taumelte der Hubschrauber immer schneller wie eine betrunkene riesige Libelle auf die Wasseroberfläche zu.

„Verdammt", sagte Collum erneut, dann setzte er einen Funkspruch ab. „Mayday, Mayday. Hier Tango Charlie 997. Ich habe einen Motorschaden."

Automatisch gab er seine Koordinaten durch, während er daran dachte, dass er eigentlich vorgehabt hatte, in drei Jahren in den Ruhestand zu gehen. Doch dann wurde ihm klar, dass Jonah wahrscheinlich in noch größeren Schwierigkeiten steckte als er selbst.

Er streckte die Hand nach seinem Handy aus und wählte die Nummer, die Jonah ihm gegeben hatte.

Ruger, der schon voller Unruhe gewartet hatte, meldete sich nach dem ersten Läuten. „Hallo, Ruger hier."

„Hören Sie ganz ... zu", schrie ihm ein Mann ins Ohr. „Eins ... halb ... Südlich von La Jolla ... fünf ... Zweiter Weltkrieg ... Van ..."

Ruger wusste sofort, dass dies der Anruf war, auf den sie gewartet hatten, aber die Verbindung war so schlecht, dass er nur Wortfetzen verstehen konnte.

„Wiederholen!“ schrie Ruger. „Wiederholen Sie! Ich kann Sie nicht verstehen!“

„Wasser ... kommt entgegen ... nicht ...“

Bevor Ruger reagieren konnte, ertönte ein durchdringendes Pfeifen und gleich darauf ein lauter Knall. Dann war es still.

Er trennte die Verbindung und schrie im Laufen seinen Männern zu: „Ruft die Küstenwache an. Sagt Bescheid, dass gerade irgendwo südlich von La Jolla ein Hubschrauber runtergekommen ist. Und sagt ihnen, dass sie den Piloten um Himmels willen lebend bergen sollen, sonst war alles umsonst.“

Als der Van stehen blieb, blieb Jonahs Herz ebenfalls stehen. Er würde entweder seinen Sohn oder seinen Meister finden, doch welcher von beiden es am Ende sein würde, entzog sich seiner Kontrolle. Plötzlich wurde die Seitentür aufgeschoben, und gleich darauf kletterte derselbe Mann, der ihn gefesselt hatte, in den Van. Er zerschnitt den Strick, mit dem er ihm die Fußgelenke zusammengefesselt hatte, und zerrte ihn aus dem Wagen.

„Abmarsch!“ befahl er und drückte Jonah die Mündung eines halbautomatischen Gewehrs in den Rücken.

Jonah sah sofort, dass eine Rettungsaktion an diesem einsamen Ort schwer durchführbar sein würde. Es gab nichts, wohinter man in Deckung gehen konnte. Eine unbemerkte Annäherung war weder aus der Luft noch zu Land möglich. Aber jetzt war nichts mehr daran zu ändern, und er wusste, dass er sich auf Collum verlassen konnte.

Sein Bewacher stieß ihm die Gewehrmündung noch ein wenig härter zwischen die Rippen. Während Jonah auf das größte Gebäude zuging, dämmerte ihm plötzlich, wo sie sich befanden. Nicht, dass der Ort einen Namen gehabt hätte, aber Jonah war sicher, dass es sich um einen Armeestützpunkt aus dem Zweiten Weltkrieg handelte, von dem aus man japanische U-Boote beobachtet hatte. Das Gebäude, auf das sie gerade zugingen, hatte wahrscheinlich als Hangar gedient, obwohl die dazugehörige Start- und Landebahn entweder zerstört oder im Laufe der Jahre weggeschwemmt worden war.

Vom Pazifik blies ein starker Wind herüber, der nicht nur Jonah, sondern auch die alten Gebäuden durchrüttelte. Als er eintrat, war er froh, aus der Gluthitze und dem Wind herauszukommen.

„Da rüber“, befahl der Bewacher und dirigierte Jonah mit der Gewehrmündung nach links.

Gott, bitte lass Evan da sein, und bitte lass ihn noch am Leben sein.

Ein Teil des alten Hangars war durch eine Wand abgetrennt worden, hinter der sich eine Art Büro befand.

Als sie sich dieser Zone näherten, tauchte plötzlich ein weiterer Mann auf. Er war hoch gewachsen und dunkelhäutig, mit einem Mandschubart und einem pockennarbigen Gesicht. Als er Jonah sah, lachte er höhnisch. „Na, da wird sich der *Padrone* aber freuen“, sagte er.

Die beiden anderen Männer lachten ebenfalls, dann berichteten sie in prahlerischen Worten, wie sie es angestellt hatten, den schwer fassbaren Jonah Slade zu schnappen.

Jonah drehte sich um und schaute sie an, dann überraschte er sie, indem er grinste.

„Sperr ihn mit dem Jungen zusammen“, sagte der eine zu dem Pockennarbigen.

Der Pockennarbige drehte sich um und schloss die Tür hinter ihnen auf. „Da rein“, befahl er.

Jonah holte tief Atem und machte ein paar Schritte in die angegebene Richtung. An der Tür schlug ihm ein beißender Gestank nach Urin entgegen. Von plötzlicher Angst überschwemmt, befürchtete er, im nächsten Augenblick den süßlichen Geruch von verwesendem menschlichen Fleisch riechen zu müssen. Aber das blieb ihm Gott sei Dank erspart.

Nachdem er durch die Tür gestolpert war, blieb er ruckartig stehen. Der Junge, der auf dem Bett kauerte, sah sehr mitgenommen aus. Sein Gesicht war mit Blutergüssen und getrocknetem Blut bedeckt. Als er Stimmen hörte, taumelte er hoch und wich bis an das mit Brettern zugenagelte Fenster zurück.

Bleich vor Zorn drehte sich Jonah zu den Männern um und musterte einen nach dem anderen von Kopf bis Fuß, um den, der Evan so brutal zusammengeschlagen hatte, auszumachen. Als er die Platzwunden und Kratzer auf den Fingerknöcheln des einen sah, wusste er, dass es dieser Mann gewesen war.

„Du elender Scheißkerl. Du gottverdammter widerlicher Scheißkerl.“

Ehe irgendjemand begriff, was passierte, hatte Jonah den Mann im Würgegriff, schleifte ihn zu der stinkenden Toilette und tauchte seinen Kopf in die Schüssel. Schließlich zog er den Mann wieder heraus, der bewusstlos zu Boden sackte.

„Er hätte meinen Sohn nicht schlagen dürfen", sagte Jonah, dann drehte er den Männern, die ihn hergebracht hatten, den Rücken zu und beachtete sie nicht mehr.

Die beiden starrten sich fassungslos an, bevor sie vorsichtshalber zwei Schritte zurückwichen.

„Dafür wird dich der *Padrone* bezahlen lassen", sagte der eine.

„Der *Padrone* kann mich mal", sagte Jonah. „Nehmt euren Kumpel mit, wenn ihr geht. Und macht die Tür hinter euch zu."

Sein unerwarteter Widerstand machte sie nervös, besonders da sie wussten, dass es ihr Todesurteil wäre, wenn sie auf ihn schießen würden. Nachdem sie eilig den bewusstlosen Wachmann auf den Flur gezerrt hatten, machten sie die Tür zu und schlossen ab.

Als der Vater schließlich vor seinem Sohn stand, hörte er nichts mehr außer dem Blut, das in seinen Ohren rauschte. Sofort begann er mit den Zähnen den Strick aufzuknoten, mit dem man ihm die Hände zusammengefesselt hatte. Nachdem er sich selbst befreit hatte, warf er den Strick beiseite und schaute auf.

„Evan?"

Evan Blaine glaubte immer noch zu träumen. Er schaute den Mann, der da so ruhig vor ihm stand, fassungslos an, dann begann er zu zittern.

Jonah ging auf ihn zu. „Ich wusste es nicht", sagte er. „Ich hätte dich nie ..."

„Sind Sie ... sind Sie Jonah Slade?“

Jonah nickte. „Ich habe gesagt, dass ich komme.“

Evan lief ein Schauer über den Rücken. Das war sein Vater. Langsam ging er auf ihn zu, stolperte über ein loses Brett und wäre beinahe gefallen.

Jonah fing ihn auf, dann zog er ihn so fest an sich, dass er die Knochen unter der Haut und die Hitze, die der magere Körper ausstrahlte, spürte. Der Junge hatte ganz offensichtlich Fieber.

Als Evan Jonahs Arme um sich spürte, gab er auch noch den letzten Rest von Zurückhaltung auf. „Dad?“

Jonahs Herzschlag beschleunigte sich. Er hätte sich nie in seinem Leben vorstellen können, dass dies eine für ihn bestimmte Anrede sein könnte.

„Ja, Sohn, ich bin bei dir, und ich schwöre bei Gott, dass ich dich nie wieder allein lasse, wenn wir hier rauskommen.“

Evan krallte seine Finger ins Jonahs Hemd.

„Sie haben Mutter getötet ... und Großvater. Und mich töten sie bestimmt auch noch.“

Als Jonah dem Jungen ins Gesicht schaute, das so schlimm zugerichtet war, hätte er am liebsten geweint. „Deine Mutter ist tot, das stimmt“, sagte er. „Es tut mir wirklich sehr Leid für dich. Aber dein Großvater hat überlebt, allerdings hatte er einen Schlaganfall.“

„Woher ...?“

„Deine Tante Macie“, erwiderte Jonah. „Sie hat mich gesucht.“

Obwohl Evan für diesen so unverwundbar wirkenden Mann stark bleiben wollte, schossen ihm die Tränen in die Augen. Er wünschte sich nichts sehnlicher, als hoffen zu können, auch wenn er eingehüllt war in Hoffnungslosigkeit. Als er sprach, zitterte seine Stimme. „Sie werden uns umbringen."

„Nicht, solange ich es irgendwie verhindern kann", sagte Jonah.

In diesem Moment konnte Evan zum ersten Mal, seit sich sein Leben in eine Hölle verwandelt hatte, daran glauben, dass es vielleicht doch noch eine Rettung gab.

Geduldig schob Elena Calderone einen Löffel voll Suppe nach dem anderen in den Mund und tupfte ihm zwischendurch immer wieder fürsorglich Tropfen vom Kinn. „Iss schön, mein Liebling", gurrte sie, dann beugte sie sich vor und küsste ihn auf die Stirn. „Bald sind wir wieder zu Hause, wo wir hingehören."

Calderone lächelte und legte ihr eine Hand auf den Kopf.

„Fehlt dir die Kleine?" fragte er.

Elena traten Tränen in die Augen. „*Sí*, obwohl ich weiß, dass sie gut versorgt ist."

Als sie ihm noch einen Löffel voll Suppe in den Mund zu schieben versuchte, schob er ihre Hand weg.

„Genug. Ich muss mich jetzt ausruhen. Morgen werde ich Alejandro rächen, und dann fahren wir alle nach Hause."

„Dieser Mann ... Jonah Slade ... ist er jetzt bei dem Jungen?" fragte Elena.

Calderone nickte. „Soweit ich gehört habe, ja."

Sie zog die Stirn leicht in Falten. „Findest du es nicht seltsam, dass er sich so leicht hat erwischen lassen?"

Calderone zuckte mit den Schultern. „Wie es scheint, ist niemand perfekt ... nicht einmal ich."

„Oh nein, Miguel, du irrst dich. Du bist in jeder Hinsicht perfekt."

Calderones Blick wanderte von Elenas sinnlichem Mund zu den üppigen Brüsten, die sich unter ihrer Bluse deutlich abzeichneten. „Wie du, meine Liebe. Zeig mir, wie perfekt du bist. Ich brauche dich jetzt."

Elena bekam Herzklopfen. Miguel Calderone war ein feuriger Liebhaber. Allein der Gedanke, ihn zwischen ihren Beinen zu spüren, machte sie ganz schwach. Obwohl es sicher vernünftig wäre, auf seinen angeschlagenen Gesundheitszustand Rücksicht zu nehmen. Immerhin war er noch gestern praktisch tot gewesen. Sie legte ihm eine Hand auf die Brust und überzeugte sich davon, dass sein Herz kräftig schlug. „Bist du sicher?"

Calderone griff nach ihrer Hand und legte sie sich zwischen die Beine.

„Spürst du es, wie sicher ich mir bin?"

Sein Körper reagierte bereits auf ihre Berührung. Sie umfasste den Beweis seines Begehrens und begann ihn zu streicheln, stolz darauf, wie das Fleisch unter ihren Zärtlichkeiten anschwoll. „Ja, mein Geliebter, ich spüre dich. Jetzt fühl mich", flüsterte sie und brachte ihren Mund an die Stelle, wo eben noch ihre Hand gewesen war.

Calderone lehnte sich zurück, schloss die Augen und überließ sich dem Taumel der Lust, den ihre Liebkosungen in ihm hervorriefen.

Collum kam zu sich und erhaschte einen kurzen Blick auf das Hubschrauberwrack und die Öllache, in der er trieb, bevor eine Welle über ihm zusammenschlug. Nachdem sich das Wasser wieder zurückgezogen hatte, versuchte er, seine Lage zu überblicken.

Er krallte sich an einer Rettungsweste fest, auch wenn er sich nicht erinnern konnte, sie an sich gerissen zu haben. Genauso wenig hatte er den Aufprall des Flugzeugs mitbekommen, aber er lebte, und das war im Moment das Wichtigste. Er erinnerte sich daran, die Nummer angerufen zu haben, die Jonah ihm gegeben hatte. Aber er war sich nicht sicher, ob es etwas genutzt hatte. Er wusste noch, dass ihn der FBI-Agent aufgefordert hatte, seine Worte zu wiederholen, doch in diesem Moment war der Hubschrauber abgestürzt.

Als wieder eine Welle über ihm zusammenschlug, wurde er aus seinen Grübeleien gerissen, und er hatte Mühe, die Rettungsweste festzuhalten. Nachdem er sein Gleichgewicht wiedergefunden hatte, fiel ihm Jonah ein, und er stöhnte auf. Er hätte Ruger eben doch schon früher anrufen sollen. Dann hätte Jonah zumindest eine Chance gehabt, aber jetzt deutete alles darauf hin, dass sie wahrscheinlich alle sterben würden.

Plötzlich erstarrte er, da irgendetwas unter Wasser sein Bein streifte. Sein Rücken brannte, was bedeutete, dass er zumindest Schnittwunden hatte, wenn nicht Schlimmeres. Die Schnittwunden aber bedeuteten Blut im Wasser – Blut, das die Haie anzog.

„Bitte, Gott, lass mich nicht im Bauch eines Fisches enden."

Mit angehaltenem Atem wartete er darauf, noch eine Berührung zu spüren, aber Gott sei Dank passierte nichts. Irgendwann wurde Collum klar, dass er von dem Flugzeugwrack wegtrieb, und das gefiel ihm ganz und gar nicht. Wenn es überhaupt noch eine Chance auf Rettung gab, dann nur, wenn er so nah wie möglich an der Absturzstelle blieb. Er war unterhalb des Radars geflogen, sodass er sich keine Hoffnungen zu machen brauchte, dass irgendein Fluglotse gesehen haben könnte, wie der Echoimpuls auf dem Bildschirm verschwand. Jetzt konnte er nur noch hoffen, dass irgendjemand seinen Funkspruch aufgefangen oder dass Ruger doch genug von seiner Nachricht verstanden hatte.

Aber je länger er im Wasser trieb, desto deutlicher erkannte er, dass er sich schon selbst würde retten müssen, wenn er überleben wollte. Ohne auf den scharfen Schmerz zu achten, der durch seine Schulter und seinen Kopf schoss, zog er die Rettungsweste zu sich heran und schlüpfte hinein. Nachdem er sie zugemacht hatte, schwamm er langsam auf den Strand zu. Doch nach ein paar Zügen merkte er, dass er in einer parallel zum Strand verlaufenden Strömung gefangen war. Trotz aller Anstrengungen schaffte er es nicht, näher ans Ufer heranzukommen. Als er schließlich völlig erschöpft aufgab, spürte er, wie ihn die Strömung davontrug.

Macie war nah daran, hysterisch zu werden. In Rugers Stimme hatte Panik mitgeschwungen, als er ihr erzählt hatte, dass Collum McAllister nicht mehr in der Lage gewesen war, Jonahs Aufenthaltsort durchzugeben, da sein Hubschrauber abgestürzt war. Damit war ihr schlimmster Albtraum Wirklichkeit geworden, und sie konnte nichts, aber auch gar nichts dagegen tun. Sie war zutiefst niedergeschlagen in ihr Zimmer gelaufen und ruhelos auf und ab gegangen. Jetzt klopfte es an der Tür.

„Herein!“

Rosa trat mit besorgtem Gesicht ins Zimmer.

„Señora ... kann ich irgendetwas für Sie tun?“

Die Fürsorglichkeit, die in der Stimme der Frau mitschwang, gab Macie den Rest. Sie konnte nicht verhindern, dass ihr die Tränen in die Augen schossen. „Nein, vielen Dank, man kann gar nichts tun.“

Rosa berührte Macie am Arm, dann schüttelte sie langsam den Kopf. „Sie irren sich“, sagte sie sanft. „Sie können immer noch beten.“

Damit verließ sie das Zimmer und schloss leise die Tür hinter sich.

Macie, die allein in dem stillen Zimmer zurückblieb, hörte Rosas Worte in ihrem Kopf widerhallen. Sie fiel auf die Knie und schloss ihre Augen.

„Gott ... oh bitte, Gott ... lass Jonah und Evan nicht sterben.“

16. KAPITEL

Die Küstenwache entdeckte die Absturzstelle um kurz nach fünf Uhr nachmittags, aber die Hoffnung, dass der Pilot überlebt haben könnte, war gering. Das größte Wrackteil, das sie aus dem Wasser fischten, war ein Stück von einem Sitzpolster. Auf dem Ölschlamm trieben überall Wrackteile herum, doch das Gehäuse des Hubschraubers blieb verschwunden. Ruger, der in einem Hubschrauber über der Absturzstelle kreiste, fühlte sich grauenhaft. Die Hoffnung, Evan Blaine lebend zu finden, hatte er bereits aufgegeben. Jetzt würden sie sich auch noch darauf einstellen müssen, Slade und diesen unglücklichen Piloten verloren zu haben. Das Schlimmste daran war, dass nichts davon hätte passieren dürfen. Und es wäre auch nicht geschehen, wenn er sich statt von seinen Gefühlen von professionellen Erwägungen hätte leiten lassen. Er hätte Slade besser im Auge behalten müssen und Carl Frenchs Hilfe nicht annehmen dürfen – soweit er überhaupt eine Hilfe gewesen war. Falls French auf irgendwelche neuen Spuren gestoßen sein sollte, hatte er ihn jedenfalls noch nicht darüber informiert.

Ruger seufzte. Das alles würde für die Presse wieder einmal ein gefundenes Fressen sein. Die Tatsache, dass der entführte Enkel eines der reichsten Männer des Landes noch nicht wieder aufgefunden worden war, war schon an sich ein Skandal. Doch dass dann zu allem Überfluss auch noch zwei CIA-Männer in einen Fall, der in der Zuständigkeit des FBI lag, verwickelt und zu Tode gekommen waren, konnte ihn den Kopf kosten. Merkwürdig daran war nur, dass er dies noch nicht einmal bedauern würde. Wenn sie Slade und seinen Sohn lebend fänden, wäre er sogar bereit, seinen Job freiwillig an den Nagel zu hängen.

„Was jetzt, Sir?“ fragte der Pilot, während sie die Absturzstelle noch ein weiteres Mal umkreisten.

„Fliegen Sie zurück“, sagte Ruger. „Aber fliegen Sie an der Küste entlang. Wir müssen irgendetwas übersehen haben. Der Pilot war Slade dicht auf den Fersen, von daher kann Slade nicht weit von der Stelle, an der der Hubschrauber runtergekommen ist, entfernt sein. Vielleicht ist uns der Himmel ja doch noch gnädig.“

„Wonach halten wir eigentlich Ausschau?“ fragte der Pilot.

„Nach einem Wunder“, brummte Ruger, dann fügte er hinzu: „Und nach einem dunklen Van.“

Um zehn Minuten nach sechs Uhr abends erhielt Macie den Anruf von Ruger.

„Miss Blaine, hier ist Agent Ruger. Ich habe leider keine guten Nachrichten.“

Macie bekam weiche Knie. „Reden Sie schon“, sagte sie.

„Wir haben zwar die Absturzstelle entdeckt, aber keine Spur von dem Piloten, und ohne ihn haben wir wenig Hoffnung herauszufinden, wohin man Jonah gebracht hat.“

Macie hatte das Gefühl, als zöge ihr jemand den Boden unter den Füßen weg. „Nein ... nein, das kann nicht sein. Irgendetwas müssen Sie doch tun können.“

„Wir sind auf dem Rückweg an der Küste entlanggeflogen, aber da wir nicht wussten, wonach wir Ausschau halten sollten, war es unmöglich, aus dem, was wir sahen, irgendwelche Schlüsse zu ziehen. Es tut mir Leid. Wir reden weiter, wenn wir ..."

Macie legte einfach auf. Sie wollte nicht noch mehr Plattitüden hören, es würde ihr das Herz brechen. Sie lehnte sich gegen die Wand, dann rutschte sie langsam zu Boden. Ihr Herz hämmerte wie verrückt; ihre Haut fühlte sich kalt und klamm an. Wahrscheinlich hatte sie einen Schock. Sie zog ihre Knie bis zum Kinn hoch und begann am ganzen Leib zu zittern.

Die Zeit verstrich. Sie wusste nicht, wie lange sie da so gekauert hatte, doch als schließlich eine Stimme an ihr Ohr drang, fing ihr Gehirn langsam wieder an zu arbeiten. Irgendjemand redete auf sie ein, versuchte sie dazu zu bringen aufzustehen, und ihr fehlte die Kraft zu sagen, dass sie genau da war, wo sie sein wollte. Sie wollte sterben. Sie wollte nur einfach allein gelassen werden, um zu sterben.

Carl French war zurück, aber käme er auch noch rechtzeitig? Als er mit seinem Aktenkoffer in der Hand in die Blaine-Villa gestürmt war, hatte er damit gerechnet, dass es dort von FBI-Agenten nur so wimmelte. Doch außer den beiden Beamten, die im Lagezentrum Telefondienst machten, hatte er niemanden gesehen, und sie hatten ihm auf seine Fragen nur vage Antworten gegeben. Zudem patrouillierten draußen vor dem Anwesen immer noch dieselben Wachleute. Seine Frustration verwandelte sich in Wut, als man ihm seine Bitte, mit Ruger in Kontakt zu treten, verweigerte.

Er hatte niemanden in sein Vorhaben eingeweiht, da er sich nicht sicher gewesen war, ob es auch wirklich klappen würde. Aber nachdem er dem Direktor die prekäre Situation, in der sie sich befanden, geschildert hatte, hatte er schließlich das Hauptquartier mit einem zweiten Laptop verlassen können, der auf dieselbe Wellenlänge eingestellt war wie der, mit dem McAllister abgestürzt war. Jetzt fehlten ihm nur noch Ruger und ein Hubschrauber.

Doch das FBI war offensichtlich nicht länger zur Zusammenarbeit bereit. Als er sich auszumalen versuchte, was in seiner Abwesenheit passiert sein könnte, fiel ihm Macie ein. Sie konnte ihm bestimmt etwas sagen.

Er machte sich auf die Suche nach ihr, und es dauerte nicht lange, bis er sie gefunden hatte. Wie ein Häuflein Elend hockte sie auf dem Fußboden in ihrem Zimmer. Ihr verwüstetes Gesicht und ihr leerer Blick machten ihn ganz krank. Er ging neben ihr in die Knie.

„Macie! Ich bin's, Carl. Sie müssen aufstehen und mir erzählen, was passiert ist."

Verzweifelt schlug sie sich die Hände vors Gesicht und schüttelte den Kopf. „Es ist alles sinnlos."

Carl fluchte in sich hinein, dann packte er sie bei den Schultern und begann sie zu schütteln. „Sagen Sie so etwas nicht!" schrie er sie an, um sie aus ihrer Lethargie zu reißen. „Nehmen Sie sich zusammen und reden Sie mit mir, verdammt! Ich muss wissen, was passiert ist."

Jetzt hob sie den Kopf und starrte ihn aus tränenverschleierten Augen an. „Passiert? Ich will Ihnen sagen, was passiert ist. Ruger hat angerufen. Sie haben die Absturzstelle entdeckt, aber keine Spur von dem Piloten, und das heißt, dass sie Jonah nicht finden können." Sie schluckte. „Jetzt habe ich ihn auch noch verloren."

„Vielleicht, aber vielleicht auch nicht", erwiderte Carl.

„Stehen Sie auf und kommen Sie mit. Möglicherweise gibt es ja doch noch Hoffnung."

Macie nahm Carls Hand und ließ sich aufhelfen, dann gingen sie zusammen ins Lagezentrum.

„Das ist ein Notfall. Verbinden Sie mich sofort mit Ruger", verlangte Carl.

„Er ist bereits auf dem Weg hierher", informierte man ihn.

„Wann wird er da sein?" fragte Carl.

„In etwa einer halben Stunde, vielleicht auch schneller."

„Ist er in der Luft?"

„Ja."

„Dann richten Sie ihm aus, dass er den Hubschrauber auftanken soll, bevor er hierher kommt, und dass er sich seine Fragen noch ein bisschen aufsparen muss."

„Jawohl, Sir", sagte der Agent und streckte die Hand nach dem Telefon aus.

„Was haben Sie vor?" fragte Macie.

Carl öffnete seinen Aktenkoffer und holte einen kleinen grauen Laptop heraus. „Denselben Typ hatte McAllister bei sich. Wenn wir damit schnell genug in die Luft kommen, haben wir vielleicht noch eine Chance. Allerdings müssen wir erst bis auf fünfundzwanzig Meilen an Jonah herankommen, um das Signal auffangen zu können."

Macie schaute auf den Computer und dann wieder auf Carl. „Oh Gott ... glauben Sie ..."

„Ich kann nichts versprechen", sagte er. „Aber einen Versuch ist es auf jeden Fall wert."

Macie war so erleichtert, dass sie Carl um den Hals fiel. Er war einen Moment lang sprachlos, aber dann erwiderte er die Umarmung grinsend und gab ihr einen freundschaftlichen Kuss auf die Wange. „Bloß gut, dass uns Slade jetzt nicht sehen kann. Das würde ihm wahrscheinlich gar nicht passen."

Macie machte sich lachend von ihm los. Sie hätte vor Freude am liebsten geweint, aber noch war es zu früh, um in Freudentränen auszubrechen. Im Moment war sie einfach nur glücklich, dass sie eine zweite Chance bekamen.

Die Strahlen der untergehenden Sonne tanzten auf den Wellen, die sich an den Felsen im Wasser brachen. Irgendwo jenseits der Stelle, an der er lag, konnte Collum das gutturale Knurren und Bellen der Seelöwen hören und das Kreischen der Möwen, die sich um ihre Beute stritten.

Collum zitterte so heftig am ganzen Körper, dass seine Zähne klapperten. Er hatte entweder Fieber oder einen Schock, und vielleicht sogar beides. Vorhin war ihm eiskalt gewesen, aber jetzt war ihm unerträglich heiß, obwohl sich die Sonne bereits anschickte unterzugehen.

Es hatte Stunden gedauert, bis er aus der Strömung getrieben war und es geschafft hatte, an Land zu schwimmen. Und erst als er versucht hatte aufzustehen, war ihm klar geworden, dass er sich offenbar ein Bein gebrochen hatte. Es hatte sofort unter ihm nachgegeben, und gleich darauf war er von unerträglichen Schmerzen überschwemmt worden. Nachdem der Schmerz ein wenig nachgelassen hatte, war er vom Wasser weggekrochen, um zu verhindern, dass er von der Flut weggespült wurde. Doch als er schließlich erschöpft auf dem Rücken liegen geblieben war, war ihm klar geworden, dass man ihn hier vom Flugzeug aus nicht sehen konnte.

Aber er hatte die Flugzeuge gesehen. Er wusste, dass sie ihn suchten, weil sie fast den ganzen Nachmittag in der Nähe der Absturzstelle gekreist waren. Er hatte versucht, zum Wasser zu kriechen und zu winken, aber er war zu schwach und der Weg war zu weit gewesen. Als sie schließlich davonflogen, konnte er nur noch beten, dass sie bei Tagesanbruch zurückkehren würden. Er legte sich auf den Rücken, bettete seinen Kopf in den Sand und versuchte nicht daran zu denken, wie es Jonah wohl gehen mochte.

Jonah stand in dem stickigen Raum am Fenster und spähte durch die Ritzen zwischen den Brettern. Obwohl er nicht genau sagen konnte, wie spät es war, wusste er doch, dass sich die Sonne bereits anschickte unterzugehen. Seine Männer hätten inzwischen eigentlich schon hier sein müssen, aber sie waren es nicht. Und das konnte nur bedeuten, dass irgendetwas schief gegangen war.

Sein Magen zog sich schmerzhaft zusammen, doch er achtete darauf, sich nichts anmerken zu lassen. Am wichtigsten war, dass er Evan gegenüber Zuversicht ausstrahlte. Verzweifelt nach einem Ausweg suchend, drehte er sich um, da er ihr Gefängnis noch einmal genau in Augenschein nehmen wollte.

Als sein Blick auf den Jungen fiel, der auf dem Bett lag, wurde er von seinen Gefühlen fast überwältigt. Sein Sohn. Gott im Himmel, dieser über ein Meter achtzig große Junge war sein Sohn. Es gab so vieles, das Jonah zu gern über ihn gewusst hätte, doch jetzt war nicht der richtige Zeitpunkt zu versuchen, irgendetwas über ihn in Erfahrung zu bringen. Langsam ging er über den mit Holzbrettern belegten Boden, wobei er ab und zu hochsprang, um dieses oder jenes Brett auf seine Stabilität zu testen, aber keines schien nachzugeben. Das war nicht die erste kritische Situation, in der er sich befand, und bisher war es ihm immer gelungen, sich irgendwie zu retten. Aber diesmal spielte die Zeit gegen sie.

Da ihm nichts einfiel, was er zu Jonah Slade hätte sagen können, stellte Evan sich schlafend, obwohl er zwischendurch immer wieder einen verstohlenen Blick auf seinen Vater riskierte. Vielleicht war heute ja der letzte Tag ihres Lebens. Jonah beteuerte zwar ständig, dass alles gut werden würde, aber Evan glaubte ihm nicht. Trotzdem erschien ihm seine Situation längst nicht mehr so deprimierend. Jetzt war er wenigstens nicht mehr allein. Sein Vater hatte sich auf die Suche nach ihm gemacht, und er hatte ihn gefunden. Das war schöner als jeder Traum, den er je geträumt hatte.

Dann sah er, dass Jonah seine Schuhspitze in das Loch schob, in dem die Ratte immer verschwand.

„Da wohnt Harold", sagte Evan.

Jonah wandte sich um.

„Wer ist Harold?"

„Eine Ratte. Sie hat mich am ersten Tag gewissermaßen gerettet."

„Gerettet? Wie denn, mein Sohn?"

Evans Herz begann zu hämmern. Sein ganzes Leben lang hatte er sehnsüchtig darauf gewartet, dass ihn dieser Mann Sohn nannte, und jetzt endlich war es so weit. Er war so aufgewühlt, dass er Mühe hatte, Jonahs Frage zu beantworten.

„Äh ... na ja, also ... es hatte was mit dem Essen zu tun. Am ersten Tag haben sie mir irgendwas ins Essen gemischt, aber Harold hat es zuerst gefressen. Ich sah ihn wie tot neben dem Tablett mit dem angeknabberten Essen liegen. Da ich Angst hatte, dass sie mich vergiften wollen, habe ich mich tagelang geweigert, irgendwas außer Wasser zu mir zu nehmen. Das hat den Kerl, der mir immer das Essen brachte, rasend gemacht. Und die Frau, die irgendwann kam, um mich zu überreden, ist so durchgeknallt, dass sie drauf und dran war, auf mich loszugehen, aber der andere Typ hat sie aufgehalten."

„Dreckskerl", brummte Jonah und dachte an Calderone. „Miguel Calderones schwarze Seele soll in der Hölle schmoren."

Evan rollte sich auf dem Bett herum und wollte aufstehen, doch als er sich auf seinen Hände abstützte, zuckte er zusammen und zog sie schnell wieder zurück.

Jonah sah nicht zum ersten Mal, dass Evan seine Hände schützend unter seine Oberarme schob, aber er war bisher davon ausgegangen, dass er es machte, weil ihm die Rippen wehtaten. Doch jetzt war er sich nicht mehr so sicher. „Was hast du?" fragte er und zog Evans Hände hervor.

Der Junge stieß einen lauten Schmerzensschrei aus. Nachdem Jonah erschrocken von ihm abgelassen hatte, beugte Evan sich vor und schaukelte langsam mit dem Oberkörper hin und her, bis der Schmerz ein wenig nachgelassen hatte.

Jonah war verwirrt. Er wusste nicht, was er falsch gemacht hatte, aber er wagte es nicht, seinen Sohn noch einmal anzufassen. „Es tut mir Leid, es tut mir so Leid", sagte er. „Was habe ich gemacht?"

Evan erschauerte, dann schüttelte er den Kopf, wie um

den Schmerz loszuwerden. „Ich wollte nicht ... du konntest es ja nicht wissen ..." Er streckte Jonah die Hände hin. „Sie tun höllisch weh; ich glaube, sie sind entzündet."

Als Jonah die dick geschwollenen Finger sah, musste er erst einmal schlucken, bevor er etwas sagen konnte. „Wie ist das denn passiert?"

Evan deutete auf das mit Brettern zugenagelte Fenster. „An meinem ersten Tag hier habe ich versucht da rauszukommen. Ich muss wohl ziemlich verzweifelt gewesen sein."

„Darf ich nochmal sehen?" fragte Jonah und streckte ihm auffordernd die Hände hin.

Nach einem ganz kurzen Zögern legte Evan seine Hände in die seines Vaters.

Jonah hielt sie behutsam und versuchte sich seine Besorgnis nicht anmerken zu lassen, aber jetzt wurde ihm klar, warum der Junge Fieber hatte. Die Finger sahen schrecklich aus. Sie waren dick geschwollen und eiterten. Am schlimmsten aber waren die schwachen roten Streifen, die sich darüber zogen.

Großer Gott im Himmel, der Junge hatte die ersten Anzeichen einer Blutvergiftung.

Er musste ihn so schnell wie möglich von hier wegbringen. Falls Calderone ihn nicht innerhalb der nächsten vierundzwanzig Stunden umbrachte, würde er mit Sicherheit an der Blutvergiftung sterben.

„Es tut mir so Leid", sagte Jonah, dann drängte er Evan, sich wieder auf die Pritsche zu setzen.

Nachdem er sich neben ihn gesetzt hatte, schwiegen sie eine Weile. Schließlich holte Jonah tief Luft und begann zu sprechen.

„Weißt du, warum du hier bist?" fragte er.

„Wegen Lösegeld?" vermutete Evan.

„Nein, meinetwegen."

Evan runzelte die Stirn. „Das versteh ich nicht."

Jonah wich seinem Blick aus, aber dann zwang er sich, seinen Sohn wieder anzusehen. Er betrachtete sein entschlossenes Kinn und seine wachen, intelligenten Augen. Es war unübersehbar, dass der Junge zäh war, aber würde er auch verstehen?

„Weißt du, womit ich mein Geld verdiene?"

Evan zuckte mit den Schultern. „So ungefähr. Du arbeitest für die Regierung, stimmt's?"

„Ich bin bei der CIA und arbeite meistens als Undercover-Agent. Vor zwei Wochen habe ich den Sohn eines sehr mächtigen kolumbianischen Drogenbosses in Notwehr erschossen. Und jetzt will er sich an mir rächen, indem er meinen Sohn tötet."

Evans Herz begann zu hämmern. „Oh, verdammt", sagte er leise. Danach schwiegen sie eine ganze Weile, bis Evan schließlich den Kopf hob und fragte: „Dann geht es also nicht um Lösegeld, stimmt's?"

Evans Grinsen war das Letzte, womit Jonah gerechnet hatte. Stolz, gepaart mit Bewunderung erfüllte Jonahs Herz, aber er konnte es sich nicht leisten, seinen Gefühlen freien Lauf zu lassen, sonst würden sie womöglich beide schwach werden. Deshalb erwiderte er das Grinsen nur und legte Evan eine Hand aufs Knie. „Du bist ganz schön hart im Nehmen, was?"

Evan zuckte mit den Schultern. „Wenn Mutter sauer auf mich war, hat sie immer gesagt: 'Du bist genau wie dein Vater'."

Jonah straffte sich und musterte ihn eingehend. „Und wie hast du dich dabei gefühlt?“

Evan zuckte erneut mit den Schultern. „Ziemlich gut, schätze ich mal.“

Jonah verspürte einen schmerzhaften Stich. „Aber warum bloß, um Himmels willen? Du kanntest mich doch gar nicht. Ich kam in deinem Leben nicht vor.“

„Dafür konntest du ja nichts. Das hat mir Tante Macie erzählt.“

„Trotzdem muss es dir wehgetan haben, dass ich für dich nicht existierte.“

„Na ja, wahrscheinlich schon.“ Er wich Jonahs Blick aus.

„Es wäre dein gutes Recht, wegen dem, was man dir zugemutet hat, wütend zu sein.“

„Ich bin ja auch wütend, das kannst du mir glauben“, gab Evan zurück. „Ich bin wütend auf Großvater, weil er uns das alles angetan hat, und ich bin wütend auf die Leute, die Mom getötet haben. Aber auf dich bin ich nicht wütend.“

„Obwohl ich verstehen könnte, wenn du es wärst“, entgegnete Jonah. „Und an meinen Gefühlen für dich würde es ohnehin nichts ändern.“

Evan wandte sich ab, da ihm Tränen in die Augen schossen. Er wollte nicht, dass ihn sein Vater weinen sah, aber die Frage, die ihm auf der Zunge lag, musste er einfach stellen. „Äh ... Dad? Darf ich dich mal was fragen?“

Als Jonah die Anrede hörte, musste er ganz tief Atem holen, um seine Gefühle unter Kontrolle zu bringen. „Klar, schieß los.“

„Sagst du mir ganz ehrlich, was du fühlst? Für mich, meine ich.“

Jonah legte Evan einen Arm um die Schultern und zog ihn nah zu sich heran. „Es gefällt mir zu wissen, dass du mein Sohn bist. Es gefällt mir zu sagen 'Ich habe einen Sohn', und außerdem bin ich verdammt stolz auf dich. Wenn wir hier rauskommen, werden wir den Rest unseres Lebens damit verbringen, uns gegenseitig für diese verlorenen fünfzehn Jahre zu entschädigen."

Wieder schossen Evan Tränen in die Augen, und diesmal ließ er ihnen freien Lauf.

„Es ist okay, Junge", sagte Jonah und zog Evan näher zu sich heran. „Wein dich aus. Das hast du dir weiß Gott verdient."

Evan erschauerte, dann begannen seine Schultern zu beben. Als er versuchte, Atem zu holen, kam es als ein Aufschluchzen tief aus seinem Bauch.

Jonah schlang die Arme um seinen Sohn und hielt ihn ganz fest.

Noch bevor der Hubschrauber mit Ruger gelandet war, rannte Carl French, dicht gefolgt von Macie, darauf zu. Sobald der Hubschrauber aufgesetzt hatte, sprang Ruger heraus.

„Was ist los, und wo zum Teufel haben Sie gesteckt?" brüllte Ruger French über den Motorenlärm hinweg an.

„Rein!" schrie Carl zurück, während er Ruger durch eine Geste bedeutete, wieder in den Hubschrauber einzusteigen.

„He, Moment mal", sagte Ruger, als Macie sich anschickte, neben Carl auf den Rücksitz zu klettern. „Sie kommen aber nicht mit. Und bei ihm bin ich mir auch noch nicht ganz sicher“, schloss er, indem er auf Carl zeigte.

Als Macie neben ihm saß, bedeutete Carl Ruger, die Tür zuzumachen, damit der Lärm wenigstens ein bisschen gedämpft wurde. Ruger knallte sie zu und wies den Piloten an, noch zu warten; dann wandte er sich wieder Carl und Macie zu.

„Ich hatte einen anstrengenden Tag und habe keine Lust auf irgendwelche Spielchen. Also schießen Sie los, aber sehen Sie zu, dass mir das, was Sie erzählen, auch gefällt, sonst können Sie sich auf was gefasst machen.“

„Ich war im Hauptquartier. Ich weiß, wie McAllister an Jonah drangeblieben ist. Ich kann Ihnen zwar nicht sagen, wo sich Jonah im Augenblick aufhält, aber wenn Sie mich in die Luft bringen, gibt es eine echte Chance, ihn zu finden, bevor es zu spät ist.“

„Wovon reden Sie eigentlich?“ fragte Ruger.

Carl öffnete seinen Aktenkoffer und nahm etwas, das wie ein Notebook aussah, heraus. „Das ist das Allerneueste. Das einzige andere Gerät, das außer diesem noch existiert, liegt wahrscheinlich auf dem Meeresgrund.“

„Ich habe es gesehen und weiß, wie es funktioniert“, mischte sich Macie ein. „Wenn wir es schaffen, auf fünfundzwanzig Meilen an Jonah heranzukommen, wird es ihn orten.“

„Diese Leute sind nicht dumm“, sagte Ruger. „Falls Slade einen Sender bei sich tragen sollte, haben ihn Calderones Männer mit Sicherheit bereits entdeckt und entsorgt und Slade und den Jungen womöglich gleich mit.“

Ohne auch nur eine Sekunde zu überlegen, versetzte ihm

Macie eine schallende Ohrfeige. Es war wohl weniger der Schmerz als der Schock, der Ruger daran hinderte weiterzureden.

„Sie sollten sich schämen“, fuhr Macie ihn empört an. „Sie sollten sich schämen, so einfach aufzugeben. Jonah würde so etwas nie tun. Wenn Sie uns nicht helfen wollen, dann sagen Sie es, und zwar sofort. Sie haben bisher noch keine einzige heiße Spur gefunden, und alles, was wir über diesen Fall wissen, haben wir von Jonah. Wenn Sie uns keinen Hubschrauber zur Verfügung stellen, chartere ich eben ein Flugzeug, dann können Sie machen, was Sie wollen. Haben Sie mich verstanden?“

Es passte Ruger ganz und gar nicht, so heruntergeputzt zu werden, und schon gar nicht von einer Frau. Aber er wusste, dass er einen Schritt zu weit gegangen war. „Ich nehme French mit“, sagte Ruger. „Aber Sie steigen wieder aus. Zivilisten dürfen an FBI-Operationen nicht teilnehmen.“

„So ein Blödsinn“, widersprach Macie. „Solange es euch in den Kram passt, benutzt ihr jeden, den ihr brauchen könnt. Sorgen Sie dafür, dass dieses Ding endlich abfliegt, oder ich schwöre bei Gott, dass Ihnen die Titelseiten der Zeitungen gar nicht gefallen werden, wenn das hier erst vorbei ist.“

Diesmal versuchte Ruger nicht, seine Wut im Zaum zu halten. „Wollen Sie mir etwa drohen?“ knurrte er aufgebracht.

„Ja“, sagte Macie, während sie sich den Sicherheitsgurt umlegte.

Ruger verkniff sich einen Fluch und wandte sich an

French. „Sagen Sie ihr, dass sie sofort den Mund halten soll, oder ich werfe Sie beide raus."

Macie beachtete ihn nicht weiter, was ihn noch wütender machte. Er wandte sich an den Piloten und gab ihm so leise, dass sie es nicht verstehen konnte, eine knappe Anweisung, und wenig später war der Helikopter in der Luft.

Bald flogen sie in Richtung Süden, eingehüllt in die Dunkelheit, die nur von der Beleuchtung des Armaturenbretts und dem schwachen Lichtschein des Computers auf Carls Schoß durchbrochen wurde.

Justin Blakely war scharf auf Molly Dean und versuchte schon den ganzen Sommer, sie herumzukriegen. Er hatte es auf jede erdenkliche Art und Weise versucht, aber sie zierte sich immer noch. Mittlerweile war er sich nicht einmal mehr sicher, ob er sie überhaupt noch wollte, und es war eigentlich nur noch eine Frage des Stolzes, dass er das, was er angefangen hatte, auch zu Ende brachte.

Und heute hatte er alle Register gezogen. Er hatte die Yacht seines Vaters, dessen Crew und seine Champagnervorräte aufgeboten. Er hatte nicht nur Mollys Lieblingsspeisen an Bord, sondern auch ihre Lieblingsmusik. Zuerst waren sie nach Süden gefahren, und nachdem jetzt die Schokoladennachspeise nur noch als Hauch einer süßen Erinnerung auf ihrer Zunge lag, hatten sie vor einer kleinen Bucht Halt gemacht, deren Umrisse im Mondlicht nur schwach auszumachen waren.

„Was hältst du von einem Mitternachtsbad?" fragte Justin.

Molly warf einen Blick auf ihre Armbanduhr. „Es ist schon fast drei Uhr morgens", sagte sie zögernd.

Justin lächelte, dann beugte er sich vor und küsste sie aufs Ohrläppchen. „Dann eben ein Bad bei Sonnenaufgang“, sagte er.

Molly kicherte. „Ich habe aber kein Badezeug dabei.“

„Ich auch nicht“, sagte Justin. „Aber ich bin mir sicher, dass sich hier an Bord irgendwas auftreiben lässt, wenn du unbedingt meinst, etwas zu brauchen.“

Damit stand er auf und fing an sich auszuziehen.

Molly bekam Herzklopfen. Sie hatte noch nie einen Mann so begehrt wie Justin Blakely. Aber sie wollte kein flüchtiges Abenteuer. Sie war sich sicher, dass sie Justin liebte, und sie wollte seine Frau werden. Da sie jedoch seinen Ruf kannte, blieb ihr nichts anderes übrig, als ihn hinzuhalten. Es war ihre einzige Waffe.

Aber die heutige Nacht schien etwas Besonderes zu sein. Vielleicht hatte er ja vor, ihr einen Heiratsantrag zu machen. Während er sein Hemd auszog, wirkte er im Mondlicht wie ein junger Gott, der sie, schlank und braun gebrannt, um etwas bat, was sie noch keinem Mann gegeben hatte.

Sie schaute zu, wie er seine restlichen Kleider ablegte. Dann drehte er sich zu ihr um und verharrte einen Moment, bevor er ins Wasser sprang.

Ihr Herz hämmerte. Er war erregt gewesen. Bei seinem Anblick hatte sie zwischen ihren Beinen ein heftiges Kribbeln verspürt. Sie warf einen Blick über die Schulter. Die Männer der Crew waren nirgends in Sicht, deshalb schlüpfte sie kurz entschlossen aus ihren Kleidern und sprang ebenfalls ins Wasser.

Justin verkniff sich ein Grinsen, als er beobachtete, wie sich ihr schlanker, blasser, vom Mondlicht überfluteter Körper für einen Moment über dem Bootsrand erhob. Gleich darauf war sie neben ihm im Wasser.

„Lass uns an den Strand schwimmen", schlug Justin vor, während er auf die mondbeschienene Bucht hinter einem Felsenriff deutete.

„Was ist, wenn es hier Haie gibt?" fragte Molly ängstlich.

Justin zog sie zu sich heran, legte ihr eine Hand um den Hinterkopf und küsste sie leidenschaftlich. „Der einzige Hai hier bin ich", scherzte er, dann ließ er sie los und begann auf den Strand zuzuschwimmen.

Molly schwamm hinter ihm her, und wenig später wateten sie um den Felsen herum auf den Strand zu.

Justin hatte die ganze Zeit nur daran gedacht, sich mit Molly in dem weißen Sand zu vergnügen, aber damit war es aus und vorbei, als sie die Leiche sahen, die von der Strömung auf ein Felsplateau gespült worden war.

Molly stieß einen entsetzten Schrei aus. Justin erstarrte. Er konnte es nicht fassen, dass er so ein Pech hatte. Ausgerechnet an dem Strand, den er so sorgfältig ausgesucht hatte, war eine Leiche angespült worden.

Gleich darauf gab die vermeintliche Leiche ein Stöhnen von sich und bewegte sich.

„Er lebt!" schrie Molly. „Schwimm zurück und hol Hilfe ... und bring mir meine Kleider mit."

Justin seufzte. Das war's dann wohl. Aber er hatte keine andere Wahl, als zur Yacht zurückzuschwimmen und Hilfe zu holen. Und natürlich Molly Deans Kleider.

Collum glaubte, tot zu sein. Der Engel, der neben ihm stand, war wunderschön und sah genauso aus, wie er sich die Engel im Himmel immer vorgestellt hatte. Auch wenn er sich ein bisschen darüber wunderte, dass der Engel nackt war, bis ihm einfiel, dass es im Himmel wahrscheinlich keine Scham gab.

Allerdings hatte er nicht damit gerechnet hatte, dass man als Toter solche Schmerzen haben würde. Stutzig machte ihn auch, dass der Engel Molly hieß. Doch da er ein gewissenhafter Agent war, beschloss er, auf Nummer sicher zu gehen und das FBI zu informieren, nur für den Fall, dass er doch nicht im Himmel sein sollte. Er griff nach Mollys Hand und versuchte ihr zu sagen, dass sie einen FBI-Agenten namens Ruger anrufen sollte, aber er war sich nicht sicher, ob sie ihn verstand oder ob er überhaupt irgendetwas sagte. Vielleicht spielte sich das alles ja auch nur in seinem Kopf ab. Vielleicht passierte es ja gar nicht wirklich.

17. KAPITEL

Calderone fuhr schweißgebadet aus dem Schlaf hoch. Elenas Arm lag quer über seiner Brust, und eines ihrer Beine ruhte auf seinem Unterkörper.

Das war also der Grund dafür, warum sich sein Körper so schwer anfühlte. Einen Moment lang hatte er schon geglaubt, immer noch von dem Curare gelähmt zu sein. Dieser Zustand war die Hölle auf Erden gewesen, und ohne Elena wäre er jetzt womöglich gar nicht mehr unter den Lebenden.

Da er nun wusste, dass er nur schlecht geträumt hatte, holte er tief Atem und schob Elena kurzerhand von sich. Sie rollte sich im Schlaf auf die andere Seite und vergrub ihr Gesicht tiefer im Kissen. Er schaute auf ihre üppigen Kurven und die schwarze Flut ihrer Haare und erwog einen Moment lang, sie zu wecken, doch dann überlegte er es sich anders und wälzte sich aus dem Bett. Kaum hatte sein Fuß den Boden berührt, stieg Unruhe in ihm auf.

Vorsichtshalber angelte er sich seinen Revolver vom Nachttisch und verließ das Haus, um draußen auf dem mondbeschienenen Grundstück nach irgendwelchen Anzeichen für einen Eindringling Ausschau zu halten. Aber er konnte nichts Auffälliges entdecken. Selbst der Hund lag im Tiefschlaf auf der Veranda.

Nachdem er sich davon überzeugt hatte, dass alles in Ordnung war, dachte er an das, was vor ihm lag. Er war gesund und frei, aber sein geliebter ältester Sohn war tot.

Seine Gedanken wanderten zu dem Hangar an der Küste, in dem Evan Blaine gefangen gehalten wurde. Sie hatten den alten Armeestützpunkt mehr als einmal genutzt, um

Kokain ins Land zu schmuggeln. Und wenn die Zeit für das Attentat gekommen war, würde an dieser Stelle wieder alles zusammenlaufen. Nur weil sein ursprünglicher Plan, den Präsidenten zu ermorden, durchkreuzt worden war, bedeutete das noch lange nicht, dass er ihn aufgeben musste. Sicher, es war beschämend gewesen, dass seine Partner bei der Razzia auf seiner Hazienda festgenommen worden waren, und sein Ruf hatte dadurch gelitten. Und das hieß, dass es in Zukunft schwieriger werden würde, Leute um sich zu scharen, die der amerikanischen Regierung feindlich gesinnt waren. Aber Calderone hielt sich im Grunde für unbesiegbar, denn sonst wäre er heute nicht dort, wo er war. Deshalb war er fest davon überzeugt, dass er zu gegebener Zeit andere Gleichgesinnte finden würde.

Im Moment jedoch war sein ganzes Sinnen und Trachten darauf gerichtet, Rache zu üben. Und dass die Person, an der er seine Rache zu vollziehen gedachte, ein amerikanischer Regierungsbeamter war, war ihm eine zusätzliche Genugtuung. Trotzdem wurde er, während er jetzt so dastand und in die Dunkelheit lauschte, das Gefühl nicht los, dass irgendetwas nicht so war, wie es sein sollte. Deshalb war er auch nicht überrascht, als kurz darauf im Haus das Telefon klingelte. Er warf einen Blick auf seine Uhr, dann ging er hinein, um den Anruf entgegenzunehmen.

„*Sí?*“

„*Padrone* ... Carlos Padillo ... er ist immer noch bewusstlos.“

Calderones Hand legte sich fester um den Hörer. Padillo hatte den Jungen bewacht. Was war mit dem Jungen, wenn Padillo nicht mehr auf ihn aufpassen konnte?

„Was ist passiert?“

Sein Gesprächspartner am anderen Ende der Leitung zögerte.

„Dieser Mann ... Jonah Slade. Er war gefesselt ... aber dann ist trotzdem alles so schnell gegangen.“ Er schilderte in kurzen Zügen, was passiert war.

Calderone hatte das Gefühl, als täte sich der Boden unter ihm auf. „Heißt das, dass Slade – obwohl er gefesselt war – einen meiner Männer angegriffen hat und ihr tatenlos zugesehen habt?“

Als der Mann Calderones ausdruckslose Stimme hörte, wurde ihm ganz schlecht vor Angst, aber ihm blieb nichts anderes übrig, als zu sagen, was gesagt werden musste. „Aber *Padrone* ... Sie haben uns verboten, auf ihn zu schießen, weil es eine Ehrensache für Sie ist, Alejandros Tod selbst zu rächen. Was hätten wir tun sollen?“

Calderone zitterte vor Wut. „Das stimmt, aber ich bin davon ausgegangen, dass ihr in der Lage seid, die beiden ohne Zwischenfälle ruhig zu halten.“

„Sie sind sicher eingesperrt, *Padrone*, und erwarten Ihre Ankunft.“

„*Bueno*, also haltet euch von dem Mann fern, bis ich da bin.“

„Ja, das werden wir, *Padrone*, ganz bestimmt. Padillo war selbst schuld, dass es so gekommen ist. Sie haben befohlen, Evan Blaine nicht anzurühren, aber er hat den Jungen böse zusammengeschlagen.“

„Das ist noch lange nichts gegen das, was ich mit ihm machen werde ... und mit seinem Vater. Ich komme bald. Und seht zu, dass ihr mich nicht nochmal enttäuscht.“

„*Sí, Padrone*. Bei Ihrer Ankunft wird alles so sein, wie Sie es wünschen."

Calderone trennte die Verbindung, dann schleuderte er wütend das Telefon quer durchs Zimmer. Es krachte gegen die Wand und fiel in seine Einzelteile auseinander. Er hatte Jonah Slade unterschätzt, aber ein zweites Mal würde ihm das nicht passieren.

Er stürmte aus dem Wohnzimmer, die Treppe hinauf in den ersten Stock, wo er sämtliche Zimmertüren aufriss, das Licht anknipste und brüllte: „Aufstehen! Aufstehen!" Wenig später war das ganze Haus in Aufruhr. In der Annahme, dass sie angegriffen wurden, stürzten aus allen Zimmern Männer mit gezogenen Pistolen, aber sie trafen nur auf Calderone, der seine Befehle brüllte. „Zieht euch an. Wir müssen sofort los."

Jaime Avila, ein Mann von minderen Geistesgaben, nahm fälschlicherweise an, dass Calderone aufgrund der Nachwirkungen des Giftes noch verwirrt wäre. „Bitte, *Padrone*", sagte er beschwichtigend, „Sie sollten sich noch ausruhen."

Calderone hob wortlos seine Pistole und jagte ihm eine Kugel in die Brust. Die Männer keuchten und erstarrten vor Entsetzen, als Avila in sich zusammensackte und gleich darauf mit einem dumpfen Geräusch zu Boden fiel.

„Tut, was ich euch sage!" brüllte Calderone. „Ich muss bei Tagesanbruch beim Stützpunkt sein, sonst ist es zu spät." Dann deutete er auf den Mann am Boden. „Schafft ihn weg. Leute, die an mir zweifeln, kann ich nicht brauchen."

Da keiner der Männer Lust hatte, das gleiche Schicksal wie Jaime zu erleiden, überschlugen sie sich fast, um Calderones Befehl auszuführen.

Knapp eine Stunde später war Calderone in der Luft. Er schaute auf seine Uhr. Zehn Minuten vor fünf. Wenn sie am Ziel waren, würde es bereits heller Tag sein, für seine Zwecke genau das Richtige. Er konnte es kaum erwarten, das Entsetzen in Jonahs Slades Gesicht zu sehen, wenn er seinem Sohn das Herz bei lebendigem Leib aus der Brust riss.

Sie waren inzwischen seit fast zwei Stunden in der Luft, ohne dass sich auf dem Monitor etwas gerührt hatte. Ruger presste die Lippen zusammen und schwieg. Auf Carl French' Stirn hatte sich ein feiner Schweißfilm gebildet.

Nur Macie, die neuen Mut geschöpft hatte, erschien das alles unwichtig. Sie war überzeugt davon, dass sie eine zweite Chance bekommen hatte. Sie konnte einfach nicht glauben, dass Gott so grausam sein würde und ein zweites Mal die Menschen auslöschte, die sie liebte. Und wenig später kam ein Anruf von Agent Sugarman, der sie in ihrem Glauben bestärkte.

„Er lebt? Wo habt ihr ihn gefunden? Kann er reden? Prima Mann", sagte Ruger, dann schnappte er sich einen Stift und notierte sich einige Richtungsanweisungen. „Großartig! Ja, ich hab's! Schickt so bald wie möglich die anderen Hubschrauber los. Ich habe keine Ahnung, wie viel Verstärkung wir brauchen, aber diesmal gehe ich auf Nummer sicher."

Macie packte Ruger an der Schulter.

„Was ist los?"

Die Neuigkeiten hatten Ruger in gute Laune versetzt, sodass er sich tatsächlich ein Lächeln abrang. „Sie haben McAllister gefunden."

„Lebt er?“ fragte Carl.

„Ja. Er ist ziemlich durch den Wind, aber er hat immer wieder dieselben Zahlen wiederholt. Sugarman hat auf einer Luftkarte nachgesehen. Es sind die Koordinaten eines alten Armeestützpunkts an der Küste.“

Macies Finger krallten sich in Rugers Jackett. „Wie weit sind wir davon entfernt?“

Der Agent schaute auf den Piloten, der sich an seinem Instrumentenbord zu schaffen machte, dann warf er Carl einen Blick zu, wobei er sich fragte, wie sie die Stelle hatten übersehen können.

„Wir waren zu weit im Inland. Es ist dreißig Minuten weiter nördlich“, sagte Carl.

Ruger gab sich mit Carls Erklärung zufrieden und nickte. Dreißig Minuten. Macie wusste, dass in so einer Zeitspanne alles passieren konnte.

„Bitte“, sagte sie. „Bitte, beeilen Sie sich.“

Ruger konnte ihre Panik nachfühlen. „Ja, Ma'am.“

Der Hubschrauber drehte nach rechts ab und begann dieselbe Strecke, die sie gerade gekommen waren, zurückzufliegen, diesmal jedoch dichter an der Küste.

Draußen auf dem Flur erklangen Schritte, und gleich darauf sickerte unter der Tür ein schmaler Lichtstreifen hindurch. Jonah setzte sich vor seinen Sohn auf das Fußende der Pritsche, um Evan vor denen zu schützen, die gleich zur Tür hereinkommen würden.

Jetzt hörte man, wie sich ein Schlüssel im Schloss drehte, und eine Sekunde später standen die beiden Männer, die Jonah hergebracht hatten, mit ihren Gewehren im Anschlag in der Tür. Sie wirkten überrascht, dass er so nah an der Tür war, und wichen vorsichtshalber ein wenig zurück.

„Los, vom Bett weg!“ befahl der eine.

Jonah stand auf. „Erst wenn diese Gewehre nicht mehr auf meinen Sohn zielen.“

Die beiden Männer verständigten sich mit Blicken. Auch wenn es nicht danach aussah, als ob es einfach werden würde, mussten sie sich davon überzeugen, dass von dem Mann keine Überraschungen zu erwarten waren, wenn der *Padrone* den Raum betrat.

Das Bett hinter Jonah quietschte. Evan war aufgewacht.

„Was ist?“ fragte der Junge, während er aufstand.

Jonah streckte die Hand nach ihm aus. „Bleib hinter mir.“

Eine Sekunde später verriet ihm Evans Hand auf seinem Rücken, dass sein Sohn dicht hinter ihm war. Zusammen bewegten sie sich nach rechts.

„Ein bisschen eng hier drin“, sagte Jonah. „Außerdem müsste irgendjemand den Hauswirt informieren, dass die Klospülung kaputt ist. Ansonsten lässt es sich hier ganz gut aushalten.“

Die beiden Männer überhörten die sarkastische Bemerkung und traten näher. Sie rissen die Matratze aus dem schmalen Bett, dann warfen sie das Bettgestell um. Nachdem sie sich davon überzeugt hatten, dass nirgendwo eine Waffe versteckt war, warfen sie einen Blick zu der winzigen stinkenden Zelle.

Einer der Bewacher deutete mit seinem Gewehr in die Richtung. „Du gehst und schaust nach“, sagte er zu seinem Kumpel. „Ich halte sie so lange in Schach.“

Der andere schnaubte missbilligend. „Nein, du gehst. Ich halte sie in Schach."

Jonah lachte. „Na, kommt schon, Jungs. Ohne Fleiß kein Preis."

Sie scharrten nervös mit den Füßen, verunsichert, was sie von einem Mann halten sollten, der im Angesicht seines eigenen Todes immer noch lachte.

„Los, gehen wir", sagte der Erste, dann verließen sie eilig den Raum.

Jonah hörte, wie sich der Schlüssel im Schloss drehte, dann vernahm er das Geräusch sich entfernender Schritte.

„Was hatte das denn zu bedeuten?" fragte Evan.

„Keine Ahnung. Lass uns einfach das Bett wieder machen, was meinst du? Dann kannst du noch ein bisschen schlafen."

Nachdem sie das Bettgestell aufgehoben und die Matratze wieder darauf gelegt hatten, schob Jonah das Bett in eine andere Ecke des Raumes.

„Was soll das?" fragte Evan.

Jonah lächelte. „In meinen Augen wirkt der Raum irgendwie unharmonisch. Ich finde, dass das Bett an der Wand besser aussieht. Jetzt fehlen nur noch ein Tisch und eine Lampe, vielleicht ein paar gute Bücher und eine Kühltasche mit Coke, dann können wir es uns gut gehen lassen. Du weißt, dass Feng-Shui wirklich funktioniert. Ich glaube, dass diese Jungs viel entspannter wären, wenn sie ab und zu mal ein bisschen umräumen würden."

Evan lachte, während er sich auf die Bettkante setzte, wobei er unbewusst seine Hände schonte.

Jonah registrierte es, sagte jedoch kein Wort dazu. Im

Moment gab es nichts, was er tun konnte, um seinem Sohn Erleichterung zu verschaffen, aber irgendwann würde er es können. Dass doch noch alles böse enden könnte, daran wollte er gar nicht denken. „Hast du Lust zu reden?" fragte Jonah.

„Ja, klar. Worüber?"

Jonah setzte sich neben Evan, dann beugte er sich vor und stützte seine Ellbogen auf die Knie.

„Darüber, was für Musik wir am liebsten hören und was wir am liebsten essen, können wir uns später unterhalten. Im Augenblick interessiert mich mehr, ob du mir etwas über die Leute erzählen kannst, die dich hier gefangen halten."

Zwischen Evans Augenbrauen bildete sich eine steile Falte. „Nicht viel. Da war dieser Kerl, der mich bewacht hat und den du ..."

„Ich habe ihm eine Lektion erteilt, die er so schnell nicht vergessen wird", erwiderte Jonah.

In Evans Kiefer zuckte ein Muskel. „Ich glaube, ich habe mich noch gar nicht bedankt, oder?"

„Ein Kind sollte so etwas nicht sehen", sagte Jonah.

Evan schwieg einen Moment, dann sagte er so leise, dass man es fast nicht verstehen konnte: „Ich bin kein Kind mehr."

Jonah seufzte, dann legte er Evan eine Hand auf den Kopf. „Ja, ich weiß. Es tut mir trotzdem Leid."

„Schon gut", sagte Evan. „Also, da war, wie schon gesagt, dieser Kerl, der mir immer das Essen gebracht hat, und ... ach ja ... diese Frau, die irgendwann kam und mich zum Essen zwingen wollte. Sie hatte einen Mann dabei, aber das war wohl eher so eine Art Leibwächter. Sonst habe ich niemanden gesehen."

Jonah nahm an, dass die Frau Calderones Geliebte gewesen war. „Und die Nonne war sie wahrscheinlich auch", sagte er mehr zu sich selbst als zu Evan.

„Was denn für eine Nonne?"

„Egal", sagte Jonah. „Sie war keine echte Nonne und hat Calderone geholfen, aus dem Gefängnis zu entkommen."

„Und wer ist Calderone?" fragte Evan. „Der, dessen Sohn du getötet hast? Was hat er gemacht?"

Jonah runzelte die Stirn. „Er ist ein sehr mächtiger kolumbianischer Drogenboss. Außer dass er unser ganzes Land mit Drogen überschwemmt, haben wir ihn auch noch in Verdacht, dass er ein Attentat auf den Präsidenten plant."

„Wahnsinn", sagte Evan und musterte Jonah mit noch größerem Respekt. „Und du hast geholfen, ihn zu fangen."

„Ja, aber du hast mit deiner Familie einen überaus hohen Preis dafür bezahlt."

„Dad, Tante Macie hat irgendwann mal zu mir gesagt, dass ich nicht für die Fehler anderer verantwortlich gemacht werden kann. Und das kannst du auch nicht. Du kannst nichts dafür, dass du nichts von mir wusstest, und auch nicht, dass dieser Calderone so ein schlechter Mensch ist."

Jonah gab sich keine Mühe, den Stolz, den er fühlte, zu verhehlen. „Du bist wirklich schon ein richtiger Mann, mein Sohn."

Evan begegnete Jonahs Blick. „Ich weiß nicht, Dad. Findest du wirklich?"

„Himmel, ja“, brummte Jonah, dann umarmte er den Jungen kurz. „Und jetzt nochmal zu der Nonne, die keine ist. Kannst du mir irgendetwas von ihr erzählen?“

Evan runzelte die Stirn. „Na ja, also ... die Frau, die hier war, hat sich ganz bestimmt nicht benommen wie eine Nonne“, sagte Evan. „Sie bekam einen Wutanfall und hat mich so angebrüllt, dass ich schon dachte, sie geht gleich auf mich los, mehr weiß ich nicht.“ Nachdem er einen Moment nachgedacht hatte, fügte er hinzu: „Aber da war noch jemand anders. Ich habe ihn zwar nicht sehen können, aber ich habe zweimal seine Stimme gehört. Ich bin mir ziemlich sicher, dass er ein weißer Amerikaner war.“

Jonah verspürte ein Kribbeln im Bauch. War dieser Mann das fehlende Glied in der Kette? Der Mann, der ihn an Calderone verraten hatte?

„Wie kommst du darauf, dass er ein weißer Amerikaner war?“

Evan zuckte mit den Schultern. „Er hat nicht spanisch mit ihnen gesprochen. Außerdem habe ich es an seiner Stimme gehört.“

„Würdest du die Stimme wiedererkennen?“

Nachdenklich runzelte Evan die Stirn. „Kann sein.“

„Hatte sie irgendetwas Charakteristisches an sich? Vielleicht einen bestimmten Akzent, den du wiedererkennen würdest?“

„Nein, einen Akzent hatte er nicht. Ich habe nur gehört, wie er sich verabschiedet hat. Und dann hat er noch gesagt, dass sie sich kein Spielgeld andrehen lassen sollen.“

„Das ist eine ziemlich geläufige Redewendung“, sagte Jonah.

„Ja, ich weiß."

„Es ist okay", sagte Jonah. „Bemüh dich einfach, seine Stimme in Erinnerung zu behalten. Und wenn du sie je hören solltest, darfst du dir nicht anmerken lassen, dass du sie wiedererkennst."

Evan nickte, dann meinte er: „Ja, gut, aber woher willst du es dann wissen?"

„Ich schlage vor, dass wir ein Codewort ausmachen, was meinst du?" fragte Jonah.

„Gute Idee, und was?"

Jonah überlegte einen Moment. „Weißt du noch, was ich dich am Telefon gefragt habe ... als ich herausfinden wollte, ob du wirklich der bist, für den du dich ausgibst?"

„Ja, wie Mom mit ihrem zweiten Vornamen hieß."

„Richtig. Warum nehmen wir also nicht Laura?"

„Okay, abgemacht, Dad", sagte Evan und lächelte.

Als Jonah hochfuhr, weil er ein Geräusch gehört hatte, lächelte er immer noch.

„Was ist?" fragte Evan.

„Pst", machte Jonah, während er aus dem Bett sprang, schnell zum Fenster lief und sein Ohr gegen einen Spalt zwischen den Brettern presste.

Evan lauschte ebenfalls. Eine Sekunde lang vernahm er nur das Rauschen der Wellen, die über den Strand schwappten. Doch dann hörte er es auch. Den Motorenlärm eines näher kommenden Hubschraubers.

„Da kommt jemand!" rief er aus.

Jonah fuhr herum und schaute zur Tür. „Richtig, da kommt jemand."

Kurz vor Sonnenaufgang entdeckte Carl einen Echoimpuls auf dem Bildschirm.

„Ich habe ihn!“ schrie er. „Bei Gott, ich habe ihn!“

Ruger beglückwünschte ihn, indem er beide Daumen hochhielt, dann beugte er sich vor und sagte etwas zu dem Piloten, während Macie Carl aufgeregt die Hand auf den Arm legte.

„Heißt das, dass es ihnen gut geht?“ fragte sie.

Carl hatte nicht vor, sie unnötig aufzuregen, indem er ihr sagte, dass der Computer ebenso reagieren würde, wenn Jonah tot wäre. „Ich weiß über dieses Gerät nicht so gut Bescheid wie McAllister. Ich weiß nur, dass Jonah immer noch das Hemd mit dem eingebauten Sender trägt.“

„Oh Gott, ich kann nicht mehr, das halte ich nicht aus“, stöhnte Macie und schlug ihre Hände vors Gesicht.

„Sie dürfen jetzt nicht aufgeben“, sagte Carl. „Nicht, nachdem wir so weit gekommen sind.“

Macie versuchte sich zu beruhigen, indem sie durch das Fenster zum Horizont schaute. Im Osten zeigte sich bereits ein schwacher Lichtschimmer. „Bald geht die Sonne auf“, sagte sie.

„Ein neuer Tag“, gab Carl zurück. „Also denken Sie positiv.“

Sie nickte, aber irgendetwas lag ihr wie ein Stein im Magen.

Ruger drehte sich um. „Miss Blaine, wenn wir unten sind, möchte ich Sie um etwas bitten.“

„Was immer Sie wollen.“

„Bleiben Sie mit dem Piloten im Hubschrauber.“

„Ja, natürlich. Ich bin nicht so töricht zu glauben, ich

könnte in dieser Situation etwas beitragen, aber Sie müssen mir versprechen, dass Sie mir so bald wie möglich ... ich muss wissen, ob ..."

„Machen Sie sich darüber keine Gedanken", entgegnete Ruger.

Macie lehnte sich in dem Sitz zurück und schloss die Augen.

Ruger nahm an, dass sie betete. Und sie konnten weiß Gott jede Hilfe brauchen. Als er das Beben in ihrer Stimme gehört hatte, war an die Stelle seiner Verärgerung Verständnis getreten. Die vergangenen Tage waren für alle schwer gewesen, aber für sie besonders. Immerhin war ihre Familie betroffen. Natürlich wünschte sie sich verzweifelt zu wissen, ob Jonah und Evan noch am Leben waren.

Er schaltete das Funkgerät im Cockpit an und erkundigte sich, wann er mit der angeforderten Verstärkung rechnen könne. Schließlich erfuhr er, dass einer der Hubschrauber weniger als zehn Minuten von ihnen entfernt war und der andere weniger als fünf. Das war gut. Sie würden fast zur gleichen Zeit bei dem alten Armeestützpunkt landen.

Das rhythmische Dröhnen der Propeller war wie ein Puls. Während er mit dem Finger zärtlich über die Klinge seines Messers fuhr, malte Calderone sich aus, dass dieser Puls im Gleichschritt mit seinem eigenen pochte. Er umfasste das Messer fest, aber liebevoll – so liebevoll, wie er Elena umfasste, wenn er Liebe mit ihr machte. Das Metall war warm, die Klinge scharf wie eine Rasierklinge. Als er sich ausmalte, wie dieser blitzende Stahl Fleisch, Muskeln und Sehnen durchtrennte, rieselte ihm ein wohliger Schauer über den

Rücken. Mit bebenden Nasenflügeln und geschlossenen Augen lauschte er dem Rauschen des Blutes in seinen Ohren. Töten war für Calderone wie ein Liebesakt. Es machte für ihn keinen Unterschied, ob er mit seinem Glied in den Körper einer Frau oder mit einem Messer in den Körper eines Menschen eindrang. Er war süchtig nach dem, was er dabei fühlte, nach dem Gefühl, Herr über Leben und Tod zu sein, Leben entweder geben oder nehmen zu können. Er spürte Elenas Hand auf seinem Oberschenkel und ihren Atem an seiner Wange, als sie ihm etwas ins Ohr flüsterte.

„Wir sind gleich da, Geliebter."

Tief durchatmend öffnete er die Augen. Bald würde die Sonne aufgehen. Die Nacht begann bereits langsam dem Tag zu weichen, das Licht warf Schatten, wo eben noch tiefe Dunkelheit geherrscht hatte.

„Da! Siehst du es? Am Horizont tauchen schon die Dächer auf."

Calderones Miene gab nichts von seinen Gefühlen preis. Doch dann fuhr er abrupt herum und packte Elena an den Haaren. Er riss sie brutal zu sich heran und presste seinen Mund auf ihren. Obwohl es scheußlich wehtat, genoss Elena den Gedanken, dass sie ihrem Miguel etwas gab, was ihm keine andere Frau geben konnte. Genauso wie er fühlte auch sie sich erst von Schmerzen richtig erregt. Als sie sich ausmalte, wie leidenschaftlich er sein würde, nachdem er Vergeltung geübt hatte, erschauerte sie vor Verlangen.

So abrupt, wie er sie an sich gerissen hatte, ließ er sie wenig später wieder los. Als der Hubschrauber langsam nach unten schwebte, spielte um seine Lippen ein böses Lächeln.

„Wer kann das sein? Wer kommt da?“ fragte Evan.

Jonah wollte nicht lügen. Ihrer beider Leben hing davon ab, dass der Junge in der Lage war, schnell zu reagieren.

„Ich weiß nicht“, erwiderte er. „Aber egal, wer es auch ist, du musst mir eins versprechen. Wenn ich sage renn, dann rennst du, hast du mich verstanden? Und zwar ohne dich umzusehen.“

Das hoffnungsvolle Leuchten in Evans Augen erlosch.

„Evan?“

„Ich habe dich verstanden“, sagte der Junge.

Als Jonah seinem Sohn die Hände auf die Schultern legte, spürte er, wie mager sie waren, aber er wusste, dass in Evans Brust ein mutiges Herz klopfte. „Würdest du das für mich tun?“

„Ja.“

„Wenn es nicht unsere Leute sind, rennst du zum Strand, so schnell du kannst. Es ist besser im Wasser zu sterben als durch ihre Hände. Versprich es mir, Evan.“

Plötzlich hing Evan an Jonahs Hals. Ihm war schlecht vor Angst, aber er blinzelte seine Tränen fort und klammerte sich nur fest an seinen Vater. „Ich verspreche es dir“, flüsterte er.

Jonah erlaubte sich für ein paar Sekunden, die Umarmung seines Sohnes zu genießen und ihn fest an sich zu drücken.

„Vielleicht ist es ja die Polizei“, fuhr Evan voller Hoffnung fort.

Jonah, der bezweifelte, dass es so war, wurde das Herz noch schwerer. „Ja, vielleicht“, sagte er weich und verfluchte sein Schicksal, weil es seine Pläne wieder einmal durchkreuzt hatte.

Plötzlich löste sich Evan von Jonah und musterte ihn nachdenklich. Es war offensichtlich, dass er etwas auf dem Herzen hatte. „Äh ... ich muss dir was sagen, Dad", meinte er schließlich.

„Okay, schieß los."

„Ich bin wirklich stolz darauf, dass du mein Dad bist."

Jonah war so verlegen, dass er einen Moment nicht wusste, was er sagen sollte. „Ich danke dir, mein Sohn", erwiderte er schließlich. „Mehr als du je wissen wirst, aber ich muss dir auch etwas sagen. In Wirklichkeit bin ich es, der Grund hat, auf dich stolz zu sein. Du bist wirklich ein ganz toller Bursche, Evan Blaine."

Als sie gleich darauf draußen vor der Tür Schritte hörten, schob Jonah Evan hinter seinen Rücken.

18. KAPITEL

Miguel Calderones Absätze knallten bei jedem Schritt triumphierend auf den Boden, während er durch den alten Hangar stolzierte. In seinen Augen hatte er allen Grund zu triumphieren, denn immerhin hatte er die Regierung der Vereinigten Staaten – die mächtigste Regierung der Welt – aufs Kreuz gelegt und war in Freiheit. Und das war für ihn Beweis genug. Jetzt blieb der bewaffnete Wächter, der vor ihm herging, stehen und deutete auf eine Tür.

„Da drin, *Padrone.*“

„Aufmachen“, befahl Calderone.

Der Mann zog einen Schlüsselbund aus seiner Tasche und schloss auf. Als Sekunden später die Tür aufschwang, stand Calderone dem Mann, der seinen Sohn getötet hatte, von Angesicht zu Angesicht gegenüber.

„So trifft man sich wieder“, sagte Calderone.

Da Jonah wusste, dass dieser Mann an einer verbalen Auseinandersetzung ebenso großen Spaß haben konnte wie an einer körperlichen, schwieg er.

Wütend kniff Calderone die Augen zusammen. Er hatte eine Reaktion erwartet, keinen kalten, unbeteiligten Blick.

Er ging ein paar Schritte nach vorn, dann holte er überraschend aus und schlug Jonah mit dem Handrücken ins Gesicht. „Na, bist du immer noch nicht wütend?“ fragte er.

Jonah blinzelte, seine Wange brannte. Ein paar Sekunden lang sagte er nichts, dann lächelte er.

Das war das Letzte, womit Calderone gerechnet hätte. Als er das Lächeln sah, wusste er, dass er seinen Gegner ein weiteres Mal unterschätzt hatte. Blitzschnell zog er sein

Messer und brüllte mit Blick auf seine Männer: „Schnappt euch den Jungen und bringt ihn mir! Mal sehen, ob er dann immer noch grinst."

Jonahs Muskeln spannten sich an. Hinter sich konnte er hören, dass Evan erschrocken Atem holte, als die beiden Wächter auf ihn zukamen.

„Evan?" fragte Jonah.

„Ich erinnere mich", antwortete der Junge.

„Tu es für mich, Sohn", sagte Jonah, dann brüllte er: „In Deckung!"

Evan ließ sich zu Boden fallen, während Jonah schnell nach vorn sprang und sich auf einen der Wächter stürzte. Evan glaubte zu sehen, wie der Stiefelabsatz seines Vaters gegen das Kinn des Mannes krachte, aber ganz sicher war er sich nicht. Er wusste nur, dass da jetzt ein Mann weniger stand als noch eine Sekunde vorher.

Calderone keuchte und wich eilig einen Schritt zurück. Doch ehe er sich in Sicherheit bringen konnte, hatte Jonah den Mann, der geschworen hatte, ihn zu töten, im Würgegriff und drückte ihm sein eigenes Messer an die Kehle.

„Schießt!" schrie Calderone. „Los, erschießt ihn!"

„Eine winzige Bewegung genügt, und ich schneide eurem *Padrone* die Gurgel durch", warnte Jonah.

Die Männer standen wie gelähmt da und wussten nicht, was sie tun sollten.

Calderone wiederholte seinen Befehl, aber niemand führte ihn aus. Dann fiel ihm der Junge ein.

„Erschießt den Jungen! Erschießt den Jungen!" brüllte er, während er versuchte, sich aus Jonahs Würgegriff herauszuwinden.

Jonah stach Calderone die Messerspitze in den Hals. Nicht tief genug, um ihn zu töten, aber doch so tief, dass es schmerzte. Aus der Wunde quoll Blut, das an Calderones Hals hinunterlief und auf sein Hemd tropfte.

„Aaiiee!"

Calderones Schrei war eine Mischung aus Entsetzen, Wut und Schmerz. Sein so sorgfältig ausgeklügelter Plan drohte zu scheitern.

Plötzlich entstand an der Tür Bewegung, und dann war Elena im Raum. Sie schaute auf Jonah, aber die Mündung ihrer Waffe zielte auf Evans Brust.

„Loslassen", befahl sie Jonah. „Sofort loslassen, oder ich töte den Jungen."

Bevor irgendjemand reagieren konnte, hörte man erneut das Dröhnen von Hubschraubern. Das Entsetzen, das Elena im Gesicht geschrieben stand, sagte Jonah alles, was er wissen musste. Wenn sie niemanden mehr erwarteten, konnte es nur Ruger sein. Sie warf einen gehetzten Blick über die Schulter. Diesen Moment nutzte Jonah, um zu handeln.

Er versetzte Calderone einen Stoß, sodass dieser nach vorn fiel und Elena mit sich riss. Die Pistole rutschte ihr aus der Hand und fiel polternd zu Boden. Jonah war mit einem Satz bei der Waffe und schnappte sie sich.

Einer der Bewacher drehte sich auf dem Absatz um und rannte davon, der andere blieb, wie gebannt von Jonahs Blick, stehen.

„Lauf, Evan! Lauf!" brüllte Jonah. „Lauf davon und dreh dich nicht um."

„Aber da kommen doch noch mehr Hub..."

„Das sind unsere Leute!“ schrie Jonah, während er die drei mit der Pistole in Schach hielt.

Auf zitternden Beinen rannte Evan um sein Leben, dem Ausgang entgegen. Als er dort ankam, war er so geblendet von dem hellen Morgenlicht, dass er taumelte und fast hingefallen wäre. Noch ehe er sein Gleichgewicht wiedergefunden hatte, hörte er jemanden seinen Namen rufen. Er sah die schattenhaften Umrisse von Männern, die auf ihn zurannten und ihm zuschrien, in Deckung zu gehen.

Irgendjemand packte ihn am Arm und sagte: „Jetzt ist alles gut, Junge. Du bist in Sicherheit. Komm mit.“

Evan ging vor Erleichterung in die Knie und setzte sich auf den Hosenboden. Sie waren gerettet. „Dort ... mein Dad“, sagte er und deutete hinter sich.

„Den nehmen wir auch mit“, erwiderte der Mann. „Kannst du aufstehen oder soll ich dir helfen?“

„Meine Hände“, warnte Evan. „Passen Sie auf, dass Sie nicht an meine Hände kommen.“

Der Agent schaute nach unten, und als er Evans furchtbar zugerichteten Hände sah, drehte sich ihm der Magen um. „Keine Sorge, Junge, wir haben medizinisches Personal an Bord.“

Der Wachmann war verzweifelt. In der Sekunde, in der Jonah Slade die Waffe an sich gerissen hatte, wusste er, dass er die falsche Entscheidung getroffen hatte. Wäre er doch nur mit Julio weggelaufen.

„Gnade! Gnade!“ winselte er und riss die Hände hoch.

Jonah versetzte ihm einen donnernden Kinnhaken, dann zog er dem Mann den Gürtel aus der Hose und fesselte ihm die Hände auf den Rücken. Das würde reichen, bis Rugers Leute ihm Handschellen anlegten.

Jetzt schaute Jonah auf Calderone am Boden, der ihn hasserfüllt anstarrte, während Elena, die neben ihm hockte, wütend ausspuckte. Jonah ging zu ihm und blieb dicht vor dem Drogenboss stehen.

Mühsam ballte Calderone die Hand zur Faust und schüttelte sie schwach.

Jonahs Lippen verzogen sich zu einem Lächeln. „Hast du etwa geglaubt, dass ich tatenlos zusehe, wie du meinen Sohn umbringst?"

Calderone krallte seine Hand dort, wo sein Herz pochte, in sein Hemd.

„Ja, ich weiß, dass dein Sohn tot ist", fuhr Jonah fort. „Aber wenn du ihn anders erzogen hättest, würde er jetzt noch leben. Denk immer daran, wenn du in deiner stinkenden Gefängniszelle sitzt."

Nach diesen Worten verließ er den Raum. Als er am Eingang des Hangars angelangt war, legte er den Kopf in den Nacken und atmete tief und langsam die frische Luft ein.

Männer in Armeekleidung schwärmten aus, um Calderone und seine Helfershelfer festzunehmen und anschließend die Wellblechbaracken zu durchsuchen. Jonah ging an ihnen vorbei, den Blick auf die große Huey gerichtet, aus deren Bauch noch mehr Soldaten quollen.

„Da hast du ja ganz schön was auf die Beine gestellt, Ruger", brummte er in sich hinein, um gleich darauf wie angewurzelt stehen zu bleiben.

„Macie?" entfuhr es ihm ungläubig.

Im nächsten Augenblick ging er auch schon auf sie zu,

zuerst mit langen Schritten, dann im Laufschritt, bis er schließlich rannte. Als sie aus dem Hubschrauber sprang, fing er sie überglücklich auf und nahm dabei ihren süßen Duft in sich auf.

Er lebte. Er lebte tatsächlich.

„Ich hatte so schreckliche Angst, dich zu verlieren", sagte Macie und schmiegte ihr Gesicht an seinen Hals.

Er schlang seine Arme noch fester um sie, während ihm Tränen den Hals zuschnürten.

„Niemals", sagte er heiser, dann ließ er sie herunter. „Evan? Wo ist Evan?"

„Im Hubschrauber", gab sie zurück und fing an zu weinen. „Oh, Jonah ... du hast es geschafft. Du hast ihn gerettet. Danke. Vielen, vielen Dank."

„Er hat alles ihm Mögliche versucht, um sich selbst zu retten", sagte Jonah. „Er ist wirklich ein ganz toller Bursche."

„Ganz der Vater", entgegnete Macie.

Jonah lächelte. „Vergiss das nicht."

„He, Kumpel, lange nicht mehr gesehen."

Jonah löste sich von Macie und drehte sich um. Als sein Blick auf Carl fiel, wurde sein Lächeln noch breiter.

„Hallo, Carl, du erbärmlicher Na-du-weißt-schon-was. Wo in Dreiteufelsnamen hast du gesteckt?"

Macie legte Jonah die Hand auf den Arm. „Du kannst dir gar nicht vorstellen, was wir durchgemacht haben. McAllister ist mit dem Hubschrauber abgestürzt, bevor er uns sagen konnte, wo du bist, und ..."

Jonah gefror das Lachen im Gesicht. „Großer Gott, nein. Bitte sag mir, dass er lebt."

Diesmal war es Carl, der breit grinste. „Na, was denkst du denn? Einen guten Mann bringt so leicht nichts um. Sie haben ihn vor ungefähr einer Stunde gerettet. Er ist ziemlich durch den Wind, aber er hat immer wieder die Koordinaten vor sich hingemurmelt, wo wir dich finden konnten."

„Gott sei Dank", sagte Jonah erleichtert. „Ich bin ihm zu großem Dank verpflichtet."

„Aber Carl auch", warf Macie ein. „Er ist nämlich zum Hauptquartier geflogen und hat das einzige noch existierende Gerät beschafft, das dich aufspüren konnte, nachdem das von Collum zusammen mit ihm ins Meer gestürzt war. Wir waren bereits in der Luft, als wir hörten, dass man ihn gefunden hat."

Carl und Jonah wechselten einen langen Blick, dann zuckte Carl mit den Schultern und grinste. „Ja, ich bin ein Held, und ich erwarte einen dementsprechend positiven Eintrag in meiner Personalakte."

Jonah klopfte ihm in freundschaftlicher Verbundenheit auf die Schulter, während er einen Arm um Macie legte. „Halt den Mund, du Verrückter, und komm mit. Ich möchte dir meinen Sohn vorstellen."

Carl ging mit ihnen auf den Hubschrauber zu, in den man Evan gebracht hatte. Jonah kletterte hinein und kniete sich neben die Trage, auf der sein Sohn lag.

„Wie geht es ihm?" erkundigte sich Jonah bei einem der Sanitäter, die Evan gerade verarzteten.

Der Mann drehte sich um. „In Anbetracht der Umstände sehr gut, Sir. Er ist ziemlich ausgetrocknet, und seine Hände sehen übel aus, aber wir werden uns um beides kümmern."

„Fliegen Sie nicht ohne mich los", bat Jonah.

„In Ordnung. Aber wir fliegen sowieso erst los, wenn wir von Agent Ruger grünes Licht bekommen."

„Wohin bringen Sie ihn?" fragte Jonah.

„Ins Cedars-Sinai."

Jonah nickte und schaute auf Evan hinunter. „Du hältst dich wirklich prima, mein Sohn. Und wie du siehst, ist am Ende doch noch alles gut geworden."

Der Junge versuchte zu lächeln, aber sie hatten ihm ein starkes Beruhigungsmittel gegeben. Er schaffte es gerade noch zu nicken.

„Evan ... ich möchte dir Carl French vorstellen. Er ist nicht nur mein bester Freund, sondern darüber hinaus auch noch ein verdammt guter Agent."

Carl lehnte sich in den Hubschrauber und zog sanft an Evans Fuß. „He, Junge ... schön, dich kennen zu lernen. Wir unterhalten uns später ausführlicher, wenn es dir wieder besser geht, okay?"

Evan musterte ihn einen Moment, dann versuchte er sich aufzusetzen.

„Vorsicht, Junge", warnte Carl. „Ich glaube, du hast für dein ganzes Leben genug Aufregung gehabt. Am besten erlaubst du jetzt diesen Leuten, dass sie sich um dich kümmern, und wir unterhalten uns später, okay?"

Als Carl sich aus dem Cockpit zurückzog, fielen Evan die Augen zu.

„Pass gut auf dich auf, Junge, und lass dir kein Spielgeld andrehen, okay?"

Jonah stutze, als sein Sohn ihn abrupt am Handgelenk packte. Und dann erinnerte er sich. Er schaute auf Evans Hand, die seinen Arm so fest umklammerte, dass die Knöchel weiß wurden. Unter seinen Fingernägeln begann Blut hervorzusickern, aber er gab keinen Laut von sich. Jonah konnte sich nur einen einzigen Grund für Evans Aufregung denken. Er wollte ihn nicht akzeptieren, und doch wusste er Bescheid, als er seinen Sohn anschaute und sah, dass dieser mit den Lippen das Wort „Laura“ formte.

„Okay, Sohn, okay. Ich habe verstanden. Bist du sicher?“

Evan nickte mit Tränen in den Augen.

Jonah legte seine andere Hand auf Evans Brust. Gleich darauf spürte er, dass sich der Junge langsam entspannte.

„Ich werde mich darum kümmern, okay?“

„Okay“, flüsterte Evan.

Jonah sprang aus dem Hubschrauber, und als er sich zu Macie umdrehte, lächelte er. „Honey, ich habe hier noch ein paar Dinge mit Ruger zu klären. Was hältst du davon, wenn du Evan ins Krankenhaus begleitest? Er hat starke Schmerzen, und ich will nicht, dass er noch länger warten muss. Sobald wir hier fertig sind, komme ich nach.“

„Bist du sicher?“ fragte sie.

Jonah hätte sie am liebsten an sich gezogen und an ihrer Brust geweint wie ein Kind. In ihm hatte sich so viel Schmerz aufgestaut, dass er das Gefühl hatte, jeden Moment explodieren zu müssen. Aber dies hier musste er ganz allein zu Ende bringen.

„Ja, ganz sicher. Es ist besser, wenn ihr gleich fliegt und nicht mehr länger wartet. Und ich komme sofort nach, sobald ich hier mit Ruger alles klargemacht habe.“

Macie kletterte in den Hubschrauber und lächelte immer noch, als Jonah die Türen zum Cockpit schloss.

Ruger stand nicht weit entfernt. Macie beobachtete, wie

Carl und Jonah zu ihm gingen. Als Jonah sich zu dem Piloten umdrehte und ihm das Startsignal gab, seufzte sie erleichtert auf. Sekunden später waren sie in der Luft.

Jonah blieb stehen, bis der Hubschrauber abgehoben hatte, dann schaute er Carl an. „Kommst du mit?"

Carl legte Jonah einen Arm um die Schulter, während sie auf den Hangar zugingen. Immer noch schwärmten Soldaten aus und beschlagnahmten alles, was irgendwie als Beweismaterial dienen konnte.

Nachdem sie den Hangar betreten hatten, drehte Jonah sich zu Carl um. „Wie lange bist du schon dabei?"

Carl wirkte, als ob er eben einen K.-o.-Schlag eingesteckt hätte. „Wovon zum Teufel redest du?"

Jetzt war Jonah so wütend, dass er am ganzen Leib zitterte. „Komm mir bitte nicht so, Carl. Ich muss verstehen, warum du mich verraten hast."

Carl wurde weiß wie die Wand, während er einen Schritt zurücktrat. Dann schob er blitzschnell eine Hand in seine Tasche und zog eine Pistole heraus.

„Sei nicht töricht", sagte Jonah. „Die Feds sind überall. Wenn du abdrückst, bist du ein toter Mann."

„Ich bin sowieso schon tot, was macht es also?" erwiderte Carl.

Die Worte schmeckten bitter auf seiner Zunge, aber Jonah sprach sie trotzdem aus. „Verdammt, Frenchy ... oh, gottverdammt. Sag mir, warum du das getan hast. Erklär es mir, damit ich es verstehe."

Carl starrte ihn einen Moment an, dann zuckte er mit den Schultern. „Ich liebe eben die schönen Dinge des Lebens."

Jonah sah ihn an und hörte die Worte, ohne sie wirklich zu verstehen. Hatte er Carl French je gekannt? Wahrscheinlich nicht.

„Red keinen Blödsinn“, sagte er.

Carl schob seine Brille ein Stück nach oben, dann verzog er den Mund. „Das ist kein Blödsinn. Hast du je von dem *Snowman* gehört?“

„Du weißt, dass ich von ihm gehört habe, aber was hat ein Profikiller mit ...“ Jonah hielt fassungslos inne, weil ihm die Wahrheit dämmerte. „Du großer Gott“, flüsterte er tonlos.

Carl verzog das Gesicht zu einem Grinsen, das so vertraut wirkte, dass es Jonah fast das Herz brach.

„Du? Dann bist du also der *Snowman*?“

Carls Grinsen wurde breiter. „Na, ist der Groschen endlich gefallen? Das haut dich um, was?“

„Wie konnte das passieren? Wie ist es dazu gekommen?“

„Geld.“ Carl lachte hart auf. „Es war so verdammt einfach. Wie man tötet, hatten sie uns ja bereits beigebracht. Ich brauchte nur noch zu zielen und anschließend die Hand aufzuhalten.“

„Woher wusstest du das mit Evan?“

„Oh, das war ganz einfach. Erinnerst du dich noch daran, dass wir vor ein paar Jahren in Thailand waren und du dieses Fieber bekamst?“

Jonah nickte.

„Wir waren allein im Dschungel, und du hast drei Tage lang im Fieber fantasiert, von Felicity und dem abgetriebenen Baby. Ich habe nur zugehört, das war alles. Und als wir wieder in den Staaten waren, habe ich ein paar Nachforschungen angestellt, wobei ich in Erfahrung brachte, dass du einen Sohn hast. Erst wollte ich es dir erzählen, aber dann habe ich es mir anders überlegt, weil man bei der Art von Arbeit, die ich mache, immer eine gute Rückversicherung brauchen kann."

„Was bist du doch für ein Scheißkerl", sagte Jonah leise.

Carl zuckte mit den Schultern. „Na ja, da ist was dran, aber wenigstens bin ich ein reicher Scheißkerl."

„Nur dass du nicht mehr dazu kommen wirst, dein Geld weiterhin auszugeben."

„Ich sitze nicht zum ersten Mal in der Patsche, und bis jetzt habe ich mir immer was einfallen lassen", entgegnete Carl gelassen. „Genau genommen war das der Grund dafür, warum ich Calderone von dir erzählt habe. Ich musste ihm ein bisschen Zucker geben, weil er stocksauer auf mich war, dass ich ihm nichts von der geplanten Razzia erzählt habe. Diese ganze Sache hat seinem Ruf sehr geschadet. Und nachdem du dann zu allem Überfluss auch noch Alejandro erschossen hattest, hatte ich keine Wahl mehr. Ich musste ihm den Tipp geben, wer du in Wirklichkeit bist und wie er sich am besten an dir rächen kann, sonst hätte er mir die Schuld am Tod seines geliebten Sohnes in die Schuhe geschoben. Ich hatte die Wahl. Du oder ich, mein Freund, und ich bin egoistisch genug, dass ich es vorziehe, meinen eigenen Kopf zu retten."

Jonah fühlte sich hundeelend, aber er wollte der Wahrheit ins Auge blicken, auch wenn sie noch so schmerzlich war. „Ich bin nicht dein Freund", sagte er. „Ich weiß nicht mal, wer du eigentlich bist."

„Ich bin *Snowman*", gab Carl zurück und ließ seinen Revolver um seinen Zeigefinger kreisen wie ein Revolverheld aus dem Wilden Westen.

„Und ich gehe", sagte Jonah, dann drehte er sich um und ging langsam hinaus in die Sonne, wobei ihm überdeutlich bewusst war, dass Carl mit der Pistole auf seinen Rücken zielte.

Carl war sprachlos. Damit hatte er nicht gerechnet. Dann lachte er leise in sich hinein. Jonah Slade war doch immer für eine Überraschung gut.

Er schob die Pistole wieder in seine Tasche und rannte auf Calderones Hubschrauber zu, der in nicht allzu weiter Entfernung stand. Obwohl Jonah zutiefst enttäuscht von ihm war, würde er nicht auf ihn schießen, dessen war er sich sicher.

Je näher Carl dem Hubschrauber kam, desto schneller rannte er. Die Propeller drehten sich noch. Es würde nicht länger als ein paar Sekunden dauern, den Motor anzuwerfen und abzuheben. Und bevor Ruger handeln konnte, würde er auf Nimmerwiedersehen verschwunden sein. Er würde nach Süden fliegen und irgendwo im südamerikanischen Dschungel untertauchen, bis er neue Papiere hatte. Und dann konnte er ein neues Leben beginnen. Vielleicht in Tahiti, vielleicht in Neu-Delhi. Er liebte indisches Essen, und er liebte die indischen Frauen mit ihren leuchtend bunten Saris und den geheimnisvollen dunklen Augen. Das Leben in Indien war an hiesigen Maßstäben gemessen spottbillig. Er konnte sich dort niederlassen und wie ein König leben. Er rannte weiter und schaute nicht zurück.

Jonahs Kopf war leer bis auf den einen Gedanken, dass er Carl nicht einfach laufen lassen konnte. Er hielt den ersten Soldaten, der ihm über den Weg lief, an und riss ihm das Gewehr aus den Händen.

Der Soldat, der Jonah erkannte, ließ ihn gewähren. Erst als er sah, dass Jonah sich umdrehte und auf Carl French anlegte, reagierte er. „Sir! Sie können doch nicht ...“

Jonah schob ihn beiseite und zielte. Sobald er Carl im Visier hatte, brüllte er: „Carl French! Stehen bleiben und die Waffe wegwerfen! Auf der Stelle!“

Carls Herz machte einen erschrockenen Satz. Herrgott! Er war nur noch ein paar Meter von dem Hubschrauber entfernt und würde es doch nicht schaffen.

Er dachte daran aufzugeben, aber er wusste, dass er im Gefängnis keine Woche überleben würde. Sobald die anderen Häftlinge mitbekamen, dass er ein Doppelagent war, würde es aus mit ihm sein. Er rannte noch schneller.

„Verdammt, Carl, zwing mich nicht, das zu tun“, murmelte Jonah, dann schrie er wieder: „Sei kein Idiot, Carl! Du schaffst es nicht.“

Carl rannte auf das Cockpit zu, dann wirbelte er herum und gab zwei Schüsse in Jonahs Richtung ab, in der Hoffnung, dass alle lange genug in Deckung gehen würden, bis er verschwunden war.

Doch er irrte sich.

Jonah rührte sich nicht vom Fleck. Mit versteinertem Gesicht stand er wie angewurzelt da und starrte Carl nur an.

Unvermittelt hob Carl eine Hand und winkte Jonah zu, einem Mann, den er als seinen Freund betrachtet hatte.

Dann glitt er auf den Pilotensitz und knallte die Tür des Hubschraubers zu. Die Waffe hielt er immer noch in der Hand. Er wusste jetzt, was er tun musste.

Als Ruger die Schüsse hörte, wirbelte er herum. Alle rannten in Deckung. Bis auf Slade.

„Was zum Teufel soll das denn?“ brüllte Ruger. „Er darf nicht entkommen!“

Aber Jonah bedeutete allen, dass sie sich heraushalten sollten.

„Lasst ihn laufen“, rief er. „Lasst ihn laufen!“ Dann fuhr er, mehr zu sich selbst, als an die anderen gewandt, fort: „Er kommt sowieso nicht mehr weit.“

French hatte den Motor angeworfen. Die Propeller begannen sich schneller zu drehen und wirbelten eine dicke Wolke aus Staub und Sand auf. Draußen sah niemand, dass Carl French langsam den Revolver an seine Schläfe setzte, als der Hubschrauber sich in die Luft erhob.

Jonah hatte dem Soldaten sein Gewehr schon wieder zurückgegeben, als Ruger ihn am Arm packte.

„Was um Himmels willen ist da passiert?“ schrie Ruger.

„Er ist der Verräter“, sagte Jonah.

„Was denn für ein Verräter? Ich dachte, der Mann ist Ihr Freund.“

Jonah beobachtete, wie sich der Hubschrauber sich entfernte.

„Ja, das dachte ich auch.“

Erst als der Hubschrauber vor seinen Augen verschwamm, merkte Jonah, dass er weinte.

„Er entkommt“, sagte Ruger und wandte sich ab, um

French einen Hubschrauber nachzuschicken, aber Jonah legte ihm eine Hand auf den Arm.

„Nein, er kommt nicht weit. Er kann nicht mehr." Jonah wusste, dass Carl French mit diesem Verrat nicht weiterleben wollte. Er hatte es in seinem Blick gesehen, bevor er in den Hubschrauber gestiegen war.

Ruger schaute Jonah an, dann schaute er wieder aufs Meer hinaus. Niemand rührte sich. Niemand sprach. Schweigend beobachteten alle mit angehaltenem Atem, was geschehen würde.

Ein paar Sekunden verstrichen, dann machte der Hubschrauber einen wilden Satz. Als er anfing, sich spiralförmig nach unten zu bewegen, zuckte Jonah zusammen, dann drehte er sich um, weil er den Aufprall nicht sehen wollte. Als der Hubschrauber auf der Wasseroberfläche aufschlug, explodierte er in einem Ball aus Feuer und Rauch, bevor er in den Fluten versank.

„Woher wussten Sie es?" fragte Ruger.

Jonah war so übel, dass er befürchtete, sich übergeben zu müssen, aber er weigerte sich, den Schmerz an sich herankommen zu lassen. „Evan hat seine Stimme und eine öfter von ihm gebrauchte Redewendung erkannt. Als ich es Carl auf den Kopf zusagte, hat er es zugeben."

„Aber warum?" fragte Ruger.

Wortlos drehte Jonah sich um und suchte den Horizont mit Blicken ab, aber alles, was er sah, war eine über dem Meer aufsteigende Rauchsäule. Er starrte darauf, während er sich an die Gemeinsamkeiten erinnerte, die er mit einem Mann geteilt hatte, den er nie wirklich gekannt hatte. Dann wandte er sich ab und sah Ruger an. „Geld."

„Es tut mir Leid“, sagte Ruger. „Es muss hart sein, einen Freund auf diese Weise zu verlieren.“

„Er war nicht mein Freund“, erwiderte Jonah, dann drehte er sich um und ging davon.

Sie hatten Evan ins Cedars-Sinai gebracht. Sobald sie in der Notaufnahme angelangt waren, hatte man ihn auf eine Trage gelegt und weggerollt, während Macie in der Wartezone allein blieb. Überall war Polizei, die versuchte, die Medienvertreter unter Kontrolle zu halten und zu verhindern, dass irgendjemand aus Calderones Organisation die Gelegenheit nutzte, um zu beenden, was ihr *Padrone* begonnen hatte.

Macie wusste, dass es eine Weile dauern würde, bis sie Evan wiedersehen konnte, aber das war in Ordnung so. Er lebte. Er war in Sicherheit. Aber da war noch etwas, womit sie sich befassen musste.

Sie erkundigte sich an der Rezeption, ob Declyn Blaine nach seinem Schlaganfall auf eine andere Station verlegt worden sei.

Die Schwester schaute im Computer nach. „Nein, Miss Blaine, er ist immer noch in Zimmer 407.“

Macie bedankte sich und ging zum Aufzug.

Der Mann, der vor der Tür Wache hielt, erkannte Macie auf Anhieb wieder. „Miss Blaine! Sind Sie allein gekommen?“

Sie nickte. „Es ist okay“, sagte sie. „Ich denke, das Schlimmste ist vorüber.“

„Wirklich? Ich weiß noch gar nichts.“

Macie lächelte, aber es fühlte sich an, als ob ihr Herz in tausend Stücke zerspränge. „Sie werden es bald erfahren.

Draußen vor der Notaufnahme wimmelt es von Reportern, sodass es bald alle wissen werden.“ Dann deutete sie auf die Tür. „Ich möchte zu meinem Vater.“

Er nickte. „Es tut mir wirklich Leid, dass es ihm so schlecht geht.“

Macie seufzte. „Ja, mir auch.“

In dem Krankenzimmer war es still. Um das helle Tageslicht fern zu halten, hatte man die Vorhänge zugezogen. In dem Raum hing der Geruch nach Krankheit und Tod. Macie ließ ihren Blick erst über die Decke schweifen und dann über die Vorhänge, weil sie es einfach nicht über sich brachte, den Mann im Bett anzuschauen.

Als sie es schließlich tat, klopfte ihr das Herz bis zum Hals. Seine Gesichtszüge waren auf der einen Seite grausam verzerrt und auf der anderen völlig schlaff. Seine Augen, die früher dunkel und intensiv geleuchtet hatten, wirkten tot und fixierten einen Punkt über dem Fernseher an der Wand. Sie musste sich zwingen, näher an das Bett heranzutreten.

„Dad?“ Sie berührte seinen Arm. Er bewegte sich nicht und blinzelte auch nicht. „Dad, ich bin's, Macie.“ Das einzige Geräusch im Raum war das monotone Piepsen des Monitors.

Macie traten Tränen in die Augen. Sie beugte sich vor. „Ich dachte, es interessiert dich vielleicht, dass Jonah Evan gefunden hat. Er lebt und ist in Sicherheit. Wir haben ihn hier in dieses Krankenhaus gebracht. Er ist nur leicht verletzt, nichts Schlimmes. Sobald es ihm besser geht, kommt er dich besuchen, okay?“

Nichts deutete darauf hin, dass Declyn die Information aufgenommen hatte.

„Oh, Daddy“, sagte Macie. Dann legte sie sanft ihren Kopf an seine Brust und malte sich aus, dass er seine Arme um sie legte, so wie er es – wenn auch nur höchst selten – gemacht hatte, als sie noch ein Kind gewesen war.

„Es tut mir Leid“, sagte sie weich. „Aber es hätte nicht so kommen müssen.“

Macie war bei Evan, als Jonah ankam. Sie sah ihm auf den ersten Blick an, dass etwas passiert war. Sie legte einen Finger auf ihre Lippen, um ihm zu bedeuten, dass der Junge schlief, dann ging sie mit ihm hinaus auf den Flur.

„Erzähl es mir“, forderte sie ihn auf.

„Was?“

„Jonah, eine Frau weiß, wenn mit den Menschen, die sie liebt, etwas nicht stimmt.“ Zärtlich berührte sie seine Wange. „Und ich liebe dich so sehr ... also rede.“

Es schmerzte ihn, die Worte auszusprechen, aber er hatte keine andere Wahl. „Carl ist tot.“

Macie holte erschrocken Luft. „Was? Oh, mein Gott ... mein Liebling, es tut mir so Leid. Was ist passiert?“

„Hat Evan es dir nicht erzählt?“

„Was?“ fragte Macie.

Jonah nahm ihre Hand und ging mit ihr in das leere Wartezimmer am Ende des Flurs. Nachdem sie sich beide gesetzt hatten, zog er sie an sich.

„Jonah, du machst mir Angst“, sagte Macie. „Bitte, sprich.“

„Carl war der Verräter. Er hat jahrelang ein doppeltes Spiel gespielt und sich nebenbei ordentlich Geld als Profikiller verdient. Er hatte enge Beziehungen zu Calderone und hat Probleme mit ihm bekommen, weil er ihn vor der Razzia nicht rechtzeitig gewarnt hat. Er hat mich verraten, um seine eigene Haut zu retten. Das heißt, er hat Calderone von Evan erzählt, um von sich selbst abzulenken. Er wusste schon seit Jahren von ihm."

Macie schnappte nach Luft. „Nein. Oh nein. Das kann ich nicht glauben! Er wirkte so aufrichtig ... er ist doch sogar extra noch ins CIA-Hauptquartier gefahren, um den zweiten Computer zu holen. Wir waren Stunden in der Luft, um dich zu suchen."

„Er wusste ganz genau, wo ich war. Ich bin bereit, jede Wette einzugehen, dass er nicht mal die entsprechende Software geladen hatte. Andernfalls hätte mich der Computer überall an der Küste von La Jolla orten müssen."

„Oh Gott, wie schrecklich." Dann fiel ihr ein, dass er gesagt hatte, Carl sei tot. „Und du sagst, Carl ist tot? Wie ist das passiert?"

„Er hat sich umgebracht", sagte Jonah und stand abrupt auf. „Ich möchte jetzt zu Evan. Was hat der Arzt zu seinen Händen gesagt?"

Macie erhob sich ebenfalls, aber sie wollte nicht, dass er ging. Noch nicht. „Jonah?"

Er war schon fast bei der Tür.

„Es tut mir Leid, dass du das durchmachen musstest, aber im Moment bin ich so stolz auf dich, dass ich nicht weiß, was ich sagen soll."

Jonah konnte nicht verbergen, wie schockiert er war. „Stolz? Ich hätte ihn zurückhalten sollen. Ich wusste, dass er sich umbringen würde, und habe ihn nicht zurückgehalten." Er schluckte schwer.

„Für mich stellt es sich so dar, dass du deinen Sohn und dich selbst gerettet hast.“ Einladend öffnete sie die Arme.

Er ging zu ihr, und als sie ihre Arme um ihn legte, wusste er, dass er endlich zu Hause war.

Macie küsste ihn kurz, aber sie ließ ihn nicht im Unklaren darüber, dass sie gern weitergemacht hätte. „So, und jetzt lass uns zu deinem Sohn gehen. Er hat vorhin schon dauernd nach dir gefragt, und jetzt weiß ich wenigstens, warum.“

Hand in Hand gingen sie auf den Flur. Sie waren schon fast bei Evans Krankenzimmer angelangt, als Jonah Declyn einfiel.

„Wie geht es deinem Vater?“ fragte er. „Warst du schon bei ihm?“

„Ja“, sagte sie und schüttelte den Kopf.

Jonah stellte keine weiteren Fragen. Er wusste, dass sie reden würde, wenn sie dazu bereit war. Im Moment war Evan das Wichtigste.

Leise betraten sie das Zimmer, da sie annahmen, Evan schliefe. Aber er lag mit weit geöffneten Augen im Bett und schaute ihnen erwartungsvoll entgegen. Als er Jonah sah, machte Erleichterung seiner Angst Platz.

„Dad?“

„Jetzt ist alles gut“, sagte Jonah.

„Was ist mit ...“

„Es ist vorbei. Alles“, entgegnete Jonah. „Mach einfach die Augen zu und schlaf und denk daran, dass ich ab jetzt immer für dich da bin.“

Evan seufzte und schloss die Augen, dann streckte er trotz des dicken Verbands die Hand nach seinem Vater aus.

Jonah legte ihm eine Hand auf die Stirn, dann zog er sich einen Stuhl heran und setzte sich zu seinem Sohn ans Bett. „Ich bin hier, Evan, und wenn ich weggehe, nehme ich dich mit."

Evans Lider flatterten. „Und was ist mit Tante Macie?"

„Glaubt bloß nicht, dass ich euch allein gehen lasse", mischte sich Macie ein.

Diesmal schaffte es Evan noch zu lächeln, bevor das Schlafmittel seine Wirkung tat.

„Wie wird er das finden ... das mit uns beiden, meine ich?" fragte Jonah.

„Vielleicht findet er, dass ich einen guten Geschmack habe und dass er ein sehr glücklicher junger Mann ist."

Jonah seufzte, dann lehnte er sich zurück. „Gott ... ich fühle mich, als könnte ich eine ganze Woche lang schlafen."

Macie beugte sich vor und flüsterte ihm ins Ohr: „Aber nicht ohne mich."

Jonah lächelte verschmitzt. „Honey, wenn ich mit dir im Bett bin, ist Schlafen das Letzte, woran ich denke."

Macie errötete und schaute verlegen auf Evan. „Pst. Was ist, wenn er noch wach ist?" flüsterte sie.

„Dann wird er erfahren, was für einen guten Geschmack sein Vater hat."

EPILOG

Key Largo, Florida

„He, Dad! Sieh dir das an!“ rief Evan.

Jonah drehte sich um und schaute auf seinen Sohn, der mit einem dicken Fisch in der einen und einer Angelrute in der anderen Hand am Ende des Bootsstegs stand. Jonah reckte den Daumen, dann beobachtete er, wie Evan den Fisch wieder ins Wasser fallen ließ. Obwohl die schrecklichen Ereignisse mittlerweile zehn Monate zurücklagen, dankte Jonah immer noch jeden Morgen beim Aufwachen seinem Schöpfer, dass sie alle überlebt hatten.

Nachdem er das Tau in sein Boot geworfen hatte, sprang er wieder auf den Bootssteg. Die *Second Time Around* war sein erstes Charterboot, aber die Pläne für eine Ausweitung seines Unternehmens waren bereits so ausgereift, dass er sie nur noch umsetzen musste. Auch wenn heute ein ruhiger Tag war, war er doch froh darüber. Auf diese Weise hatte er Zeit, länger zu Hause zu bleiben, wo er am liebsten war. Er wollte gerade zum Ende des Bootsstegs gehen, auf dem Evan saß und angelte, als er Macie rufen hörte.

„Jonah! Telefon!“

Er drehte sich um und sah, dass sie ihm von der Terrasse ihres am Strand gelegenen Hauses zuwinkte, und beeilte sich, zu ihr zu kommen. Sie war im siebten Monat schwanger und sah aus wie das blühende Leben. Besser hätte er ihren Zustand nicht beschreiben können. Sie zählten alle schon ungeduldig die Tage bis zur Ankunft des Babys, besonders Evan. Das neue Familienmitglied hatte bereits einen

Namen, und das Kinderzimmer war auch fast fertig eingerichtet. Wenn Carrie Blaine Slade zur Welt kam, würde sie von einer sehr glücklichen Familie begrüßt werden und in einer Oase aus rosa Plüsch schlafen.

„Wer ist es?" formte Jonah mit den Lippen, nachdem er an der Hintertür angelangt war.

Macie zuckte mit den Schultern und reichte ihm das Telefon.

„Hallo?"

„Slade, sind Sie das?"

Jonah runzelte die Stirn und versuchte sich zu erinnern, woher er die Stimme kannte. „Ja. Wer ist da?"

„Arnold Ruger. Ich habe demnächst Urlaub, und ich bin schon ganz scharf darauf, es mal mit Tiefseeangeln zu versuchen. Man hat mir erzählt, dass Sie einen sehr guten Charterservice haben. Glauben Sie, Sie könnten mit mir rausfahren?"

Jonah grinste. „Glaube ich schon, falls das derselbe Ruger ist, der zu meiner Frau um ein Haar gesagt hätte, dass sie ihn am Arsch lecken kann."

Ruger schnaubte in den Hörer. „So ordinäre Worte würde ich in Gegenwart Ihrer Frau niemals aussprechen, das wissen Sie genauso gut wie ich."

„Das heißt aber noch lange nicht, dass Sie es nicht gedacht haben, oder?"

Ruger lachte leise auf. „Na ja, sie kann aber auch wirklich ganz schön penetrant sein."

Macie, die in der Nähe stand und gehört hatte, was Jonah gesagt hatte, drehte sich mit einem überraschten Ausdruck auf dem Gesicht um. Jonah blies ihr einen Kuss zu.

„Wer ist das denn?" fragte sie.

„Meine Frau will wissen, wer dran ist“, sagte Jonah.

Ruger seufzte. „Haben Sie vor, mir einen Korb zu geben, wenn sie darauf besteht?“

Jonah lächelte Macie verschmitzt an, dann zwinkerte er ihr zu. „Himmel, nein, Geschäft ist Geschäft. Sie brauchen nur ein Wort zu sagen, und ich gehöre Ihnen, so lange Sie wollen.“

Macie runzelte die Stirn. Das klang nicht gut. Sie hatte Jonah nicht gebeten, den Dienst bei der Firma zu quittieren, aber sie war überglücklich gewesen, als er es getan hatte. Jetzt, mit dem Baby, das bald kommen würde, und Declyn, der in einem Pflegeheim in der Nähe untergebracht war, hatte sie alle Hände voll zu tun. Und erst kürzlich hatte sie ihrer Assistentin mehr Verantwortung übertragen und ihr eine Gehaltserhöhung gegeben. Jetzt blieben sie über Internet und Telefon in Verbindung. Wenn Jonah in den aktiven Dienst zurückkehrte, würde das Leben, das sie im Moment führten, nicht nur schwieriger, sondern unmöglich werden.

„Was halten Sie davon, wenn ich nächste Woche von Montag bis Freitag komme?“ fragte Ruger.

„Ich muss erst in meinen Terminkalender schauen, aber ich denke, das geht klar“, gab Jonah zurück.

Er beeilte sich, mit dem Hörer am Ohr ins Haus an seinen Schreibtisch zu kommen, um einen Blick in das Buch mit den Vorbestellungen zu werfen, dann trug er den Termin ein.

„Ja, geht in Ordnung“, sagte er. „Die nächste Charterfahrt ist erst eine Woche später gebucht.“

„Prima. Bis dann also“, meinte Ruger.

„He, Moment mal“, sagte Jonah. „Brauchen Sie denn keine Wegbeschreibung?“

Ruger lachte. „Ich bin doch ein Fed, oder? Ich finde Sie überall, egal, wo Sie sind."

„Ja, richtig", erwiderte Jonah, dann legte er auf.

„Jonah?" Macie war hereingekommen.

„Ja?"

„Wer war das?"

„Ruger. Er hat für nächste Woche eine Charterfahrt gebucht." Dann fuhr er sich mit gespielter Frustration durchs Haar. „Gott, nach fünf Tagen mit diesem Mann kannst du mich wahrscheinlich in die Klapsmühle einliefern lassen."

„Gott sei Dank", sagte sie. „Ich dachte schon, es sei jemand von der Firma."

Jonahs Lächeln verblasste ein wenig. „Oh Baby ... komm her."

Macie, die seiner Umarmung nie überdrüssig wurde, ging zu ihm und schmiegte sich in seine Arme.

„Mit diesem Leben bin ich fertig", sagte Jonah. „Der Tag, an dem ich Evan retten konnte, war das Ende meines alten Lebens und der Beginn eines neuen. Eines besseren, okay?"

„Okay."

„Deshalb darfst du nie denken – noch nicht mal für eine Sekunde –, dass ich dieses Leben vermissen und womöglich wieder zurückgehen könnte. Schon bevor ich von Evan wusste ... bevor ich dich wiedergefunden hatte ..."

„He, Moment mal", fiel Macie ihm ins Wort. „Ich habe dich gefunden."

Er lachte. „Ja, richtig. Schon bevor du mich wiedergefunden hattest, war mir klar geworden, dass es Zeit wird aufzuhören."

„Wirklich?"

„Ja, wirklich."

„Dann ist das, was wir jetzt machen, also eine gute Sache, stimmt's?"

Jonah wusste, was sie meinte. Sie hatten das gesamte Blain'sche Vermögen in einen Treuhandfonds für Evan umgewandelt. Declyn Blaine hatte für seine Lüge schwer bezahlen müssen. Erst hatte er seine Kinder verloren und dann auch noch seinen Verstand. Dass sein Herz immer noch schlug, konnte man fast als eine bittere Ironie des Schicksals betrachten. Er lebte zwar, war aber unfähig, jenseits seines Zimmers im Pflegeheim zu existieren. Seine Nahrung wurde ihm durch einen Schlauch zugeführt. Wenn ihm der Speichel aus dem Mund lief, blieb er an seinem Kinn hängen, bis jemand kam, um ihn abzuwischen. Es gab keine Demütigung, die ihm noch nicht widerfahren wäre. Sein einziges Glück war, dass er aller Wahrscheinlichkeit nach von all dem nichts wusste.

Jonah lächelte und fuhr Macie zärtlich mit der Hand übers Haar, dann über die Wange. „Ja, wenn es dich glücklich macht, ist es eine gute Sache."

„Aber ich will, dass du auch glücklich bist", wandte Macie ein.

Jonah schloss die Augen. Als er sie wieder öffnete, blickte er sie durch einen Schleier an. „Gott, wenn ich noch glücklicher wäre, wäre ich ein plappernder Idiot. Ich gehe abends glücklich ins Bett und wache morgens glücklich auf. Ich habe dich und Evan und das Baby in deinem Bauch. Was kann sich ein Mann, der bei Verstand ist, noch mehr wünschen?"

„Ich weiß nicht, aber manchmal mache ich mir einfach Sorgen", sagte Macie.

„Das brauchst du nicht. Ich habe den Himmel auf Erden.“

„Hey, Dad!“

Jonah küsste Macie auf die Nasenspitze, und als Evan ins Haus stürmte, drehte er sich zur Tür um. Als der Junge das Gesicht seines Vaters sah, verdrehte er die Augen und stöhnte.

„Habt ihr euch schon wieder geküsst?“

Jonah lächelte schelmisch. „Was glaubst du wohl, wie deine kleine Schwester in Macies Bauch gekommen ist?“

Macie keuchte empört und gab Jonah einen Klaps auf den Arm. „Also wirklich“, murmelte sie, dann funkelte sie ihre beiden Männer an und verließ das Zimmer.

„Jetzt hat sie es dir aber gegeben“, sagte Evan.

„Ach was, sie liebt mich doch ... und dich auch“, gab Jonah zurück, dann packte er Evan, und gleich darauf wälzten sich die beiden ineinander verschlungen über den Boden.

Macie hörte es poltern und rumpeln. Zärtlich fuhr sie sich mit der Hand über den Bauch und lächelte. „Bleib lieber noch ein bisschen da drin, meine Kleine. Und ich drücke dir schon jetzt die Daumen, dass du mit den Männern in deinem Leben gut fertig wirst.“

Genau in diesem Moment versetzte ihr das Baby einen kräftigen Tritt. Macie zuckte zusammen.

„Oh ja, richtig, entschuldige bitte“, sagte sie. „Natürlich wirst du mit ihnen fertig werden. Ein Lächeln von dir wird genügen.“

– ENDE –

Jackie Collins

Mit Gift und Glamour

Ein neuer großartiger Roman von Jackie Collins – ein atemberaubendes Lesevergnügen um eine sinnliche Affäre, verbotene Begierden und tödlichen Verrat, das jeden Fan der Top-Autorin in seinen Bann zieht!

Band-Nr. 25101
7,95 € (D)
ISBN 3-89941-137-4

MIRA®

Charlotte Vale Allen

Abschied aus deinem Schatten

Der Selbstmord ihrer Schwester Claudia zwingt die junge Rowena Graham, sich endlich der bitteren Vergangenheit zu stellen – und einem schrecklichen Familiengeheimnis …

Band-Nr. 25102
7,95 € (D)
ISBN 3-89941-138-2

MIRA®

Christiane Heggan

Black Jack: Bei Anruf Mord!

Die attraktive Journalistin Kelly Robolo liebt das Spiel mit dem Feuer. Doch als sie sich auf die Suche nach einem verschwundenen Mann macht, hat sie nicht mit der Brutalität des mächtigen Casinobosses gerechnet, für den Kellys Leben nicht mehr wert ist als eine Spielkarte.

Band-Nr. 25094
7,95 € (D)
ISBN 3-89941-127-7

MIRA®

Sharon Sala
Blutroter Schnee
Band-Nr. 25025
7,95 € (D)
ISBN 3-89941-033-5

Erica Spindler
Stadt des Schweigens
Band-Nr. 25091
7,95 € (D)
ISBN 3-89941-124-2

Mary Alice Monroe
Nur dieser eine Sommer
Band-Nr. 25092
7,95 € (D)
ISBN 3-89941-125-0

Heather Graham
Am Anfang war der Tod
Band-Nr. 25083
7,95 € (D)
ISBN 3-89941-108-0